TODO
TIENE
SU
PRECIO

TODO TIENE SU PRECIO

Traducción de David León

ROBERT DUGONI

AMAZON **CROSSING**

Título original: *A Steep Price*
Publicado originalmente por Thomas & Mercer, Estados Unidos, 2018

Edición en español publicada por:
Amazon Crossing, Amazon Media EU Sàrl
38, avenue John F. Kennedy, L-1855 Luxembourg
Agosto, 2021

Primera edición digital 2021

ISBN Edición tapa blanda: 9782496706468

www.apub.com

SOBRE EL AUTOR

Robert Dugoni ha recibido la ovación de la crítica y ha encabezado las listas de éxitos editoriales de *The New York Times*, *The Wall Street Journal* y Amazon con la serie de Tracy Crosswhite, que incluye *La tumba Sarah*, *Su último suspiro*, *El claro más oscuro*, *La chica que atraparon* y *Uno de los nuestros*, de la que se han vendido más de cuatro millones de ejemplares en todo el mundo. Dugoni es autor también de la célebre serie de David Sloane, que incluye *The Jury Master*, *Wrongful Death*, *Bodily Harm*, *Murder One* y *The Conviction*; de las novelas *La extraordinaria vida de Sam*, *The Seventh Canon* y *Damage Control*; del ensayo de investigación periodística *The Cyanide Canary*, elegido por *The Washington Post* entre los mejores libros del año, y de varios cuentos. Ha recibido el Premio Nancy Pearl de novela y el de Friends of Mystery Spotted Owl por la mejor novela del Pacífico noroeste. Ha sido dos veces finalista del International Thriller Award y el Harper Lee de narrativa procesal, así como candidato al Edgar de la Asociación de Escritores de Misterio de Estados Unidos. Sus libros se venden en más de veinticinco países y se han traducido a más de una docena de idiomas, entre los que se incluyen el francés, el alemán, el italiano y el español.

Para más información sobre Robert Dugoni y sus novelas, véase www.robertdugoni.com. El autor está también disponible en Facebook (@AuthorRobertDugoni).

A todas las mujeres que han sufrido cáncer de mama y han librado cabalmente esa batalla. Algún día, con suerte, la ciencia logrará darnos al fin una cura

CAPÍTULO 1

Hacía más de un año que habían visitado por última vez South Park, durante la investigación de un caso de homicidio, cuando los inspectores Del Castigliano y Vic Fazzio regresaron al barrio por un motivo idéntico: alguien había muerto asesinado.

En su último caso, habían matado a tiros en sus propiedades a dos abogados que intentaban especular con bienes inmobiliarios tras someterlos a reforma. Un mensaje muy sutil.

South Park no parecía tener ningún interés en cambiar.

—Un mundo aparte —sentenció Del citando el mantra que tanto repetían en el cuerpo de policía de Seattle cuando cruzaban por el South Park Bridge las aguas verduzcas del Duwamish. Acababan de dar las cuatro de la tarde y el sol de julio arrancaba diamantes de luz resplandeciente a la superficie del río y, ayudado por la ausencia total de nubes en el cielo, elevaba la temperatura a poco menos de treinta grados.

El viaducto los dejó en Cloverdale Street.

—Creía que iban a reurbanizar South Park cuando volvieron a abrir el puente —dijo Faz.

La zona tenía lo que los del mundillo de la inmobiliaria consideraban los tres criterios más importantes para llevar a cabo tal empresa: una ubicación excelente, una ubicación excelente y una ubicación excelente. Se encontraba a veinte minutos del centro de Seattle, que quedaba al norte; a un tiro de piedra del aeropuerto internacional conocido como Boeing Field, al este, y cerca también del Seattle-Tacoma. El puente se había clausurado en 2010 y no había vuelto a abrirse hasta más de cuatro años después. Nadie parecía tener mucha prisa al respecto. Si la toxicidad del suelo y la contaminación de sus aguas no disuadían a los promotores inmobiliarios, los índices de delincuencia eran harina de otro costal. La población de South Park incluía una proporción elevada de «sureños», integrantes de bandas procedentes del Sur de California que actuaban a las órdenes de los carteles mexicanos de la droga.

—Pensaba que los promotores empezarían a acaparar propiedades y a subir los alquileres, sobre todo con el auge de la economía del ladrillo; pero ahora veo que es más probable que yo pierda peso. —Faz, cuyo metro noventa y tres de altura hacía que en la báscula superase los ciento veintidós kilos, miró a Del—. Tú también has engordado un par de kilitos, ¿eh?

Del, que medía dos dedos más que él, había perdido casi veintitrés kilos desde que había empezado a salir con Celia McDaniel, integrante de la fiscalía del condado de King.

—He empezado a comer hidratos de carbono otra vez. Celia dice que le gusto más así.

—A mí también me gustas más así. Estábamos empezando a parecer el Gordo y el Flaco. ¿Sabes si Billy ha pedido refuerzos?

Billy Williams era el sargento del equipo A de la comisaría, y Del y Faz, la pareja de homicidios que estaba de turno esa semana. Normalmente eran Tracy Crosswhite y Kinsington Rowe, los otros dos inspectores del equipo, quienes se encargaban de brindarles apoyo; pero Crosswhite llevaba más de un mes declarando en un proceso por homicidio en el tribunal superior del condado de King.

—Ha dicho que mandaría a alguien. —Del giró a la derecha y redujo la marcha al acercarse a una sucesión de coches de policía estacionados.

En la acera meridional de la calle se había congregado una multitud de hombres y mujeres de todas las edades vestidos con camisetas sin mangas, pantalones cortos y chanclas que se abanicaban y usaban la mano a modo de visera para protegerse del sol de la tarde.

—Ya ha llegado el circo a la ciudad —aseveró el conductor mientras rebasaban el furgón de la policía científica y un camión de bomberos en busca de un lugar en que dejar el coche.

—Las cuatro de la tarde de un día entre semana. Esto es mejor que sentarse a ver una película —convino su compañero—. Aparca delante de la ambulancia.

Del ocupó una plaza en oblicuo situada frente a un bloque de apartamentos de dos plantas de ladrillo rojo. Faz dejó el asiento del copiloto del vehículo con aire acondicionado y se colocó una americana ligera sobre la camisa de manga larga que lucía con corbata.

—Ya estoy empezando a sudar.

—Yo llevo sudando desde que nací —aseveró Del, que también llevaba traje, aunque se había permitido prescindir de la corbata por el calor.

Faz alzó la vista al oír la trepidación de un helicóptero de la prensa sobre sus cabezas. Lo primero que tenían que hacer, si no lo había hecho ya Billy, era echar de la zona aquel dichoso aparato. Se identificaron ante el agente que llevaba el registro de cuantos accedían al lugar de los hechos, quien tomó nota de sus nombres, su número de placa y la hora de llegada, y pasaron por debajo de la cinta negra y amarilla con la que habían acordonado la zona. La mayor parte de los policías se había congregado en torno a un parquecito de juegos situado en los jardines centrales del edificio, cuya planta tenía forma de herradura. El cadáver yacía bajo una sábana azul al lado de unas barras de mono de color verde. Billy estaba hablando con varios agentes de uniforme e interrumpió su conversación al verlos llegar.

—¿Ha llamado para que se vaya el helicóptero? —preguntó Faz.

—Sí —contestó Billy, aunque no parecía muy convencido de que fuese a lograr gran cosa. Lo más que podía pasar es que lo multaran por sobrevolar una zona en la que la policía había restringido el tráfico aéreo. Si la noticia valía la pena, las cadenas de televisión preferían quedarse y pagar la multa.

—¿Se puede argumentar que el apartamento está en el condado de King? —quiso saber Del.

—Ojalá —fue la respuesta del sargento.

Algunas de las calles de South Park estaban sujetas a la jurisdicción del *sheriff* del condado y los agentes de los dos cuerpos solían bromear con la idea de cambiar los muertos de acera para endilgárselos al otro. Aunque lo había dicho de broma, Del se abstuvo de sonreír, ya que el Gobierno estaba experimentando con cámaras de vídeo prendidas a los uniformes de los agentes y el humor había dejado de tener cabida en la escena de un crimen. Antes de que acabase el año estarían todos con antidepresivos.

Billy se ajustó la gorra chata con que protegía del sol su cráneo rasurado.

—Esto se puede poner muy feo en muy poco tiempo. La víctima es Monique Rodgers. —Se detuvo como si el nombre tuviera que decirles algo—. Habréis leído sobre ella en las noticias o la habréis visto en la tele haciendo campaña contra las bandas y el tráfico de drogas de South Park.

—¿La activista? —preguntó Faz. Recordó haber visto en los noticiarios algo sobre una mujer afroamericana que había denunciado ante el ayuntamiento los problemas que dichas realidades suponían para la comunidad de South Park.

—La aspirante a activista —corrigió Billy—. No la han dejado llegar a tanto.

—Ese puede ser el motivo por el que la han matado a tiros a plena luz del día. Alguien habrá querido lanzar una advertencia.

—Puede ser —dijo Billy.

—¿Es mucho suponer que ha tenido que haber testigos? —preguntó Del.

—Es de esperar, ¿verdad? —repuso el sargento—. Por lo que me han dicho, había por aquí media docena de madres con sus chiquillos; pero, hasta ahora, todo el mundo se ha acogido a la máxima de «Mí no ver nada, mí no oír nada, mí no hablar tu idioma».

—Tienen miedo —terció Faz.

—¿Hay más víctimas? —quiso saber Del.

Billy negó con la cabeza.

—Que sepamos, no.

—Entonces, podemos dar por hecho que iban a por ella. — Faz lo dijo mientras estudiaba dos muretes de ladrillo paralelos a la acera, que habrían podido servir de parapeto a dos bandas rivales durante un tiroteo.

South Park albergaba también a los Crips y a un par de bandas asiáticas, aunque ninguna de ellas era tan numerosa, ni por asomo, como la de los Sureños. Si dos de ellas se habían enfrentado a balazos, era posible que Rodgers no fuese más que una víctima inocente atrapada entre dos fuegos.

—Partimos de ese supuesto —dijo Billy—, ya que no ha muerto nadie más y dicen los testigos que solo oyeron disparar a una persona. —Miró al helicóptero, que seguía dando vueltas sobre ellos—. Seguro que la televisión no se cansa de repetir que ha sido a plena luz del día y con la calle llena de críos.

—¿Dónde está su familia? —preguntó Faz.

—La abuela se ha llevado a los niños y los ha metido en casa —repuso el sargento señalando una esquina del edificio en forma de herradura—. Por lo visto, el marido ha vuelto del trabajo y también está con ellos.

—Y la gente, ¿ha dicho algo?

Billy meneó la cabeza en señal de negación.

—Ni siquiera hemos podido confirmar el número de disparos ni la procedencia. Tenemos a una mujer que, según le ha dicho al agente que acudió a la llamada de emergencia, creyó oír tres tiros que venían de allí. —Williams volvió a señalar la esquina del bloque.

—¿Han encontrado casquillos? —preguntó Del.

—Ni uno.

—Es decir, que, o la testigo oyó mal —concluyó Faz— o el tirador usó un revólver.

—He puesto a unos cuantos agentes a buscarlos, y Anderson-Cooper —añadió apuntando una vez más al edificio— está preguntando puerta por puerta.

Desmond Anderson y Lee Cooper eran dos inspectores del equipo B y, desde que Anderson Cooper estaba de presentador habitual de las noticias vespertinas de la CNN, sus compañeros de Crímenes Violentos se referían en singular a la pareja.

—Vamos a necesitar a la Unidad de Audiovisuales —dijo Faz—. Puede que las cámaras de los comercios de por aquí hayan captado al culpable huyendo o entrando en un vehículo. —En la calle convivían bloques de pisos con casitas y tiendas de barrio.

—Ya vienen de camino —repuso Billy.

—¿Y sus hijos? ¿Vieron algo? —preguntó Faz.

—Todo.

El inspector se volvió al oír trompetas y guitarras mexicanas procedentes de la calle y vio un Chevrolet Chevelle rojo cereza de dos puertas con rayas negras y tapacubos dorados que pasaba frente al bloque poniendo a prueba su amortiguación.

—Con todos ustedes, los payasos —dijo Del.

El ocupante del asiento del copiloto tenía la cabeza rapada y un bigotito que se prolongaba hasta formar perilla. Las gafas de sol oscuras que le ceñían la cara le daban cierto aire de mosca. Tenía el brazo derecho, plagado de tatuajes, por fuera de la ventanilla. El coche redujo la velocidad y el hombre se quitó las gafas para mirar de hito en hito a Faz.

—Little Jimmy —anunció el inspector—. Pero ¡si te has hecho mayor!

Hacía diez años que Faz había metido entre rejas al padre de Little Jimmy. Había durado seis meses en prisión, porque uno de una banda rival lo había matado con un pincho.

El recién llegado sonrió antes de representar una pistola extendiendo el índice y el pulgar, apuntar a Faz e imitar el retroceso del cañón al dispararla.

CAPÍTULO 2

Tracy Crosswhite hizo una mueca cuando Leonard Litwin, abogado de la defensa, inclinó la jarra de plástico que descansaba en su mesa y provocó con ello una cascada en miniatura que fue a caer al vaso de papel. El ruido del agua al dar en él fue el único sonido que se percibió en la sala. Aunque, en apariencia, Litwin necesitaba calmar la sed, Tracy, que ocupaba el asiento reservado a los testigos, sospechaba que era otro el motivo que lo había llevado a alejarse del atril. Estaba tratando de ganar tiempo como un púgil maltrecho y vapuleado que, en su lucha por el título, no ve la hora de oír el sonido de la campana que pondrá fin al combate.

Si, de ordinario, a la inspectora le habría dado exactamente igual lo que hiciese Litwin o el tiempo que invirtiera en hacerlo, en aquella ocasión llevaba más de media hora —más exactamente, los últimos treinta y siete de los cincuenta y tres minutos transcurridos desde que el tribunal había puesto fin al anterior descanso y ella había regresado al estrado— aguantando las ganas de orinar. Y eran muchas las que tenía. Parecía poco probable que Litwin ni nadie más de la sala fuese capaz de detectar el problema perentorio de Tracy ni el embarazo de dieciséis semanas que lo provocaba, pero tal cosa no cambiaba sus circunstancias. La jueza Miriam Gowin, desde luego, no iba a meter prisa al letrado que estaba defendiendo a un reo que podía verse condenado a la pena de muerte ni Tracy tenía intención alguna de echar un cable a Litwin pidiendo otro receso. Aun así, cada minuto que pasaba le despertaba el recuerdo de Beth Duchance, la pobre chiquilla que se lo había hecho encima estando en segundo curso. Se había olvidado los deberes y, ante la presión de la profesora, respondió como un caniche diminuto frente al macho alfa. Duchance pasó los siguientes ocho años interminables sometida a la humillación que solo son capaces de imponer los chicos inmaduros y las chicas odiosas del instituto, quienes la llamaban Beth Calzón Mojado. Lo último que quería Tracy era hacerse con un lugar igual de indeleble en la memoria del personal del tribunal de justicia.

Litwin se llevó el vaso a los labios e, inclinándolo, bebió dando sorbos penosamente lentos. En lugar de dejarlo sobre la mesa de la defensa, regresó al atril con él y estudió de forma metódica las páginas de notas y declaraciones que tenía archivadas en su carpeta.

—Inspectora Crosswhite, ha dicho usted... —El abogado dio la impresión de ir a ponerse a leer, pero, en lugar de eso, volvió una página y luego otra.

Con el rabillo del ojo, Tracy vio a varios integrantes del jurado mirar el reloj de pared de gran tamaño que había en una de las paredes de la sala. El segundero vibró y avanzó hasta pasar las doce. Litwin prosiguió al fin:

—Ha dicho que... que no encontraron huellas dactilares en el cuchillo. ¿Es correcto?

Tracy aguardó un instante para dar tiempo a Adam Hoetig, representante de la fiscalía, a protestar, porque ya había respondido dos veces a aquella misma pregunta. Hoetig, sin embargo, permaneció con la cabeza gacha, como si hubiese desarrollado un súbito interés en sus mocasines.

—Es correcto.

—De modo que no tienen nada que pruebe que el cuchillo perteneciese al acusado. ¿Me equivoco?

9

Aunque su vejiga le estaba implorando que dejara pasar la pregunta, no pudo obviar la ocasión de lanzar otro dardo a Litwin y su defendido.

—¿Aparte del hecho de que el acusado me reconoció que pertenecía al juego de cuchillos que tenía en el cajón de la cocina? No.

Su contestación suscitó miradas de soslayo en varios de los miembros del jurado.

Litwin irguió la espalda.

—Déjeme formularlo de otro modo. No tienen ninguna prueba, inspectora Crosswhite, de que se usara el cuchillo... ninguna prueba forense de que se usara el cuchillo para apuñalar a la esposa del acusado.

«¿De verdad es lo más difícil que me lo puedes poner?».

—¿Además de que el mango del cuchillo sobresalía del pecho de la señora Stephenson, que tenía siete heridas de apuñalamiento? No.

El número de miradas se multiplicó y varios de los miembros del jurado dejaron asomar una sonrisa. A Litwin, irritado, se le encendieron las mejillas.

—Inspectora, no tienen pruebas forenses que vinculen el asesinato...

Tracy decidió atajarlo para acelerar el proceso.

—No había huellas dactilares del acusado en el cuchillo que tenía su mujer clavado en el pecho. Eso es cierto.

Como cabía esperar, Litwin se volvió hacia el estrado.

—Señoría, la defensa solicita que exhorte a la inspectora Crosswhite a dejarme completar las preguntas antes de responder.

Gowin miró el reloj antes de dirigir la vista a Tracy.

—Inspectora, deje que la defensa acabe de hacer sus preguntas. —Tras un instante interminable, en el que Tracy pensó que Gowin iba a dejar proseguir al abogado, añadió—: Letrado, son las cuatro y cincuenta y cuatro. ¿Cree que será capaz de concluir la repregunta de la inspectora Crosswhite en los seis minutos que faltan para las cinco?

«Ni por asomo».

—Calculo que tengo para otra hora —respondió él.

No le iban a conceder tanto: Litwin y Tracy estaban a punto de recibir el respiro que tanto necesitaban ambos.

—En ese caso, lo dejaremos por hoy —dijo Gowin—. Mañana seguiremos por donde nos hemos quedado, con la inspectora Crosswhite en el asiento de los testigos.

En cuanto el último de los del jurado recogió sus pertenencias y se retiró a deliberar a su sala, Tracy bajó del estrado para dirigirse a la salida. De reojo vio a Hoetig acercarse con cierta premura, probablemente con la intención de fijar una hora en la que reunirse con ella y hablar de los temas que podía querer abordar Litwin a la mañana siguiente.

—Te llamo luego —le dijo. Con eso detuvo su avance antes de que pudiera abrir la boca y salió corriendo por la puerta.

CAPÍTULO 3

Faz observó el Chevelle rojo hasta que desapareció, unos segundos antes que su música.

—Little Jimmy ya no es tan pequeño como indica su apodo —comentó Del secándose el sudor de la frente con un pañuelo.

—Sí, ahora es un capullo crecidito. Impresiona ver que la inmundicia no cae nunca lejos del cubo de basura.

—Parece que no te ha olvidado.

Little Jimmy tenía catorce años cuando Faz había llevado a la trena a Big Jimmy.

—Cuando nos conocimos ya era un gamberro.

Big Jimmy se dedicaba al tráfico de drogas en South Park cuando apareció por el barrio una banda de Los Ángeles y se declaró la guerra. En dos semanas murieron trece pandilleros. La investigación de Faz llevó a detener a ocho sureños, incluido Big Jimmy, aunque este nunca había llegado a disparar un arma. El jurado dictaminó que había sido él quien había ordenado atacar a los de la banda rival y Rick Cerrabone, fiscal del condado de King, lo acusó en virtud de la Ley de Chantaje Civil, Influencia y Organizaciones Corruptas. El jurado condenó a Big Jimmy a veinticinco años de cárcel.

—No me gusta que me apunten con una pistola, por muy de mentira que sea —sentenció Faz—. A lo mejor deberíamos ir a hacerle una visita y enterarnos de si el numerito que acaba de hacer es un mensaje para los que hayan podido verlo.

—Ya puede ir preparándose para recibirnos.

Faz se apartó de la calzada y caminó en dirección al cadáver. Poniéndose en cuclillas, levantó una esquina de la sábana y estudió a Monique Rodgers. Calculó que debía de rondar los treinta años. En la pechera de la camisa le había florecido una mancha carmesí y por las grietas del hormigón corría la sangre. Volvió a taparla y se puso en pie. La rodilla le crujió al hacerlo. Se volvió hacia Billy sin dejar de observar el bloque de viviendas.

—¿Cuál es su piso?

Williams señaló a un extremo del edificio en forma de herradura. En el rellano del portal había un agente apostado.

—La última puerta.

Faz siguió a Del por una escalera de cemento y hierro forjado hasta el corredor techado de la primera planta, poblado de sillas y barbacoas de carbón dispuestas sin orden ni concierto. Los residentes se habían asomado a la puerta de sus asfixiantes viviendas y varios los estaban mirando con desprecio.

—¿Sientes el cariño que desprenden? —preguntó Del.

—Huy, sí. Me siento como en familia —aseguró Faz.

El altavoz de hombro del agente que los aguardaba empezó a emitir sonidos y el policía se dispuso a bajar el volumen mientras tendía a Faz el sujetapapeles.

—¿Cómo lo llevan? —Faz garabateó su nombre y su número de placa y pasó el registro a Del—. ¿Han dicho algo?

El agente frunció el entrecejo.

—No mucho.

—¿Hay alguien con ellos en este momento? —preguntó Faz.

—No. Están en la cocina. Les he dicho que querían hablar con ellos los inspectores.

Faz y Del accedieron a una sala de estar de muebles ajados. A su izquierda había un hombre afroamericano sentado con gesto aturdido a una mesa de cocina. En el regazo tenía a una cría que, con el pulgar en la boca, se estrechaba contra su pecho. Frente a él, una mujer que debía de haber cumplido los cincuenta sostenía en brazos a un niño. El tercer asiento, bañado por un torrente de luz procedente de una ventana, estaba vacío. El lugar olía a café quemado.

—¿Señor Rodgers? —Faz se presentó e hizo otro tanto con Del—. Siento mucho la pérdida de su esposa, señor.

La mujer se levantó de su silla con el niño en brazos y tendió hacia el padre la mano que tenía libre para preguntar:

—¿Me la llevo?

—¿Adónde? —repuso Rodgers meneando la cabeza—. ¿Crees que hay algún sitio donde podamos decir que estará a salvo?

—A la habitación de al lado —dijo ella—. A su dormitorio. — Se detuvo, pero al ver que la pequeña hacía caso omiso de su mano tendida, salió con el chiquillo.

Faz y Del hablarían después con la mujer en privado para averiguar lo que podía haber visto u oído en el parque.

Rodgers miró entonces a Faz.

—¿Qué piensan hacer con esto? —Arqueó las cejas con gesto interrogante.

—Vamos a centrar todos nuestros esfuerzos en encontrar a los responsables. —El inspector eligió con mucho cuidado sus palabras por respeto a la cría que seguía presente.

—¿Y luego?

—Centraremos todos nuestros esfuerzos en detenerlos.

El hombre agitó la cabeza con aire desconcertado.

—El que ha hecho esto es... un don nadie, posiblemente un aspirante a matón haciendo su rito de iniciación. Le habrán encargado acabar con la rueda que rechina. —Faz no podía decir que discrepase de eso—. Con detenerlo a él no conseguimos nada. —Rodgers hizo una mueca como si le doliera pronunciar aquellas palabras—. Así no nos vamos a librar de las drogas ni de las bandas, ni tampoco recuperaremos a Monique.

Faz siguió hablando con la mayor delicadeza.

—Si el ejecutor seguía órdenes, podemos presentar cargos contra quien se las diera. Recurriríamos a la misma jugada legal que hicimos para librarnos de Big Jimmy cuando traficaba con drogas en el barrio hace diez años.

—¿En serio? ¿Y a quién van a buscar para que testifique? —Esta vez no se trataba de una pregunta.

—Iremos paso a paso —repuso Faz.

—Ha dicho Big Jimmy. ¿Era el padre de Little Jimmy?

—¿Conoce a Little Jimmy?

—¿Quién no lo conoce aquí? Es el que mueve las drogas y el que dirige la banda. Es él el problema.

—Tengo entendido que su esposa luchaba de forma activa por el barrio.

Rodgers contuvo las lágrimas. Su hija apretó la cabeza contra su pecho.

—Al principio no era su intención. Monique solo quería hacer que el barrio se uniera para librarse de las drogas y las armas y convertirlo así en un lugar mejor para nuestros hijos. Presionó a los responsables de las distintas asociaciones y a los jefes de estudios para crear programas de actividades extraescolares y conseguir sacar a los críos de la calle para que no estuviesen al alcance de las bandas.

—¿Recibió algún tipo de amenaza?

El marido dejó escapar una risita que no tenía nada de alegre.

—A todas horas, macho. A todas horas. —Movió la cabeza de un lado a otro y se repitió a sí mismo—: A todas horas... Pero Monique... A ella le daba igual. No había quien la parase. Los de las bandas la seguían a casa. Pasaban por aquí con la música a todo volumen.

Faz miró a Del. El numerito de Little Jimmy, más que una exhibición frívola de falta de respeto, había sido una señal de advertencia.

—Monique organizó un programa de vigilancia para que los del barrio pudiesen informar a la policía de lo que vieran.

—¿Y cómo respondieron los vecinos a sus iniciativas? —quiso saber Faz.

—Estaban muertos de miedo —contestó Rodgers sin vacilar—. Lo hizo de tal manera que todo fuese anónimo, pero eso no les dio ánimos.

—¿Y consiguió atraer la atención de la gente? —preguntó Del.

—La han matado, ¿no? —Rodgers apartó la mirada y la dejó en blanco—. La calle estaba llena de madres que jugaban con sus hijos —señaló sin alzar la voz—, pero a ellos les da igual. Matan sin mirar a quién.

Bajó la barbilla y la apoyó en la cabeza de su hija mientras la estrechaba con fuerza. Faz sabía que tal gesto no podía compararse, ni por asomo, con el abrazo de una madre.

CAPÍTULO 4

Aunque no era largo, el paseo de los juzgados a la comisaría de la Quinta Avenida se hallaba cuesta arriba y las deidades del calor habían decidido descargar su fuego sobre Seattle aquella misma semana. Cuando llegó a su destino estaba empapada en sudor y su vejiga había vuelto a hacerse notar. Al salir del ascensor en el vestíbulo de la séptima planta estuvo a punto de chocar con Kins. Su compañero se había puesto ya la chaqueta y se preparaba para irse a casa. Desde que le habían colocado la prótesis de cadera, hacía ya cuatro meses, había ido incorporándose poco a poco al trabajo.

—¡Tracy! ¡Qué bien que hayamos coinc…!

—Dame un minuto. —Echó a correr en dirección a los servicios, donde al abrir la puerta estuvo a punto de golpear a la ocupante que había de pie en el interior—. Perdón —dijo.

—Inspectora Crosswhite. —La mujer pronunció su nombre como si se conocieran.

Tras haber trabajado en varios casos sonados, eran muchos los miembros del cuerpo que sabían de ella. Además, se había encargado de orientar a algunas de las agentes más jóvenes, sobre todo a las que necesitaban adiestrarse en el campo de tiro para superar pruebas de aptitud. Aun así, fue incapaz de reconocer a aquella mujer de pelo caoba cortado a la altura de los hombros.

—Andrea González —se presentó la otra tendiéndole una mano. El nombre tampoco le decía gran cosa. A continuación, González bajó la mirada y preguntó—: ¿De cuánto estás? ¿De seis meses?

Tracy se cerró la chaqueta. Solo había revelado la noticia a Kins, pues la normativa de la comisaría disponía que a las agentes embarazadas debía asignárseles cierta reducción de la carga laboral, lo que en la práctica significaba ponerlas a hacer trabajo de oficina. Ni pensarlo.

—¿Quién te lo ha dicho?

La mujer se encogió de hombros.

—Nadie, pero se te nota. Aunque te sienta de maravilla.

No le sentaba de maravilla. Tenía la cara hinchada por la retención de líquidos y el pelo apagado por el calor. Además, había ganado casi cinco kilos y se notaba gorda. González, por su parte, parecía tan descansada como si acabase de entrar a trabajar. Quizá fuera eso. Llevaba pantalones negros de vestir con raya y una chaqueta a juego sobre una camisa azul que acentuaba lo que Faz habría calificado de unos activos bien desarrollados.

—Supongo que me va a tocar a mí sustituirte durante la baja por maternidad —aseveró González alzando un tanto el tono, como si hubiese querido hacer una pregunta que había sonado a declaración.

—¿A qué te refieres con sustituirme?

González sonrió.

—Imagino que me han traído aquí por eso. —Se detuvo—. Lo siento, pensaba que te habrían dicho que empiezo esta semana. Soy la nueva quinta rueda del equipo A.

Nadie la había informado.

—¿Y Ron Mayweather?

González se encogió de hombros.

—¿Quién? —Se dirigió al lavabo para mirarse en el espejo, abrió el grifo y se lavó las manos.

—Nuestra quinta rueda. Lleva ya varios años en el puesto.

—No lo sé. A mí solo me han dicho que me presente hoy ante el equipo A. —Miró al reflejo de Tracy—. Así que supongo que vamos a trabajar juntas, por lo menos unos meses. —González se secó las manos y echó el papel a la papelera—. Ha sido un placer —dijo antes de salir.

Tracy vio cerrarse la puerta y observó la imagen que le ofrecía el espejo para centrarse en la protuberancia del vientre. Se había comprado varias camisas y chaquetas anchas para ocultar su embarazo y en la comisaría nadie parecía haberlo advertido. De todos modos, trabajaba con tres hombres que no preguntarían a una mujer si estaba encinta a no ser que estuviera en pleno parto. Aun así, la facilidad y la rapidez con que se había dado cuenta González de su estado la llevó a preguntarse si no se lo habría dicho alguien. En ese caso, también cabía temer que la hubiesen contratado no para una sustitución, sino para que se apropiara de su puesto.

CAPÍTULO 5

Tracy lanzó una toalla de papel a la papelera y salió al vestíbulo. Kins estaba apoyado en la pared, fingiendo que estaba enfrascado en su teléfono.

—¿Tú sabías eso?

Su compañero cabeceó con el gesto de un adolescente que acabara de recibir un rapapolvo.

—No sabía que estuviera en el baño, pero… Por eso quería hablar contigo. Se ha plantado aquí esta mañana. Nos la ha presentado Nolasco y dice que empezará como nuestra quinta rueda.

—Sabe lo de mi embarazo. —Tracy bajó la voz cuando vio que entraba más gente al vestíbulo—. ¿Cómo coño se ha enterado?

—No lo sé. Yo no se lo he dicho. —Miró a su alrededor y le indicó inclinando la cabeza que lo siguiera por el pasillo. Se metió con ella en una sala de reuniones y cerró la puerta.

—Escucha. Tengo que ir a South Park. Del y Faz están con un asesinato y necesitan ayuda con los interrogatorios, conque no tengo mucho tiempo. ¿Te ha dicho González cómo lo sabe?

—No. Dice que se me nota, pero eso me parece poco probable, porque es la primera vez que nos vemos.

—¿Y te ha dicho que iba a sustituirte?

—Dice que ha supuesto que la han debido de contratar por eso.

—Seguro que se refería solo a la baja por maternidad.

—¿Y cuándo ha trasladado Nolasco a Ron? ¿Por qué no ha tirado de él como hizo cuando tú te operaste la cadera?

—Lo han reasignado al equipo C.

—¿Cuándo?

—Me he enterado a última hora de la mañana, cuando ha aparecido González. Por lo visto, Arroyo se jubila en enero.

Aquello no se lo esperaba.

—¿Arroyo se jubila?

Kins se encogió de hombros.

—Eso parece.

Se estaban saliendo del tema.

—Ron lleva tres años trabajando con nosotros —dijo Tracy—. ¿Por qué iba a trasladarlo Nolasco?

—Quizá porque ninguno de nosotros va a dejar su puesto. Porque es así, ¿no?

—¿A qué te refieres?

—Quiero decir que doy por sentado que piensas volver después de tener a tu hijo, ¿verdad que sí?

—Igual que cuando tú te operaste de la cadera: te diste de baja, Ron te sustituyó y ahora has vuelto.

—Sí, pero yo no tengo que dejarme la cadera en casa para venir a trabajar, Tracy.

Ella guardó silencio un instante, sin saber muy bien adónde quería llegar su compañero, y a continuación dijo:

—¿Qué?

—Ya sabes lo que pasa en estos casos. Cuando nazca el crío tendrás que separarte de él si quieres seguir trabajando... y la verdad es que no necesitas el puesto. Todos sabemos que a Dan le va bien. Muy bien, de hecho.

El abogado y ella se habían casado hacía un año.

—Dan acaba de contratar a un ayudante para que le eche una mano en el despacho y así poder pasar más tiempo en casa. No

21

tengo intención de dejarlo, Kins. —Su compañero tenía la extraña expresión de quien, estando al borde de un acantilado, siente pavor ante la idea de saltar—. ¿Qué? —preguntó.

Él negó con la cabeza.

—Nada.

—¿Qué?

—Nada. Tengo que irme.

—Si crees que no estoy actuando con lógica, dímelo.

Él miró el reloj.

—De acuerdo, pero prométeme que no me vas a echar la bronca, ¿vale? Te lo digo como amigo, como alguien que ha pasado ya por lo mismo. —Kins tenía tres hijos.

—Perfecto.

El inspector soltó una risita nerviosa.

—Tracy, te conozco muy bien. Estás dispuesta a escucharme, pero eres muy capaz de echarme al suelo y extirparme la vesícula con tus propias manos.

Ella sacó una silla y se sentó cruzando las piernas.

—Estoy tranquila, ¿vale? Y te escucho.

Kins se tomó un instante para ordenar sus pensamientos o reunir el valor que necesitaba. Entonces saltó al vacío.

—Este es tu primer hijo. Es imposible que estés segura por completo de cómo te sentirás cuando nazca.

—Lo sé…

El compañero alzó una mano.

—Déjame acabar.

Ella levantó las dos manos como para decir: «Está bien, sigue».

—Sé que, cuando tienes un hijo, te convences de que no cambiará nada. Te crees que tu trabajo va a seguir igual, pero no es así. Ser padre lo cambia todo y eso no es malo, pero lo cambia todo y punto. Eso es lo peor de esta experiencia: tener que dejar en casa a lo mejor de ti… con otra persona. Dejar a lo mejor de ti al cuidado de alguien que no eres tú. A mí no me hizo ninguna gracia. A Shannah tampoco, por eso dejó el trabajo y se quedó en casa, aunque, la verdad, no podíamos permitírnoslo. Y a mí se me hizo muy cuesta arriba a pesar de que sabía que estaban con ella, Tracy. Llegaba al trabajo deseando acabar, deseando volver para ver a mis niños.

Tracy era muy consciente, por los años que llevaba trabajando con él, de lo que significaban para Kins sus hijos. Los había visto crecer y conocía todas sus historias.

—Estaba deseando entrenarlos para la liga menor y verlos jugar en el instituto. Me encantaba. He disfrutado cada minuto. De aquí a un par de meses, Connor se nos va a la universidad y ya estoy temiendo ese día, porque sé que voy a sufrir. Me va a doler saber que no está durmiendo en su cama, que tiene otra cama y otra vida con gente a la que ni siquiera conozco. —Kins se quedó sin voz y Tracy supo que estaba luchando por contener la emoción. Tras una pausa, soltó el suspiro que estaba conteniendo—. Sé que por esto tienen que pasar todos los padres. Todos tenemos que despedirnos en algún momento, pero créeme si te aseguro que eso no hace que sea más fácil. Lo único que te digo es que el tiempo vuela. Antes de que te des cuenta, mucho antes de lo que esperas, te verás llevándolos a su facultad para despedirte de ellos. Y te preguntarás: «¿Adónde han ido todos estos años?». Mirarás las fotos y ni siquiera te acordarás de cuando eran tan pequeños, pero a la vez desearás que sigan siéndolo. Desearás volver a aquellos días y tenerlos de nuevo en casa. Lo que te intento decir es que no mires lo de quedarte en casa como un castigo, Tracy, porque, si lo haces, te arrepentirás y… Oye, me tengo que ir.

Kins abrió la puerta y salió sin acabar la frase, aunque no le hacía falta. Tracy sabía qué era lo que estaba pensando y había callado:

«…Y este podría ser tu único hijo».

Tras dejar la sala de reuniones, Tracy se hizo con un café descafeinado de la cocina, elección que le pareció preferible dado el estado de agitación en que se encontraba, y se dirigió a su mesa. Se sentía acalorada, tanto como cuando había subido la cuesta para llegar a comisaría. La conversación que había tenido con Andrea González seguía abriéndose paso poco a poco en su cabeza.

—¿De cuánto estás? ¿De seis meses?

¡Por el amor de Dios! ¿Tanto había engordado ya?

Kins también la había sorprendido. Sabía, por supuesto, cuánto quería a sus tres hijos; pero también conocía todas las anécdotas menos halagadoras: las estupideces que cometían, el caos que reinaba en la casa, las visitas al instituto porque alguno de ellos se había metido en un lío o había faltado a clase… Se había sentido con el corazón en un puño al verlo al borde de las lágrimas en la sala de reuniones mientras le contaba que uno de sus pequeños se iba a la universidad. Era muy poco frecuente que los agentes de policía se diesen a manifestaciones tan francas de sus sentimientos ante sus compañeros.

Entró en el cubículo del equipo A y se extrañó al ver algo insólito en la comisaría central de Seattle, donde las mesas y los espacios de cada uno eran sacrosantos: Andrea González se había ido a sentar en el suyo. Las quintas ruedas ocupaban los terminales informáticos del fondo de la sala. González, en cambio, daba la impresión de haberse instalado en el de Tracy. Había colgado la chaqueta en el armario de su rincón y tenía sobre el protector de escritorio un vaso de café de Starbucks manchado de pintalabios rojo.

—Perdona —le dijo. González se dio la vuelta—. ¿Qué estás haciendo en mi mesa?

—¿Cómo?

Tracy señaló al escritorio.

—Que qué estás haciendo en mi mesa.

La nueva la miró como si no entendiese la pregunta.

—Tenía entendido que ibas a pasar todo el día testificando en el juzgado. El capitán Nolasco me ha dicho que me pusiera al día con tus casos.

Tracy miró al ordenador y vio el documento que había en la pantalla.

—¿Cómo has entrado en los archivos de mis casos?

—El capitán Nolasco les ha dicho a los informáticos que me den una clave genérica.

Tracy apretó los dientes por temor a lo que pudiera salir por su boca. Debía haberse imaginado que Nolasco tendría algo que ver con aquello. Nadie iba a alegrarse más que él en caso de que Tracy dejara el puesto.

—Espera, que lo despejo enseguida —dijo González antes de ponerse en pie y recuperar su café—. Oye, lo siento mucho. No sabía que estuviese contraviniendo ningún protocolo. En Los Ángeles es normal que nos pongamos en cualquier mesa vacía para acceder sin más al sistema.

Tracy no tenía ningún interés en discutir con ella.

—Tengo que hacer una llamada.

González miró la hora en su reloj.

—Me parece que hemos empezado con mal pie. ¿Me dejas que te invite a una cerveza? —se encogió de inmediato y clavó la mirada en la barriga de Tracy—. Lo siento. ¿Algo sin alcohol, mejor?

Tracy contuvo su ira, convencida de que era mejor dirigirla hacia Nolasco. Al fin y al cabo, tampoco podía descartar que se le hubieran desatado las hormonas.

—Gracias, pero no puedo. Sigo con el juicio y tengo que ponerme en contacto con el fiscal para preparar la sesión de mañana.

—Ya, eso me han dicho. De todos modos, siento haber usado tu mesa.

González salió del cubículo.

Tracy se sentó y pulsó la barra espaciadora. En el monitor apareció la pantalla protegida con contraseña, como ocurría siempre cuando no se accionaba el teclado durante cierto tiempo. Introdujo la clave y el ordenador volvió a la vida. Delante de ella apareció la carpeta que, al parecer, había creado Del en relación con el asesinato de South Park, aunque seguía estando vacía. También habían abierto sus correos electrónicos. Comprobó la bandeja de salida, pero pudo constatar que no se había enviado ninguno desde su terminal desde la última vez que lo había usado, la tarde previa.

En ese momento sonó el teléfono de su mesa. Aquejada ya de un brote de paranoia, en lugar de usar su respuesta acostumbrada, que consistía en decir su apellido, temió que la llamada fuese para González y contestó diciendo:

—Hola.

—Mmm… Hola, quisiera hablar con la inspectora Crosswhite.

Era una voz de mujer, aunque Tracy no la reconoció.

—Soy yo.

—¿Tracy? —Su interlocutora parecía confundida—. Soy Katie, Katie Pryor.

—Hola, Katie. Perdona, es que… es que estaba ocupada con una cosa y… Da igual. Dime, ¿cómo te va en tu nuevo puesto?

Seis meses antes, cuando Talia Greenwood se había retirado de la Sección de Personas Desaparecidas después de más de treinta años de servicio, Tracy había recomendado a Pryor para el puesto. Aquella madre de dos crías, casada con un hombre que quería tenerla en casa, le había dicho una tarde en el campo de tiro que estaba buscando algo con un horario más previsible.

—Me gusta mucho. En fin, si es que puede gustarle a una eso de buscar a personas desaparecidas. Al tener la jornada mejor estructurada, puedo planear el tiempo que paso en casa con las nenas.

En otra época, la simple mención de la expresión «personas desaparecidas» le habría provocado una reacción visceral. A su hermana,

Sarah, la habían secuestrado y no se había sabido nada de su paradero durante más de veinte años. Con el tiempo, sin embargo, Tracy había acabado por tolerar algo más la situación.

—Escucha, no quiero entretenerte —dijo Pryor—. Sé que estás con el juicio de Stephenson, pero he recibido un informe de una mujer que no tiene noticias de su compañera de piso y lo que me ha contado me da mala espina. Normalmente no te molestaría sin más información, pero mi capitán está en Europa y no vuelve hasta dentro de dos semanas, y la mujer que nos ha avisado piensa dejar el país dentro de poco para irse a vivir a Londres. Me ha parecido mejor pedir que hable con ella alguien de Crímenes Violentos antes de que se vaya. La desaparecida no parece ser una de esas personas que deciden ausentarse sin más.

—¿Cuántos años tiene?

—Veinticuatro. Las dos compartían un apartamento del Distrito Universitario, cerca del campus de la Universidad de Washington.

—¿Estudiantes?

—Graduadas. La desaparecida, por lo visto, había enviado solicitudes a varias facultades de Medicina para hacer el posgrado.

En su mayoría, las personas desaparecidas pertenecían a una profesión peligrosa, como la prostitución, o tenían otras circunstancias de riesgo, como ocurría con los adictos, los discapacitados mentales o los ancianos que sufrían alzhéimer o demencia.

—Entonces, la mujer que se ha puesto en contacto con vosotros era su compañera de piso.

—Hasta hace poco.

—¿Y qué pasó hace poco?

—La que nos avisó se casó en la India, al parecer sin haberlo planeado. Ni siquiera tuvo ocasión de contárselo a su compañera de piso hasta después de volver. Ella es la que está a punto de mudarse a Londres.

—Ajá. ¿Y por qué piensa que ha desaparecido su compañera?

—No se pone al teléfono ni le contesta los mensajes de texto ni los de correo electrónico. Dice que se la ha tragado la tierra. Es complicado.

—¿Cuánto hace que no sabe nada de ella?

—Poco menos de veinticuatro horas.

Tracy sabía que veinticuatro horas podían ser una eternidad para la familia de la persona que faltaba, pero no para la policía de Seattle, aunque eso también estaba empezando a cambiar. Si normalmente esperaban cuarenta y ocho horas antes de considerar desaparecida a una persona, se habían vuelto más precavidos tras el caso reciente de la enfermera a la que habían perdido la pista después de que quedase con un hombre al que había conocido en Internet. Al final, encontraron su cadáver en bolsas de basura repartidas por toda la ciudad.

—Dice —prosiguió Pryor— que son amigas desde la infancia y que sabe que nunca desaparecería sin más. —Tracy la oyó revolver papeles—. Lo siento, pero es un poco desconcertante. La que ha acudido a nosotros se llama Aditi Dasgupta.

—¿Es india?

—Sí. Dice que Kavita Mukherjee, su compañera de piso, y ella han ido juntas a clase desde niñas y que llevan dos años compartiendo apartamento en el Distrito Universitario. Las dos tenían intención de matricularse en la Facultad de Medicina.

—No te sigo.

—A mí me pasó lo mismo. El agente que atendió a la denunciante… Dasgupta… dice que se casó hace poco en la India. Un matrimonio concertado, al parecer. La compañera desaparecida, Kavita Mukherjee, no sabía nada de la boda.

—¿No sabía que su compañera de piso se casaba?

—Eso parece. De todos modos, Dasgupta dice que Kavita Mukherjee se molestó muchísimo al enterarse.

—¿Y no puede ser que se enfadase y necesitara estar un tiempo a solas para asimilar lo que había ocurrido?

—Puede ser, pero Dasgupta lo duda mucho. Dice que ella no es así.

—¿Has cursado ya una EMPA? —Eran las siglas con que se conocían las alertas de personas desaparecidas o en peligro.

—Todavía no he tenido la oportunidad. He llamado por teléfono a la familia y a varios amigos, también a su trabajo, pero nadie sabe nada.

Tracy miró el reloj de la esquina inferior derecha de su monitor. Había albergado la esperanza de llegar a casa a una hora decente. También sabía que Nolasco no iba a permitir que se hiciese cargo de un caso de personas desaparecidas si no había pruebas más claras de que se trataba de un crimen violento, y menos aún cuando Del y Faz estaban investigando un asesinato en South Park y podían necesitar ayuda.

—¿Sigues en tu despacho? —preguntó.

—Sí.

—Me paso a verte de camino a casa. Tengo que hacer una llamada. ¿Te importa esperar?

—Claro que no. ¿Quieres que te mande lo que tengo?

Tracy prefería que no lo hiciera, ya que resultaba muy poco probable que Nolasco le diera el visto bueno.

—Imprímeme el informe y lo recojo cuando llegue.

—Te lo agradezco. Sé que estás ocupada, pero… Ya conoces estos casos en los que te da la sensación de que hay algo raro y no sabes qué es.

Por supuesto que los conocía. Demasiado bien.

CAPÍTULO 6

Anderson-Cooper fue puerta por puerta del bloque de apartamentos en busca de testigos del homicidio, mientras Del y Faz buscaban en los establecimientos de la zona grabaciones de seguridad que pudiesen haber captado al tirador huyendo del lugar o entrando en un vehículo, o cualquier otra cosa. Todavía no había caído la tarde, pero algunos negocios ya habían cerrado. Faz fue tomando nota de todos ellos para ir a visitarlos a primera hora de la mañana. Si tenían cámaras, debían volver antes de que grabasen nada sobre las imágenes del momento de los disparos. También había llamado a la División de Tráfico para que revisaran sus cámaras y guardasen las cintas. La madre de Monique Rodgers decía haber oído tiros en el lado oriental del edificio. De ser eso correcto, la ruta de escape más lógica para el pistolero habría sido South Cloverdale, calle paralela al edificio.

El propietario de una gasolinera situada al final de la manzana les dijo que, aunque su cámara apuntaba a los surtidores, podía ser que hubiese grabado parte de la calle. A fin de agilizar trámites, Del y Faz dejaron a un inspector de la Unidad de Audiovisuales revisando las cintas mientras ellos se dirigían a un supermercado familiar situado al otro lado de la calle que también cabía esperar que tuviese cámaras.

Faz empujó la puerta de cristal e hizo sonar con ello las campanillas que había atadas al pomo interior. Los saludó arrugando el entrecejo un hombre tan alto que podía mirarlo a los ojos y tan ancho como Faz y Del juntos.

—¿En qué puedo ayudarlos?

Llevaba el pelo, negro y rizado, recogido en un moño y tenía los brazos carnosos cruzados delante del pecho y apoyados en una tripa voluminosa. Sus bíceps, grandes como muslos de un ciudadano medio, estaban envueltos en tatuajes de intrincado diseño. Vestía pantalón corto, camiseta y chanclas.

Faz y Del se presentaron y le expusieron el motivo de su visita. El propietario, que les dio la mano blandamente, tenía la voz más aguda de lo que habría supuesto Faz en un hombre de semejante tamaño. Se presentó como Tanielu Eliapo y añadió:

—Pero podéis llamarme Tanny, que es más fácil. Me he enterado de lo que le ha pasado a esa señora.

—¿Y cómo se ha enterado?

—Ha salido en las noticias, macho. —Se dio la vuelta y señaló un televisor pequeñito que pendía sobre la caja registradora, frente a la que había sentada, sobre un taburete de madera, una mujer que, como él, daba la impresión de ser de ascendencia polinesia y tenía poco que envidiarle en tamaño, y que los miró con expresión hosca.

Sobre el mostrador había un ventilador que giraba de izquierda a derecha y volvía a continuación para hacer aletear el vestido de flores de la mujer y un mechón de su pelo.

—¡Oye! —Tanny se dio la vuelta para gritar a dos críos hispanos que se habían detenido frente al expositor de las revistas y que alzaron la vista hacia él con un respingo. A continuación, señaló un cartel que había en la pared—: Si la leéis, la pagáis. Vosotros veréis. —Entonces dirigió el dedo hacia una cámara atornillada al techo—. ¡Sonría! Esto es una cámara oculta. A mí me podéis engañar, pero a la cámara no, ¡y, si os pillo, estáis perdidos!

31

Tanny siguió observándolos hasta que dejaron la revista donde estaba y se dirigieron a la caja con refrescos y caramelos. Entonces se volvió hacia Faz.

—Por lo visto, la gente tiene miedo de hablar con la poli.

—¿Dónde ha oído eso? —le preguntó Faz, sabedor de que era poco probable que hubiese sido en las noticias.

—¿Tú sabes cómo corre la voz en la calle?

—¿Qué más ha oído? —quiso saber Del.

—Que Little Jimmy está haciendo saber que no quiere ver a nadie hablando con vosotros.

Es decir, que Faz había hecho bien en sospechar que Little Jimmy tenía algo que ver con aquello.

—¿Usted lo conoce?

—Sé quién es. Ricardo Luis Bernadino Jiminez. —Tanny dijo el nombre a toda prisa y con cara de quien detecta un mal olor—. ¡Menudo gamberro! Por lo visto, su padre, Big Jimmy, era un tío importante aquí, en South Park, e hizo un montón de cosas por los del barrio. Little Jimmy no es un tío importante, pero se lo cree. Me han dicho que trabaja para uno de esos carteles mexicanos. Big Jimmy traficaba con marihuana y Little Jimmy trabaja con heroína. Una cosa asquerosa, tío. Esa mierda te mata.

Faz miró a su compañero, que había perdido a una sobrina por sobredosis hacía menos de seis meses. Del no dijo nada.

—¿Y usted no le tiene miedo? —preguntó Faz.

Tanny soltó un bufido burlón como si le hubieran hecho una pregunta estúpida.

—¿Qué puede hacerme a mí? Sabe que si me toca un pelo o hace algo contra mi negocio, a mis hermanos no les va a hacer ninguna gracia. Y podéis estar seguros de que ese no quiere cuentas con mis hermanos.

Faz no lo dudaba, teniendo en cuenta las dimensiones de aquel fulano, por no hablar de las de la mujer de detrás del mostrador, que parecía capaz de comer cristal y cagar vidrieras. Señaló al techo y preguntó:

—¿Tienen grabaciones?

Tanny señaló con la barbilla a la mujer.

—A Pika le gusta mirarlas todas las noches. Lo puede hacer desde su teléfono. Si alguien roba algo, la próxima vez que lo ve entrar... digamos que no se lo pone fácil. A mí no me gusta que la gente robe, pero Pika es más papista que el papa con eso. —Se encogió de hombros y les regaló una sonrisa de oreja a oreja.

—¿Podemos ver la cinta de hoy, alrededor de las tres de la tarde o quizá un poco antes? —quiso saber Faz.

—¿La queréis ver?

—Claro —confirmó Del.

—Pika, estaré en la trastienda. —Señaló con un movimiento de cabeza a dos jóvenes que habían entrado por la puerta principal—. Échale un ojo a ese par. Si roban algo, rómpeles los brazos. —Se golpeó la palma de una de sus manos carnosas con el puño de la otra y gruñó antes de guiar a Del y a Faz por una puerta situada al fondo del local hasta un ordenador dispuesto sobre una mesa plegable.

La sala estaba atestada de cajas y productos de limpieza e impregnada del olor penetrante del amoníaco. De un balde metálico situado en un rincón asomaba el mango de madera de una fregona que se apoyaba en el borde de un fregadero enorme. La única ventana con que contaba la sala, de cristal traslúcido y dotada de rejas por dentro, estaba situada sobre el ordenador.

—¿Os gusta mi despacho? —Tanny soltó una carcajada y extendió los brazos como quien se ufana de lo que está mostrando—. ¡Todo un cuchitril, colegas! —Se puso a teclear con sus dedos rechonchos y a trazar círculos con el ratón—. ¿A las tres más o menos de hoy, habéis dicho?

—Aproximadamente —respondió Faz mientras se colocaba las gafas de lectura para ver mejor la pantalla.

El dependiente volvió a pulsar las teclas. En el monitor apareció entonces una imagen en blanco y negro con la fecha y la hora en el ángulo inferior derecho. Usó el ratón para hacer avanzar la grabación y la detuvo al llegar a las 14:33. Entonces dejó que se reprodujera a velocidad normal. El encuadre que ofrecía la pantalla se centraba sobre todo en el interior del establecimiento y el mostrador en que estaba sentada Pika, pero también mostraba la puerta de cristal de la entrada y parte del aparcamiento delantero y de la calle. Con todo, las esperanzas que abrigaba Faz de que la cámara hubiese captado algo útil para la investigación seguían siendo remotas. Observaron el vídeo mientras los clientes entraban, compraban y salían. Faz no apartaba la vista de la calle, de los coches que pasaban ante la tienda, de los que accedían al aparcamiento o lo abandonaban y de los transeúntes.

Habían pasado casi quince minutos cuando dijo Del:

—¿No podemos ponerlo a más velocidad? Si vemos algo, paramos y rebobinamos.

—Claro que sí, tío.

Tanny pulsó el botón correspondiente y aumentó el ritmo de la cinta, aunque no demasiado.

—¿Lo quieres más rápido?

—No, por el momento está bien así.

Entonces fue Faz quien pidió tras unos minutos:

—Espere. Eche para atrás.

—¿Has visto algo? —preguntó Del.

—No lo sé.

El dependiente rebobinó.

—Ahí. Párelo. Ahora, póngalo otra vez —pidió Faz—. Pare aquí. ¿Lo ves? —dijo a su compañero. Señaló con el dedo la esquina derecha de la pantalla, donde había aparecido alguien, aunque la imagen estaba muy borrosa.

—Sí, lo veo —repuso su compañero muy poco impresionado.

—Dele al *play*. —Faz se acercó a la pantalla. El individuo entró trotando en la imagen y cruzó una zona de césped en dirección a la calle, aunque estaba demasiado lejos para que pudieran ver sus rasgos—. Pare. —Se inclinó más aún—. ¿Con qué lleva tapada la cara?

—Ahora lo veo —dijo Tanny señalando con el índice—. Es una capucha, tío. Sabes, ¿no? La capucha de la sudadera. La lleva puesta. ¿Lo ves?

—Sí, sí. Lo veo. Creo que tiene razón.

—La lleva cerrada para que le tape bien la cara —señaló el dependiente.

—Con treinta grados que podía haber hoy —apuntó Del.

—Veintinueve —puntualizó Tanny—. Ya sé que es una locura, pero aquí las llevan haga el tiempo que haga. Capucha y tirantes.

—Pero ¿cerradas de esa manera? —preguntó Del.

—Eso ya no se ve tanto —reconoció el propietario.

Faz buscó algo que pudiera servir para identificar al portador: el logo de un equipo u otro distintivo. Sin embargo, si la sudadera tenía algún rasgo característico, la distancia era demasiada para verlo con claridad. Bajó la vista al ángulo inferior derecho de la pantalla y luego la subió para mirar a Del.

—A la hora exacta.

—En el lugar justo —dijo su compañero. El camino que llevaba a la calle debía de proceder de la parte trasera del bloque de apartamentos.

Tanny miró a un inspector y luego al otro.

—¿Creéis que podría ser vuestro pistolero?

—Es difícil saberlo —respondió Del—. Podría no ser nada.

—¿Y cómo lo vais a identificar con esa capucha?

—No lo sé —dijo Faz—. Vuelva a darle al *play*.

El dependiente pulsó el botón y el desconocido bajó de la acera. Trastabilló como si se hubiera doblado el tobillo y, para no perder el equilibrio, apoyó la mano izquierda en el capó de un coche aparcado. Acto seguido, volvió a erguirse y cruzó la calle cojeando mientras esquivaba el tráfico que se dirigía al sur. Estaba a punto de salir de cuadro cuando subió al asiento del copiloto de lo que parecía un todoterreno o una camioneta de color blanco. —A Faz le fue imposible determinarlo—. Al instante, el vehículo salió del encuadre.

—¿Has visto eso? —preguntó Faz.

—Sí —dijo Del.

Tanny detuvo la cinta y los miró a los dos.

—¿Qué os parece, colegas?

Del se dirigió a su compañero:

—Dudo que podamos distinguir la matrícula del todoterreno ni siquiera mejorando la imagen. Está muy lejos y no tienen fotogramas suficientes con los que trabajar. Pero sí podríamos conseguir la del coche en el que ha apoyado la mano.

—Puede. A lo mejor las cámaras de tráfico han recogido la imagen del vehículo blanco al que se ha subido. Y, por si las moscas, deberíamos preguntar en los hospitales de los alrededores si ha llegado alguien con un tobillo torcido.

—Lo dudo, pero por preguntar no perdemos nada.

Faz sacó el teléfono para llamar al inspector de la Unidad de Audiovisuales y, volviéndose hacia Tanny, le dijo:

—Haré que vengan a llevarse la cinta.

—Sin problema, tío —convino el otro encogiéndose de hombros.

Faz le tendió una tarjeta de visita que en la mano de aquel hombre más parecía un sello postal.

—Ya sé que no le da miedo Little Jimmy y no quiero tener que decirle lo que debe hacer, pero yo no contaría nada de esto. Puede que solo sea un gamberro, pero, si es verdad que dirige a los Sureños, podría ponerlo en un aprieto.

Tanny sonrió.

—No soy tonto, tío. Lo que habéis visto ahí fuera —añadió señalando con el pulgar a la puerta que llevaba al establecimiento— era solo por hacer el numerito. En este barrio no te pueden ver con miedo. Si te huelen el miedo, te roban hasta los calzones. Pero sí, hermano, lo he pillado. No quiero acabar con una bala en el cuerpo y, como yo digo, Little Jimmy está como una puritita cabra.

CAPÍTULO 7

Tracy colgó tras hablar con el representante del ministerio público, Adam Hoetig, con quien había repasado la declaración que iba a prestar al día siguiente y había estudiado diversos frentes en los que podría intentar atacarla Leonard Litwin después de haber modificado la estrategia para sus repreguntas. También le había hecho saber que se veía aquejada de cistitis y agradecería un descanso a media mañana… si Litwin pensaba extenderse más de una hora. Dado que tras el suyo no había más testimonios y que la fiscalía no tenía previsto llamar a ningún testigo de refutación, Hoetig prefirió no reunirse con ella en persona para poder trabajar en su alegato final.

Tras la llamada, Tracy se dirigió a los despachos exteriores con la intención de dar con Nolasco antes de que se fuera a casa. Quería preguntarle por Ron Mayweather, así como por la jubilación, al parecer inminente, de Arroyo, y sondear si sabía algo de su embarazo y si había podido decírselo a González. El capitán tenía bajadas y cerradas las láminas de su persiana veneciana, lo que le impedía ver el interior. Llamó a la puerta, que estaba cerrada, y la empujó al oír decir:

—Adelante.

Nolasco estaba sentado tras su mesa y sostenía una taza de té. En una de las sillas dispuestas ante él se hallaba Andrea González, que se volvió para mirarla.

TODO TIENE SU PRECIO

—¿Os conocéis? —preguntó él.

—Sí —dijeron a la vez las dos inspectoras.

La recién llegada miró a su superior.

—Volveré en otro momento.

—No. —González se puso en pie—. Yo ya me iba. Gracias, capitán. Me pongo con ello. —Lanzó una sonrisa al pasar al lado de Tracy.

—Quiero que tú también oigas esto. —Nolasco empezó a hablar antes de que Tracy tuviese tiempo de poner un pie en el despacho—. ¿Sabes que han matado a una mujer en South Park?

—Sí, me lo ha dicho Kins cuando he vuelto del juzgado.

—Tenía dos hijos y la han matado de un tiro en la zona de recreo infantil de un bloque de apartamentos. La víctima había denunciado la situación que se vive en el barrio por las drogas y las bandas. La prensa está mirando con lupa el caso, lo que quiere decir que nos está mirando con lupa a nosotros. Quiero mandar a todo el personal disponible a echarles una mano a Del y a Faz para buscar pistas por los alrededores. ¿Cómo vas con lo del juicio?

—Mañana por la mañana tengo que volver a declarar.

—¿Habrá más testimonios?

—No, a no ser que Hoetig llame a algún testigo de refutación o Litwin cambie de opinión de la noche a la mañana. Hoetig quiere presentar su alegato final a última hora de la mañana o primera de la tarde.

—Del y Faz van a necesitar tu ayuda en cuanto acabes. —El inspector al cargo de un juicio por homicidio solía sentarse con el fiscal en la mesa de la acusación desde las vistas preliminares hasta que el jurado comunicaba su veredicto con la intención de ofrecer un rostro humano a la causa del ministerio fiscal.

—¿Trabajamos con la hipótesis de que el móvil ha sido la venganza? —preguntó Tracy.

—Sí.

—Aquello es territorio de los Sureños. —La inspectora había investigado dos asesinatos de bandas en South Park.

—Quiero que llames a Del y a Faz en cuanto acabes para ver qué necesitan. —Nolasco bajó la cabeza, convencido a todas luces de que había puesto fin a la conversación, y volvió a alzarla al ver que Tracy no se levantaba—. ¿Algo más?

—¿Le ha dado a González una contraseña para acceder a mi ordenador?

—No, le he dicho que les pidiese una provisional a los informáticos.

—Pero sabe usted que González tiene un terminal a su disposición en administración, ¿verdad? No tiene por qué usar el mío.

—Del y Faz están en South Park, y Kins y tú, de juicio. No quería que vuestro cubículo estuviera vacío y, además, me interesaba que se pusiera al tanto de vuestros expedientes para empezar con buen ritmo.

—Sí, pero usando mi ordenador con una clave provisional puede acceder a mis archivos privados, a mis informes. —Aunque todos los inspectores tenían autorización para consultar los expedientes de la unidad, el que dirigía una investigación concreta era el único que podía abrir los informes, también llamados archivos «privados». Cualquier acceso no autorizado a dichos documentos se le comunicaba mediante un correo electrónico generado por Versaterm, una empresa auxiliar.

—Le tenéis demasiado apego a vuestros terminales. Se supone que los expedientes tienen que estar accesibles para que trabajemos en colaboración. No entiendo cuál es el problema.

¿La estaba pinchando Nolasco? Fuera como fuere, decidió ser ella quien lo presionara a él.

—¿Y Ron no sabía lo que estaba pasando?

—¿Qué quieres decir con eso?

—Ron era nuestra quinta rueda y estaba ya familiarizado con nuestros expedientes.

—Sí, pero hemos tenido que cubrir una vacante en el equipo C. Arroyo se jubila a finales de año.

—Eso he oído.

—¿Y has oído también que Ron quería el puesto, lo que deja vacante el de quinta rueda del equipo A?

—¿Ron ha pedido cambiarse de equipo?

Nolasco le sostuvo la mirada.

—¿Algo más?

—¿No ha contratado demasiado rápido a González?

—¿Yo? No. Esa decisión la han tomado otros que están por encima de mí para poner fin a un proceso que empezó cuando Arroyo anunció a los jefazos que tenía intención de jubilarse. —Se detuvo—. Es curioso, porque la mayoría de los inspectores me habría dado las gracias.

—¿Por qué? —preguntó Tracy.

—Por anteponer la calidad de tu equipo y hacer que la nueva adquisición se ponga al día cuanto antes.

La inspectora inclinó la cabeza.

—Pues, en ese caso, muchas gracias.

—¿Algo más?

Tracy hizo un gesto de negación. Sabía que no iba a sacar nada más de Nolasco y tenía a Katie Pryor esperándola en Park 95.

—En cuanto te quedes libre, échales una mano a Faz y a Del —dijo el capitán.

Se dirigió en coche a Park 95, nombre que recibían en el cuerpo los edificios de hormigón de Airport Way en los que se alojaban buena parte de las unidades forenses de la policía de Seattle, la Unidad Científica y otras secciones especializadas como los SWAT. Fue a la de Personas Desaparecidas. Hacía tiempo que habían dado las seis y la mayoría de los cubículos del edificio estaban vacíos. No se oían voces, teléfonos ni teclados.

Tracy conocía la unidad de la época en la que había trabajado con la policía científica en aquel mismo edificio. También había colaborado con Talia Greenwood, que había precedido en el cargo a Katie Pryor, en varios casos de desapariciones. Ella era la que le había hecho saber que la unidad nunca consideraba cerrado ni imposible ningún caso. Si no encontraban a la persona a la que buscaban, el expediente permanecía abierto en el ordenador de Greenwood. A Tracy aquella labor le parecía deprimente y desagradecida, un trabajo de los que no pueden dejarse en la oficina al final de la jornada; un trabajo capaz de consumir al investigador cada vez que recibía la noticia de que había desaparecido una persona o se había encontrado un cadáver. De aquel trabajo era imposible escapar.

Greenwood, sin embargo, le había dicho en cierta ocasión que aquella apreciación no era del todo correcta. Por agotador que pudiera resultar aquel cometido en el plano emocional, decía haber vivido también muchos buenos momentos en el puesto. En su mayoría, las personas a las que buscaban tras la denuncia de un familiar o conocido no estaban, en realidad, desaparecidas. Muchas veces habían sufrido arresto y estaban en la cárcel del condado o habían tenido algún percance y se encontraban en el hospital. Otros necesitaban, sin más, perderse durante un tiempo por sentirse abrumados por el peso de su existencia cotidiana, actitud quizá insensible para con sus seres queridos, pero no ilegal. Tal hecho suscitaba el primer problema de aquella actividad. ¿Cuánto tiempo debía estar una joven sin dar señales de vida para que la considerasen desaparecida? ¿Qué circunstancias tenían que darse para entender que alguien había desaparecido y no se estaba tomando un descanso? La policía de Seattle daba la impresión de estar refinando continuamente la respuesta a estas preguntas.

—¿Se puede? —preguntó Tracy.

Pryor giró su sillón, se puso en pie y la abrazó con una sonrisa.

—Hola, Tracy. Gracias por venir.

Aquella mujer tenía la voz suave y aguda de una niña de instituto. Aunque apenas habían pasado unos años desde el día en que la había conocido en el campo de tiro y la había ayudado a aprobar su examen de aptitud, Pryor tenía ya más marcadas las arrugas de expresión y algo más rellenas las caderas.

—He tardado más de lo que esperaba. Lo siento. ¿Cómo están tus críos? —le preguntó.

—Muy bien. ¿Te puedes creer que el mayor empieza ya la secundaria después del verano? —Pryor meneó la cabeza con un gesto idéntico al de Kins cuando le había dicho que su primogénito estaba a punto de dejarlos para ir a la universidad.

—¿Te paras a pensar alguna vez adónde han ido a parar estos años?

La otra se echó a reír.

—Solo en ocasiones especiales, como cumpleaños y Navidades. El resto del tiempo, mi marido y yo estamos bastante ocupados tratando de mantener el barco a flote. Este puesto me ha ayudado muchísimo, porque me permite adaptarme a los horarios de los críos, estar en casa para ayudarlos con los deberes y recogerlos cuando acaban con sus actividades. Desde luego, ha sido un regalo caído del cielo.

—Me alegro —repuso Tracy y, quizá por haber abordado el tema de los hijos, no pudo evitar añadir—: porque yo voy a tener de aquí a poco el mismo problema.

—¿Estás embarazada? —preguntó Pryor alzando la voz en tono incrédulo.

Tracy sabía que parte de aquel gesto de sorpresa se debía a su edad y probablemente al convencimiento de que había preferido no tener hijos o no podía tenerlos.

43

—Ya he cumplido la semana dieciséis.

Pryor sonrió.

—¡Dios mío! —dijo—. ¡Qué maravilla! —Bajó la mirada al vientre de Tracy—. Pues no lo habría dicho nunca. ¡Si estás hecha una sílfide!

El comentario, que procedía de una madre de dos criaturas, la llevó a preguntarse de nuevo cómo se había dado cuenta con tanta rapidez González.

—Pues yo me veo cada vez más gorda —respondió—. De todos modos, por el momento es un secreto.

—Entonces no se lo diremos a nadie. ¿Sabes si es niño o niña?

—No. Dan no quiere averiguarlo. Dice que es de las pocas sorpresas reales que nos puede dar ya la vida y creo que me está convenciendo.

Pryor sonrió.

—Me alegro mucho por ti.

—Me va a complicar un poco las cosas. —En realidad, ya lo había hecho.

—No te preocupes por el trabajo, Tracy. No eres la primera profesional que tiene un hijo. ¿No te he contado nunca lo que me pasó cuando estaba embarazada de siete meses del más pequeño y todavía no había dejado de patrullar?

—Creo que no.

—Mi sargento, que tenía un tripón así —dijo Pryor extendiendo los brazos y las manos para simular una panza abultada—, tuvo la desfachatez de preguntarme cómo pensaba ponerme el cinturón con la pistolera. ¿Sabes lo que le dije?

—No —dijo Tracy, que, sin embargo, ya había estallado en una carcajada.

—Le dije: «Usaré su método, sargento».

Las dos rompieron a reír.

—No volvió a preguntarme nada parecido. —Pryor miró el reloj de la pared—. Perdona, que sé que no tienes mucho tiempo. Ya hablaremos otro día de niños. Te traigo un asiento.

Tracy acercó la silla al ordenador y se sentó al lado de Pryor, que le tendió un documento de varias páginas antes de volverse hacia el teclado y ponerse a escribir. Tracy estudió el informe, que apareció también en la pantalla de Pryor, de cuyo equipo emanaba una música suave.

—La desaparecida se llama Kavita Mukherjee. Tiene veinticuatro años y se ha licenciado en la Universidad de Washington con un grado de Química.

—Ya me está empezando a caer bien —aseveró Tracy, que había enseñado esa asignatura en un instituto antes de hacerse policía—. Así que no era tonta.

—Ni mucho menos. Su antigua compañera de piso, Aditi Dasgupta, nos envió la fotografía que tienes delante.

Pryor amplió la imagen de la pantalla, más clara y con menos ruido que la copia impresa. En ella aparecía Mukherjee recostada en un sofá, con camiseta negra y vaqueros rotos por las rodillas. Tenía las uñas de los pies pintadas de un rojo chillón.

—¡Qué guapa! —dijo Tracy.

—Mide un metro con setenta y siete, pesa cincuenta y nueve kilos y tiene el pelo castaño oscuro y los ojos azules.

—¿Azules? Eso no debe de ser muy frecuente entre los de su procedencia.

—Lo mismo pensé yo. No se da mucho en la gente de ascendencia india, pero se da.

—¿Y dices que su compañera de piso y ella eran amigas?

—Desde niñas. Llevaban cuatro años compartiendo apartamento.

Tracy se reclinó en su asiento y se contentó con dejar que Pryor le contase lo que había averiguado.

La puerta del piso se abrió lentamente. Kavita Mukherjee, recostada en el sofá de la sala de estar, cerró de golpe la novela que estaba leyendo, la lanzó al aire y exclamó:

—¡Aditi!

Dejó de un salto el sofá y corrió hacia la puerta, pasando por alto las maletas de la recién llegada, para dar un fuerte estrujón a su mejor amiga, quien había viajado a principios de verano a la India para asistir a la boda de una prima y había aprovechado para pasar unos meses recorriendo el país. Kavita y ella apenas se habían separado desde la infancia.

—¡Cómo me alegro de que hayas vuelto! ¿De verdad han sido doce semanas? Pero ¡si a mí me ha parecido una eternidad! ¡Mírate! —Tocó la seda del sari verde y amarillo de Aditi—. Se te ve muy cambiada. ¿Te lo has comprado allí? Déjame que lo adivine: te lo ha comprado tu madre. —Kavita soltó una carcajada y puso los ojos en blanco—. No se cansa de insistir, ¿verdad?

—No —repuso sonriente su amiga—, no se cansa.

Las dos tenían veinticuatro años —Kavita era la mayor por un par de meses— y sus madres habían empezado ya a importunarlas con que debían «sentar la cabeza», con lo que querían decir «casarse». Les daba igual que ninguna tuviese novio formal. De hecho, lo preferían así, porque tal cosa las hacía más atractivas a la lista de pretendientes que habían empezado a elaborar sus madres aun antes de que empezasen sus estudios universitarios. Ellas, por supuesto, no tenían el menor interés en aquellos planes.

—Dame, que te ayudo. —Kavita recogió el último de los tres maletones, que aguardaba aún en el pasillo.

—No, esta... —dijo Aditi alargando la mano para asirla.

—¡Qué poco pesa! Un día me tienes que enseñar a hacer el equipaje.

Dejó la maleta junto a las otras dos de la entrada y tiró de su amiga hasta la sala de estar. Compartían aquel piso alquilado del Distrito Universitario desde que habían acabado su segundo curso en la Universidad de Washington. Habían pasado los dos primeros en la residencia del campus, pero querían tener un apartamento propio. El mobiliario era un batiburrillo de cosas prestadas o regaladas con otras que habían comprado a precios irrisorios: un sofá gris de piel, un sillón de tela marrón y toda una variedad de lámparas que raras veces usaban en los meses estivales, cuando a las nueve de la noche aún había luz. El apartamento, situado en la quinta planta y orientado al este, les ofrecía vistas al campus, al lago Washington y, en días despejados como aquel, a la cordillera de las Cascadas. Aquella tarde se filtraba a través de las ventanas abiertas el sonido de los autobuses y los coches de la Ave, como llamaban en Seattle a la avenida University Way Northeast.

—Bueno, cuéntame. —Kavita recogió las piernas y se sentó sobre sus pies descalzos. Llevaba unos vaqueros rotos por las rodillas y una camiseta morada de la Universidad de Washington—. Cuéntamelo todo sobre el viaje. ¿Cómo estuvo la boda de tu prima? ¿No te sentó mal la comida? Seguro que picaba un montón. Has tenido que estar sin conexión a Internet, porque llevo dos semanas sin recibir mensajes tuyos. Me alegro tanto de que hayas vuelto… —Se inclinó hacia delante y las dos se abrazaron.

—Ha estado bien —respondió Aditi. Parecía cansada, cosa comprensible después de haber cruzado medio mundo.

—¿Bien? ¿Ha estado bien? —Su amiga soltó una risotada—. Tú, siempre tan escueta —añadió dándole una palmada juguetona—. Háblame de la boda. ¿No se sorprendió tu familia de verte? Seguro que los dejaste pasmados con lo que has madurado.

—Sí, se sorprendieron. —Aditi bajó la mirada hasta posarla en sus manos, que tenía cruzadas sobre el regazo.

Kavita tuvo la incómoda sensación de que ocurría algo raro. Aditi era más que su amiga y su compañera de piso. Las dos jóvenes eran como hermanas y cada una conocía bien el estado de ánimo de la otra.

—¿Qué pasa? ¿Te pasa algo? —preguntó, pero apenas había acabado de pronunciar estas palabras cuando sus ojos, que habían perdido

47

la emoción que los embargaba segundos antes, estudiaron a Aditi con más detenimiento y repararon en su collar de oro con cuentas negras y, a continuación, en el lunar rojo que llevaba pintado justo por debajo del nacimiento del pelo. Kavita miró entonces las sandalias de su amiga y vio los anillos que adornaban varios de los dedos de los pies y que constituían mucho más que una declaración estética en una joven.

Aquella revelación la golpeó como un puñetazo en el estómago. Las náuseas que la acometieron de pronto casi le impidieron formular la pregunta:

—¿Te has casado? —Lo dijo como si no lo creyera, como si no quisiera creerlo, como deseando estar equivocada.

Aditi alzó la mirada para sostener la de Kavita. Por las mejillas le corrían lágrimas, pero se afanó en sonreír.

Su amiga le soltó las manos.

—No lo entiendo —dijo y añadió a la carrera—: ¿Para eso te fuiste?

La otra meneó la cabeza.

—No, no, Vita. Me fui solo de visita, para ir a la boda de mi prima.

—Pero… ¿qué pasó…? Mis correos…

—Conocí a Rashesh en la boda y, un día o dos después, fue a hablar con mi padre. Mi familia lo organizó todo.

—¿Quién es Rashesh?

—Es ingeniero. Es de Bangladés, pero trabaja en Londres. Su padre y el mío son amigos desde niños. Se criaron en el mismo pueblo. Por eso fue su familia a la boda de mi prima.

Era como si toda aquella información asaltara a Kavita desde ángulos diferentes. Se sintió mareada, desorientada.

—¿Un matrimonio concertado? —Meneó la cabeza con gesto incrédulo—. Pero habíamos dicho que nunca daríamos nuestro consentimiento a algo así. —Habían hecho una promesa al respecto, un juramento en el fuerte que habían construido en el parque siendo niñas,

una bobada infantil que, sin embargo, habían renovado con el paso de los años y que había acabado por convertirse en la tabla de salvación que les había dado fuerzas cuando sus padres habían persistido en su empeño en organizar sus respectivas bodas y cuando, ante la negativa de Kavita y Aditi a obedecer, habían decidido dejar de pagarles el alquiler del apartamento y los estudios de posgrado.

Aditi asió con firmeza las manos de Kavita como quien habla a una chiquilla herida.

—Éramos unas crías, Vita. Éramos solo unas crías.

Kavita apartó las manos y se secó las lágrimas de las mejillas. Miró las maletas y sintió que la acometía una nueva conmoción.

—Están vacías, ¿verdad? No has vuelto para quedarte, sino para recoger tus cosas.

Aditi asintió con la cabeza, sin poder contener ya el llanto.

—Mis padres y... mi marido me esperan abajo. Les he pedido que me dejen darte primero la noticia. Lo siento, Vita. Si quieres, puedo pagar el alquiler hasta que encuentres a alguien que me sustituya. Puedo...

Su amiga se puso en pie y le dio la espalda. La palabra marido no había salido siquiera de manera natural de la boca de Aditi. Sonaba torpe, como si estuviera pronunciando una lengua extranjera y no estuviese segura de haberlo hecho bien.

—No es por el alquiler, Aditi. Teníamos un pacto. Habíamos...

—Yo no soy como tú, Vita. No tengo tu fortaleza ni... ni puedo hacer lo que haces tú.

Kavita se volvió hacia ella.

—¿Y la Facultad de Medicina?

—Yo ahora tengo otro camino que seguir.

—¿Qué camino? ¿El que te vaya marcando un hombre al que casi no conoces? ¿Mudarte a vivir con su familia y limpiar lo que van ensuciando ellos? ¿Servirlos como una criada, como una esposa india obediente?

Aditi hizo una mueca como si aquellas palabras se le hubieran clavado en el pecho.

—Lo siento, Vita. Sé que tú no lo entiendes...

—Claro que no lo entiendo. *Mi mejor amiga vuelve de visitar a su familia y resulta que viene casada. Y, encima, ¡ni siquiera me has invitado a tu boda!* —Fue como otro puñetazo en una sarta de golpes que amenazaba con tirarla al suelo.

—Yo no me fui a la India con la intención de casarme, Vita. Tienes que creerme. Pero nos conocimos en la boda... y me gustó. A la semana siguiente ya estaban impresas las invitaciones y dos semanas después éramos marido y mujer.

Kavita iba de un lado a otro ante las ventanas abiertas.

—Mi invitación debió de traspapelarse por el camino. —Entonces fue cobrando fuerza otro pensamiento mientras se volvía para mirar a su amiga—. No me has contestado ni un correo electrónico. A la Red no le pasaba nada: simplemente no quisiste responder por no engañarme.

Aditi seguía sentada.

—No te invité, Vita, porque sabía que no lo ibas a entender. Habrías intentado convencerme de que tenía que rechazar la boda.

—Pues ¡claro que habría intentado convencerte! Es una insensatez. Querías ser médica. Llevábamos años planeándolo. Haríamos pediatría y abriríamos juntas una consulta. Te habría preguntado si te habías vuelto loca, si tu madre no habría aprovechado un descuido tuyo para echarte algo en la bebida. Habría llamado a la embajada para decirles que te estaban reteniendo contra tu voluntad. ¿En qué estabas pensando?

—En nada, Vita. Desde luego, en casarme no. Hasta que lo conocí a él.

Kavita dejó de caminar de un lado a otro. No quería seguir escuchando aquello.

—Por favor, no me digas que fue... ¿Qué? ¿Un flechazo?

—El amor llega con el tiempo.

—*¡Déjalo ya! ¡Calla! ¡Por Dios bendito, si pareces tu madre! Pareces mi madre.* —*Con acento bengalí añadió*—: *«Los hombres no se casan por su propia voluntad, Kavita, sino por atracción, por dinero o por cumplir con una obligación familiar».* —*Entonces prescindió del acento para preguntar*—: *¿Por qué ha sido en tu caso, Aditi? ¿Por dinero? ¿Te han vendido tus padres a cambio de una dote generosa a la que no han podido resistirse? ¿O tenían alguna obligación familiar que cumplir?*

Aditi bajó la mirada sollozando. Kavita hizo rechinar los dientes y se arrepintió de lo que acababa de decir. Siempre había sido irascible, condición que resultaba nefasta cuando iba acompañada de una lengua afilada que cortaba antes de que pudiese refrenarla. Se sentó y apoyó su frente en la de su mejor amiga como había hecho siempre, como habían hecho en el momento de sellar el pacto.

—*Lo siento, Diti. No lo decía en serio. Es que estoy tan… aturdida. No lo decía en serio.*

Aditi dejó pasar un momento antes de alzar la mirada.

—*Me gusta, Vita. Me gustó en cuanto lo vi.*

Kavita sacudió la cabeza.

—*Pero ¿lo quieres, Diti? ¿Estás enamorada de él hasta el tuétano y no concibes vivir un día sin él? ¿Sientes eso por él, Diti? ¿Eh?*

La amiga se reclinó en su asiento. Su respuesta estaba teñida de rabia.

—*¿Y cómo te ha ido a ti con esa actitud, Vita? ¿Cómo me ha ido a mí?*

—*¡Que tenemos veinticuatro años! Estamos a punto de empezar nuestros estudios de posgrado.*

—*¿Cuántos novios he tenido yo, Vita?* —*insistió Aditi.*

—*¿Qué?*

Aditi negó con la cabeza, pero le sostuvo la mirada y no cedió en su resolución.

—*Yo no soy como tú. Yo no tengo tu presencia ni tu personalidad. En los estudios tampoco soy tan buena. Tú vas a ir a la Facultad de*

Medicina, Vita, pero ¿y si yo no entro? ¿Y si no consigo la nota necesaria
en el examen de ingreso? ¿Qué pasará entonces?

—*Eres guapa, Diti, y eres inteligente. Pues claro que vas a entrar.*

Su amiga alzó la voz, en volumen y en intensidad.

—*No, Vita. Sabes que no.* —*Respiró hondo y le tembló el pecho*—.
Yo no soy tan inteligente como tú. Lo que pasa es que estudio más. Y
tampoco soy guapa. Aquí, menos todavía.

—*Aditi...*

Aditi levantó una mano.

—*Déjalo, Vita. Cuando salimos, los hombres revolotean a tu alre-*
dedor, atraídos por ti y por tu piel clara. Conmigo hablan porque estoy
allí, como una planta de interior. Porque piensan que hablando con-
migo tendrán la oportunidad de hablar contigo.

—*Eso no es verdad.*

—*Sí que es verdad, Vita.* —*Su voz se había vuelto aún más*
inflexible—. *Mírate. Tú eres alta y delgada. Tienes los rasgos delicados*
y esos ojos azules que... A los hombres los vuelven locos tus ojos azules.
Puedes hablar con quien quieras de lo que te dé la gana, que sabes que te
van a escuchar. —*Meneó la cabeza*—. *Yo soy el compromiso incómodo,*
la persona con la que tienen que hablar si quieren acercarse a ti. Ha
sido así toda nuestra vida. Yo siempre he estado a tu sombra y me he
contentado con eso, con ser tu amiga. —*Se dio un golpecito en el pecho*
con el puño cerrado—. *Pero Rashesh me vio a mí y le gustó lo que vio.*
¿Sabes cómo me sentí?

Kavita no quería herir a su amiga. No quería decirle que tal vez
a Rashesh no le había gustado en absoluto lo que había visto. En la
India no podía hablarse de amor a primera vista. De hecho, tampoco
podía hablarse de amor, sino de una presión social terrible que recaía
sobre todo en las jóvenes y en sus padres, aunque también en los varones.
Cuanto mayor se hacía una mujer, más crecían el miedo a no casarla
y las sospechas de que pudiera haberla rechazado otro pretendiente por
tener demasiada ambición, por no reunir las condiciones que eran

deseables en una esposa o por tener algún dosh en su kundali, es decir,
por no haberse encontrado alineadas las estrellas de un modo favorable
el día de su nacimiento.

Algún motivo tenía que haber.

Kavita repuso casi en un susurro:

—*Pero si ni siquiera te conoce, Diti.*

—*Efectivamente, Vita* —*dijo su amiga abriendo bien los ojos*—.
Eso es precisamente lo que quiero decir. Ni siquiera me conocía y le
gusté. Le gustaron mi piel oscura, mi nariz chata y mis kilos de más. No
se acercó a hablar conmigo para así poder hablar contigo. ¿Por qué no
me tratas como una amiga, Vita? ¿Por qué no te alegras por mí?

—*Porque odio verte tirar tu vida a la basura de esa forma.*

—*¡Pero es mi vida, Vita!* —*dijo Aditi golpeándose el pecho*—. *Es*
mi vida y puedo hacer con ella lo que quiera. ¿Quién es ahora la que
parece mi madre, la que me dice qué es lo que me conviene?

—*Pero tú no eres india, Diti. Yo tampoco soy india. Somos esta-*
dounidenses. Nacimos aquí.

—*Yo sí soy india, Vita. Hasta la médula. En lo más hondo de mi*
ser, soy india. Es verdad que me considero de aquí, pero ¿por qué? Mi
familia no vive aquí y yo no encajo aquí.

—*Sí que encajas, Diti.*

—*No, Vita, no* —*contestó la amiga negando con la cabeza*—.
Aquí pertenezco a una minoría. Tú perteneces a una minoría. Aquí
todo el mundo se fija en el color de mi piel. Si me va bien en los estu-
dios, todos dan por hecho que es por mi aplicación neurótica, por la
aplicación neurótica que me han inculcado mis padres, para los que
nada es nunca suficiente. Es verdad que nací en este país, pero aquí sigo
siendo extranjera. En la India, por lo menos, nadie cuestiona el color
de mi piel. Por lo menos allí admiran este color, lo respetan y, sí, hasta
resulta atractivo. Allí los hombres no me hablaban por estar a tu lado,
por ser una prueba desagradable que tienen que superar, sino porque les
gustaba. A Rashesh le gusté.

Permanecieron sentadas en silencio y Kavita empezó a hacerse cargo de cuanto comportaba la decisión de Aditi.

—Entonces, te vas a Londres. ¿Vas a vivir allí?

—Sí.

—¿Con la familia de él?

—Sí.

Kavita se secó las lágrimas de los ojos e hizo varias inspiraciones profundas.

—Lo siento, Diti. Siento que te hayas sentido mal por mi culpa. No sabía que hubiese sido tan difícil para ti. No quería...

Aditi tomó sus manos y las apretó.

—Ya lo sé. —Sonrió y volvió a inclinar la frente hasta tocar la de su amiga—. No puedes evitar ser guapa.

Kavita se echó a reír con los ojos llenos de lágrimas.

—¿Estás contenta, Diti? ¿De verdad eres feliz?

Aditi sonrió con sinceridad.

—Sí, Vita. Soy feliz. ¿Quieres conocer a mi marido?

Kavita pensó que sí, a su debido tiempo. Pero no quería ver a la madre de Aditi. En ese momento, no. Quizá no quisiera verla nunca. Seguro que le lanzaba una sonrisita de superioridad, que les restregaba, a ella y a su madre, que Aditi se había casado y Kavita no. Por Dios bendito, cómo se regodearía recalcando que su hija había encontrado un hombre de su samaaj (sus mismas casta y religión), mientras que Kavita seguía yendo sin rumbo de relación insatisfactoria en relación insatisfactoria. Se complacería en recordarle a la madre de Kavita que Aditi iba a darle nietos. Que fueran a nacer en la otra punta del mundo y que apenas los fuese a ver una o dos veces al año era lo de menos cuando el objetivo era regodearse y subrayar que se tiene razón como quien le hunde una estaca en el pecho a un vampiro.

—Ahora mismo no puedo —respondió—. Lo siento, pero no puedo. Voy a irme para que podáis recoger tus cosas. No quiero ser un estorbo.

—Tú nunca ser...

Kavita se inclinó hacia delante y apretó a su amiga en un abrazo violento, consciente de que lo más probable era que no volviesen a verse en años.

—Voy a echarte de menos, Diti —susurró.

—Y yo a ti. Voy a echarte de menos más que a mis padres y a mis hermanos.

—Nosotras somos hermanas, Diti. Tú eres la hermana que nunca tuve. La única hermana que voy a tener nunca.

Llorando, Aditi dijo:

—Prométeme que querrás conocerlo, que vendrás a verme a Londres.

Kavita se apartó, abrumada por la emoción.

—No puedo...

Aditi la sostuvo por los hombros.

—Claro que puedes, Vita. Dilo, por favor. No soporto la idea de no volver a verte. Por favor, dilo. Di que vendrás a verme.

Kavita reprimió el llanto el tiempo suficiente para decir:

—Claro, Diti. Claro que iré.

Se soltaron. Kavita se quedó de pie. Sabía que marcharse sería doloroso, pero no tanto como alargar la despedida.

—Me tengo que ir —dijo y se apresuró a salir del apartamento con el cuerpo roto por la pena y luchando por no llorar. Acababa de perder a su hermana.

Tracy exhaló un breve suspiro.

—Tuvo que ser un golpe muy difícil de encajar, sobre todo viniendo de alguien con quien has mantenido una amistad así durante tantos años.

Pryor asintió con la cabeza.

—Dasgupta dice que lloraron mucho, pero que Mukherjee acabó por decirle que se alegraba por ella.

ROBERT DUGONI

Tracy miró el reloj de su ordenador. Sabía que había retenido demasiado tiempo a Pryor, que querría estar con su familia, y también ella estaba deseando a llegar a su casa.

—Así que Dasgupta cree que ha desaparecido porque no la localiza en el móvil...

—Le salta directamente el contestador. Tampoco responde a los mensajes de texto ni de correo electrónico.

—Y sabemos que no está en casa de sus padres ni de ningún amigo, ¿no?

—He llamado a la familia y me he puesto en contacto con la mayoría de los amigos de la lista que me ha dado Dasgupta. Ella ya me había advertido que era poco probable que Mukherjee estuviera con su familia. Por lo visto no se llevaba bien con sus padres y apenas iba a casa.

—Porque no pensaba consentir que concertasen su matrimonio.

Pryor asintió.

—Según Dasgupta, Mukherjee no iba a dar su brazo a torcer en ese aspecto. Su madre tampoco, de modo que es difícil que se arregle la situación entre ellas.

Tracy siguió revisando el informe de Personas Desaparecidas.

—¿Ha ido alguien al piso para ver si se ha llevado ropa o una maleta?

De nuevo un gesto de asentimiento.

—Dasgupta se pasó por allí al ver que no la localizaba. Dice que no parece que se haya llevado nada ni tampoco vio signos de que hubiesen forzado la puerta o de que hubiese habido una pelea en el apartamento.

—¿Había vuelto Mukherjee en algún momento?

—Sí, parece ser que sí. Eso es lo que más le preocupa a Dasgupta. Dice que le dejó una nota con un regalo, un sari que le había comprado en la India, y que se encontró la nota abierta y el sari extendido sobre la cama de Mukherjee.

—Es decir, que en algún momento había vuelto a casa, pero no llegó a dormir en la cama, porque el sari y la nota seguían allí.

—Eso parece.

—¿Tiene novio? —preguntó Tracy.

—No.

Tracy señaló la fotografía de la pantalla.

—¿Una joven como esa?

Pryor se encogió de hombros.

—Eso es lo que dice Dasgupta.

—¿Tampoco hay constancia de ningún ex, de alguien que pueda querer hacerle daño?

—Nada reciente. Su amiga dice que no tenía tiempo de mantener ninguna relación seria. Desde que las familias les cortaron el grifo, trabajaba en todo lo que podía con la intención de ahorrar para la Facultad de Medicina. —Pryor miró al monitor y desplazó hacia abajo la pantalla—. Esa es otra. He hablado con el encargado de una tienda de ropa de la Ave en la que la tenían contratada. Hoy tenía turno de tarde, pero no se ha presentado. Su jefe dice que es la primera vez que hace algo así.

—¿Tiene coche? ¿Puede ser que se haya ido a algún sitio en el que poder estar sola y apartarse de todo?

—Compró un Honda Accord de 1999 después de graduarse. Por lo visto es una chatarra y nunca va muy lejos con él. Según Dasgupta, está aparcado en la calle, cerca del apartamento.

Tracy pasó otra página del informe y, tras observar la relación de amigos con los que se había puesto ya en contacto Pryor, preguntó:

—¿Y no tiene ni idea su compañera de piso de adónde ha podido ir Mukherjee? ¿No se le ocurre ningún sitio en el que haya podido pasar la noche?

—Dice que ha llamado a los amigos con los que más trato tiene y que nadie sabe nada.

—Doy por hecho que has preguntado en la cárcel y en los hospitales del condado.

—Fue lo primero que hice, pero no ha habido suerte.

Tracy se reclinó en su asiento.

—Puede que simplemente necesitara un descanso para procesar la noticia que le acababa de dar su compañera. Es mucho que asimilar de golpe: se casa, se va del piso y se muda a Londres.

—Espero que sea eso.

—Yo también. No tengo muy claro que Nolasco vaya a dejar que me ocupe de esto. A Faz y a Del acaban de asignarles un asesinato en South Park y el capitán quiere que les eche una mano cuando acabe con el juicio de Stephenson.

—Sé que estás liada —dijo Pryor—, pero, como te dije por teléfono, hay casos que te dan mala espina y este me está escamando mucho.

Tracy reflexionó unos segundos.

—Mañana debería acabar con lo del juicio. ¿Por qué no quedas con Dasgupta en el piso por la tarde? Dile que no entre, por si acaso hay más de lo que parece.

CAPÍTULO 8

Tracy tomó el camino de gravilla de su casa de piedra de Redmond al volante de su Ford F-150 de 1973. El cielo sin nubes ardía en vivos tonos anaranjados al encontrarse con el horizonte y por las colinas y los árboles de los alrededores se arrastraban las sombras. Rex y Sherlock, sus dos perros, cruce de rodesiano y mastín, ladraron al oír el vehículo y dejaron la terraza para ir a saludarla. Después de tantos años de vida en solitario, se había acostumbrado a usar el posesivo para hablar de la casa de campo y de los perros que en un principio habían sido de Dan.

Apagó el motor y se dio unos segundos para relajarse mientras pensaba una vez más en lo que le había dicho Kins de la experiencia de tener un hijo y de cómo iban a cambiar cosas de manera inevitable. Aquella misma mañana, Dan había mostrado su preocupación por el tamaño de aquella antigua casa de campo dotada de un solo cuarto de baño, un solo dormitorio y una cocina diminuta.

—Que es un bebé —le había dicho ella para calmarlo—. No vamos a adoptar un elefante. Ya tendremos tiempo de hacer reformas o mudarnos.

Con todo, ella también tenía sus momentos de preocupación. Pronto necesitaría ropa nueva, porque le estaba costando ya abrocharse los pantalones y le apretaban los zapatos y el sujetador. Observó el interior de la camioneta. Aunque tenía el vehículo en óptimas condiciones, el modelo era antiguo y no tenía *airbags*, cinturones completos en todos los asientos ni demás añadidos de seguridad. Iba a tener que comprar otro para cuando llegara el bebé, algo robusto y maternal, como un Volvo o un Subaru.

Dan salió por las puertas correderas de cristal de la terraza con unas pinzas de barbacoa. Tracy lo había llamado para decirle que llegaría tarde y él le había prometido esperarla con la cena. Le sonrió arrugando los ojos tras sus gafas de sol redondas de montura metálica y apretó las pinzas un par de veces con gesto juguetón como si quisiera pellizcarla con ellas. Iba descalzo y llevaba pantalones cortos con bolsillos y la camiseta de Bruce Springsteen que había comprado en el concierto de aniversario de *The River* celebrado en el Key Arena. Los acontecimientos musicales iban a tener que esperar durante una temporada.

Tracy apagó la radio y salió de la camioneta. Saludó a los perros dándoles unas palmaditas y frotándoles la cabeza y el costado mientras ellos daban vueltas a su alrededor jadeando con la lengua fuera y el pelaje caliente por el sol. El aire zumbaba y la hierba seca crujía como un televisor mal sintonizado.

Subió los escalones y besó a Dan. Las gafas de sol no eran el único parecido que tenía con John Lennon. Se había dejado el pelo tan largo que los rizos le llegaban al cuello de las camisas de vestir.

—Desde luego, le estás dando muy buen uso a la terraza —dijo ella. Dan la había construido para tener más espacio y era normal verlo allí en verano asando algo—. Si pones aquí un escritorio y un ordenador, podría ser tu despacho.

—¿Cómo está nuestro renacuajo? —preguntó él posándole una mano en el estómago.

—Muerto de hambre.

—Acabo de poner el fletán. ¿Por qué no te cambias?

Tracy se dirigió al sillón de estilo Adirondack que había escogido Roger, su gato, para tumbarse. Cuando le frotó el pelaje, el animal dio un respingo y la arañó.

—Ponte arisco si quieres —le dijo antes de echarlo del asiento y ocupar su puesto—. Pero luego no me vengas a ver a la cama cuando esté acostada. —Alargó el brazo para hacerse con un vaso de té frío, dio un sorbo e hizo una mueca al notar el sabor ácido—. Pero ¿cómo puedes beberte esto sin azúcar?

—¿Te ha ido mal en los juzgados? —preguntó él sin pasar por alto su tono irascible.

—No, pero me he tenido que levantar para ir al baño cada cinco minutos.

—No es tan grave.

Le había preguntado al médico por aquel problema durante la última revisión, pero él le había asegurado que era completamente normal que notara más urgencia debido a la mayor presión a la que estaba sometida su vejiga. La respuesta, muy técnica, no había sido ningún consuelo.

—Peor fue cuando volví a comisaría.

—¿Las ganas de ir al baño?

—El día en general. En los servicios me topé con mi sustituta.

Dan se encogió como si hubiese sido él a quien hubieran pellizcado con las pinzas. Contrajo las cejas por encima de las gafas.

—Pensaba que no se lo habías contado a nadie más que a Kins.

—Y es verdad, pero al entrar en el baño, me encontré con una mujer que me dijo que Nolasco la había contratado para trabajar con el equipo A. Ya sé que debería alegrarme de tener a otra mujer en la sección, pero la impresión que me ha dado de entrada es que no me va a caer muy bien.

El teléfono de Dan empezó a vibrar. Él lo apagó, levantó la tapa de la barbacoa y entre el humo y el olor a especias que salieron a su encuentro, le dio la vuelta al fletán y a dos mazorcas de maíz envueltas en papel de aluminio. Mientras extendía sobre el pescado, cuya parte superior había quedado ya marcada con franjas oscuras, lo que parecía por el aspecto y el olor salsa de mantequilla, preguntó:

—Pero ¿y Ron Mayweather? Creía que era vuestra quinta rueda.

—Y lo es. O lo era. Nolasco dice que ha preferido un puesto fijo en el equipo C. Uno de sus inspectores se jubila a finales de diciembre.

Dan encogió levemente los hombros, volvió a poner el temporizador y cerró la tapa.

—Puede que no sea tan malo trabajar con esa mujer.

—Puede. Es una hispana muy atractiva, motivo más que sobrado para que la contrate Nolasco.

—No la juzgues por eso.

—No la estoy juzgando, aunque tampoco puedo evitar preguntarme si no la habrá contratado para sustituirme durante la baja maternal... con la esperanza de perderme de vista para siempre.

—¿No lo estarás sobrevalorando? ¿Cómo lo iba a saber si no se lo has dicho a nadie?

—Ella, desde luego, lo sabía.

—¿En serio?

—A los cinco segundos de conocerme me preguntó de cuánto estaba. —Tracy miró la hierba agostada que los rodeaba—. No sé, puede que tengas razón. A lo mejor le estoy dando demasiada importancia. Ya sé que no voy a poder esconderlo para siempre.

—Eso es cierto, pero Nolasco tampoco puede despedirte ni darle tu puesto a otra. No puede ser tan idiota, ¿verdad?

—Me gustaría poder decir que no, pero...

Dan la miró con gesto cómplice.

—Hay algo más que te angustia, ¿verdad?

—A lo mejor son solo las hormonas, pero estoy harta de tanta briega continua, Dan. —Le frotó la cabeza a Sherlock y le dio un beso en el hocico.

—¿A qué te refieres? ¿No quieres volver después de tener al bebé?

—No digo eso. Lo que pasa es que me estoy planteando ciertas cosas.

—¿Estás pensando en dejarlo?

Tracy alzó la vista para mirarlo a los ojos.

—¿Por qué? ¿Crees que debería dejarlo?

—Creo que deberías hacer lo que quieras hacer.

—¿Y por qué me has preguntado?

Dan parecía confundido.

—Porque has dicho que estabas harta.

—Y lo estoy. Además, quiero que tengas claro que jamás le voy a dar a Nolasco la satisfacción de dejarlo. Aunque, sí, supongo que he estado pensando en qué hacer cuando nazca el bebé.

Él apoyó la espalda en la barandilla.

—¿Y qué te ha hecho pensar en eso?

—Kins.

—¿Kins? Pues yo habría dicho que él intentaría convencerte más bien de que te quedaras.

—Me ha dejado claro que las cosas cambian cuando tienes un hijo y que tal vez yo termine prefiriendo quedarme en casa. —Dio otro sorbo al té y volvió a hacer un mohín—. Nunca entenderé por qué no le echas azúcar.

—Todos no somos iguales, Tracy.

—¿Estás hablando del té frío o de la idea de dejar el trabajo cuando nazca el bebé?

—De las dos cosas, supongo.

Ella se puso en pie para ir a cambiarse. Tal vez fuese solo que tenía calor, hambre y un cansancio terrible. Aunque también podía ser por lo que le había dicho Kins.

—Si nos ponemos realistas, este podría ser nuestro único hijo y no quiero perderme nada por estar trabajando. A Connor, el de Kins, le faltan unos meses para irse a la universidad…

—¡No me digas que se trataba de eso! Tracy, Kins está sensible porque su hijo se va de casa. Nada más.

—No, está sensible porque su hijo y él ya no van a vivir bajo el mismo techo y ahora se arrepiente de no haber podido pasar más tiempo con él. Me ha dicho que no debería sentirme mal por querer quedarme en casa con nuestro bebé.

—En fin, puede que tenga razón. —Sonó la alarma y Dan la apagó, aunque no levantó enseguida la tapa de la barbacoa—. A mí, desde luego, no me importaría. No necesitamos tu sueldo, Tracy. De todos modos, no tienes por qué decidirlo ahora. Puedes esperar a que nazca el bebé y ver si prefieres quedarte en casa.

—¿Seguro que no te importaría?

—Si es lo que tú quieres…

Ella señaló la barbacoa con la barbilla.

—Se te va a quemar el fletán.

CAPÍTULO 9

Faz y Del llevaron el vídeo del supermercado a Park 95 para que la Unidad de Audiovisuales se encargara a la mañana siguiente de hacer visible la matrícula del coche estacionado, la del todoterreno o ambas.

Faz se dirigió de allí a su casa de Green Lake. Tomó el camino de entrada e hizo que se encendiera automáticamente la luz de la cornisa de la cochera independiente, que iluminó el aro de baloncesto y el tablero que había instalado allí. Había estado años sin aparcar en aquel camino, en la época en la que Antonio jugaba todavía en el equipo del instituto de Saint John's y, después, en el de Bishop Blanchet.

Aquellos habían sido años memorables, sobre todo en verano, cuando, por la noche, se reunían allí los críos del vecindario y Vera y él les daban de cenar. Habrían tenido media docena de chiquillos de no haber sido porque se habían casado demasiado mayores. Su primera cita la habían concertado sus padres, aunque a ellos no se les escapó que no se trataba de una cita a ciegas: sus familias se conocían de hacía mucho y lo habían organizado todo para que los dos tomaran café juntos. Lo de Faz fue amor a primera vista, pero Vera aseguraba que ella había necesitado tres citas. Se casaron tres meses después de la primera y luego decidieron que lo mejor era conocerse bien antes de tener su primer hijo. Cuando al fin empezaron a intentarlo, ella tuvo problemas para concebir. Necesitaron un año más. Después de nacer Antonio, quisieron buscar el segundo, pero, al ver que Vera tampoco lograba quedar encinta, fueron al médico. Tenía un tumor uterino que resultó ser maligno y hubo que extirpárselo, de modo que dejaron de pensar en un segundo hijo. El médico dijo que habían tenido suerte, que, si no hubieran intentado buscar otro embarazo, jamás habrían dado con el cáncer y este podría haberse extendido. Faz decía que había sido el amor lo que le había salvado la vida a su mujer y, desde entonces, los dos destinaron todo ese amor a Antonio, que, con el tiempo, se había mudado a Fremont, no muy lejos de ellos.

Salió del coche con la americana sobre el brazo. Se había desabrochado la corbata y el cuello de la camisa. Al llegar a la puerta de atrás se encendió otra luz. La había instalado para que Vera no tuviese que llegar a oscuras los meses de invierno. Estaba buscando la llave en el llavero cuando su mujer abrió la puerta.

—Te he oído llegar hace un rato —dijo ella—. ¿Estabas acabando de hablar por teléfono o algo?

—Buenas. Qué va. Lo que pasa es que me he puesto a pensar en los años en los que no podíamos aparcar en el camino de entrada porque Antonio estaba jugando al baloncesto. —Soltó el reloj, las llaves, la cartera y el teléfono en un cestito situado al lado de la puerta trasera, como hacía siempre para no dejarse nada atrás por la mañana.

Vera sonrió al recordarlo.

—¿Tenéis pistas del pistolero de South Park? —quiso saber.

Su marido la había llamado para informarla de lo que había ocurrido y avisar de que llegaría tarde.

—Puede que sí. ¿No hay un beso de bienvenida para mí?

Vera se dio la vuelta y lo besó. Él se quitó la corbata y siguió hablando mientras entraba a la sala de estar contigua. Dejó la corbata y la chaqueta sobre el respaldo de una silla y puso a su mujer al corriente de su visita al supermercado y de la grabación que había captado a un sospechoso.

—Puede que hayamos tenido suerte. La Unidad de Audiovisuales va a estudiar la cinta mañana.

Vera se volvió hacia la hornilla.

—¿Tienes hambre? He hecho milanesa de pollo con polenta. La receta me la ha dado Antonio.

El hijo de ambos trabajaba de jefe de cocina en un restaurante italiano y estaba ahorrando para montar su propio negocio. Tenía la intención de llamarlo Fazzio's y Faz estuvo a punto de echarse a llorar cuando se lo anunció. «¿Qué te parece? —le había dicho a Vera—. Siempre he sabido que algún día vería mi nombre escrito en luces de neón».

—¿Has hablado hoy con él? —Faz retiró una silla y se sentó a la mesa de la cocina—. ¿Cómo le va? —Empezó a arremangarse la camisa—. ¿Qué cuenta de esa muchacha con la que estaba saliendo? ¿Tiene intención de proponerle matrimonio algún día?

—Puede que sí.

Faz dejó de subirse los puños.

—¿En serio?

—Hemos estado hablando de eso. Dice que quiere esperarse a tener dinero para comprarle un anillo.

—Esa no es razón para esperar. Si la quiere, debería casarse con ella. Como hicimos nosotros. Nosotros no nos esperamos y fíjate qué bien nos salió.

Vera dejó escapar una risita.

—Tú lo que querías era tener sexo.

—Sí, pero porque te quiero.

—Ajá —dijo ella—. No lo presiones. Ya sé que estás deseando ser abuelo, pero él ahora tiene demasiadas cosas en la cabeza.

—Pero ¿quién lo está presionando? Yo no, desde luego. Lo que pasa es que estaría bien tener nietos y darle otra vez uso a esa canasta.

—¿Vas a querer el pollo rebozado con polenta?

—¿Cómo que si voy a querer el pollo rebozado con polenta? ¿Le preguntarías al papa si es soltero?

Vera abrió la puerta del horno y la sala se llenó de un seductor aroma a limón, mantequilla y ajo. Nunca usaba el microondas para recalentar la comida de Faz, porque decía que dejaba el pollo correoso.

—¡Cómo huele! —dijo él.

Su mujer le puso delante el plato y los cubiertos.

—¿Estás cansado?

—Más bien estoy frustrado. No entiendo a la gente. Matan a tiros a una madre delante de sus dos chiquillos y no hay manera de encontrar en su bloque a nadie que esté dispuesto a hablar.

—Por miedo me has dicho, ¿no? —Vera puso el pollo en la mesa con unas manoplas de horno y le sirvió una pechuga antes de regarla con salsa.

—¡Qué buena pinta! —señaló él mientras se hacía con el cuchillo y el tenedor—. Hay un gamberro que maneja la droga en el barrio. ¿Te acuerdas de Big Jimmy, al que metí en la cárcel y le cayeron veinticinco años? Murió apuñalado allí dentro. ¿No te suena?

—Pues no, la verdad.

—Bueno, pues el que dirige el cotarro ahora es Little Jimmy, su hijo. En el barrio se dice que está loco.

—No me gusta nada que tengas que llevar casos de bandas.

—El propietario de un supermercado nos ha contado a Del y a mí que Little Jimmy ha hecho correr la voz de que quien se vaya de la lengua acabará como la mujer. —Faz decidió que era mejor callar su encuentro con Little Jimmy y el gesto que le había hecho desde el coche por no preocuparla. Cortó el pollo y vio salir vapor del tenedor y del plato. Tomó un bocado y sintió en la boca un estallido de sabor—. Dile a Antonio que ha conseguido otro número uno. Lo digo en serio. Puede que sea su mejor receta.

—¿Quieres vino?

—Sí —respondió él—, pero solo un poco, que Del y yo volvemos al ataque mañana por la mañana.

La oyó abrir el armario que tenía detrás y sacar la botella de chianti y un vaso y no pasó por alto que ella no se había puesto plato. Normalmente lo esperaba para cenar, a no ser que hiciera el turno de noche.

—¿Tú no cenas? —le preguntó y, al ver que no respondía, se volvió sin mover la silla y la vio de pie ante la encimera y de espaldas a él—. ¿Vera?

—Ya he cenado —repuso con voz suave—. Come tú.

Faz notó que algo no iba bien. Se puso en pie y se acercó a su esposa.

—¿Estás bien, Vera? ¿Qué pasa?

Ella estaba llorando y se secaba las lágrimas con un paño de cocina.

—Me he hecho una mamografía esta tarde, antes de ver a Antonio.

Su marido sintió un sudor frío que lo heló hasta el tuétano.

—Es verdad —dijo en tono cauto—. Joder, lo siento mucho, Vera. Tenía que haberte preguntado nada más llegar. ¿Cómo ha ido? —No tenía claro que quisiera oír la respuesta y, al ver que ella tardaba en contestar, sintió una punzada en las tripas. Le puso una mano en el hombro y le dio la vuelta.

—Me ha salido otro tumor, Vic. Lo noté el otro día, pero no quería asustarte antes de la cita.

Faz sintió que se mareaba.

—¿Y qué ha dicho el médico?

Ella encogió ligeramente los hombros.

—Dice que, desde luego, es un tumor, pero que la mamografía suscita ciertas dudas.

—¿Qué clase de dudas?

—Todavía no lo saben. Han llamado esta tarde para decir que quieren hacerme más pruebas.

—¿Cuándo?

—Mañana, a las ocho de la mañana.

—Voy contigo.

—No, Vic. Tienes lo del pistolero ese. Vete a trabajar, que sé que estás ocupado.

—De todos modos, tenemos que esperar a ver si pueden aclarar la imagen del vídeo y averiguar la matrícula. Así que voy contigo. —Los dos guardaron silencio y Faz pudo oír el ronroneo de la nevera y los crujidos de una casa que había envejecido de pronto. Miró a Vera sin saber qué más decir—. Seguramente no será nada, ¿verdad?

CAPÍTULO 10

Era ya mediodía cuando Leonard Litwin dio al fin por concluida la declaración de Tracy y anunció que no tenía nada más que decir. La jueza Gowin dio permiso al jurado para abandonar la sala hasta las dos de la tarde, momento en que empezarían los alegatos finales. Tracy volvió andando a la comisaría central en lugar de dirigirse al despacho de Hoetig. La preparación y la presentación de las conclusiones eran labor exclusiva del fiscal, si bien la inspectora estaría presente cuando las pronunciase. De cualquier modo, le había hecho saber su opinión por si podía servir de algo.

El mes de julio les había dado otro día radiante de cielos despejados y temperaturas suavizadas por la brisa apacible procedente de la bahía de Elliott que corría entre los rascacielos. «A Dios le gusta veranear en Seattle —solía decir Kins—, pero desata el infierno cuando llega octubre».

En comisaría alargó el brazo para abrir la puerta de cristal y a punto estuvo de chocar con Ron Mayweather y otros inspectores del equipo C de la Sección de Crímenes Violentos a la que se había incorporado su antiguo compañero. Daba la impresión de que estuviesen saliendo para almorzar.

—Ron —dijo dando un paso atrás para no estorbar—, ¿tienes un segundo?

—Claro. —Mayweather miró a los demás—. Guardadme un sitio, que os alcanzo de aquí a un par de minutos. —Cuando se alejaron, se volvió hacia Tracy—. Estás con lo de Stephenson, ¿no?

Faz le había puesto el apodo de Kotter por considerar que el pelo moreno y rizado y el bigote poblado le daban cierto aire a Gabe Kaplan, el protagonista de la serie de televisión *Welcome Back, Kotter*. Aun así, los pocos que se acordaban de aquella serie no recordaban a Kaplan, sino a un actor joven llamado John Travolta que había hecho en ella su debut televisivo.

—Ahora mismo he terminado de declarar. Hoetig presenta su alegato final a las dos.

—¿Cómo ha ido?

—Al final han hablado las pruebas, como era de esperar. —Se acercó más a la fachada lateral del edificio para dejar pasar a los transeúntes—. Oye, siento entretenerte.

—No te preocupes. ¿Qué pasa?

—No sabía que hubieses decidido cambiarte al equipo C.

—Sí, siento no haber tenido la ocasión de contártelo. Fue una cosa muy rápida. Hablé con los demás, pero tú estabas en los juzgados.

Tracy se colocó un mechón rebelde de pelo rubio tras la oreja.

—Solo quería preguntarte por qué pediste el traslado.

—¿Por qué va a ser? —contestó él con una risita—. Porque me lo pidió Nolasco.

La respuesta la tomó por sorpresa.

—¿Que te pidió que te pasaras al equipo C?

—Sí —dijo Mayweather encogiéndose de hombros con gesto resignado.

—¿Qué te dijo exactamente?

—Me llamó y me dijo que Arroyo se jubilaba a finales de año y que quería que me pusiera a trabajar con él para familiarizarme con sus casos y tomar carrerilla para cuando él se fuera.

Tracy meditó al respecto.

—¿No pediste tú el traslado?

—No. —Mayweather respondió como si lo hubiera sorprendido la pregunta—. Me gustaba el equipo A, y eso que Fazzio no se cansa de meterse conmigo. No tenía ni idea de que Arroyo pensara jubilarse. Por lo visto no lo sabía nadie, ni siquiera sus compañeros de equipo.

—¿En serio?

—Me dijo que lo decidió una noche que estaba sentado en casa con su mujer. Tenía suficientes años de servicio para retirarse con la pensión completa y quería dedicarse a sus cosas.

Aquel sentimiento no era extraño. Una vez cotizado el tiempo necesario, la tentación de dejar atrás a enfermos y depravados y llevar una vida normal se volvía mucho más atractiva.

—¿Y te dijo algo de mi embarazo?

Mayweather sonrió.

—Me preguntaba cuándo ibas a anunciarlo.

—¿Lo sabías?

—Lo sospechaba. Igual que la mayoría, creo.

¿Formaría parte Nolasco de esa mayoría?

—Pero, respondiendo a tu pregunta, Nolasco no me dijo nada de eso. Aunque yo sí me he preguntado si volverías después de tener el bebé, si quedaría vacante tu puesto.

—¿Y le sacaste el tema a Nolasco?

—No me hizo falta. Me dijo que dudaba mucho que en el equipo A quedase libre un puesto en breve y que los del C necesitaban un inspector. Piensas volver, ¿verdad?

Aquello no era lo que le había dicho Nolasco a Kins para justificar la contratación de González.

73

—Sí —respondió ella—. Sí, pienso volver.

Mayweather sonrió.

—Perfecto, porque, si no, te íbamos a echar de menos. ¿Algo más?

—Nada más, gracias. Perdona que te haya entretenido.

—No pasa nada —repuso Mayweather antes de echar a andar calle arriba.

Tracy lo vio alejarse. El equipo A sí que lo iba a echar de menos a él. Era de fiar y tenía un gran sentido del humor. Cualquier persona que fuese capaz de aguantar las continuas provocaciones de Del y Faz debía de tener la piel gruesa y mucha confianza en sí misma. Con todo, no era eso lo que estaba pensando Tracy en aquel momento.

Nolasco le había dicho que Mayweather había pedido el puesto de Arroyo porque no preveía ninguna vacante en el equipo A y era evidente que no había ocurrido así. El capitán lo había trasladado al C para poder meter a González en el A y Tracy creía saber por qué. Una vez que Tracy solicitara el permiso de maternidad, le sería mucho más difícil alegar discriminación si Nolasco la sustituía por otra mujer, sobre todo si esta pertenecía a un grupo minoritario, cosa que él podría hacer sin problema alguno si González era la quinta rueda del equipo. El capitán se estaba cubriendo las espaldas. Pensó en la víspera, cuando había encontrado a González en el despacho de Nolasco con la puerta cerrada y, antes, usando su ordenador y con sus informes abiertos. Una cosa así no era propia de Crímenes Violentos y, desde luego, podía interpretarse como indicio de que Nolasco quería sustituir a Tracy.

También podía ser que estuviera pecando de paranoica y viendo conspiraciones donde no las había.

Podía ser.

CAPÍTULO 11

El Volkswagen estaba registrado a nombre de Doug y Sandy Blaismith, residentes en Newcastle, ciudad del estado de Washington que ni Del ni Faz habrían imaginado jamás como origen del vehículo estacionado en South Park, no ya por encontrarse a entre veinticinco y cuarenta y cinco minutos al este de allí, dependiendo de la hora y del tráfico, sino por estar considerado un municipio de clase media alta en el que los ingresos del habitante medio superaban los ciento veinticinco mil dólares y los precios de las casas no bajaban del millón. El perfil demográfico de Newcastle, con un sesenta y cinco por ciento de población blanca y menos de un cuatro por ciento de hispanoamericanos, tampoco tenía gran cosa en común con el barrio.

Los de Audiovisuales no habían conseguido leer la matrícula del todoterreno blanco al que había subido el sospechoso ni dar con ninguna imagen del vehículo en las cámaras de tráfico.

Faz había recibido la noticia por teléfono poco después de volver a comisaría tras pasar la mañana con su mujer en el médico. No había querido separarse de Vera, pero ella había insistido en que sentados en casa y dándole vueltas a la cabeza no ganarían nada.

Del y Faz decidieron esperar a que dieran las cinco de la tarde para viajar a Newcastle por suponer que sería más probable encontrar el coche ante el domicilio a partir de esa hora. También decidieron no llamar antes a casa de los Blaismith. Mientras tanto, aprovecharon para volver a South Park y hablar con los residentes del bloque de apartamentos y los dependientes de los establecimientos que habían estado cerrados la noche anterior. Aun así, no encontraron a nadie capaz de darles información sobre el momento del disparo ni ninguna otra cinta de vídeo que pudiera serles de utilidad. Mientras se encontraban en el barrio, Faz había pedido a Andrea González que redactase una orden de registro y lograse que la firmara un juez por si los Blaismith se hacían de rogar.

Faz había abrigado la esperanza de llegar a casa a una hora decente para pasar tiempo con Vera, pero también sabía que aquella podía ser la ocasión que necesitaban para dar con el asesino de Monique Rodgers y, tal vez, determinar si se trataba de un encargo de Little Jimmy. Antes de salir de comisaría, llamó a su mujer para hacerle saber que llegaría tarde. Ella, fiel a su costumbre, le dijo que hiciera lo que fuera necesario y le comunicó que le mantendría caliente la cena. Saltaba a la vista que no quería hablar de la cita de aquella mañana.

—Drogas —anunció Del mientras se dirigían a Newcastle. Aquella era la primera teoría que había acudido a la mente de ambos para explicar la presencia del coche en South Park—. Opiáceos, meta…, heroína quizá.

—Puede ser —dijo Faz. En el fondo, le daba igual lo que pudiese haber estado haciendo aquel vehículo aparcado cerca del lugar de los hechos: solo le importaba que había estado allí. Lo que estaban buscando era más relevante.

—Si encontramos al pistolero, podemos conseguir que diga algo… y hasta que nos lleve a Little Jimmy —señaló Del, que iba al volante—. Sería la leche: el hijo, siguiendo los pasos del padre.

—No nos adelantemos a los acontecimientos —dijo Faz—. Pero sí, sería la leche.

Los Blaismith vivían en una urbanización de casas idénticas pero lujosas, no muy lejos del club de golf de Newcastle. En los años ochenta se había construido en Seattle y alrededores un buen número de barrios así a fin de alojar a la población cada vez más nutrida de la ciudad. *Funcional* fue la palabra que acudió a la mente de Faz y Del cuando rebasaron el muro de ladrillo en que se leía el nombre del complejo y vieron las viviendas apretadas entre sí como muelas en una quijada a fin de aprovechar al máximo el terreno. Desde luego, aquel lugar no representaba ninguna exaltación de la creatividad y la imaginación: lo único que variaba, y solo ligeramente, era la orientación que presentaba cada una de las casas en la parcela sobre la que se erigía y la disposición de su planta. Los exteriores eran de ladrillo y revestimiento gris de madera y la superficie construida reducía tanto los metros disponibles para el jardín que apenas quedaba espacio para un seto esculpido y una extensión de hierba que podía recortarse con dos golpes de hoja de cortacésped.

Del aparcó sobre un vado situado ante el domicilio de dos plantas de los Blaismith. En la franja de jardín que separaba la propiedad de la de los vecinos habían conseguido colocar la base de una canasta de baloncesto que pendía sobre un camino de entrada impoluto en el que había un solo vehículo. Faz no pudo menos que desear que el Jetta estuviera estacionado en una de las tres cocheras que habían visto al acercarse. De lo contrario, aquel largo viaje habría sido en balde.

Se colocaron las americanas y recorrieron el sendero de ladrillo que llevaba a una puerta de cristal biselado situada bajo un porche de entrada con una altura de más de tres metros. Hacía más calor

que en Seattle, pese a la sombra que arrojaban los árboles que aso-
maban tras la línea de tejados. Del llamó al timbre y puso así en
marcha una sucesión de campanillas a las que siguió al instante el
ladrido de lo que parecía un perro de gran tamaño.

—Diez pavos a que es un labrador. —Del se quitó las gafas de
sol y las guardó en el bolsillo de su chaqueta.

—Esa es muy fácil —repuso Faz—. Hay que ser más concreto.
¿Amarillo, negro o chocolate? —En ningún momento apartó la
mirada de la puerta.

—Amarillo. Amarillo sin duda.

—Pues te puedo ir dando ya los diez pavos.

Abrió la puerta una mujer que sujetaba por el collar a un labrador amarillo muy exaltado, tanto que daba la impresión de querer
echar a volar por la vehemencia con que agitaba en el aire las patas
delanteras con la lengua colgando a un lado de las fauces. Del miró
a su compañero con una sonrisa de suficiencia.

—¿En qué puedo ayudarlos? —preguntó Sandy Blaismith.

Debía de rondar los cuarenta y cinco e iba impecablemente
conjuntada con unos vaqueros ajustados, botines negros y una blusa
de escote pronunciado que revelaba un pecho pecoso y una gar-
gantilla de oro. Algunos de los anillos que le adornaban los dedos
tenían piedras impresionantes. Antes de que Faz pudiera contestar
a su pregunta, lanzó un chillido al perro mientras tiraba del collar.

—Siéntate, *Seager. Sit. Sit.*

El animal no le hizo el menor caso y siguió dando gañidos y
batiendo el aire con las pezuñas.

—Si han venido a vender algo, lo siento, pero no me interesa.
No me hagan soltar al perro, porque muerde.

Era un farol, claro, y no muy bueno, porque se veía a la legua
que el mayor daño que podía infligirles *Seager* consistía en tirarlos al
suelo y matarlos a lengüetazos. Faz sostuvo en alto la placa.

—Somos de la policía de Seattle. ¿Es usted Sandy Blaismith?

La irritación de la mujer se trocó en preocupación.

—¿Qué ha pasado?

—¿Le importaría atar al perro? —preguntó Del.

—Un momento. —Metió al animal en la casa de un tirón y cerró la puerta. Faz la oyó llamar a gritos a su marido por encima de los ladridos—: ¡Doug! Ven a por tu perro y llévalo al patio de atrás. ¡Que agarres a tu perro y lo saques al patio!

—No es muy amante de los animales —comentó Faz.

—Y que lo digas —repuso Del.

—Porque hay dos policías de Seattle en la entrada —anunció Sandy a voz en cuello—. Dos policías. ¡Y yo qué sé! Ven a por *Seager* y llévatelo al patio.

Del miró a Faz.

—Doble o nada a que también tienen gato, un hijo y una hija. Consiga su familia al instante. Solo necesita añadir agua.

—Ahí ya no apuesto —aseveró su compañero.

La puerta volvió a abrirse y esta vez los recibió Sandy sin el perro, pero con su marido, que se presentó como Doug Blaismith. Llevaba puesto lo que le quedaba del traje y tenía expresión de victoria. En los pantalones de color azul marino le habían quedado prendidos varios pelos de color amarillo. Llevaba desabrochado el cuello de la camisa y los puños arremangados hasta los antebrazos, con lo que dejaba a la vista un reloj de oro de aspecto caro y una gruesa esclava del mismo metal. Tenía el pelo, que empezaba a escasearle, peinado hacia atrás y engominado y el vientre abultado hacía pensar que sentía más pasión por la mesa que por el ejercicio.

—¿En qué podemos ayudarlos? —preguntó.

—¿Tiene usted un Jetta azul, señor Blaismith? —Faz añadió la matrícula.

—Es plateado —corrigió Doug—, no azul.

—¿Lo tiene aquí?

—¿Ha pasado algo? No habrá tenido mi hijo un accidente…

—¿Es su hijo quien conduce ese coche?

—Normalmente para ir a clase —intervino Sandy—, pero ahora, en verano...

—¿Está aquí el coche?

—En el garaje —dijo Doug—. ¿Por qué lo pregunta?

Aunque estaba convencido de que a esas alturas debería ser obvio, Faz prefirió satisfacer la necesidad que tenía aquel hombre de sentir que era él quien estaba al mando.

—Nos gustaría verlo.

—Pero ¿de qué se trata? —insistió Doug entornando los ojos—. ¿Necesito un abogado?

—Creemos —repuso Faz— que puede haberlo tocado cierta persona implicada en un homicidio.

—¿Perdón? —dijo Sandy palideciendo a ojos vista.

—No lo entiendo —comentó Doug.

—Dejen que los ponga al día. —Faz les habló de la muerte de Monique Rodgers y de lo que habían visto en las grabaciones de seguridad del supermercado.

—Lo he leído en el periódico... o lo he visto en las noticias —dijo el hombre—. De todos modos, tiene que haber un error, inspectores. Mi hijo es el único que usa ese coche y no tenía ningún motivo para estar en... ¿Ha dicho South Park?

«Pues parece que sí lo tenía», pensó Faz. No obstante, dijo en vez de eso:

—El coche aparece en la cinta de vídeo. —Sacó dos fotogramas ampliados, uno en el que figuraba el vehículo aparcado al lado del bordillo y otro en el que se veía la matrícula, y se los tendió al dueño.

Doug observó las fotografías mientras su mujer las miraba por encima de su hombro. Los dos parecían perplejos.

—No hay por qué preocuparse —dijo Faz con la esperanza de aliviar la preocupación cada vez mayor de aquel matrimonio, aunque sabía que el hijo sí tendría que dar explicaciones a sus padres—.

Lo único que queremos es ver si tenemos suerte y encontramos una huella en el capó que nos permita identificar a la persona que apoyó la mano en su coche.

Doug seguía meneando la cabeza de un lado a otro y Sandy había perdido más color aún.

—Esa es la matrícula del vehículo, ¿verdad? —preguntó Faz con la intención de sacarlos de su mutismo.

El hombre se rascó la sien.

—Sinceramente, no me la sé de memoria. —Miró a su mujer, que se limitó a agitar la cabeza—. ¿Qué día dice que fue?

—Me ha dicho que el coche está aquí, ¿no?

—En el garaje.

—En ese caso, ¿por qué no miramos si la matrícula coincide con la de la foto? Si resulta que ha sido un error y no es su vehículo, dejaremos de molestarlos. —Al ver que ninguno de los dos contestaba, preguntó—: ¿Juega su hijo al baloncesto?

Del le lanzó una mirada fugaz como si quisiera determinar que no se había vuelto loco. Doug, con gesto aún más desconcertado, preguntó:

—¿Qué?

Lo único que pretendía Faz era hacer que el matrimonio rompiese su silencio.

—Lo digo por la canasta que tienen en el camino de entrada. Mi hijo jugaba. Me pasé veinte años sin poder dejar allí el coche porque siempre estaba practicando su tiro. Por eso me preguntaba si estaría el coche en el garaje.

—Mmm... Ah, sí. Juega en un equipo de la Amateur Athletic Union aquí, en la región del Eastside; pero ayer le hicieron una artroscopia. Por eso estaba confundido. El lunes por la mañana le estaban operando de un desgarro en el menisco, conque ayer no pudo estar con el coche en South Park. No puede conducir.

—Entonces, ¿estuvo aquí el coche todo el día de ayer? —Ahora era Faz el que parecía desconcertado.

—Sí, en el garaje. —Doug miró a su mujer buscando confirmación.

—¿Tienen más hijos? —preguntó Del.

El hombre asintió con la cabeza.

—Una hija, pero tiene trece años. No conduce.

—No queremos causarles más molestias, pero si pudiéramos comprobar la matrícula del vehículo que tienen en el garaje con esta, quizá consigamos aclarar todo este enredo —dijo Faz.

—Espere un segundo. —Doug se volvió para gritar por el hueco de una escalera en espiral—: ¿Luke?

—Voy yo —dijo Sandy. Sin embargo, en lugar de subir las escaleras, se dirigió a un pasillo.

Del miró a Faz. Él tampoco había pasado por alto que resultaba extraño.

—Pasen. —Doug se apartó para dejar que los inspectores accedieran a la entrada de mármol y, acto seguido, cerró la puerta.

Faz oyó ladrar al perro fuera. Dio un paso a un lado para mirar por el pasillo. La mujer se había encaminado hacia la cocina.

—No tardaremos mucho —aseguró Del.

En lo alto de las escaleras apareció un muchacho alto y desgarbado, con una mata de pelo rubio, apoyado en un par de muletas y con la rodilla vendada.

—¿Qué pasa?

Del se preparó para ir hacia el pasillo por el que había desaparecido la madre. Doug hizo las presentaciones y Faz explicó brevemente el motivo de su visita. El joven empezó a menear la cabeza con gesto de negación al oírlo mencionar South Park.

—No puedo conducir. Llevo en casa desde que salí del hospital. Ni siquiera sé dónde está South Park.

Faz hizo una señal casi imperceptible a Del, que fue en busca de Sandy Blaismith mientras él seguía interrogando al muchacho.

—Tranquilo, chaval, que no hay de qué preocuparse. Solo necesitamos ver si una persona que se apoyó en el capó dejó alguna huella con la que podamos trabajar.

—Me parece muy bien, pero ya le digo que no lo he usado. El coche lleva todo este tiempo en el garaje.

—¿Quién te llevó a que te hicieran la artroscopia? —preguntó el inspector.

—Yo —repuso Doug—. El médico es amigo mío.

Faz vio a Del desaparecer al llegar al final del pasillo. Los ladridos se intensificaron y también se oyeron uñas de perro golpeando el cristal.

—¿Trabaja su esposa?

—A tiempo parcial —dijo el marido por encima de los ladridos.

—¿Trabajó ayer?

Faz oyó a Del gritar desde la parte trasera de la casa y apretó el paso en dirección al pasillo hasta llegar a una cocina amplia con sala de estar. En el televisor de pantalla plana, montado sobre una chimenea de ladrillo, se veía sin voz el noticiario local. Al otro lado de las puertas correderas de cristal, el labrador amarillo corría de izquierda a derecha del patio, aplastando flores y arbustos mientras ladraba y daba saltos como queriendo entrar. Faz cruzó la sala de estar y abrió la puerta que daba al garaje.

Del avanzaba hacia Sandy Blaismith, que, de pie ante un armario abierto, sostenía un bote con pulverizador lleno de líquido azul y una bayeta de cocina. Al ver a Faz y a Doug, adoptó una expresión contrariada y dejó caer los hombros como si se le hubieran derretido.

—Sandy, ¿qué coño estás haciendo? —preguntó su marido.

La mujer no respondió. Bajó el bote y la mirada. Del pasó entre el coche y ella y le quitó el limpiador y la bayeta. Sandy no opuso resistencia alguna. Faz se acercó al vehículo y se inclinó para observar el reflejo de la luz del techo sobre el capó. Por la suciedad que presentaba, no parecía que lo hubieran tocado ella ni nadie más.

—Sandy —repitió Doug en tono más severo—. ¿Qué coño está pasando?

CAPÍTULO 12

Al llegar al Distrito Universitario, Tracy tuvo la impresión de que el exterior del bloque de apartamentos del Village Place presentaba muy buen aspecto para alojar a estudiantes de entre dieciocho y veintidós años cuyos padres les enviaban posiblemente el dinero justo para pagar el alquiler y no morir de hambre. Sin embargo, la proximidad del edificio al campus y las tiendas de moda y los restaurantes económicos de la avenida University Way hacían pensar sin temor a equivocarse que debía de albergar, en efecto, a universitarios.

Por un camino de cemento rojo se accedía a un patio de piedra blanca con macetas y un pasaje de arcos apuntados que enmarcaban una sucesión de lámparas ornamentales y vidrieras emplomadas protegidas por barrotes metálicos a modo de concesión a los caprichos de «la Ave». La zona atraía a un conjunto nutrido de jóvenes sin hogar que se sentaban en la acera con letreros de cartón y se aferraban a un movimiento contracultural que se había extinguido en gran medida en la mayoría de los campus universitarios una generación antes de que ellos nacieran.

Tracy entró al portal cuando acababan de dar las cinco de la tarde. Los alegatos finales pronunciados en el juicio de Stephenson habían transcurrido como cabía esperar y las deliberaciones del jurado habían empezado poco después de las cuatro. Hoetig le había dicho que, en su opinión, tendrían un veredicto como muy tarde el viernes.

La inspectora recorrió una alfombra roja que se extendía a lo largo de un interior de mármol con columnas. El frescor de aquel lugar suponía un respiro ante el calor de julio. En una sala situada a la izquierda de la entrada y semejante al salón de una casa solariega inglesa por las pinturas de hombres con atuendo de jinete que pendían en la pared, sobre una chimenea que probablemente llevaba décadas sin usarse, había un hombre y una mujer hablando con Katie Pryor.

Pryor se encargó de hacer las presentaciones. Rashesh Banerjee, joven delgado y de complexión menuda, tenía la piel oscura y el mentón cubierto ya por la sombra de la barba que debía de haberse afeitado por la mañana. Llevaba pantalones negros de vestir y una camisa formal de rayas. Aditi Banerjee, de soltera Dasgupta, vestía sandalias, mallas negras y una camisa blanca suelta cuyos faldones le cubrían las rodillas. Los dos dieron las gracias a Tracy por haber acudido.

—Mi esposa está muy preocupada por su amiga Kavita. —Rashesh hablaba con un asomo de acento británico.

—Tengo entendido que erais compañeras de piso —dijo la inspectora a la joven.

—Durante varios años —respondió el hombre.

Tracy sonrió.

—Señor Banerjee, le agradezco muchísimo que quiera ayudar, pero esto irá mucho más rápido y con menos dificultades si puedo hablar directamente con Aditi. ¿De acuerdo?

—Por supuesto. —Rashesh inclinó la cabeza y dio un paso atrás mientras la invitaba a proseguir con un movimiento de la mano.

—Kavita y tú erais compañeras de piso, ¿verdad? —preguntó la inspectora.

Aditi repitió buena parte de la información que le había transmitido la víspera Katie Pryor. Tracy la escuchó antes de hacerle la siguiente pregunta con la esperanza de recibir una respuesta afirmativa:

—Aditi, ¿es posible que Kavita necesitara, sin más, un paréntesis para asimilar toda esa información? Tiene pinta de haber sido un cambio importante e inesperado para las dos.

—Sí, es posible —respondió la joven, inclinando la cabeza como si también ella desease que hubiera sido así—. Yo pensé lo mismo, pero… Kavita nunca se habría marchado sin llamarme ni escribirme para decirme que se iba y que estaba bien, por mucho que se hubiera enfadado conmigo.

Tracy asintió. No quería descartar la opinión de aquella mujer, pero tampoco estaba del todo segura de que Kavita Mukherjee no se hubiera quitado de en medio unos días para digerir cuanto acababa de ocurrirle.

—¿Cómo la viste al despedirte de ella el lunes?

—Estaba enfadada. Las dos estábamos conmovidas. Habíamos llorado mucho. Para mí había sido muy difícil darle la noticia y seguro que para ella tuvo que ser muy difícil oírla. Se fue del piso porque no quería verme haciendo las maletas. Me dijo que sería demasiado duro.

—Y cuando ella, al parecer, volvió al apartamento aquella misma tarde, ¿te habías marchado tú ya?

—Sí. Volví al apartamento porque me quedé preocupada. Antes de salir le había dejado una nota y un regalo sobre la cama. —Miró a Katie Pryor—. Fue entonces cuando vi que había desplegado sobre la cama el sari que le había traído de la India y había abierto el sobre de la nota.

—Y el cheque —apuntó Rashesh.

—Ah, sí. Le dejé un cheque con el importe del alquiler, pero lo rompió en pedazos. Por eso sé que tuvo que volver aquella noche.

—¿Rompió un cheque? —preguntó Tracy.

—Le dije que pagaría el alquiler hasta que encontrase otra compañera de piso, porque sabía que no le iba a ser fácil hacer frente a ese gasto.

Desde luego, el que hubiese destruido el cheque constituía para Tracy un signo evidente de que estaba furiosa con su amiga.

—¿Y sabes si tenía planes de salir esa noche?

Aditi negó con la cabeza.

—No, pero es verdad que yo llevaba casi doce semanas fuera.

—¿No te habló de nada que hubiese planeado hacer?

—No.

—Está bien. ¿Tienes todavía la llave del piso?

—Hemos llamado al conserje —dijo Rashesh dando de nuevo un paso al frente—. El plazo del alquiler correspondiente al último pago de Aditi todavía no ha expirado, de modo que nos dejará entrar.

Minutos después, el empleado los llevó a la vivienda y les abrió la puerta.

—Yo voy primero —anunció Tracy antes de colocarse unos guantes azules de látex y acceder a un recibidor tenuemente iluminado.

Kavita Mukherjee abrió la cerradura y empujó con cuidado la puerta del piso. No le asustaba lo que pudiera encontrar dentro, sino más bien lo que podía no encontrar. Se detuvo al llegar al pasillo y recordó la emoción que las invadió a ambas la primera vez que habían visto el apartamento y el comentario que había hecho Aditi sobre la iluminación natural.

Lanzó por costumbre las llaves al cuenco vacío de la mesilla contigua a la puerta y entró en la sala de estar. Aditi había dejado las suyas sobre la encimera de la cocina. Por lo demás, el salón estaba exactamente igual que cuando había salido. Cabía suponer que Aditi y su marido no necesitarían muebles usados en su piso de Londres.

Se dirigió a la cocina. Los platos y los vasos seguían en su lugar. No solían comer en casa. Más bien tenían la costumbre de salir a tomar algo y pagar a medias. Siempre, hasta donde alcanzaba su memoria, lo habían hecho todo así. Si había fiesta en alguna fraternidad, Kavita y Aditi acudían juntas. Cuando una de ellas tenía que estudiar, iban juntas a la biblioteca y volvían juntas caminando. Si tenían examen, repasaban haciéndose preguntas la una a la otra. Cierto era que Kavita había sacado siempre mejores notas, pero Aditi era la más aplicada. ¿Con quién iba a estudiar ahora los exámenes de Medicina?

Miró por la ventana el sol de la tarde que brillaba en los tejados de los edificios del campus en el que había pasado cuatro años con la esperanza de poder entrar en la Facultad de Medicina y, al reparar en que, al final, tendría que hacerlo sola, decidió que ya no quería ir a la Universidad de Washington, sino huir a un lugar en el que no tuviese que convivir con recuerdos, un lugar alejado de su familia. Semejante idea la llevó a preguntarse hasta qué punto había estado motivada por el miedo —por el mismo miedo que la estaba embargando a ella, y no por el amor— la decisión de casarse que había tomado Aditi. Por el miedo a quedarse sola. Por el miedo a fracasar en sus estudios de Medicina y tener que volver a casa con el rabo entre las piernas.

De su madre, por descontado, no podía esperar consuelo alguno. De hecho, ya había empezado a llamarla por teléfono para hacer que se sintiera culpable.

—La gente le da demasiada importancia al amor —le decía—. Siempre puedes casarte y esperar a que llegue con el tiempo.

—Y siempre puedes no hacerlo —respondía ella las más de las veces.

¿No se habría casado Aditi por miedo a no tener ninguna otra oportunidad en su vida? ¿No habría decidido que era mejor atarse a cualquiera, al primero que se lo ofreciese, que no encontrar nunca a nadie?

Kavitá salió de la sala y entró en el pasillo, en penumbra al no llegar allí la luz de las ventanas. El gris parecía más pronunciado aquella tarde. Abrió la puerta del que había sido el cuarto de Aditi. Los muebles estaban en su sitio, pues su amiga no los necesitaba; pero la cama estaba desvestida y en los cajones de la cómoda no quedaba una sola prenda de Aditi. Las perchas pendían desnudas de la barra del armario empotrado y las paredes vacías estaban marcadas por la sombra intermitente de los listones.

El vacío de la habitación la golpeó con fuerza, como hace a menudo la realidad. Aditi se había ido. Kavita estaba sola.

Llorosa, cerró la puerta y pasó por delante de la del cuarto de baño de camino a su dormitorio. Tenía que arreglarse para su cita y lo cierto era que nunca la había alegrado tanto contar con una distracción, aun cuando no le apeteciese en absoluto poner al mal tiempo buena cara en aquel instante.

Reparó en un par de sandalias Bata de color azul oscuro al pie de su cama y, pulcramente doblada sobre el edredón, una prenda de azul y oro. Aditi. Muy propio de ella, haberle llevado un regalo. Tomó la prenda, un sari, y no pudo menos de maravillarse ante lo intrincado de sus adornos. En los Estados Unidos, semejante obra de artesanía le habría costado el sueldo de dos semanas. En la India no.

Kavita dejó que aquel delicado tejido se desplegase mientras se dirigía al espejo del interior de la puerta de su armario. Se acercó el vestido al cuerpo y recordó una de las primeras veces que había llevado un sari, para el annaprashan *de un primo suyo. Su madre le había echado un sermón para explicarle que el sari era más que una simple prenda de ropa. De hecho, constituía todo un medio de comunicación para las mujeres indias. Le enseñó que tapándose con el velo un lado de la cara podía expresar un estado de ánimo juguetón y que, si se tiraba de los pliegues del hombro, se mostraría más bien tímida.*

Ella nunca había sentido nada de eso. Para ella, el sari era un fastidio que la hacía verse torpe y sin gracia. Cada dos por tres se le caía del hombro y el pallu, *la larga cola del vestido que se colocaba sobre el hombro y el brazo, acababa siempre arrastrando por el suelo. Cuando el sari estaba tan apretado que dejaba adivinar la forma de la figura femenina, se sentía atrapada en el tejido, claustrofóbica.*

Sostuvo la tela cerca de su rostro y contempló admirada cómo resaltaba aquel azul el color de sus ojos, mientras que el oro reflejaba el color de su piel. ¡Ay, Aditi! Nunca dejaba nada al azar cuando de regalos se trataba. Ni se imaginaba el tiempo que había tenido que dedicar su mejor amiga a estudiar vestidos antes de comprarle aquel. Se sintió mal por no haber estado presente para aceptarlo y agradecérselo en persona.

Dejó que aquella faja de tela de cinco metros y medio de largo se desplegara al caer al suelo de madera noble. De uno de los pliegues cayó una tarjeta y Kavita la recogió junto con el vestido para poner ambas cosas sobre su cama. Se sentó sobre el colchón de gomaespuma y apoyó la espalda en una almohada. El sobre llevaba su nombre escrito con la hermosa caligrafía de Aditi.

Lo abrió y sacó la nota manuscrita:

Querida Vita:

> *Vi este sari mientras hacía las compras de mi boda y me fascinó el parecido del azul con el de tus ojos y el del dorado con el de tu piel.*

Kavita soltó una risotada. Se conocían demasiado bien.

> *Al día siguiente volví temiendo que ya no estuviera, que se lo hubieran llevado. Es tan bonito que te lo tenía que comprar. Ya sé que nunca será como tus vaqueros con rajas en las rodillas ni tus camisetas, pero seguro que te queda espléndido, Kavita. Espero que algún día tengas ocasión de ponértelo y que, cuando lo hagas, pienses en mí, tu querida amiga Aditi.*

91

Me voy a Londres a finales de esta semana. Hasta entonces, Rashesh y yo estaremos en casa de mis padres. ¿Qué te voy a contar? La familia... Ya sabes que hay que hacerlo a la india. Espero que vengas a verme y conozcas a mi marido antes de que nos vayamos. Aunque hace solo unos minutos que te has ido, te estoy echando ya de menos.

Ven a Londres, Vita. ¡Te va a encantar! Además, juntas nos lo podemos pasar en grande. Eso sí, no te sientas presionada.

Tu hermana, siempre,
Aditi

Detrás de la nota, encontró un cheque por valor de la parte del alquiler de su amiga correspondiente a los dos meses siguientes. Sonrió. Muy propio de Aditi, preocuparse por ella. Dejó escapar un suspiro al darse cuenta de que ya no tenía por qué inquietarse, al menos en el aspecto económico

Sería médica. De eso estaba muy segura al fin.

Aditi les hizo un recorrido por el piso. La última habitación era la de Kavita. Señaló la cama, que parecía hecha a la carrera, como si se hubieran limitado a subir hasta la almohada el edredón, que estaba salpicado de trocitos de papel.

—Ese es el sari y esa es la nota que le dejé.

—¿Y eso es el cheque? —preguntó Tracy señalando los pedacitos.

—Sí. Lo metí en el sobre con la nota.

Aquello confirmó a Tracy que a Kavita no le había sentado nada bien la boda de Aditi. Vio una mochila apoyada en la mesilla de noche y la recogió. Dentro encontró un portátil.

—Es el de Kavita —dijo Aditi.

Eso sí era extraño. No era normal que ningún joven saliera sin su portátil y su móvil.

—¿Te sabes su contraseña? —Ante la respuesta negativa de Aditi, tendió el aparato a Pryor—. Nos lo llevamos para pedir una orden judicial que nos permita mirar sus correos electrónicos y sus redes sociales. —A continuación, volvió a dirigirse a la amiga—. ¿Ves algo fuera de lo común, aparte del cheque?

Aditi negó con un movimiento de cabeza.

—Está bien —dijo Tracy—. Voy a hacer unas fotos. Nos vemos en la sala de estar. Insisto en que no toques nada.

Después de tomar dos docenas de imágenes con el teléfono, la inspectora volvió al salón. Pryor estaba hablando con Aditi, pero se volvió hacia ella al oírla entrar.

—Aditi les ha dicho a los padres de Kavita que tal vez queramos hablar con ellos.

Tracy miró el reloj.

—¿Dónde viven?

—En Bellevue —respondió Aditi—. Su padre trabaja en Microsoft. ¿Cree que podría haberle pasado algo a Kavita?

—No lo sé. —Si le había ocurrido algo, desde luego, no había sido en aquel apartamento. Al menos, eso parecía a primera vista—. Aditi, lo siento, pero tengo que hacerte una pregunta difícil. ¿Es posible que se haya querido hacer daño a sí misma?

—La Vita que yo conozco —repuso cabeceando— no. Lo dudo mucho.

—¿Era de la clase de mujeres que entran en un bar y, tras tomar quizá un par de copas, se van a casa con un desconocido?

Aditi volvió a negar con la cabeza.

—No. Eso me habría extrañado mucho de ella.

—¿Sabes si lo ha hecho alguna vez?

La otra guardó silencio y Tracy volvió a preguntarse si su vacilación no se debería a la presencia de Rashesh, si no sería la renuencia de una joven a reconocer las experiencias sexuales propias y de su compañera de piso delante del hombre con el que acababa de casarse.

—No.

—¿Bebía?

—A veces. Le gusta el vino tinto.

—¿Drogas...?

—No.

—¿Nada? ¿Ni siquiera marihuana?

—A lo mejor un par de veces, en el instituto y al entrar en la universidad; pero no por costumbre.

—¿Cuánto pagabais de alquiler?

—Mil ochocientos cincuenta dólares al mes.

—¿Y dices que sus padres le habían cerrado el grifo?

—Sí.

—¿Podía permitirse pagar sola el piso?

Aditi negó con un movimiento de cabeza.

—Por eso me ofrecí a seguir pagando mi mitad hasta que encontrase otra compañera. Me sentía mal por haberla dejado sola.

—Yo fui quien le propuso pagarle el alquiler de dos meses —añadió Rashesh.

—Pero ella rompió el cheque. —Tracy hablaba más bien para sí—. ¿Cómo pensaba pagar entonces?

—No lo sé —contestó Aditi—. Yo di por hecho que buscaría otra compañera de piso. ¿Va a hablar con sus padres esta noche?

Tracy ya no tenía otra opción.

—Sí.

—Entonces, los avisaré.

Tracy sacó una tarjeta de visita del bolsillo y se la dio a Aditi. Pryor hizo lo mismo.

—Aquí tienes mi contacto. Si sabes algo de Kavita, por favor, llámanos enseguida, a mí o a la inspectora Pryor.

—¿Qué van a hacer ahora? —quiso saber Rashesh.

—Emitiremos una alerta de persona desaparecida a los distintos cuerpos de seguridad con la fotografía de Kavita y su descripción —dijo Pryor.

—Necesito el número de Kavita y el nombre de su compañía telefónica —añadió Tracy—. Pediremos a la operadora que rastree su última ubicación. Si encontramos el teléfono y tenemos suerte, daremos también con Kavita o, por lo menos, sabremos dónde ha estado.

CAPÍTULO 13

Los vecinos de los Blaismith habían salido de sus viviendas atraídos por la curiosidad al ver el Jetta que se estaba llevando a remolque la grúa. Faz sospechaba que, en aquel barrio, los rumores correrían más rápido que los chiquillos que iban de puerta en puerta en Halloween.

Del y él seguirían al camión hasta el depósito de análisis de vehículos de Park 95. Ya había enviado un correo electrónico a González para pedirle que hiciera llegar la orden de registro firmada a la Unidad de Huellas, que se encontraba en dicho edificio. Por la mañana, los técnicos tratarían de sacar muestras de ADN, aunque tal cosa dependía del tiempo que hubiese estado el coche al sol, pues su acción podía destruir tales pruebas.

Todavía estaba por ver si serían capaces de obtener una huella que pudieran utilizar y si coincidiría con alguna de las que tenían en las bases de datos; pero, al menos, estaban un paso más cerca de lograrlo.

Faz observó a Doug Blaismith, de pie en el camino de entrada de su casa perfecta en aquella urbanización perfecta, como si estuviese viendo arder su vivienda sin esperanza alguna de salvar nada de lo que había dentro. No había protestado al saber que debían incautarle el vehículo. El inspector sospechaba que Doug estaba tan ansioso como ellos por saber si su mujer había estado en South Park,

TODO TIENE SU PRECIO

aunque la reacción de ella hacía pensar que debía de ser así. Lo que podía estar haciendo allí era ya harina de otro costal, algo que quizá Del y Faz no llegaran a saber nunca. Después de entregarles el líquido limpiacristales y la bayeta, Sandy Blaismith se había cerrado en banda y no había abierto el pico más que para pedir un abogado.

—Ha visto demasiado *CSI* —había comentado Del—. He estado a punto de preguntarle si quería que llamásemos a un penalista o un experto en divorcios.

Los dos inspectores habían convenido en no detenerla por obstrucción a la justicia al haberla interceptado Del antes de que pudiera limpiar el capó. En realidad, les daba igual si había ido a South Park a comprar droga o por cualquier otro motivo, como una aventura amorosa. Eso era algo que tendría que resolver ella con su familia.

Cuando arrancó la grúa, Del y Faz la siguieron en el coche de la comisaría. Del bajó la transmisión del partido de los Mariners.

—¿Crees que será cosa de drogas? —preguntó a su compañero—. ¿Que había ido a comprar?

—Por su reacción diría que podría ser algo más personal. Se puso blanca como la pared…

—¿Está engañando a su marido?

—Quizá sí. Desde luego, no es asunto nuestro. Hay que pensar en la familia, en dos críos que no tienen culpa de nada de esto…

—Sí, ya lo sé —dijo Del—, pero me jode mucho que intentase borrar las pruebas de una investigación de asesinato para guardar su secretito. ¿Qué clase de persona hace una cosa así?

—No lo sé. —Faz recordó a Doug Blaismith, pasmado y solo en el camino de entrada de su domicilio… y, sosegada la agitación de la tarde, volvió a pensar en Vera. Se preguntó si estaría bien sola en casa, una vez más sin él. La carrera profesional de Faz la había obligado a pasar muchas noches sin su marido y, sin embargo, él nunca se había preguntado si estaría bien. Siempre había dado por supuesto que sí, pero en ese instante deseó haberla llamado más a menudo para preguntárselo, para que supiera que pensaba en ella, que se preocupaba.

—La vida es muy corta para aguantar un marrón así —sentenció Del.

—Si está enamorado de ella… —empezó a decir Faz, y fue entonces cuando rompieron su máscara las emociones de aquel día, que con tanto empeño había tratado de reprimir, y el inspector se derrumbó entre lágrimas.

CAPÍTULO 14

Después de dejar a los recién casados Rashesh y Aditi Banerjee en los pisos del Village Place, Tracy y Katie Pryor tenían planeado dirigirse sin más dilación a Bellevue y hablar con los padres de Kavita Mukherjee; pero, yendo por University Way, Pryor le enseñó la tienda Urban Trekking, en la que trabajaba la joven.

—Llama a los padres y diles que vamos a llegar unos minutos más tarde —dijo Tracy pensando en matar dos pájaros de un tiro, sobre todo porque podía ser que no dispusiese de más balas, estando como estaba el asunto de South Park.

Aparcó el coche y las dos echaron a andar por una acera llena de transeúntes vestidos con pantalón corto y camiseta de tirantes que absorbían como esponjas vitamina D.

Cuando entraron a Urban Trekking sonó un timbre, aunque apenas audible sobre el ensordecedor ritmo machacón de la música electrónica que prodigaban los altavoces del techo. Un rápido vistazo a las prendas dobladas en las estanterías metálicas y colgadas en perchas bastaba para llegar a la conclusión de que aquel establecimiento debía de ser el paraíso de cualquier universitario: vaqueros de ocasión rajados por las rodillas y desgastados por los muslos, camisetas de manga corta o sin mangas con tachuelas o con teñidos psicodélicos... Nada que fuera a poder ponerse Tracy en un tiempo.

Las dos mujeres que charlaban mientras doblaban ropa tras el mostrador alzaron la vista al verlas entrar y hasta sonrieron con educación, aunque no hicieron ademán de acercarse a ellas, con lo que hicieron patente que no tenían esperanza alguna de venderles nada. La dependienta afroamericana saludó a las inspectoras y la blanca desapareció tras un tabique momentos antes de que descendiese el volumen de la música.

—¿Puedo ayudarlas a encontrar algo?

Al menos, se había ganado un sobresaliente por el esfuerzo.

—Me temo que estoy un pelín mayor para la ropa que tenéis aquí —dijo Tracy.

La joven respondió con una sonrisa que, pese a todo, resultaba forzada.

—Por aquí vienen a comprar muchas mujeres de su edad.

Tracy miró a Pryor.

—¡Uf! —exclamó, provocando una carcajada de su colega, antes de sacar su placa—. En realidad, estamos siguiéndole la pista a una compañera vuestra.

—¿Kavita? —preguntó la dependienta acercándose más al mostrador.

—La conoces —dijo Tracy.

—Claro, pero hoy no ha venido y nuestro jefe no ha sido capaz de localizarla. Creo que al final lo ha dado por imposible. Por eso estoy trabajando yo ahora. —Miró a su compañera, que acababa de volver, para que confirmase sus palabras, pero la otra joven se limitó a encogerse de hombros como quien dice: «Ni idea».

Pryor les pidió los nombres y los apuntó. La dependienta negra se llamaba Charlotte y la blanca del anillo en la nariz y el pendiente en una ceja, Lindsay. Las dos eran altas, de algo más de un metro con setenta, e iban vestidas como si fueran modelos del catálogo de la tienda.

—¿Cuándo la visteis por última vez? —preguntó Tracy.

—Yo cerré con ella el sábado —dijo Lindsay—. Desde entonces no la he visto.

—¿Tenéis mucho trato con ella? —quiso saber Pryor.

Las dos se encogieron de hombros.

—Era mayor —repuso Charlotte—, así que no... salíamos juntas después de trabajar ni nada de eso.

Si para ellas era mayor, Tracy debía de parecerles un vejestorio.

—De modo que nunca os dijo a ninguna que quisiera tomarse unos días libres.

Las dos menearon la cabeza al mismo tiempo y respondieron en estéreo:

—No.

—¿Tenía novio?

Las jóvenes se miraron, pero fue Lindsay la que contestó:

—Lo dudo. Por lo menos, nunca nos ha hablado de ninguno.

—Pero es muy guapa.

—¡Oh, Dios! —exclamó Lindsay animándose—. ¡Es preciosa! Para mí que el jefe la contrató por lo bien que le sentaba la ropa. Parece diseñada para chicas altas, ¿sabe?, y Kavita es muy alta, como usted más o menos.

—¿Y nunca entró ningún chico a hablar con ella?

—A todas horas —respondió Charlotte—. No dejan de venir los de la uni a tirarnos los tejos, a invitarnos a las fiestas de su fraternidad y todo eso.

—¿Y Kavita se dejaba convencer?

—¡Qué va, por Dios! —dijo Lindsay como si la pregunta la hubiese dejado desconcertada—. Pero tampoco era brusca con ellos. Les seguía el juego un poco, aunque no de mala manera, no sé si me entiende... Ellos compraban camisas y cosas así pensando que a lo mejor ella querría salir con ellos. Pero Kavita nunca cedía. Les decía que ya había quedado o que tenía que trabajar.

—¿Alguno de ellos lo entendió mal?

—¿Mal?

—Si alguno se lo tomó a mal o se enfadó. ¿Nadie dijo nunca nada raro?

—¿Se refiere a un acosador? —preguntó Charlotte.

—O a alguien que os diese mala espina por cualquier motivo —añadió Pryor.

Las dos volvieron a mirarse con gesto atribulado antes de negar con la cabeza.

—No. A ver: tenían muy claro que Kavita jugaba en otra liga. ¿Me entiende? Lo sabían todos, pero alguno pensaba: «¡Qué leche! Por probar no pierdo nada...». ¿Le ha pasado algo? —quiso saber Lindsay.

—Eso es lo que estamos intentando averiguar —dijo Pryor.

—No estarán aquí porque esté... muerta o algo así, ¿verdad?

—No —repuso Tracy—, pero hay gente que está preocupada por ella.

—Su compañera de piso nos ha llamado preguntando si la habíamos visto —dijo Charlotte.

—¿Cuándo?

—Hoy mismo. Quería saber si había venido a trabajar.

—¿Qué impresión os dio Kavita la última vez que la visteis? ¿Parecía triste? —preguntó Pryor.

Las dos se encogieron de hombros y Charlotte contestó:

—Aquí, en el trabajo, daba la sensación de estar bien.

—¿La habéis oído hablar de alguna discoteca o algún bar que frecuentase?

Las jóvenes movieron la cabeza.

—Dudo mucho que le vayan las discotecas. A mí, por lo menos, no me ha hablado nunca de eso —dijo Lindsay—. Ya se lo he dicho: Kavita es, digamos, mayor. Trabaja mucho.

—Quiere entrar en la Facultad de Medicina —intervino Charlotte—. Quiere ser médica.

—¿Cuánto le pagan por trabajar aquí?

—El sueldo mínimo, como a nosotras —respondió Lindsay.

Tracy hizo un cálculo rápido de cabeza. Si Kavita hacía treinta horas a la semana, a quince dólares la hora, estaba cobrando cuatrocientos cincuenta brutos, unos mil ochocientos al mes. El alquiler debía de ascender a unos novecientos cuando compartía piso con Aditi. Era admirable que no hubiese cedido a la presión de sus padres, pero la de romper el cheque que le había dado su amiga por el alquiler de los dos meses siguientes no parecía muy buena idea. De nuevo, se preguntó si no lo habría hecho por rabia.

Tracy y Pryor les dieron sus tarjetas de visita.

—Os agradeceríamos que nos llamaseis si os enteráis de algo o recordáis algo que pueda haber dicho, algún sitio donde pueda haber ido…

—Ojalá esté bien. De verdad. —Lindsay observó la tarjeta y miró a Tracy—. ¿Nos lo dirán si le ha pasado algo? Asusta un poco que haya desaparecido sin más.

—Por supuesto —le aseguró Tracy, que se dirigió con Pryor hacia la puerta y, al caer en la cuenta del tiempo que le quedaba aún para llegar a Bellevue, se dio la vuelta para preguntar—: ¿Puedo usar el baño?

CAPÍTULO 15

Del aparcó al lado de la acera y apagó el partido de los Mariners. No era la primera vez que veía llorar a Faz, pero en las ocasiones anteriores las lágrimas habían sido de alegría, como en la cena que hizo Vera para celebrar el compromiso de Dan y Tracy y la inspectora habló de lo importantes que eran para ella y dijo que los consideraba su familia. Aquello era Faz en estado puro. Decía que lo de llorar formaba parte de su ADN italiano, aunque Del también era de la misma ascendencia y no era un tipo de lágrima fácil. Fuera como fuere, tenía la sensación de que el llanto de esa noche no era de alegría ni sentimental y ver tan vulnerable a su compañero no le resultaba nada cómodo.

Faz sacó un pañuelo del bolsillo de atrás para enjugarse los ojos y sonarse la nariz. Tenía la cara roja como la de un crío avergonzado y el rubor de sus mejillas hizo que Del cayese en la cuenta de que se le habían pronunciado más las ojeras. Algo no iba bien. Faz dio un suspiro como quien suelta una bocanada de aire pernicioso y se aclaró la garganta.

—Vera tiene cáncer.

Lo dijo tan de sopetón, sin avisar ni preparar el terreno, que Del pensó que no lo había oído bien. Sin embargo, hay palabras que, por suaves que se pronuncien, no pasan inadvertidas. Hay palabras que se niegan a quedar ahogadas, a ser desoídas o a verse relegadas a un rincón del cerebro para digerirse en un momento más propicio. *Cáncer* es una de ellas: nunca tiene un momento propicio; nunca se oye mal; nunca se pasa por alto.

—No —dijo Del. No quería creerlo. No hacía ni una semana que Celia y él habían ido a cenar a casa de Faz, donde habían regado con chianti el lomo de cerdo a la barbacoa que habían comido en el jardín.

Faz asintió con un movimiento de cabeza, como si también le estuviera costando asimilar la verdad.

—Tiene un tumor en el pecho. —Guardó silencio el tiempo necesario para llenarse de nuevo los pulmones de aire, que le tembló en el tórax como si fuera veneno. Entonces lo soltó con rapidez—. Esta mañana hemos vuelto para que le hicieran otra mamografía y una ecografía. Estábamos allí sentados esperando, intentando no darle demasiadas vueltas por no sacar conclusiones precipitadas, cuando entra el radiólogo, nos enseña los rayos X en un monitor y señala con la punta del bolígrafo una mancha negra en el tejido del pecho. Era como una piedrecilla, Del. Nada, una cosa diminuta. El médico no es de los que prefieran dorarte la píldora: te lo suelta así, sin paños calientes, para que no haya confusión. Va, mira a Vera a los ojos y le dice: «Tiene usted cáncer».

—Lo siento, Faz —dijo su compañero, sin palabras y con dificultades para contener sus propias emociones.

—Así —dijo Faz—. Así, sin más. Va y le dice: «Tiene usted cáncer». —Volvió la cabeza y miró a Del. Tenía las mejillas coloradas y los ojos anegados en lágrimas—. En ese momento quieres enfadarte, ¿sabes? Quieres cabrearte con algo, con alguien, pero no puedes, porque son solo cosas que pasan. Putas cosas que pasan. —Estampó el puño contra el salpicadero y luego contra la puerta. El coche tembló y Del le dio un momento para que se desahogara. Entonces Faz siguió hablando sin alzar la voz—. Es una lotería. —Exhaló con los ojos clavados en el parabrisas, aunque sin fijar la mirada—. Me parece surrealista, como si ni siquiera fuese yo quien estaba en aquella consulta esta mañana ni mi Vera a quien le estaba hablando el médico. Estaba como embotado y sigo estándolo.

Del llevaba más de veinte años compartiendo vehículo con Faz y en todo ese tiempo siempre habían tenido algo de lo que hablar. Sin embargo, en aquel instante se había quedado sin palabras. ¿Qué podía decir? «Lo siento» sonaba demasiado simple, demasiado obvio. Era lo que habría dicho cualquier estúpido. Así que guardó silencio.

—Después le tomaron muestras para una biopsia.

—¿Y os dieron el resultado?

—Tardarán un par de días, pero el radiólogo no se anduvo con chiquitas. Dice que deberíamos buscar un oncólogo y decidir sobre el tratamiento.

—¿Y se puede saber qué estás haciendo aquí? Pídete unos días libres para estar con Vera.

Faz negó con la cabeza.

—Lo he intentado, Del. Se lo he propuesto a Vera y ella me ha dicho que tenerme en casa preocupado no va a cambiar el diagnóstico ni hacer que ninguno de los dos se sienta mejor, que lo único que conseguiríamos sería abatirnos más. Me ha dicho que me vaya a trabajar y que intente no pensar en ello.

—Muy propio de Vera.

—¡Como si fuera posible!

—Pues puede que tenga razón —dijo Del—. Tú y yo funcionamos mejor cuando estamos trabajando. ¿No te acuerdas de mi divorcio? ¿Y cuando murió Allie? —Se refería a su sobrina, víctima de una sobredosis de heroína a los diecisiete años—. Cuando mejor estaba yo era cuando estaba trabajando. Ya sé que no es lo mismo, porque Vera es tu mujer, pero…, joder, cuanto más tiempo pases con ella, más le costará soportarte.

Faz respondió con una sonrisa tan breve como lastimosa.

—No sé qué haría sin ella, Del. —Le tembló el cuerpo al incorporarse, como si intentara contener en su interior algo horrible.

—No sigas por ahí —le advirtió su compañero, aunque daba la impresión de que Faz estuviese ya bien metido en aquel callejón.

—Me odio por pensar en mí mismo en una situación así, pero sin ella estoy perdido, solo en esa casa mientras me hago viejo. No tengo aficiones ni nada en lo que ocupar el tiempo. Trabajo demasiado, coño. ¿Qué voy a hacer, Del? ¿Qué cojones voy a hacer sin ella?

—En primer lugar, Vera no va a ir a ninguna parte. En segundo lugar, me tienes a mí, Faz. Conmigo podrás contar siempre.

—Pero tú tendrás a Celia —contestó Faz clavando en él de nuevo la mirada y ofreciéndole otra sonrisa triste—. Y que conste que me alegro: todo el mundo tendría que poder contar con alguien.

Del no pudo evitar pensar que tenía razón cuando aseguraba que estaría perdido sin Vera. Faz y su mujer eran como el tinto y la lasaña: imposible pensar en uno sin el otro.

—No nos precipitemos. Es lo mismo que has dicho tú con esta investigación: vamos a ir paso a paso, día a día. ¿De acuerdo?

—Está bien —respondió Faz—. Sí, sí: está bien.

—Y Vera… A ver cómo te lo digo. Si yo fuese el cáncer, estaría acojonado por tener que vérmelas con Vera.

Faz se sonó la nariz con un pañuelo.

—Mira que es dura, ¿eh? —convino.

—Ya lo creo. Durísima. La mujer más dura que he conocido. No se va a conformar con vencer a esa cosa: no parará hasta hacerla papilla.

Su compañero asintió con un gesto y soltó aire antes de sonreír de nuevo e incorporarse como quien se despierta de la siesta.

—Venga —dijo Del—, que cuanto antes dejemos el coche en el depósito, antes podré llevarte a casa.

CAPÍTULO 16

A medida que avanzaban hacia el este por el puente 520, Tracy y Katie Pryor iban viendo refulgir el sol poniente en las ventanas de las opulentas viviendas que poblaban las márgenes del lago Washington. A lo lejos se alzaba imponente la cordillera de las Cascadas.

Las jóvenes dependientas habían confirmado que, tal como les había dicho Aditi Banerjee, Kavita no había ido a trabajar ni había llamado al jefe para anunciar que faltaría. Ambas cosas eran impropias de la mujer que habían descrito tanto su amiga como sus compañeras de trabajo, madura, inteligente, un tanto terca y muy resuelta.

Al llegar al extremo oriental del puente, Tracy tuvo que hacer un esfuerzo por evitar que se le desbocaran los pensamientos negativos y centrarse en cuál sería el mejor modo de abordar a la familia Mukherjee. Pocas veces había ido a casa de nadie a dar buenas noticias. Faz le había dicho una vez que recibir la visita de un inspector de policía en relación con un familiar era como recibir la invitación de un productor de *60 Minutes* para acudir al programa: daba igual cómo lo formulasen, que raras veces era para bien.

Los Mukherjee vivían en un barrio llamado Cherry Crest, una zona boscosa que parecía pensada para ir a caballo y se encontraba a escasos metros de un parque estatal. Las casas estaban situadas en amplias parcelas delimitadas por cercas ecuestres. Tracy tomó una carretera de la que no partían caminos de entrada a las viviendas. Entre las ramas de perennifolios, cornejos y arces se colaban intermitentes los rayos de luz que daban forma a las sombras del asfalto. Los contenedores verdes y azules que habían dispuesto en hileras ordenadas los residentes servían de indicador aproximado de por dónde debía accederse a las viviendas. Tracy giró al llegar a la dirección que les habían dado y estacionó frente a una vivienda de una sola planta revestida de madera oscura y envuelta por una arboleda. El jardín, de piedras y plantas autóctonas, presentaba un diseño impecable. El agua corría bajo una pasarela destinada a salvar un estanque cubierto por una malla destinada a proteger a las carpas *koi* naranjas con manchas negras que nadaban en él. Tracy y Pryor cruzaron el puente en dirección a la puerta de la casa.

La segunda llamó al timbre mientras la primera observaba por una ventana lateral al hombre que acudía a preguntar. Llevaba pantalón corto y una camisa blanca holgada con la que cubría una panza considerable e iba descalzo. A su lado fue a colocarse una mujer, también sin zapatos y con unos pantalones anchos de color marrón y una blusa de manga larga a juego. Se había recogido el pelo con una larga trenza. A juzgar por la fotografía que les había dado Aditi, Kavita se parecía más a su madre que a su padre por la piel clara, los rasgos delicados y la expresividad de los ojos, aunque los de ella eran castaños y los de la hija azules.

—¿Los señores Mukherjee? —preguntó Pryor antes de identificarse y presentar a Tracy—. Hemos hablado por teléfono.

Los dos, Pranav y Himani, las recibieron con una actitud vacilante más que comprensible.

Pranav Mukherjee se ajustó las gafas de montura negra sobre el puente de su ancha nariz y las invitó a entrar. Tracy percibió el aroma de especias guisadas.

—Espero que no estemos interrumpiéndoles la cena —dijo.

—No, por favor. —Pranav las invitó a entrar haciendo un gesto hacia su izquierda y ellas se detuvieron en el recibidor, en una de cuyas paredes había una fila de zapatos colocados en el suelo.

—¿Quieren que nos descalcemos?

—No hace falta —dijo Pranav con un acento marcado.

Tracy y Pryor accedieron a una sala de estar en la que aguardaban más personas que debían de ser familia: un hombre y una mujer mayores sentados en el sofá, un joven que apenas habría cumplido los veinte apoyado en la pared tras ellos y un muchacho recién entrado en la pubertad sentado en un puf rojo. La anciana del sofá tenía los ojos celestes.

Eran los abuelos.

A sus espaldas se elevaba hasta el techo un mural de aves coloridas posadas sobre ramas de árboles. Por un ventanal se veía el jardín trasero poblado de árboles.

El señor Mukherjee se encargó de las presentaciones, que empezó haciendo un gesto con la mano hacia el sofá.

—Les presento a mi padre y mi madre, los abuelos de Kavita.

Los dos saludaron con una inclinación de cabeza, pero no se levantaron ni dijeron nada.

—Y ellos son Nikhil y Sam, los dos hermanos de Kavita.

Nikhil, el mayor, tenía las manos metidas en los bolsillos de sus vaqueros y no hizo ademán alguno de ir a sacarlas de donde estaban ni de acercarse a las recién llegadas. Era delgado y se parecía a su padre en la piel oscura, los rasgos anchos y el cabello encrespado. A Sam le caía el pelo largo sobre la frente casi hasta taparle los ojos. El pequeño tenía la piel clara y cierto parecido con su madre y su hermana. Llevaba pantalones de baloncesto y una camiseta de tirantes.

El anfitrión señaló las dos sillas vacías que les habían asignado. Al sentarse en la suya, Tracy tuvo cierta sensación de haber vuelto al estrado en calidad de testigo. Pranav y Himani ocuparon un sofá situado en perpendicular al de los abuelos y frente a las sillas de las inspectoras.

—No sé muy bien qué les habrá dicho Aditi… —Pryor buscó un punto de partida.

—No nos ha dicho nada —respondió Nikhil—, aparte de que no encuentra a Kavita.

Su tono, más de enfado que de preocupación, hizo que Tracy volviera a preguntarse si la joven no habría desaparecido otras veces.

Su padre levantó la mano con la intención de callar a su hijo y, dirigiéndose a Pryor, preguntó:

—¿Qué pueden decirnos ustedes?

Ella compartió con los presentes lo que había averiguado con Tracy. Cuando acabó, la sala permaneció en silencio.

Pranav se encargó de romperlo.

—Kavita y Aditi estaban muy unidas —aseveró mirando a su mujer para que confirmase sus palabras—. Seguro que a nuestra hija le costó muchísimo aceptar la noticia de la boda.

—Entiendo que no fue su hija quien les dio esa noticia a ustedes —dijo Tracy.

—No, qué va.

—¿Cuándo fue la última vez que hablaron con ella? —Todos volvieron a guardar silencio y Tracy tuvo claro que podía estar pisando un terreno escabroso, de modo que intentó sortearlo añadiendo—: Aditi ha mencionado ciertas tensiones familiares…

Pranav miró a su mujer antes de contestar a Tracy:

—Sí.

Al ver que no añadía ninguna explicación, la inspectora preguntó:

—¿Porque se había ido a vivir sola?

—Habíamos dado por hecho que volvería a casa tras graduarse —repuso el padre—. Le dijimos que no pensábamos pagarle el apartamento ni los estudios, que nos parecían gastos innecesarios.

—Aditi nos ha dicho que Kavita tenía la intención de entrar en la Facultad de Medicina —dijo Pryor.

Pranav asintió, pero fue Himani la que habló. Tenía una voz sorprendentemente poderosa y, como la del hijo, un dejo de crispación. El cabeza de familia podía ser Pranav, pero saltaba a la vista que Himani hacía valer su opinión.

—Kavita es muy cabezota. —Rasgo que, supuso Tracy, también debía de haber heredado de su madre—. Nosotros siempre hemos tenido la intención de pagarles la universidad a nuestros tres hijos. Kavita lo sabía antes de matricularse, pero también sabía que no íbamos a pagarle los estudios de posgrado.

—Es decir, que sabía que tendría que costearse la Facultad de Medicina —concluyó Tracy.

—Si quería matricularse, sí.

—¿Y quería? —En opinión de Tracy, si Kavita deseaba de veras vivir sola y matricularse en Medicina, era aún menos probable que quisiera deshacerse del cheque del alquiler y ausentarse del puesto de trabajo.

—Eso fue lo que nos dijo —respondió la madre.

—Pero no lo que esperaban ustedes.

—Nosotros queremos verla casada.

—Supongo que eso debió de enfrentarla a ustedes. Me refiero al hecho de que no consintiera en aceptar un matrimonio concertado.

—Kavita no quería ser india —puntualizó el mayor.

—Nikhil —dijo su padre por encima del hombro, más cansado que enfadado.

—Pero si es verdad. —Nikhil se apartó de la pared y dio un paso hacia el centro de la sala de estar para mirar a Tracy—. Vita no quería volver a casa ni que mi madre le buscase un marido. Quería ser americana y esperaba que nosotros apoyáramos su estilo de vida.

—O sea, que estaban enfrentados —concluyó Tracy mirando a Pranav.

—Sí, estábamos enfrentados —repitió él sucintamente.

—¿Tanto para que no los llamase para contarles que le había fastidiado saber de la boda de Aditi?

—Quizá no tanto —dijo Himani.

—No estoy juzgando a nadie —precisó Tracy al notar cierta renuencia—. Lo único que quiero es determinar si el enfado de Kavita puede haberla llevado a decidir tomarse un tiempo y si puede ser ese el motivo de que nadie sepa nada de ella. Me pregunto qué grado de comunicación tenía con ella cada uno de ustedes. Ustedes conocen a Kavita y yo no. Tengo que saber si había hecho antes una cosa así, desaparecer por un enfado.

—No —declaró Pranav—. Que yo sepa, no.

—¿Saben si tenía alguna relación?

—Probablemente —fue la respuesta de Nikhil.

Tracy lo miró.

—¿Y sabes con quién?

El joven negó con un movimiento de cabeza.

—¿Han tenido noticia de alguna de las relaciones pasadas de Kavita?

Pranav y Himani imitaron el gesto de su hijo.

—Kavita no nos ha hablado nunca de que tuviera ninguna —dijo el padre.

Tracy dio por hecho que debía de haber sido de forma deliberada y, desde luego, no por falta de pretendientes, dada su belleza natural. También parecía poco probable que hubiese llevado a casa a ningún novio para presentárselo a unos padres con los que no se hablaba.

—Entonces, ¿cuándo fue la última vez que hablaron con su hija? —insistió.

—Hace unos meses —dijo Himani en un tono en el que, de nuevo, no había rastro de alarma ni preocupación.

—Teníamos la esperanza de que fuese una fase más por la que estaba pasando Kavita… como todos los jóvenes —intentó explicarse Pranav—. Teníamos la esperanza de que se tratara solo de una exhibición de independencia y pensábamos que después volvería a casa.

—¿Para dejar que le buscase usted un marido? —dijo Tracy a Himani.

La mujer pareció entender la pregunta como un reto y respondió con los ojos inyectados en sangre:

—Un matrimonio indio como está mandado, concertado por los padres de los contrayentes, cuenta con la bendición del señor Ganesh y el señor Krishna. Ya sé que usted no entiende nuestras costumbres, inspectora.

—Lo intento —contestó Tracy.

Himani prosiguió:

—Los estadounidenses creen que una jovencita debe estar enamorada para que el matrimonio funcione, pero no hay más que mirar su índice de divorcios. —Se detuvo como si quisiera subrayar el dato—. Lo único que queremos nosotros es lo mejor para Kavita.

Si Pranav se sentía molesto por la insinuación de que su esposa no lo había amado cuando contrajo matrimonio con él, no dio muestra alguna de ello. De hecho, pese a lo perturbador de la situación —tenían a una inspectora en su casa haciendo preguntas sobre su hija desaparecida—, la pareja no había mostrado un solo signo externo de afecto. No se habían dado la mano ni habían hecho nada por consolarse.

—No estoy juzgando a nadie —insistió—. Lo único que quiero saber es si había algún hombre, alguien que quisiera formar parte de su vida o que pudiese tener algún motivo para hacerle daño.

La sala volvió a quedar en silencio. Tracy estaba a punto de seguir adelante cuando intervino Sam desde el puf:

—Vita tenía novio.

El comentario tuvo el mismo efecto que si alguien hubiese soltado una palabrota en la sala. Todos se volvieron para mirarlo, aunque la noticia los había dejado demasiado aturdidos para decir nada.

—¿Cómo lo sabes? —preguntó al fin Pranav.

Sam adoptó un gesto precavido.

—¿Has hablado con ella? —apuntó Tracy.

—Sí. Bueno, algo así. No. Kavita y yo nos escribimos.

—¿Y por qué no nos has dicho nada? —Parecía que Himani estuviese más enfadada que feliz ante la idea de que su hija no se hubiera distanciado por completo de la familia.

—Porque me lo pidió ella.

—¿Y te habló de un novio? —quiso saber la inspectora.

Sam se encogió de hombros.

—No exactamente. Me dijo que no podía venir a verme jugar al fútbol porque tenía una cita.

—¿Hablaste con ella? —preguntó Himani.

El crío miró a Tracy con la clara intención de evitar la mirada asesina de su madre.

—¿Qué más te dijo? —inquirió la inspectora—. ¿Hablaste con ella o te escribió?

—Me escribió.

—¿Y qué decía el mensaje?

—Yo le dije que tenía partido y que quería que viniera a verme, que *baba* estaba de viaje y *ma* no iba a venir y que quería que viniera ella.

—¿Y te contestó?

—Sí.

—¿Qué te dijo?

—Que no le había hecho ninguna gracia que Aditi se hubiera casado. Me preguntó si mi madre se estaba frotando las manos con la idea.

Himani se enderezó ligeramente en su asiento y apretó los labios.

—¿Tienes el mensaje en el teléfono? —preguntó Tracy.

Sam negó con la cabeza.

—No, lo borré.

Aunque la inspectora sospechaba cuál sería la respuesta a la siguiente pregunta, la formuló igualmente:

—¿Por qué?

—Kavita no quería que mi madre lo leyese. —Sam volvió a mirar hacia el sofá—. *Ma* me mira los mensajes por la noche.

Aquello bastó para hacer estallar la burbuja de ira que estaba hinchándose alrededor de Himani y soltarle la lengua.

—Le quito el móvil por la noche para que estudie en vez de dedicarse a chatear con sus amigos o jugar a los videojuegos, igual que muchas madres.

—Estamos en verano —replicó su hijo sin alzar la voz—. En verano no tengo que estudiar.

—Pues deberías hacer algo para ejercitar la mente.

—Les repito —dijo Tracy— que solo quiero saber con qué información contamos. Podemos recuperar esos mensajes gracias a la compañía telefónica. ¿Te dijo Kavita si pensaba ir a alguna parte, hacer un viaje? —preguntó a Sam.

Él meneó la cabeza.

—No.

—Pero sí que no podía ir a verte jugar porque tenía una cita.

—Eso me dijo.

—¿Te dio algún nombre?

El pequeño volvió a negar con un gesto.

—¿Recuerdas algo más de lo que decían sus mensajes?

La respuesta fue idéntica.

—¿Le respondiste? —Tracy sospechaba que diría que sí.

Sam asintió y, una vez más, dirigió la vista hacia el sofá. Todo apuntaba a que sus padres, o al menos su madre, que parecía a punto de estallar, se lo habían prohibido.

—¿Qué le dijiste?

—Solo que habíamos ganado y la había echado de menos.

— Yo también le escribí —reconoció Nikhil.

Himani adoptó el gesto de quien descubre de pronto que todo el planeta se ha puesto en su contra, en tanto que Pranav dio la impresión de haber recibido un derechazo por sorpresa.

—¿Hace mucho? —quiso saber Tracy.

—No lo sé. Un par de semanas quizá. Le dije que su actitud les estaba haciendo mucho daño a nuestros padres y que, por el bien de la familia, debía volver a casa y pensar en casarse.

—¿Y te respondió?

El joven negó con la cabeza.

—No.

Tracy reflexionó al respecto. Todo aquello le resultaba demasiado insólito. Sus padres habrían estado orgullosos de ella si hubiese decidido seguir los pasos de su padre y estudiar Medicina. Además, sospechaba que una gran mayoría de la población estadounidense lo estaría de una hija capaz de independizarse que no recurriese a su familia sino, en todo caso, para buscar apoyo y cariño. De cualquier manera, su misión no consistía en juzgar a los Mukherjee ni en cuestionar su cultura, sino en buscar pistas y, por lo menos, la cita de la que había hablado Sam le ofrecía un punto de partida. Aditi no había dicho nada al respecto, si bien era probable que no supiera nada al haber estado tres meses en el extranjero.

—¿Me pueden decir algo más sobre su hija? —preguntó dirigiéndose a Pranav y Himani—. Dicen que es cabezota, pero ¿creen que iría a algún lado sin decírselo a nadie?

El matrimonio meditó la respuesta. La madre fue la primera en hablar.

—Como le he dicho, llevamos meses sin hablar con Vita. —Entonces miró a Sam—. No creo que nos hubiese llamado para avisarnos. Pero, respondiendo a su pregunta, sí: la creo muy capaz de irse sin decirnos nada.

—Con tal de hacernos daño, le da igual crear problemas —añadió el mayor.

—Con todos los respetos, Nikhil, esto parece ir mucho más allá de la intención de crear problemas. Kavita no ha ido hoy a trabajar y su jefe dice que eso no es propio de ella. Además, no parece lógico que se arriesgue a perder el sueldo cuando va a tener que pagar sola el alquiler.

—¿Qué están haciendo para dar con ella? —preguntó Pranav, que parecía empezar a preocuparse.

Pryor se incorporó en su asiento para responder:

—Aditi ha denunciado formalmente su desaparición y nos ha dado una fotografía reciente de Kavita. Hemos hecho llegar toda esa información a los cuerpos de seguridad de todo el estado. Creo que tenemos motivos de sobra para emitir lo que llamamos un «aviso de personas desaparecidas o en peligro» y para incluirlo en la base de datos central.

—¿Qué quiere decir eso?

—Por un lado, confiere a nuestra Sección de Personas Desaparecidas la autoridad necesaria para buscar a Kavita y, por el otro, pone lo que sabemos a disposición del centro de información criminal del estado de Washington y de toda la nación. ¿Se les ocurre alguien a quien haya podido llamar Kavita o con quien haya podido quedarse?

—Solo Aditi —dijo Himani—. Y quizá la persona con la que tenía la cita.

—Supongo que, si Kavita no recibía ayuda económica de ustedes, tendrá su propia cuenta bancaria y tarjetas de débito y de crédito a su nombre, ¿no? —intervino Tracy.

—Sí —repuso el padre.

—Y pagará sus propias facturas.

—Sí.

—¿Saben cuál es su banco?

—Cuando estaba en el instituto teníamos una cuenta conjunta en el Bank of America, pero después de graduarse se abrió una propia.

—¿Y tiene el número?

—Debo de tener algún extracto antiguo por ahí, aunque no sé si lo encontraré.

—¿Y qué me dice del ordenador de Kavita? ¿Sabe alguien la contraseña que usa?

La pregunta de Tracy recibió varios cabeceos por toda respuesta.

—Está bien. También pediremos una orden de registro que nos permita analizar su portátil y determinar si su contenido puede sernos útil, además de la relación de llamadas de su teléfono, que nos dirá si lo ha usado desde el lunes.

—¿Qué podemos hacer nosotros? —quiso saber Pranav.

Las inspectoras asignaron a la familia varios cometidos, como el de telefonear a familiares y a amigos de Kavita por si aparecía, mientras Pryor seguía poniéndose en contacto con hospitales, líneas aéreas y agencias de alquiler de vehículos.

—También tengo que preguntarles —dijo entonces Tracy— dónde estaba cada uno de ustedes la noche del lunes, porque así lo exige el procedimiento. —Se cuidó de añadir que un porcentaje muy elevado de asesinatos se cometía en el seno de la familia.

—Yo volvía de Los Ángeles —respondió Pranav— y llegué a casa tardísimo.

—Yo estaba en casa con Nikhil y con mis suegros —declaró Himani.

—¿Aquí?

—Sí.

—¿Salió en algún momento?

—No, estuve leyendo.

Tracy miró a Nikhil, quien aseveró:

—Yo estuve viendo la tele.

La inspectora se dirigió entonces a Sam.

—Tú estabas jugando al fútbol, ¿no?

—En Roosevelt. Pasé la noche en casa de mi amigo Peter.

Cuando acabaron, Tracy y Pryor se pusieron en pie. Tendieron a Pranav y Himani sus tarjetas de visita, pero la primera miró a Sam cuando dijo:

—Si alguien tiene noticias de Kavita, nos gustaría que nos llamasen de inmediato.

CAPÍTULO 17

Faz y Del escoltaron a la grúa hasta el depósito de análisis de vehículos, situado en el conjunto de edificios de Park 95 y semejante a un gran garaje interior. Llegaron pasadas las ocho de la tarde, cuando casi todo el mundo se había marchado ya a casa. Aunque confiaban en que los de Huellas pudiesen sacar muestras útiles, sabían que todo era posible. De camino, Faz había hablado con Desmond Anderson y Lee Cooper, quienes, por desgracia, no habían podido reunir demasiada información de provecho en el bloque de apartamentos de Monique Rodgers ni en las viviendas o los comercios de los alrededores. A Faz no le hacía ninguna gracia tener que jugárselo todo a una carta, pero, como solía decir su compañero: «Es lo que hay».

—¿Por qué no te vas a casa con Vera? —propuso Del—. Yo me encargo de dejar aquí el coche y rellenar todo el papeleo.

Faz había llamado a su mujer en cuanto habían llegado y ella le había dicho que había pasado la tarde trabajando en el jardín y tenía planes de ir a casa de una vecina mayor para hacer pan de plátano. Siempre intentaba hacerle un par de visitas al mes para hacerle compañía.

—Te lo agradezco —respondió a su compañero—, pero Vera ha salido para mantenerse ocupada y creo que deberíamos ir a ver a

Little Jimmy esta misma noche para sacudir el árbol y ver si cae algo por si al final no encontramos huellas.

—También podemos ir mañana a primera hora.

Faz negó con la cabeza.

—Podríamos, pero si Little Jimmy está haciendo correr la voz para intimidar a la gente, quiero que piense que estamos ya casi encima de él y que no tenemos intenciones de levantar el pie del acelerador.

Fueron a South Park para hacerle una «visita sin detención», es decir, para interrogarlo sin necesidad de llevárselo esposado. Los inspectores preferían hacerlo así, ya que podían proceder sin una orden judicial y sin tener que leer sus derechos al sospechoso. Los abogados defensores se quejaban porque decían que aquellos encuentros estaban destinados a intimidar al sujeto y lo cierto es que Faz y Del tenían la esperanza de que así fuese, aunque jamás lo reconocerían en voz alta.

Al llegar, Del aparcó en una calle plagada de deportivos clásicos de color rojo como el que había usado Little Jimmy para pasar delante del bloque de apartamentos de la difunta Monique Rodgers. Parecía que estuviesen celebrando una convención de aquellos vehículos, que brillaban bien lavados y encerados a la luz de las farolas. Cuando se apearon, Faz oyó el eco de música mexicana que parecía sonar en todo el barrio. No resultaba fácil determinar su procedencia. De una vivienda de una planta recubierta de madera que apenas parecía tener espacio para un dormitorio y pedía a gritos una buena mano de pintura vieron salir luz. Habían dado con la fiesta. Fuera charlaban hombres vestidos con vaqueros y camisetas de tirantes y mujeres con pantalones que habían cortado hasta dejarlos más pequeños que la parte de abajo de un bikini. Los tatuajes que adornaban su cuerpo, y entre los que no faltaban los carcelarios, bastaban para elaborar un catálogo. Faz vio diversas variantes del número trece: XIII, X3 y M (la decimotercera letra del alfabeto). Símbolos de los Sureños. Los asistentes bebían en vasos de plástico y, por el olor dulzón que flotaba en el cargado ambiente de la noche, fumaban hierba. También era probable que hubiese sustancias ilegales.

—Parece una fiesta —dijo Faz—. ¡Qué buena noche hemos elegido!

—Sí, estarán encantados de vernos.

Cruzaron un terreno de césped parduzco infestado de dientes de león y bajaron por un camino de acceso empinado para arrancar miradas de odio y murmullos entre los concurrentes. Los separaba del patio trasero una puerta marrón de madera. Del otro lado había dos varones con pañuelos negros en la cabeza como gorilas en la puerta de una discoteca. El más resuelto de los dos tenía los músculos tan desarrollados y definidos que parecía un muñeco hinchable con más aire de la cuenta.

—Esto es una fiesta privada —dejó claro.

Faz le enseñó la placa.

—Menos mal que tenemos invitación. Estamos buscando a Little Jimmy. Me conoce, porque ayer me saludó desde su coche. Dile que los inspectores Fazzio y Castigliano desearían robarle unos instantes de su tiempo.

El rey del esteroide hizo un gesto al otro gorila, que echó a andar con decisión por el camino de acceso hasta internarse en la multitud.

—Hoy es su cumpleaños —anunció el musculitos—. ¿Por qué vienen a arruinárselo, colega? —Parecía casi un animal racional.

—No venimos a eso —repuso Faz—. Hemos venido a felicitarlo y a traerle su regalito.

El portero aseguró burlón:

—Solo estamos pasando el rato. Nadie está molestando a nadie.

—Y ojalá siga así. —Faz se volvió a Del—. De todos modos, estoy convencido de que aquí se está violando alguna que otra norma relativa al ruido... y, no sé por qué, me da que nadie se ha molestado en pedir los permisos necesarios para un acontecimiento así.

—Tienes razón —dijo su compañero.

Faz se dirigió de nuevo al portero:

—Por suerte, no nos apetece amargarle la noche a todo el mundo clausurando la fiesta. Sería una lástima, ¿verdad?, el día de su cumpleaños…

El menor de los gorilas volvió y dijo algo en español al rey del esteroide, que se hizo a un lado y abrió la puerta de la valla.

—Little Jimmy dice que está deseando hablar con ustedes.

Los dos inspectores habrían dicho que el gentío los cercó mientras recorrían el camino de acceso del patio trasero, donde era mayor el número de hombres y mujeres que se abrazaban, ocupaban tumbonas o entraban y salían por la puerta de atrás de la casa, cuya mosquitera se abría para volver a cerrarse con un golpe. Sobre sus cabezas se cruzaban guirnaldas de luces tendidas entre la cornisa del tejado de la vivienda y un garaje independiente. El aroma dulzón de la marihuana se volvía mucho más intenso a medida que se internaban en el jardín.

El foco de atención de la fiesta se encontraba en el lado suroeste. Cuando Del y Faz se acercaron, la multitud se abrió como las aguas del mar Rojo. Little Jimmy estaba sentado en un sillón de cuero marrón del que aún pendía en un lateral la etiqueta del precio. Sin camiseta, llevaba al descubierto un torso acribillado a tatuajes desde los hombros hasta las muñecas y por todo el pecho lampiño. Sobre el corazón se había pintado lo que Faz quiso interpretar como un retrato de Big Jimmy. Del cuello le colgaban también numerosas cadenas de oro, algunas de ellas con cruces. Por encima de los vaqueros le asomaba la cinturilla roja de la ropa interior.

Little Jimmy sonrió al verlos y extendió los brazos como para darles la bienvenida. Cuando lo hizo, el hombre que había sentado a su lado apartó la máquina de tatuar rotativa que estaba usando en su hombro izquierdo. Jimmy tenía un porro entre los labios. Le dio una calada y se lo pasó a la mujer que ocupaba el brazo del sillón. A continuación, soltó el humo y dio una palmada en el cuero del asiento.

—Inspector Falzio, ¿le gusta mi regalo de cumpleaños?

Little Jimmy tenía los rasgos faciales de su viejo, pero las similitudes entre ambos no iban más allá. Big Jimmy había sido un hombre de constitución imponente y brazos y piernas fornidas, aunque Faz dudaba que se hubiese molestado nunca en levantar una mancuerna. Además, tenía cierto aire de político curtido. No le faltaba labia y gozaba de la devoción de los vecinos de South Park por sus frecuentes donaciones a la comunidad, como atestiguaba el centro cultural del barrio. Era la táctica que usaban los carteles mexicanos y la mafia italiana para congraciarse con los residentes. Little Jimmy, definitivamente, no había salido a su padre. Era delgado, aunque fibroso, probablemente porque pasaba horas levantando pesas y quizá porque se ayudaba con anabolizantes. Tenía la cabeza afeitada y lucía una delgada perilla morena y las mismas gafas de sol negras. También hablaba como los demás idiotas, en un inglés entrecortado que salpicaba de palabras malsonantes y de jerga.

—Muy buena idea lo de dejarle puesto el precio —comentó Faz—. Creo que vas a tener que devolverlo, porque dudo mucho que entre por la puerta de atrás.

Little Jimmy asintió.

—Bien visto. Puede que lo meta por la chimenea, como Santa Claus. —El tatuador volvió a centrarse en su obra—. ¿Quiere un tatuaje, inspector? Yo me hago uno nuevo cada vez que cumplo años. No encontrará por aquí a nadie mejor que Julio. Anímese, que lo invito.

Faz negó con la cabeza.

—Nunca me ha picado el gusanillo por eso, Jimmy. Para mi cumpleaños, me conformo con irme a cenar.

—No hace falta que lo jure, colega: ha ganado unos cuantos kilos desde la última vez que nos vimos.

—¡Qué va! Lo que pasa es que tú eras mucho más bajito. Yo siempre he tenido este tamaño.

Little Jimmy soltó una carcajada y miró a Del.

—Y este, ¿quién es? ¿Su hermano pequeño? ¿Y cómo es que no está canijo como él?

—Por algún fallo en los genes, supongo.

—Tendrás que ir con cuidado, colega, no sea que te dé un ataque al corazón o una apoplejía.

Faz señaló entonces:

—Me gusta el tatuaje de tu padre. El parecido es sorprendente.

Little Jimmy no bajó la mirada hacia el retrato que tenía en el pecho. Su sonrisa se esfumó y se le agrió el humor.

—Me lo hice al cumplir los quince para no olvidarme nunca de cómo era. A veces me cuesta recordarlo, porque yo era muy joven cuando murió. —Se detuvo antes de proseguir—: Pero a usted parece que le va muy bien. Me dijeron que está hecho todo un inspector de homicidios. Y dígame, inspector Falzio, ¿a qué vino a mi fiesta de cumpleaños? ¿Está buscando un homicidio?

—Se llama Fazzio —dijo Del en un tono que Faz había oído en otras ocasiones. No era nada inteligente irritar a Del. Si se enfadaba, podía desmantelar perfectamente toda aquella fiesta él solito.

Jimmy volvió la mirada hacia Del.

—Eso dije. ¿No será que debería limpiarse la cera de los oídos?

—Te sorprendería lo bien que oímos.

—Ya tenemos un cadáver, Jimmy —dijo Faz—. Eso lo sabes. Pasaste en coche delante de su bloque de apartamentos dando botes como si fueras en un palo saltarín. ¿Me puedes decir por qué? Parece una falta de respeto hacia mí muy grosera, ¿no?

126

—Qué va. No lo hice por nada. Solo tenía curiosidad. Había mucha gente en la acera, observando, y quería ver a qué venía tanto alboroto.

—Tú no sabrás nada de la agresión, ¿verdad, Jimmy?

El interpelado negó con la cabeza.

—¿Yo? Qué va, colega. No sé nada de eso.

Faz miró a su compañero antes de volver a dirigirse al joven.

—¿En serio? Porque hay quien nos ha dicho que sí sabes algo y que puede que hasta fueras tú quien dio la orden de matar a Monique Rodgers.

Little Jimmy sonrió.

—Me están ustedes ofendiendo, inspector Falzio. Pregúntenle a quien quieran de la fiesta, que se lo dirá: lo mío es amar, no pelear. —Frunció los labios y una mujer se inclinó para besárselos—. ¿Lo ven? ¿Por qué iba yo a saber de nada de eso?

—Por el mismo motivo por el que tu padre dio la orden de matar a los integrantes de aquella banda rival. Porque muy listo no eres.

Jimmy se puso en pie de un salto e hizo que el tatuador se apartara con rapidez y la mujer se desplomase en el sillón. De su bíceps cayó un hilo de sangre.

—¡*Bajen la música!* —gritó en español. Al instante, cesó el sonido. Jimmy se quitó las gafas de sol y caminó hacia el centro del patio con la mirada clavada en la de Faz como un boxeador profesional—. ¡No insulte a mi padre, inspector Falzio, y menos en mi cumpleaños! ¡Y menos aún en el patio de mi casa! —Le sostuvo la mirada unos segundos más y, a continuación, se dio la vuelta sonriente y abrió los brazos de par en par—. ¡Escúchenme! —gritó—. El inspector Falzio quiere saber si alguien tiene información sobre un asesinato con arma de fuego aquí, en South Park. ¿Alguien sabe algo?

ROBERT DUGONI

Los presentes respondieron negando con la cabeza o entre dientes antes de guardar silencio. Del y Faz se sintieron atravesados por sus ojos oscuros. Jimmy recorrió el lugar con la mirada unos segundos y a continuación volvió a posarla en Faz. Dio un paso adelante para colocarse tan cerca de él que el inspector pudo oler su aliento a marihuana. Sus ojos eran dos charcos marrones de lodo brillante.

—¿Lo ve, inspector? Estoy intentando colaborar con la policía. Nadie sabe nada de disparos ni de muertos. De todos modos, le diré lo que voy a hacer: pienso tener los oídos bien abiertos por si me entero de que alguien dice que sabe algo. Ya lo creo que lo haré. Voy a estar muy atento por si alguien dice algo.

Sonrió.

—Yo también, Jimmy, y, cuando oiga tu nombre, volveré para que la próxima vez que hablemos no sea en un patio trasero, sino en una celda del centro. Voy a meterte entre rejas, Jimmy, como metí a tu padre. Los dos sabemos qué le pasó a él. —Faz lo miró de arriba abajo—. Y él era mucho más grande y, sospecho, mucho más duro que tú.

El otro le ofreció una sonrisa amplia y desafiante.

—Nos vemos pues. —Dicho esto, se volvió hacia su gente y preguntó a voces—: Pero ¿qué clase de fiesta es esta? ¡Que alguien ponga la pinche música!

Los altavoces volvieron a sonar. Little Jimmy se dejó caer en el sillón reclinable sin dejar de mirar a Faz. El tatuador le pasó una toallita antiséptica por el hombro y retomó la labor de dar color a su creación. Del y Faz se dieron la vuelta para salir de allí.

—Ah, inspector Falzio... —dijo el anfitrión. Los dos giraron de nuevo para mirarlo—. No me preguntó por mi nuevo tatuaje. ¿No siente curiosidad?

—No mucha. Mi padre siempre decía que los tatuajes son cosa de idiotas.

Little Jimmy volvió el hombro para mostrarles la lápida sepulcral que tenía pintada en el bíceps y, sonriendo, anunció:

—Esta la tengo reservada. No voy a olvidarlo nunca, inspector. No, señor. Siempre lo recordaré.

Faz sonrió a su vez.

—Me halagas, Jimmy, y me estás resultando inspirador. Al final, puede que me anime a hacerme uno. A lo mejor le pido a Julio que me haga un retrato tuyo en el culo para que no se me olvide la mierda de hombre que eres.

CAPÍTULO 18

Tracy vio a los perros darse empujones mientras corrían ladrando a la puerta principal para recibirla. ¡Qué hermoso, sentirse amada, aunque aquello fuese solo un reflejo condicionado suscitado por el sonido de las ruedas de su camioneta al pisar el camino de grava! Dan se asomó tras ellos y la observó desde el umbral. Saber que el amor que le profesaba no era pavloviano hacía que la inspectora se sintiese especial. Todo apuntaba a que había acabado tarde la jornada, pues todavía no se había cambiado el traje, que llevaba con la corbata aflojada y el cuello de la camisa desabrochado.

Tracy abrió la puerta de la camioneta y bajó de la cabina para acariciar a los perros que fueron a rodearla.

—¿Habéis salido ya a pasear? Por esos nervios no lo parece, desde luego. —Al llegar a la puerta, se dirigió a Dan—: Pensaba que habrías llegado a casa hace horas. Con el día tan bueno que hace, suponía que te encontraría tumbado en la terraza y tomando el sol como Dios te trajo al mundo.

Él frunció los labios para sonreír con suficiencia y repuso con acento irlandés:

—¿Con este cutis tan blanquito? Los irlandeses nos bronceamos como cuentan la verdad los abogados: mal y sin querer. —Dicho esto, la besó y se echó a un lado para dejarla pasar. Los perros prefirieron seguir fuera y ni siquiera mostraron interés alguno en entrar. Si olfateaban el rastro de un conejo o una ardilla, podían pasarse horas corriendo entretenidos por el jardín.

Tracy dejó el maletín en una de las sillas de la mesa del comedor y se quitó el abrigo antes de colgarlo en el respaldo.

—Supongo, por el recibimiento, que todavía no has tenido tiempo de sacarlos.

Dan contestó sin apearse de su acento fingido:

—Siento ser yo quien te abra los ojos, pero la estampida de antes no ha sido un gesto de amor, sino la carrera de un fugado hacia la puerta del presidio. Yo también acabo de llegar.

Ella lo envolvió con los brazos.

—¿Y tú? ¿Tú también has salido por sumarte a la fuga?

—Yo me fugaría de cualquier centro penitenciario con tal de estar contigo —aseguró Dan antes de besarla.

El sol, a punto de ponerse, salpicaba con vetas de luz el interior de la antigua casa de labor. La brisa que recorría la vivienda procedente de la puerta abierta llevaba consigo olor a hierba seca.

—Antes de meternos en harina —dijo él sonriendo mientras Tracy lo colmaba de besitos—, estaba pensando en cambiarme y salir a correr mientras todavía hay luz. ¿Te apuntas?

Ella llevaba varios días sin hacer ejercicio y había empezado a notarlo en la tensión de los hombros.

—De acuerdo, pero solo si me prometes dejar de poner acentos.

Dan se mordió el labio inferior, frunció el ceño y empezó a boxear a su alrededor mientras bordaba una imitación de Muhammad Ali.

—No puedo evitarlo. Las palabras son tan hermosas… Como yo, Howard. Mira esta carita. Cincuenta combates y ni un solo corte.

Tracy se rio y meneó la cabeza diciendo:

—¿Quién ha dicho nada de los perros? Está claro que el que necesita desahogarse eres tú.

Tras ponerse ropa deportiva, dedicaron unos minutos a estirar antes de echar a correr por la pista de tierra que pasaba por detrás de la casa y serpenteaba en dirección a las colinas bordeadas de árboles. Los perros los precedían dando grandes zancadas y cambiando de dirección en función de lo que les dictaba su olfato. Desde que se habían mudado a la casa de campo, Dan había trazado diversos recorridos de mayor o menor distancia y dificultad para poder elegir uno u otro según la necesidad del momento. Aunque había refrescado y entre los árboles soplaba un vientecillo suave, el ocaso conservaba aún el calor suficiente para que Tracy no considerara necesario ponerse una sudadera y los músculos no tardaron en distendérsele. Llevaba una botella de agua, igual que Dan. El médico le había dicho que podía salir a correr al principio del embarazo si se encontraba bien y le apetecía, siempre que tuviese cuidado de no deshidratarse, y su marido se había vuelto un tirano en lo que respectaba al agua.

—¿Y cómo es que has llegado tan tarde? —preguntó él entre inspiraciones.

Los dos estaban intentando todavía estabilizar la respiración, objetivo que para Tracy se estaba haciendo cada vez más cuesta arriba a medida que avanzaba el embarazo. Sus zapatillas batían la pista de tierra con ritmo irregular.

—Creo que no te he dicho nada. Me llamó Katie Pryor. ¿Te acuerdas de ella?

—¿La agente que vive en West Seattle? ¿Quieres que paremos hasta que recuperes el aliento?

—No, me conformo con que reduzcamos un poco la marcha.

Tracy notó que la respiración se le iba acompasando con la zancada cuando tomaron la primera cuesta. Dan iba delante abriendo camino por la angosta pista.

—Le dieron un traslado hace unos meses. Ahora trabaja en Personas Desaparecidas.

—¿No la ayudaste tú a conseguir el puesto?

—Sí. Me ha llamado porque está investigando la desaparición de una joven. El caso le daba mala espina y me pidió que le echase un vistazo.

Dan la miró de soslayo, preocupado a todas luces, pues era muy consciente de lo que le había ocurrido a la hermana de Tracy.

—¿Cuándo desapareció?

—El lunes por la tarde, aunque en unas circunstancias que no son normales.

Rex y Sherlock pasaron corriendo a su lado. Tracy le contó lo que sabía de la desaparición de Kavita Mukherjee y de la relación que mantenía con su familia. Cuando acabó, Dan le dijo:

—Así que no sabéis si estaba enfadada, sin más, y necesitaba aislarse un tiempo o le ha pasado algo.

—Por desgracia, cuando se trata de una mujer joven, suele ser lo segundo.

—Pero no lo sabéis.

—No.

—¿Lo estás investigando?

—Katie me ha pedido ayuda. Esta noche he estado hablando con la compañera de piso y con la familia.

—Y supongo que estás evitando responder a mi pregunta porque dudas mucho que Nolasco te vaya a dejar encargarte del caso.

—No la estoy evitando... Pero sí, dudo mucho que Nolasco me deje. Sin embargo, el año pasado bajamos la guardia con un caso de desaparición y al final encontraron a la mujer descuartizada en contenedores de basura repartidos por toda la ciudad. Nos dieron instrucciones de cambiar de estrategia y abordar casos así con más decisión, sobre todo durante las primeras cuarenta y ocho horas.

—Ya, pero ¿por qué tú? ¿Tú no estabas en los tribunales?

—Los alegatos finales eran hoy. Además, sé muy bien cómo va esto, Dan, y no lo digo desde un punto de vista irracional. Sé lo que está viviendo la familia porque yo lo he vivido. Necesitan respuestas y no quiero que nadie tenga que esperar veinte años como hice yo, como tuvo que esperar mi familia. Aquello acabó con mi padre y con mi madre.

—Es que me preocupa el estrés añadido que puede suponerte, sobre todo con el embarazo.

—Lo sé y te lo agradezco, pero lo del estrés son gajes del oficio. —Siguieron corriendo unos segundos más antes de que ella cambiase el sentido que estaba tomando la conversación—. No deja de ser interesante cómo funciona su familia. El padre se presenta a todas luces como el cabeza de familia, pero sin duda es la madre la que toma las decisiones. Si las miradas matasen, el menor de los hijos habría caído fulminado al decir que se había escrito con su hermana.

—¿Y la falta de comunicación de la hija con los padres se debe solo a que su madre quiere que vuelva a casa y se avenga a aceptar un matrimonio concertado?

—Me ha dado la impresión de que en el fondo es más que eso, aunque, de entrada, parece que ha sido ese el detonante.

Dan usó el faldón de la camiseta de tirantes para secarse el sudor que le corría por la frente y detuvo la marcha al llegar a uno de los desvíos hasta quedar trotando en un punto.

—¿Cómo te encuentras? ¿Prefieres volver o seguimos?

—Puedo seguir sin problema.

—¿Seguro? ¿Nuestro renacuajo está bien? ¿Estás bebiendo bastante agua?

—Seguro. —Tracy se echó un chorro de agua a la boca.

El sol había rebasado casi el horizonte y la pista se había sumido en diversos tonos de gris. Dan abrió de nuevo la marcha.

—A mí, desde luego —siguió diciendo ella a la nuca de su marido cuando él volvió a colocarse delante en un tramo en el que se estrechaba el sendero—, lo del matrimonio concertado me parece una barbaridad. Es como sacar a subasta una res para que los postores estudien sus propiedades y su linaje. La diferencia es que, por lo visto, ahora se hace todo por la Red.

—Yo pensaba que Internet era para ver porno. —Hacía poco que habían visto en el Seattle Repertory Theatre el musical *Avenue Q* y no acababa de sacarse de la cabeza la canción «The Internet Is for Porn»—. No deberías juzgarlos tan a la ligera.

—¿A ti no te parece una barbaridad?

—Cuando ejercía en Boston tenía una secretaria india a la que habían casado sus padres y, la verdad, parecía feliz. Lo único que digo es que dudo que estemos en posición de juzgar lo que no entendemos. En la India, por ejemplo, hay menos divorcios que en los Estados Unidos.

—Eso mismo dice la madre.

—Además, tienen un gran sentido del deber familiar, incluido el deber para con los abuelos. A diferencia de los estadounidenses, a los viejos como nosotros no nos dejan atrás.

—Los padres del padre vivían en la misma casa. —Tracy recordó a la pareja de ancianos del sofá, que no habían abierto la boca ni habían dado muestra alguna de emoción en lo que duró la visita.

—Por lo que tengo entendido, los padres y los hijos se encargan de cuidar a los abuelos. Cuando el hijo varón se casa, su mujer se muda a la casa familiar y así continúa el ciclo.

Ella le lanzó una mirada.

—¿Hablas en serio?

Dan se encogió de hombros.

—Jayanti, mi secretaria, se fue a vivir con sus suegros. Algunos días llegaba al trabajo agotada y con ojos de haber dormido poco. Después de pasarse el día trabajando, volvía a casa y hacía la comida, dejaba lista la colada y ayudaba a los críos con los deberes. Decía que era como se hacía en la India y que algún día su hijo y su nuera cuidarían de su marido y de ella.

Tomó una bajada y Tracy lo siguió moviendo con cuidado los pies para no pisarle los talones. Sintió una punzada de malestar en la rodilla a causa de una vieja lesión.

—¿Y te dijo alguna vez si había llegado a querer a su marido?

—No lo recuerdo. —Dan hablaba con ella mirando por sobre su hombro—. Yo lo conocí en el trabajo y me pareció un buen tipo. No sé, lo único que digo es que no somos quiénes para juzgar. Mira tú y yo. Nosotros nos casamos enseguida.

—Después de estar dos años viviendo juntos.

—Pues a mí me pareció precipitado.

Tracy le dio un golpe entre los omóplatos y Dan se echó a reír. Cuando la pista volvió a ensancharse, apretó el paso para situarse de nuevo a su lado.

—Yo preferiría que nuestro hijo o nuestra hija quisiera a la persona con la que se vaya a casar y que se pase el día sin poder quitarle las manos de encima a su pareja.

—¡Oye, que podríamos estar hablando de mi hija! —Volvió a imitar a Muhammad Ali para añadir—: Al que la toque lo machaco.

—Creo que ese es más bien Mr. T.

Dan volvió a reír.

—Hablando de pasarse el día sin poder quitarle las manos de encima a la pareja…

—¿Quién ha dicho que estuviera hablando de nosotros?

—Oye, que has sido tú la que ha empezado la cuenta atrás al volver a casa… No me pidas ahora que detenga el lanzamiento… Te echo una carrera hasta la puerta. El que gane desnuda al otro.

—Si prometes no reírte de mi barriga.

Dan sonrió.

—Si quieres, puedo solidarizarme contigo y echar tripa para que no te dé vergüenza…

—Déjalo.

Él se dio unas palmadas en el estómago diciendo:

—No, déjame.

—¡Qué tonto eres!

Dan apretó el paso cuando dejaron atrás las colinas y echó a correr por la pista de tierra en dirección a la casa.

CAPÍTULO 19

Faz dejó bajada la ventanilla durante el camino de regreso con la esperanza de que el fresco lo ayudara a calmarse. Del y él habían ido a ver a Little Jimmy para pincharlo un poco, cosa que siempre se les había dado excelentemente, pero él también les había dado lo suyo. Aunque no le hacía ninguna gracia que lo llamase «inspector Falzio», podía hacer la vista gorda por considerarlo una ocurrencia infantil. Lo que de verdad le repateaba era que se regodeara del asesinato. Tenía clarísimo que estaba detrás de todo aquello y estaba retándolos a demostrarlo.

Dejó el coche en el camino de entrada y apagó el motor. El aroma de las tomateras de Vera invadió el habitáculo a través de la ventanilla. De allí a un mes tendrían suficientes tomates para guisar y envasar en frascos que su mujer usaría para regalar a sus agradecidos vecinos en Navidad.

«Ojalá». Todavía quedaban meses para dicha festividad… y ya no podían dar por cierto que fuesen a celebrarla.

—Joder —dijo en voz alta y se prohibió pensar en cómo podían salir las cosas.

Miró el aro de baloncesto y pensó en Antonio. Vera no quería que su hijo supiese nada de su cáncer hasta tener más información. Le había dicho que ya tenía bastante presión con su propio restaurante y la búsqueda del momento perfecto para prometerse con su novia en matrimonio. Faz no las tenía todas consigo de que no informar a su hijo fuera lo más prudente. Ya no era ningún niño y Vera era su madre. Por otra parte, entendía mejor que nunca que ella era así y jamás quería preocuparlos por cosas que escapaban a su control.

Salió del coche y vio la carretilla que había en el lateral de la casa, con un saco de mantillo y el cubo en el que guardaba Vera las herramientas del huerto. Miró al rododendro que le había pedido que trasplantase hacía una semana. Él había intentado escurrir el bulto aduciendo que a su espalda no le vendría nada bien tanto cavar y levantar peso, aunque no había sido más que un pretexto. Vio un hueco entre la espesura en el lugar en que había estado la planta.

—Mierda —dijo.

Al subir los escalones del porche, fue a meter la llave en la cerradura y se detuvo. ¿Y si su vida estaba destinada a ser así en adelante? ¿Y si lo que le aguardaba era llegar tarde y encontrarse la casa vacía y las luces apagadas? ¿Y si Vera no estaba presente en la boda de Antonio ni en la inauguración de su restaurante? Aquellas ideas se le arremolinaron en la cabeza como una tolvanera y lo obligaron a dar un paso atrás. Se reconvino: no era momento de desmoronarse ni de dejarse llevar por el terror. Su mujer iba a necesitarlo, estuviera o no dispuesta a reconocerlo. Tenía que dominarse, coño.

Respiró hondo varias veces y entró en la cocina. La luz del extractor iluminaba varios moldes de pan de plátano que emanaban un olor embriagador.

—¿Vera?

Se quitó la corbata por la cabeza, apagó la luz y tocó el pan. Todavía estaba caliente. Su mujer no había parado en todo el día.

Pasó a la penumbra del salón y oyó agua correr por las tuberías de las paredes: Vera estaba en la ducha. Subió las escaleras y pasó por delante del cuarto de Antonio. Seguía teniendo banderines de los

Mariners en las paredes y la colcha y las cortinas de los colores del equipo de béisbol. Vera había insistido en dejarlo todo como estaba para que los futuros nietos pudieran pasar la noche en la habitación de su padre. Faz cerró los ojos y se preguntó si ella estaría allí para vivirlo.

La lámpara del tocador de Vera bañaba con una luz suave el dormitorio. Oyó cerrarse la ducha y, para no alarmar a su mujer cuando saliese del cuarto de baño, volvió a llamarla:

—¿Vera?

—¡Hola! Salgo enseguida.

Faz colgó su abrigo en el galán de noche y colocó la corbata alrededor del pomo. Dejó la camisa en el cesto de la ropa sucia y se sentó en el borde de la cama para quitarse los mocasines.

Vera salió del baño seguida de una nube de vapor. Llevaba su albornoz celeste y una toalla liada en la cabeza.

—Buenas —dijo mientras se inclinaba para besarlo—. ¿Cómo te ha ido?

—Pues… ¡Ah, sí! Los de Huellas se van a poner con ello a primera hora de la mañana, en cuanto tengamos la orden de registro. —Guardó silencio sobre la conversación que habían tenido con Little Jimmy en South Park, convencido de que solo serviría para preocuparla.

—¿Averiguasteis qué llevó a la mujer a intentar limpiar el capó?

—No. En realidad, no es asunto nuestro. —Se levantó y puso los zapatos en la balda de su armario—. Del cree que se trata de un asunto de drogas y yo, que engaña al marido. Lo de las drogas podría explicárselo al marido y hasta conseguir que la entienda, pero se ve que no piensa abrir la boca. Puede que nunca lo sepamos.

—¿Tienes hambre? Puedo calentarte unos raviolis y el pollo de la otra noche… o cortarte una rebanada de pan de plátano para que le untes mantequilla.

—Olía de maravilla cuando he entrado, pero mejor me espero a mañana. Ya he cenado en el trabajo. —No era cierto. No había sentido hambre en toda la tarde ni la sentía entonces—. ¿Cómo te ha ido a ti? Has estado arreglando el jardín, ¿no?

Vera sonrió y se encogió de hombros.

—No ha ido mal. He preferido estar ocupada.

—Te ha dado el sol. ¿O es por el vapor? —A Vera le gustaba ducharse con agua que escaldaba. Se le veían las mejillas coloradas hasta con aquella luz tenue.

Se dirigió al tocador, abrió un bote de loción y se la extendió en la frente y debajo de los ojos. Aunque seguía siendo joven, a la luz de la lámpara Faz pudo comprobar que había envejecido. Él también estaba mayor: había mañanas que se miraba al espejo y no reconocía al tipo que le devolvía la mirada. Todavía tenía alma de treintañero.

—Había que quitar malas hierbas y he aprovechado para trasplantar ese rododendro de la cerca de atrás.

—Ya lo he visto. Lo siento. Tenía que haberlo hecho yo.

Ella le restó importancia con un movimiento de la mano y se puso crema en el cuello y los brazos.

—Lo siento, Vera. No tenía que haberle dado largas.

—No empieces a pedir disculpas.

—No, lo digo en serio.

—¡Y yo también! —le espetó ella.

Faz se quedó helado. Observó el reflejo de ella en el espejo. Vera bajó la mirada al tocador y, tras un instante de silencio, dijo:

—Quiero decir... que no empieces a disculparte por todo como... como si yo no fuese a estar aquí o como si fuera una inválida y me tuvieses que llevar entre algodones.

—Está bien. No era lo que pretendía. Es solo que sé que era demasiado trabajo.

Vera asintió.

—Tengo los resultados de la biopsia.

—¿Qué? —dijo Faz, alarmándose de pronto—. Creía que había dicho que estarían para el viernes.

—Me han llamado de su consulta para darme cita para el viernes, pero les he dicho que no quería esperar más y que me lo dijesen por teléfono.

Faz sintió un nudo en la garganta. Hasta le costó preguntar:

—¿Qué te ha dicho?

—Que tengo un tumor en estadio dos en el pecho derecho.

—¿Qué quiere decir «en estadio dos»? ¿Es bueno o malo?

—Me ha dicho que los tumores malignos van del uno al tres, de manera que lo mío podría ser peor, pero también mejor.

«Dos de tres —pensó Faz—. Mierda».

—Está afectado el cuarenta por ciento del pecho. Dice que se originó en el conducto mamario y ha atravesado la pared del conducto para extenderse al tejido adiposo y el sistema linfático. Me ha afectado a la cadena de nódulos.

Faz sintió que le ardía todo el cuerpo.

—¿Y qué hacemos ahora?

—He llamado al oncólogo del Seattle Cancer Care que me ha recomendado y he pedido cita. La enfermera me ha dicho que lo más probable es que me proponga una tumorectomía o una mastectomía combinada con quimioterapia, con radioterapia o, posiblemente, con las dos.

—Que te lo quiten, ¿no? No tiene sentido andarse con rodeos. Que te extirpen el pecho y luego te den quimio o radio.

—No lo sé —dijo ella—. Supongo que me presentará varias opciones. A lo mejor pueden salvarlo…

—Y un cuerno. Entonces, te pasarías la vida angustiada por si reaparece. Que te lo quiten. Y que te quiten también el izquierdo.

Ella sacudió la cabeza y se volvió a mirarlo.

—¿Cómo te sentirías tú si tuvieras un tumor testicular y quisiesen cortarte las dos pelotas?

142

Faz sintió como si le hubiese asestado un derechazo en el estómago.

—Oye, que no quería dec… Lo único que digo es que a mí no me imp…

—Pero a mí sí me importa, ¿vale? A mí sí me importa. No quiero que me desfiguren. —Se echó a llorar—. Y tampoco quiero esto, Vic. Ahora no. Ahora no. En este momento de mi vida no. No quiero esto.

Él se acercó a ella y la abrazó con fuerza.

—Lo sé —dijo—. Y tampoco quiero que lo tengas, Vera. —En ese preciso instante tomó conciencia de que aquella situación no giraba, ni giraría nunca, en torno a él. Iba a tener un gran impacto en su vida, y quizá en su futuro; pero a quien atañía todo aquello era a Vera y, por una vez en su vida, Vera tenía miedo—. Abrázame y olvídate de todo por un momento, Vera. ¿De acuerdo? Abrázame.

CAPÍTULO 20

El jueves por la mañana, Faz estaba de pie en su dormitorio, haciendo pasar el cinturón por las trabillas de sus pantalones de vestir y pensando en la pasada noche, una de las pocas ocasiones en la que había visto a Vera aterrada, asustada de verdad por lo que se les venía encima, y eso le daba tanto miedo como el momento en que el médico les había dicho que tenía cáncer.

El móvil se puso a vibrar en la mesilla. Era Del y no estaba de muy buen humor.

—Anoche me partí la espalda después de salir de Park 95.

—¿Y cómo te las apañaste?

—Por imbécil. Quedé con Celia y fuimos a una clase de *hot yoga...*

—¿Hicisteis *hot yoga*? —preguntó incrédulo Faz.

—Ya sé que me voy a arrepentir de habértelo contado, pero sudé como un toro con un chaquetón de lana. Cuando llegamos a casa, tuve que sacar a Sonny, que llevaba todo el día encerrado. El caso es que se le enganchó la correa y, cuando me agaché para desenredársela, se me agarrotó la espalda. Volví a casa de milagro.

—No será una hernia de disco, ¿verdad?

—¡Qué va! Ya me ha pasado otras veces. Es un espasmo muscular. Me pasa cuando hago ejercicio y luego, cuando me enfrío, hago un movimiento brusco. Espero que solo sea eso. Eso sí, ahora mismo no me puedo mover de la cama, conque de andar ni hablamos. Estoy tomando relajantes musculares, de modo que tampoco puedo conducir. Espero poder estar en pie esta tarde, aunque no las tengo todas conmigo. ¿Me llamas si encuentran algo los de Huellas?

—Sí, tranquilo. Pero lo más seguro es que hasta esta tarde tampoco sepa nada yo. Me he pedido la mañana libre para acompañar a Vera al oncólogo. —Faz bajó la voz para que ella no lo oyese desde la planta baja. Hasta el dormitorio llegaba el aroma de café recién hecho y pan de plátano—. Anoche le dieron los resultados de la biopsia. Tiene cáncer, Del, en estadio dos. —Le explicó lo que significaba—. Le ha afectado los nódulos linfáticos.

—Joder, Faz. Lo siento, tío. Tenía la esperanza de que no fuese nada.

—Igual que yo. Lo siento muchísimo por ella, Del. Me jode tanto que tenga que pasar por esto…

—¿Cuál es el plan? Con Vera, quiero decir. ¿En qué consiste el tratamiento?

—Esta mañana sabremos algo más. Creo que va a tener que decidir si quiere que le hagan una mastectomía. Luego, tendrán que darle quimio, radio o las dos.

—Mierda, tío. Que se lo quite todo y ya está. Mejor no arriesgarse a que vuelva a aparecer.

Faz miró de nuevo hacia la puerta para asegurarse de que su mujer no subía las escaleras y bajó más aún la voz.

—Eso es lo que le he dicho yo, pero no es tan sencillo. Me hizo ver que era como si a mí me entrase un cáncer testicular y me quisieran cortar sin más las pelotas.

Del soltó una risotada.

—¿Así te lo ha dicho?

—Tiene las emociones desbocadas. Yo estoy aprendiendo que lo mejor es no decir nada.

—Eso podrás hacerlo.

Faz dejó escapar un suspiro.

—La cosa es que le debo mucho más. Anoche estuvo una hora hablándome. Yo no sabía qué hacer ni qué decir. Me dediqué a decirle que sí con la cabeza y sostenerle la mano.

—Quizá es eso precisamente lo único que quiere, Faz.

—Quizá sí. Está asustada, Del, y yo también.

—Oye, tómate todo el tiempo que quieras. Pídete el día entero. Ya encontraré yo un modo de incorporarme y, si no puedo, trabajaré desde aquí.

—Si es que tampoco soy capaz de quedarme en casa. Vera no quiere verme por aquí, compadeciéndome de ella. Tengo que dar gracias a que me ha dejado acompañarla hoy al médico.

—Puede que diga una cosa cuando en realidad quiere otra. No tengas prisa por volver a la comisaría.

—Te pondré al corriente en cuanto sepa algo de los de Huellas. Si te enteras tú primero, avísame.

—Claro —respondió Del—. ¿Les has dicho algo a Tracy o a Kins? De lo de Vera, quiero decir.

—Todavía no. Vera no quiere contárselo a nadie hasta que veamos al oncólogo. Entonces pondré a todo el mundo al corriente, incluido Billy, por si necesito tomarme un tiempo.

—Quizá nos haya venido bien tener a Andrea. Puede quitarnos trabajo a los dos...

—Daño no nos va a hacer —concluyó Faz.

CAPÍTULO 21

Tracy llegó a su cubículo más tarde de lo planeado. Había dejado el portátil de Kavita Mukherjee en la Sección de Informática Forense de la ICAC, la división encargada de perseguir los delitos contra menores cometidos en la Red. Le había pedido a un amigo de la unidad que entrara en el equipo y grabase los correos electrónicos en un lápiz de memoria para Katie Pryor, ya que, oficialmente, ella aún no estaba participando en la investigación. Pryor se encargaría de conseguir la orden judicial para registrar el ordenador y los extractos del banco y la tarjeta de Mukherjee. Asimismo, haría el papeleo necesario para Verizon, aduciendo «circunstancias apremiantes», expresión necesaria para que la compañía telefónica rastrease el aparato de la desaparecida y le enviase la latitud y longitud en que se usó por última vez.

La Sección de Crímenes Violentos estaba a pleno rendimiento cuando llegó Tracy y las conversaciones telefónicas y el repiqueteo de los teclados se mezclaban con el ruido de fondo de la televisión. No pasó por alto que su ordenador no se había encendido desde que lo apagara.

Kins estaba sentado en su escritorio dándole la espalda y hablando por teléfono. Faz y Del no estaban, aunque el ordenador del primero se encontraba encendido. Andrea González también estaba ausente, cosa buena, porque todavía no había tenido ocasión de informar a Kins del caso de Kavita Mukherjee.

—Buenas —dijo él colgando el teléfono y haciendo girar su asiento. Miró el reloj—. Pensaba que estarías en el juzgado. ¿Eso quiere decir que todavía no tenemos veredicto?

La inspectora asintió con la cabeza.

—Hoetig dice que me llamará cuando el jurado tenga algo. —Se dirigió al cubículo de su compañero y miró por encima del tabique para asegurarse de que no había nadie al otro lado—. Tengo que hablarte de una cosa. Vamos a tomarnos un café.

—¿Tiene algo que ver con el motivo por el que ha venido Nolasco preguntando por ti?

Tracy sospechaba a qué había ido a verla el capitán.

—¿No ha dicho por qué me está buscando?

—No. Solo que quería verte en cuanto llegaras. Le he dicho que estabas esperando el veredicto del juicio de Stephenson. ¿Qué le has hecho esta vez para cabrearlo?

—¿Yo? —dijo ella sonriendo—. Si he sido una niña buenísima…

—Ya, claro.

Tracy miró las dos sillas vacías.

—¿Han conseguido Del y Faz identificar la huella?

—Pues no lo sé. Lo último que supe es que el coche está en el VPR. —Se refería al depósito de análisis de vehículos—. De todos modos, Del está en cama. Ha llamado para decir que se ha partido el lomo. Y Faz no tengo ni idea de dónde está; en Park 95 quizá. Del decía que iba a llevarles la orden judicial a los de Huellas.

—¿Es grave lo de su espalda?

Kins se encogió de hombros.

—Dice que le duele y no puede doblarla. Se ha tomado un relajante muscular, así que tampoco puede coger el coche.

—¿Ha llegado muy temprano González?

El inspector negó con la cabeza.

—No lo sé. Todavía no la he visto. ¿Se puede saber qué os pasa a vosotras dos? ¿Qué te ha hecho González?

—No me hace gracia cómo la ha metido Nolasco en la comisaría.

—¿No te parece un poco ruin? ¿Qué culpa tiene ella de cómo la hayan contratado?

Tracy volvió a mirar por encima del tabique del cubículo antes de acercarse al escritorio de su compañero y bajar la voz para decir:

—Ayer por la tarde me encontré con Ron cuando volvía del juzgado y le pregunté por qué ha dejado el equipo A. Me dijo que no había tenido más remedio, que Nolasco lo había asignado al equipo C.

Kins arrugó el entrecejo con gesto poco convencido.

—Como capitán que es, puede hacer cosas así, Tracy. El equipo C se va a quedar sin Arroyo. A mí también me gusta Ron, pero eso parece lo más sensato también para su carrera profesional.

Tracy asintió.

—Tal vez sí, pero Nolasco le dijo que aceptara el traslado, que en el equipo A no tenía muchas posibilidades porque ninguno de nosotros tenía pensado jubilarse ni dejar el puesto en breve.

—Lo cual también es verdad, ¿no?

—Sí, pero Nolasco no lo sabe.

—¿Que no sabe qué?

—No sabe que tengo intención de volver.

Kins meneó la cabeza en señal de negación.

—No te sigo. No sabe que estás embarazada, ¿verdad?

—Yo no le he dicho nada, pero sospecho que lo sabe. Ron lo adivinó, de modo que no es descabellado… y supongo que por eso contrató a González y pasó a Ron al equipo C.

—Me he perdido.

—Para él es muchísimo más fácil obligarme a dejar el puesto si contrata a otra mujer en mi lugar. En vez de a un varón blanco de

149

mediana edad, busca a una mujer hispana y se asegura de que nadie puede acusarlo de discriminación.

El inspector seguía sin convencerse.

—¿Te das cuenta de lo paranoica que suenas? ¿De verdad crees que Nolasco ha pensado todo eso con tanta anticipación?

—Los dos sabemos que me ha querido ver fuera desde que entré en la comisaría.

—Eso sí es verdad. Eres como un chicle en la suela de su zapato.

—¿Y cuándo fue la última vez que llegó alguien porque sí a Crímenes Violentos? ¿Cómo se ha saltado González la lista de espera?

Kins fue a hablar y de pronto se detuvo.

—En eso no había pensado.

—Además, no me hace ninguna gracia que González haya estado en mi escritorio y haya accedido al sistema desde mi ordenador.

El inspector dirigió la mirada al terminal de Tracy.

—¿Crees que ha podido hacer algo?

—No lo sé. Dice que en Los Ángeles usan cualquiera que esté libre.

Kins se encogió de hombros.

—Entonces, no le des más importancia.

Tracy cambió de tema.

—Oye, antes de ir a ver a Nolasco tengo que contarte algo.

—A continuación, lo puso al corriente de la llamada que había recibido de Katie Pryor y de lo que sabía de la desaparición de Kavita Mukherjee.

—Con la que tenemos aquí montada, dudo mucho que vayas a convencer a Nolasco para que nos lo asigne. Te dirá que la Sección de Personas Desaparecidas está precisamente para buscar a personas desaparecidas.

—Ya lo sé, pero tampoco puede quedarse de brazos cruzados a esperar a que empecemos a encontrar trozos de cadáver en los contenedores de basura.

Dejó a Kins y se dirigió al despacho de su superior. Entre los rascacielos del centro de Seattle alcanzaba a ver las celestes aguas de la bahía de Elliott bajo los tonos pálidos de un cielo despejado. La puerta de Nolasco estaba abierta. Tracy llamó antes de entrar. Él estaba en su escritorio, hablando por teléfono, y le indicó con un gesto que pasara y ocupara una de las dos sillas que tenía delante. Una de las mujeres de otra unidad había dicho en cierta ocasión que el capitán parecía una estrella del porno entrada en años: delgado, con un bigote poblado y el pelo peinado con la raya en medio que le cubría la parte superior de las orejas.

Su enfrentamiento con Tracy se remontaba a un encontronazo que habían tenido siendo ella alumna de la academia de policía. Él era uno de sus instructores y había cometido el error de agarrarle el pecho mientras demostraba cómo cachear a un sospechoso. Tal ocurrencia se saldó con una fractura nasal y un dolor notable en la entrepierna, amén de con una sincera inquina hacia Tracy.

—¿Quería verme? —preguntó cuando Nolasco colgó el teléfono.

El capitán daba siempre la impresión de estar entornando los ojos ante la luz del sol o sufriendo una jaqueca.

—Kins me ha dicho que estabas en los juzgados, esperando a que se dicte el veredicto.

—Y sigo esperando.

—Tengo entendido que no te gusta González.

Nolasco era un libro abierto, pero Tracy intentó no sonreír ni decir nada sarcástico, porque sabía que necesitaría su aprobación para investigar la desaparición de Mukherjee.

—No, lo que no me gusta es que use mi ordenador.

—¿Por qué?

Tracy se encogió de hombros.

—¿No hemos hablado ya de esto? Porque yo esté en los juzgados no dejan de ser mi escritorio y mi ordenador.

—Ya te he dicho que quiero que se ponga al día con los casos que tienes activos. ¿Tienes algún inconveniente en que consulte los archivos de tus casos?

La inspectora negó con la cabeza.

—Por eso están al alcance de cualquiera. Sin embargo, sí que me fastidia que acceda a mis archivos privados. Si lo son, será por algo, ¿no? No soy yo quien lo ha decidido así, sino que es norma de la comisaría.

Nolasco la miró de hito en hito.

—¿Eso es todo? —preguntó ella.

—Sí, eso es todo.

El capitán bajó la cabeza y Tracy se dirigió a la puerta antes de volverse como si hubiera recordado algo de pronto.

—Me han llamado de la Sección de Personas Desaparecidas porque han recibido un aviso sobre una mujer de veinticuatro años en paradero desconocido y querían que le echara un vistazo.

Nolasco levantó la vista.

—¿Cuánto tiempo lleva desaparecida?

—Desde la tarde del lunes.

—¿Y hay pruebas de que haya sido un acto criminal?

—No se ha puesto en contacto con su familia, su compañera de piso ni sus amigos. Tampoco responde al teléfono ni a los mensajes de texto ni ha ido a trabajar. Todos dicen que no es normal en ella. Lo último que se sabe es que tenía una cita.

—Nada de eso indica que sea un acto criminal.

—¿Y no es eso lo que deberíamos evitar?

—¿Qué dice el novio?

—No lo sé. Nadie sabe quién es ni si son novios.

—¿Nadie lo conoce?

—La compañera de piso estaba de viaje y la desaparecida no se habla con su familia.

—Desaparecer no es ilegal —señaló Nolasco—. Deja que se arreglen en Personas Desaparecidas hasta ver por dónde salen los tiros.

—Es que han sido ellos quienes me han llamado. No quieren esperar a que alguien encuentre un brazo en un contenedor.

El capitán sabía que los jefazos se iban a dar a todos los demonios si volvía a ocurrir algo así. La opinión pública no dudaría en tachar de insensible a la policía de Seattle. Tracy decidió jugar la baza étnica.

—Su familia es de la India oriental.

—Faz y Del podrían tener una huella del asesino de Monique Rodgers y Del tiene problemas de espalda. Si consiguen la huella, Faz necesitará ayuda con el caso.

—Si la necesita, la tendrá; pero creo que también deberíamos encargarnos de este caso. Se trata de una graduada universitaria que pretende entrar en la Facultad de Medicina.

Nolasco se detuvo, como un lagarto entre la espada y la pared. Tracy dejó que se imaginara las posibles repercusiones.

—Deja que sean los de Personas Desaparecidas los que dirijan la investigación. Ayúdalos en lo que necesiten, siempre que lo necesiten. Solo nos meteremos si vemos que hay pruebas de que se trata de un crimen violento.

—Eso haré —repuso Tracy haciendo lo posible por no sonreír al marcharse.

CAPÍTULO 22

Cuando Faz llegó a la comisaría central, se dirigió al servicio de caballeros y se echó agua fría en la cara con la esperanza de ocultar que había estado llorando. El oncólogo, después de revisar una resonancia de la masa tumoral del pecho de Vera, además de una segunda biopsia y un TAC, les hizo saber que había varios nódulos linfáticos afectados y les recomendó una mastectomía seguida de quimioterapia. A fin de suavizar la noticia, dijo que habían descubierto a tiempo el tumor y que la reconstrucción del pecho podía llevarse a cabo durante la misma intervención quirúrgica. Vera no encajó muy bien las noticias, pero, después de haber tenido tiempo de asimilarlas y tras la información adicional que les ofreció el especialista, prefirió no someterse a la vez a ambas operaciones al considerar que las posibles complicaciones la debilitarían demasiado. Quería guardar fuerzas para afrontar la quimioterapia que vendría a continuación y, más tarde, dejarse hacer la reconstrucción mamaria.

Cuando salieron de la consulta, Faz le comunicó su intención de tomarse todo el día libre, pero ella volvió a insistir en que debía ir a trabajar.

—La familia de Monique Rodgers depende de ti y puede que tengáis una pista —le había dicho—. Además, ¿qué vas a hacer en casa?

Faz, que había hecho lo posible por mantener una actitud estoica, de camino a la comisaría no dejó de oír la recomendación del médico, que insistía en que debían ir paso a paso, afrontando los días a medida que llegasen. Sabía que con ello pretendía darles un consejo útil, pero oírle decir a Vera que no pensase en el futuro no hizo sino ponerlo a rumiar de nuevo. Entonces, cuando en la 98.1 de la FM, la emisora de música clásica de Seattle, ofrecieron «Sono andati», de la escena de *La Bohème* en la que Mimì aparece moribunda, perdió los estribos.

Se alegró de encontrar vacío el cubículo. Del se había quedado en casa y suponía que Tracy y Kins debían de estar en el juzgado, quizá para oír el veredicto. No viendo la hora de buscar una distracción, descolgó el teléfono y llamó a Huellas.

Jason Rafferty, con quien tenía una gran confianza, soltó una risita al responder:

—¡Menudo currante estás hecho, Fazzio! ¿Qué pasa, que piensas que no te vamos a llamar si encontramos algo en el coche que trajisteis anoche Del y tú?

—Eres un genio —respondió Faz intentando ocultar sus emociones.

—No, es que los de Crímenes Violentos sois muy predecibles.

—Solo quería saber si podía hacerme ilusiones…

—Lo entiendo —dijo Rafferty riendo—. Espera, que llamo y veo por dónde vamos.

Lo puso en espera y Faz se apoyó el teléfono en el hombro antes de poner el manos libres y soportar de la mejor manera posible aquella música de ascensor. En ello estaba cuando entró Andrea González en el cubículo del equipo A y, tras acercarse a él, señaló el aparato con un movimiento de cabeza.

—Dime que esa no es tu versión favorita de Pandora.

—¿De Pan… qué?

—La música… Da igual.

—Estoy esperando a que me digan los de Huellas si han sacado algo del coche que les dejamos anoche Del y yo.

—¿Sobre el caso de Monique Rodgers?

Faz asintió.

—Gracias por conseguir la orden judicial.

Andrea miró hacia la mesa vacía del compañero.

—¿No ha venido Del?

—Se hizo daño anoche en la espalda y lo más seguro es que no aparezca por aquí en todo el día. Espera poder incorporarse mañana.

González bajó la cabeza en señal de asentimiento y a continuación miró el escritorio de Tracy.

—He oído que Crosswhite está esperando a oír el veredicto del jurado. ¿Sabes si vendrá hoy?

—No lo sé. Supongo que llegará más tarde.

La inspectora sonrió.

—Me temo que no hemos empezado con buen pie las dos.

—No te preocupes por ella —dijo Faz—. Usa su mesa si lo necesitas.

—Mejor no. Prefiero dejar pasar un tiempo. Lo que pasa es que no me hace ninguna gracia estar apartada.

—Entonces, siéntate en la de Del.

—Gracias. —Dejó su bolso al lado de la silla del compañero ausente, se sentó y movió el ratón—. ¡Vaya!

—¿Qué pasa?

—Que todavía no tengo contraseña asignada para acceder a los archivos.

—*Sucio espagueti 1.*

—¿Qué es eso?

—La contraseña de Del. Yo soy *Sucio espagueti 2.*

Rafferty regresó al teléfono en ese instante.

—¿Faz?

El inspector quitó el manos libres.

—Sigo aquí.

—Perdona el retraso. Bueno, pues me dicen que tenemos resultados preliminares. —Le explicó que habían sacado huellas dactilares y de la palma de una mano en el lugar del capó en el que, según la grabación, se había apoyado el sospechoso. No habían conseguido todas las que había, pero sí lo necesario para eliminar las del padre, la madre y el hijo, que Del y Faz habían tomado antes de salir de la casa de los Blaismith—. Hemos introducido el resto en el ABIS.

Se refería al Sistema Automático de Identificación Biométrica, antes conocido como AFIS, Sistema Automático de Identificación de Huellas Dactilares. El cambio de siglas hacía honor a las continuas mejoras que ofrecía semejante adelanto tecnológico. Los inspectores se habían visto obligados a hacer un cursillo de reciclaje y el técnico que lo había impartido les había hecho hincapié en que las huellas digitales no eran la única forma de biometría, pues también había que contar con las de la palma de la mano, el iris y los programas de reconocimiento facial. El FBI también había cambiado el nombre de su sistema a NGI por las iniciales de Identificación de Próxima Generación, que, según había anunciado ufano el instructor, había brindado a los cuerpos encargados de mantener el orden el catálogo de parámetros biométricos e historiales delictivos más extenso y eficaz del planeta. Todo esto sonaba a película de *Star Trek* a Faz, que se conformaba con tener una huella del sospechoso.

—¿Tenemos algo? —preguntó.

—Eduardo Félix López —anunció Rafferty.

Faz escribió el nombre en una hoja de papel que tenía en el escritorio.

—¿Lo has apuntado? —preguntó su interlocutor deletreando el nombre completo.

—Sí —aseveró Faz mientras subrayaba dos veces lo que había anotado y empezaba a preguntarse cómo podían vincular a López con el homicidio.

—Está en el sistema. ¿Lo buscas tú o quieres que lo hagamos nosotros?

—Yo me encargo. ¿Te han dicho cuándo puedo tener el informe completo?

—Esta misma tarde. Te mandaré un resumen por correo electrónico para que podáis poneros a trabajar. Ya sé que la prensa le está dando mucho bombo a este caso. Hazme el favor de trincar a ese capullo, ¿de acuerdo?

—Ese es el plan. —Faz colgó y dio un puñetazo en su mesa—. Sí, señor.

—¿Buenas noticias? —preguntó González.

—Hemos identificado al que apretó el gatillo... o, por lo menos, al tío que apoyó la mano en el capó del coche que había aparcado. Voy a llamar a Del y luego lo buscaré en la base de datos para ver si tiene antecedentes o una dirección reciente.

—¿Quieres que lo busque yo mientras tú llamas a Del?

—Perfecto. ¿No te importa? Puede que no lo saque de la cama, pero seguro que se alegra muchísimo de oírlo.

CAPÍTULO 23

Tracy observó atentamente a los integrantes del jurado a medida que entraban a la sala, llena a rebosar, desde el fondo y en fila india, como una cuerda de presos. Ninguno miró directamente al acusado, el doctor John Stephenson, ni a su abogado, sino que fijaron la vista en el suelo desgastado de linóleo o en la figura neutral de la jueza Miriam Gowin, de pie en el estrado. Adam Hoetig, que parecía haber captado también este detalle, miró a Tracy con el rabillo del ojo.

Una vez que todos ocuparon sus asientos, la magistrada hizo una breve introducción antes de preguntar al jurado si había nombrado a un portavoz. La elección sorprendió a Tracy y, a juzgar por una nueva mirada de soslayo, también a Hoetig. Con todo, teniendo en cuenta cuanto había ocurrido, que tal función recayera en una madre de dos hijos no carecía de sentido, y más aún si el fallo era de culpabilidad, pues la esposa de Stephenson también había sido madre.

—¿Ha alcanzado el jurado un veredicto? —quiso saber Gowin.

La portavoz dio una respuesta afirmativa y, leyendo lo que había anotado en una tarjeta, añadió:

—De los cargos de homicidio en primer grado, el jurado declara al acusado culpable.

La presentación del dictamen era como un acto sexual en el que cuanto precedía a aquel momento culminante no eran sino preliminares tentadores, provocativos y a veces frustrantes. Su lectura, seguida de la liberación de la tensión acumulada, dejaba agotado a quienes participaban en ella.

Hoetig hizo a Tracy un gesto de asentimiento casi imperceptible. Tras ellos, el público se echaba a llorar o celebraba en silencio el resultado. Algunos apretaban los puños y otros dejaban caer la cabeza y los hombros.

Litwin pidió que se pronunciaran los miembros del jurado, que, uno a uno, fueron articulando la misma palabra: «Culpable».

Culminado aquel paso, el jurado podría descansar, quizá un par de semanas, antes de volver para la fase en la que se dictaría la condena, que a menudo duraba tanto como el juicio propiamente dicho. Por el momento, no obstante, habían cumplido con su deber cívico.

Cuando se levantó la sesión, Hoetig dio las gracias a Tracy y los dos acordaron celebrarlo en una barra más adelante.

—¿Vas a comisaría? —preguntó Kins, que había estado sentado entre el público, al encontrarse con ella en la puerta de la sala.

—Sí, pero primero tengo que recoger una cosa. Te busco a la vuelta.

—¿Tiene algo que ver con la muchacha del Distrito Universitario?

—Dejé su ordenador en la Unidad Antivicio de la ICAC y acabo de recibir un mensaje de que han conseguido desbloquearlo y descargar sus correos electrónicos.

La Unidad Antivicio parecía un aula de tecnología avanzada, con pantallas de ordenador por todas partes y otros aparatos del estilo. Tracy había entablado amistad con varios de sus integrantes durante la época en que había trabajado para la policía científica en el mismo edificio. Una de las personas con la que mejor se había compenetrado era Andréi Vilkotski.

Aquel agente, nacido en Bielorrusia, había emigrado a los Estados Unidos a principios de la década de 1990 y estaba considerado por muchos un genio en lo que respectaba a ordenadores y equipos electrónicos en general. Entre los rumores que corrían sobre su pasado se incluía la sospecha de que había pertenecido al KGB y había huido del país al derrumbarse la Unión Soviética. En realidad, el único rumor que era cierto era el de su condición de genio de la informática.

—Andréi —dijo Tracy al entrar en su cubículo—. ¿Cómo te va?

Vilkotski se volvió y se encogió de hombros. La franja de pelo que le rodeaba la cabeza y enmarcaba su calvicie le daba cierto aire de monje.

—Podría ser peor —respondió como de costumbre—. No me lo digas: has venido a invitarme a comer para declararme por fin tu amor. —No había perdido el acento.

Tracy se apoyó en una esquina de su mesa.

—¿Qué pensaría de eso tu mujer, Andréi?

Él puso cara de estar pensando en la respuesta de su cónyuge y contestó a continuación:

—Probablemente me diría que, si me llevo conmigo mi colada, habrá hecho un trato justo.

La inspectora soltó una risotada y se sentó.

—Por lo visto has conseguido entrar en el ordenador que os dejé esta mañana.

Vilkotski la miró por encima de sus gafas de lectura como si le hubiese sorprendido el comentario.

—¿Te refieres al portátil que nos dejó Katie Pryor y que no venía acompañado de una orden judicial que me permitiera entrar en él?

Había llegado el momento de que fuese Tracy la sorprendida:

—Tendrías que haber recibido copia de una orden judicial firmada. Tenía entendido que Katie la había conseguido...

El informático frunció los labios, esta vez con un asomo de sonrisa.

—Si me diesen cinco centavos cada vez que oigo lo mismo, sería millonario.

—Mira en tu bandeja de entrada. Si no la tienes, puedo hacer que te la manden.

—Tienes suerte —dijo él mientras tecleaba— de que ya no contengo el aliento. Si no, me habría asfixiado varias veces y tendría la piel azul de manera permanente. —Se detuvo al ver un correo de Katie Pryor—. ¡Anda, mira esto! —exclamó señalando a la pantalla.

—¿Lo ves, Andréi? Yo nunca te pediría que hicieses nada ilegal...

—Ahora hablas como Vladímir Putin.

—¿Eso te convierte a ti en Donald Trump?

—Sin pelo, claro.

Tracy volvió a reír.

—¿Has conseguido entrar en el ordenador?

—Por favor. A mi nieto, que tiene tres años, no le costaría entrar.

—¿Nieto?

Le había dicho que su mujer y él se habían casado jóvenes y habían tenido hijos pronto. Tracy calculaba que debía de quedarle poco para cumplir los cincuenta.

Vilkotski señaló una fotografía de su nieto que había pegado en el tabique de su cubículo.

TODO TIENE SU PRECIO

—Lo hemos tenido en casa el fin de semana, porque mi hijo y mi nuera están de viaje. Todavía estoy agotado. —Se dio la vuelta y alargó el brazo para hacerse con el portátil de Kavita Mukherjee y el lápiz de memoria en el que había grabado los correos electrónicos—. He programado el ordenador para que pueda abrirse con una contraseña temporal. Lo hice antes de recibir la orden judicial, así que la contraseña es «Yo no te he dicho nada ni tú sabes nada de esto».

Tracy sonrió.

—Un poco larga, ¿no? ¿Va todo en mayúsculas?

Vilkotski sonrió también.

—Entonces, vamos a dejarlo en: «Contraseña Uno, Dos, Tres». Con mayúscula inicial en cada palabra.

—Muy inteligente.

—No tengo tiempo para ser inteligente. Gracias a tu jefe, ahora tengo que estar disponible veinticuatro horas al día, siete días a la semana, para ayudaros a encontrar iPhone robados. —No parecía muy contento con la idea.

—Eso me han dicho.

Sandy Clarridge, jefe de la policía de Seattle, había decretado tal cosa después de que se publicara en el periódico que se habían robado más de dos mil teléfonos móviles durante los primeros seis meses del año.

—Pues ¿qué quieres que te diga? Ya no duermo tan bien como antes.

Tracy cogió el portátil.

—Muchas gracias, Andréi.

—Sí, sí —respondió él.

Podría haber hecho que el informático le enviase por correo electrónico lo que había descargado o dejado que Katie Pryor recogiese el ordenador, pero tenía otra cosa que pedirle.

—Andréi, ¿puedes localizar un móvil?

—¿Qué quieres decir?

Ella señaló con un gesto el portátil.

—Me gustaría rastrear el de la mujer desaparecida. ¿Es posible?

—¿Por qué no llamas a la compañía para que te dé las coordenadas?

—Sí, parece ser que Katie Pryor lo ha hecho esta mañana. —Tracy, que no quería dejar indicio escrito alguno de que estaba investigando aquel caso, había hecho que Pryor se encargase de todas las gestiones—. Lo que me pregunto es si hay otro modo de rastrear su teléfono, si todavía está encendido... sin usar el Stingray.

Vilkotski fingió haber quedado anonadado y, con los ojos abiertos de par en par, preguntó:

—¿Stingray? ¿Qué Stingray?

Se trataba de una antena simulada de telefonía móvil con la que la policía podía reunir información de aparatos de sospechosos de manera subrepticia, así como monitorizar cualquier otro dispositivo móvil de los alrededores. La mayoría de las comisarías negaba tener aquel artilugio, desarrollado por el FBI y puesto a disposición de los cuerpos locales de seguridad después de que estos firmaran un acuerdo de confidencialidad por el que se comprometían a guardar silencio al respecto. La prensa había informado del uso de dicho aparato por parte de la policía de Tacoma y los abogados de la ACLU, la Unión Estadounidense por las Libertades Civiles, se habían puesto en pie de guerra. En la siempre liberal Seattle, la ciudadanía parecía preferir la comisión de un delito a la invasión de su intimidad.

—¿Hay otra forma de hacerlo? —insistió Tracy.

Vilkotski meditó un momento antes de responder:

—Siempre hay otra manera. Por ejemplo, existen aplicaciones compartidas.

—Como, por ejemplo…

—¿Sabes si tenía instalado el Find My Friends en el móvil?

—Ni idea.

—Si lo tenía, podrías rastrear el teléfono desde el de un amigo.

Tracy pensó en Aditi y, considerando que valía la pena intentarlo, tomó nota mentalmente.

—Perfecto. ¿Alguna aplicación más?

—Muchos teléfonos tienen instalado el Find My iPhone, pero para eso necesitarías tener su identificación de Apple y su contraseña.

—¿Cómo puedo conseguirlo? —Volvió a pensar en Aditi como posible fuente de información.

—Yo miraría en su ordenador. Hay quien añade esa información a sus contactos para no olvidarse. Es como tener una llave maestra. Yo, sin ir más lejos, lo hago así.

Tracy se propuso también buscar en el portátil.

—¿Vivía con su familia? —preguntó Vilkotski.

—No, ¿por qué?

El informático se encogió de hombros.

—Muchas veces, las familias usan un solo identificador para compartir música, películas y libros sin tener que comprarlos varias veces. En la mía, por lo menos, lo hacemos así.

—¿Y puedes compartirlo con varios teléfonos?

—Y con portátiles, iPad, ordenadores de sobremesa…

Tracy pensó al respecto.

—¿Y con amigos? ¿Es posible compartirlo con amigos?

—¿Dices que estudiaba en la universidad?

—Se acababa de graduar.

Vilkotski puso los ojos en blanco.

—Los universitarios nunca pagan nada si pueden buscar la forma de tenerlo gratis… y lo más habitual es que la encuentren. Habrían sido unos bolcheviques de primera.

Tracy llevó el ordenador de Kavita Mukherjee y el lápiz de memoria a la Sección de Personas Desaparecidas para dárselos a Katie Pryor.

—¿Te han dicho algo los de la compañía telefónica? —le preguntó.

—Acabo de enviarles el formulario de circunstancias apremiantes —repuso Pryor antes de señalar con la barbilla el portátil y añadir—: Ya tienes el lápiz de memoria.

Tracy se lo entregó y ella lo introdujo en su equipo y abrió los correos electrónicos de Kavita Mukherjee, tanto los recibidos como los enviados. Las dos se centraron de inmediato en los que le habían enviado tras las cinco de la tarde del lunes. Mukherjee no había respondido a ninguno de ellos. Tampoco encontraron ninguno perteneciente a la cita de la noche del lunes, ni ninguno de confirmación de una reserva de hotel o de vuelo.

Tracy encendió el portátil y usó la contraseña provisional que le había proporcionado Vilkotski a fin de explorar el historial de navegación de la joven por si daba con búsquedas relacionadas con líneas aéreas, compañías de alquiler de coches o páginas referentes a otros estados o a países extranjeros. No encontró nada.

—Vamos a mirar sus contactos —propuso.

—¿Qué buscamos? —quiso saber Pryor.

—Vilkotski dice que la gente guarda a veces sus claves en un archivo maestro entre sus contactos. Puede que ella lo hiciese...

Accedieron a dicho directorio y buscaron por el apellido de la desaparecida. Con ello obtuvieron las fichas del señor y la señora Mukherjee y las de sus dos hermanos, además de algunas más que Tracy no reconoció y que dio por hecho que debían de ser de otros familiares.

—Aquí no está. —Pryor quería decir que en los contactos no había información alguna sobre la propia Kavita.

Tracy recordó las conversaciones que habían mantenido con Aditi Banerjee y con los Mukherjee.

—Escribe «Vita».

La compañera hizo lo que le decía y encontró a alguien llamado Vita Kumari.

—¿Quién es? —preguntó.

—No sé.

Pryor abrió la ficha y bajó hasta la sección de anotaciones. El contacto incluía números de tarjeta de planes de fidelidad de diversas aerolíneas y de cuentas corrientes, nombres de usuario y contraseñas. La lista estaba en orden alfabético y Pryor vio un número de cuenta del Bank of America.

—Espera. —Hojeó los documentos que tenía sobre la mesa y comprobó que coincidía con el que le había dado el matrimonio Mukherjee—. Esa es su cuenta.

—Usó un nombre falso para la ficha —dijo Tracy, convencida de que debía de haberlo hecho por si le robaban el ordenador.

—Entonces, estos nombres de usuario y estas contraseñas son suyas.

—Carga la página del Bank of America e intenta meterte en su cuenta.

Minutos después, Pryor estaba navegando por el sitio web del banco. Los datos de acceso eran correctos. Con todo, no había constancia de ningún movimiento posterior a la tarde del domingo. La última transacción había sido la retirada de veinte dólares de un cajero de University Way el jueves anterior, lo que dejaba a la joven un saldo de mil cuatrocientos noventa y dos dólares. No lo iba a tener nada fácil para pagar el alquiler del mes siguiente.

—¿Por qué rompió entonces el cheque de Aditi? —preguntó Pryor—. Quiero decir, ¿tanto orgullo tenía que prefirió rechazar la ayuda?

—Es posible. Aditi dice que era muy cabezota. Aunque también podría ser que hubiera hecho ya planes de mudarse o de buscar otra compañera de piso.

Pryor siguió buscando entre las anotaciones de la ficha de Vita Kumari y, cuando estaba a punto de llegar al final de la lista, Tracy dijo:

—Para. ¿Qué es eso? ¿Otra cuenta bancaria?

—Wells Fargo —leyó Pryor—. Desde luego, eso parece.

—Prueba, a ver si...

La otra inspectora entró en la página de la entidad e introdujo el nombre de usuario y la contraseña correspondientes. Tras el segundo que tardó en cargarse la página, se encontraron dentro de la cuenta. Tracy soltó un silbido. El extracto que tenían delante presentaba un saldo de veintinueve mil doscientos treinta dólares.

—A lo mejor rompió el cheque por esto —sentenció Pryor.

Tracy se reclinó boquiabierta en su asiento.

—Aditi dice que estaba ahorrando para la Facultad de Medicina, pero me cuesta mucho creer que pudiese ahorrar todo eso trabajando en una tienda de ropa por el sueldo mínimo.

—¿Sus padres?

—Si querían que volviera a casa, lo dudo mucho. Mira el nombre al que está la cuenta: Vita Kumari. Y la dirección es de un apartado de correos. Está claro que no quería que nadie supiera que la tenía.

Tracy pasó el dedo por una de las columnas de números. La cantidad de las aportaciones era siempre idéntica.

—Son ingresos directos.

—La misma cantidad y el mismo día de cada mes —confirmó Pryor—. Podemos usar el código de identificación para averiguar quién ha efectuado los pagos, pero necesitaré una orden judicial si quiero que me lo dé el banco.

Tracy pensó en Aditi y, en concreto, en el gesto de bochorno con que había mirado a su marido cuando le había formulado ciertas preguntas sobre Kavita.

—¿Te apetece dar una vuelta en coche? —dijo—. Quizá tenga un modo de dar antes con la respuesta.

CAPÍTULO 24

Andrea González informó a Faz de que el nombre de Eduardo Félix López la había llevado a un varón de diecinueve años al que habían detenido hacía solo dos meses por posesión de sustancias ilícitas (metanfetamina, para más señas). Había dado como dirección habitual un apartamento situado en un conjunto de bloques de ladrillo de South Park. La noticia era buena y mala a partes iguales, ya que, al tener ya dos meses dicho dato, cabía la posibilidad de que López se hubiera mudado... o hasta huido a México en caso de ser quien había apretado el gatillo. La dirección no tenía un número de teléfono asociado ni podían buscar a un encargado del edificio que les dijera si seguía allí alojado. López tenía varios antecedentes, por posesión y, en un caso, por intento de distribución, pero ninguno por crímenes violentos. Nada de cuanto había en el sistema hacía pensar que fuese miembro de los Sureños, aunque, si trataba con drogas en South Park, cabía darlo por hecho. Tal vez el marido de Monique Rodgers estaba en lo cierto y el asesinato de su mujer no había sido sino parte del rito de iniciación de López en la banda.

Faz decidió que sería preferible interrogarlo sin que mediase arresto, al menos hasta que pudieran determinar si la dirección seguía siendo correcta. En caso positivo, y si López se encontraba en ella, le pedirían permiso para registrar el piso. En caso de que se negara, pedirían una orden judicial para buscar el revólver del treinta y ocho que había matado a Rodger y retendrían a López hasta dar con el arma.

Al salir con Faz del aparcamiento de la comisaría, Andrea González contempló a través del parabrisas las nubes negras que amenazaban en el nordeste.

—¿Qué le pasa al tiempo? ¡Si parece una plaga bíblica!

—Se acerca una tormenta —la informó Faz.

—Creía que al oeste de las Rocosas no había tormentas. Me habían dicho que más bien debía preocuparme por los terremotos.

Faz recorrió Columbia Street para acceder al viaducto de Alaskan Way.

—En el noroeste tenemos una o dos tormentas al año. El año pasado tuvimos una a estas alturas más o menos. Provocó incendios en todo el este del estado de Washington. —Tomó el viaducto en dirección sur. Desde aquella altura podían ver las cabrillas que alzaba el viento en el estrecho de Puget—. Yo pude verla desde una posición privilegiada porque estaba haciendo el turno de noche en la comisaría. La Aguja Espacial se iluminó como en una novela de ciencia ficción.

González dejó escapar una risita.

—Y yo que pensaba que aquí había encontrado el nirvana… Veintiséis grados y cielos despejados: esto parecía Los Ángeles sin niebla tóxica, sin aglomeraciones y sin tráfico y, encima, con seis grados menos. —Volvió a mirar hacia arriba antes de reclinarse en el asiento—. ¿Crees que López es nuestro tipo?

—Estaba en el lugar del delito en el momento en que ocurrió.

—Pero puede ser que oyera disparar y corriera a resguardarse.

—Es posible, pero, en ese caso, ¿por qué iba a taparse la cara con la capucha?

La inspectora meditó al respecto.

—¿Crees que seguirá por el barrio?

—Si estaba trabajando para Little Jimmy, a sus órdenes, es probable que lo hayan mandado a Los Ángeles o a México. Vamos a averiguarlo enseguida.

—Y si está en su casa, ¿qué decimos? ¿Cómo justificamos haber llamado a su puerta?

—En ese caso, le diremos que estamos preguntando por la zona si alguien vio algo o sabe algo. Le preguntaremos si nos deja registrar el domicilio. La mayoría de esos fulanos no tienen dos dedos de frente y nos dejan pasar. Si se niega, pediremos una orden judicial y lo tendremos vigilado hasta que nos la firmen.

—¿Crees que querrá huir?

—Si iba de parte de Little Jimmy y se enteran de que lo hemos localizado, no tendrá más remedio, porque Little Jimmy lo matará si no.

Tracy llamó a Aditi con la excusa de ponerla al corriente de las novedades de la búsqueda de Kavita. Aditi y su marido se habían mudado provisionalmente a la casa de los padres de ella, situada a poco más de un kilómetro de la de los Mukherjee. Tenía que hablar con ella en privado, lejos de Rashesh y del resto de su familia. Le daba en la nariz que callaba algo, algo sobre Kavita que no iba a mencionar en presencia de ellos y que podría explicar los casi treinta mil dólares que había depositados en una cuenta a nombre de Vita Kumari.

De camino a Bellevue, Pryor recibió un correo electrónico de la compañía telefónica con las últimas coordenadas conocidas del teléfono de Kavita Mukherjee: 47,652770 de latitud y 122,174406 de longitud.

—Es un parque estatal —anunció después de introducirlas— y está muy cerca de las dos viviendas.

Le enseñó el teléfono a Tracy, que sintió un nudo en el estómago al ver una zona boscosa muy poblada. Pryor siguió buscando

172

y dio con que el parque tenía unas doscientas hectáreas, lo que lo convertía en un lugar ideal para ocultar un cadáver. Con todo, también averiguó que estaba muy concurrido, sobre todo en verano, cuando la gente acudía a correr, pasear, recoger bayas o montar a caballo. Por tanto, era extraño que, en caso de haber un cuerpo sin vida, no lo hubiese encontrado nadie.

Tracy miró el reloj. Apenas quedaba un par de horas de luz solar.

—Llama a la Unidad Canina —dijo— y pregúntales si pueden estar listos por si los necesitamos. Iremos al parque después de hablar con Aditi.

Fue la joven la que abrió la puerta de sus padres y, por un instante, Tracy pensó que habían tenido suerte y estaba sola en casa. No obstante, cuando se abrió un poco más apareció Rashesh detrás de ella.

El marido las invitó a pasar al salón, que parecía más de adorno que para ser usado. Paredes beis, muebles grises, alfombra marrón. En uno de los tabiques había una pieza decorativa de cobre describiendo espirales. Tracy necesitó un segundo para darse cuenta de que la imagen que formaba era un pavo real. Dos plantas de plástico enmarcaban una ventana en saledizo a través de la que observó un enorme jardín trasero y, más allá, una espesa arboleda.

—¿Eso que se ve es el parque estatal? —preguntó señalando hacia la ventana.

—Sí —repuso Aditi—, Bridle Trails.

—¿La casa de los padres de Kavita también linda con él?

—No, pero está muy cerca.

Tracy miró a Pryor, que asintió con la cabeza antes de decir:

—¿Están tus padres en casa?

—No, han salido.

—Ayer por la tarde hablamos con la familia de Kavita y con un par de sus compañeras de trabajo y me preguntaba si podrías resolvernos algunas dudas que nos han surgido.

—Lo intentaré. —Aditi se removió en su asiento.

—¿Qué clase de relación tenía Kavita con sus hermanos? —preguntó Tracy.

La joven se encogió de hombros.

—Entre Vita y Nikhil ha habido siempre cierta rivalidad, porque se llevan muy poco.

Tracy no pasó por alto que la había llamado *Vita*.

—Parece que a él no le hace mucha gracia que su hermana no quiera volver a casa ni someterse a un matrimonio concertado…

Aditi pareció encogerse ante el uso del verbo *someter*.

—Nikhil es muy tradicional. Cree que enviar a Vita a estudiar Medicina es desperdiciar el dinero de sus padres. Para él, esa es una decisión que tiene que tomar su futuro marido. —Aditi dedicó a Rashesh una sonrisa que tenía visos de ser forzada.

—¿Y qué más le daba a él, si sus padres no iban a pagar sus estudios?

—Él considera que la actitud de su hermana es irrespetuosa y supone una vergüenza para su familia. Él es así. Por algo es el primogénito varón. Siempre ha sido más tradicional que Vita.

—¿Y qué me dices de Sam?

Aditi sonrió.

—Sam se parece más a Vita.

—¿Cómo pensaba pagarse Kavita los estudios sin la ayuda de sus padres? —quiso saber Tracy.

—Se había puesto a trabajar y estaba ahorrando.

—¿En la tienda?

—Exacto.

—¿Tenía algo más?

Aditi negó con un movimiento de cabeza.

—Que yo sepa, no. A lo mejor consiguió otra cosa en mi ausencia, pero…

—Pero no te dijo nada —concluyó Tracy.

—No.

—Y en la tienda estaba cobrando el sueldo mínimo, ¿no?

—Eso creo.

—Entonces, ¿cómo podía estar ahorrando para la Facultad de Medicina, por más que compartiera los gastos contigo?

Aditi se detuvo antes de responder.

—Habíamos hablado de solicitar ayudas económicas y un préstamo universitario. Al vivir solas y no tener que declarar los ingresos de nuestros padres, Vita estaba convencida de que no nos lo denegarían.

—¿Cuánto había conseguido ahorrar? —preguntó Tracy.

—No lo sé.

—¿Y sabes si recibió alguna herencia… de un abuelo, por ejemplo?

—No creo. —Aditi cambió de postura, al parecer incómoda ante aquellas preguntas.

—Perdón, ¿podría beber un vaso de agua? —preguntó Pryor tal como habían planeado y, volviéndose hacia Rashesh, añadió—: ¿Le importaría?

El marido se mostró desconcertado ante la petición.

—Voy yo —dijo la joven haciendo ademán de levantarse.

—No, tú quédate aquí con la inspectora Crosswhite —repuso Pryor tratando de mantener un tono relajado, pero categórico— para que puedas responder a sus preguntas.

—¿Le importa, Rashesh?

Él, aún con gesto confundido, se puso en pie y salió con ella de la sala.

Tracy no apartó los ojos de Aditi, que los miró mientras salían.

—No podemos hacer nada si no nos dices la verdad, Aditi.

La joven hizo lo posible por parecer sorprendida.

—No sé a qué…

175

—Hemos accedido a los extractos bancarios de Kavita y sabemos que tiene una cuenta en Wells Fargo a nombre de Vita Kumari con casi treinta mil dólares.

Estudió la reacción de Aditi, a la que se diría que había chocado la cantidad, pero no el hecho de que su amiga tuviese otra cuenta.

—El primer día de cada mes se le ingresa en la cuenta un pago de dos mil dólares. Podemos rastrear el origen mediante el código de identificación, pero creo que tú sabes de dónde viene ese dinero.

Aditi puso gesto afligido.

—Rashesh no puede enterarse… —dijo con voz apresurada y casi suplicante.

—No tenemos por qué decirle nada, pero necesitamos saberlo.

—Luego puedo escabullirme para hablar con ustedes.

Aditi se volvió al ver llegar a Katie Pryor y a Rashesh y se reclinó con una sonrisa forzada y ojos implorantes. Tracy estuvo tentada de insistirle, de dejarle claro que no podían permitirse perder más tiempo, que cuantas más horas estuviera desaparecida una persona menores eran las probabilidades de encontrarla con vida; pero optó por respetar su petición, seguir otras líneas de investigación y hacer una visita al parque para buscar el móvil antes de que cayera la tarde.

—Sam dice que Vita le habló de una cita que tenía la noche del lunes. ¿A ti te dijo algo de esa cita?

—No —contestó la amiga—, no sabía nada.

Tracy miró hacia la ventana.

—¿Conoces bien el parque?

—¿Bridle Trails? Sí.

—¿Tiene algún significado especial para Kavita y para ti?

—De pequeñas pasábamos mucho tiempo allí. Corríamos por las sendas y a veces montábamos a caballo. Nuestras familias recogían moras y buscaban rebozuelos. ¿Por qué me lo pregunta?

—¿Había algún lugar concreto que frecuentaseis en el parque?

—No la entiendo.

—Un lugar que os gustara mucho o en el que quedaseis…

—No, ninguno.

Tracy recordó lo que le había dicho Andréi Vilkotski y quiso saber:

—¿Compartíais Kavita y tú alguna aplicación telefónica?

Aditi seguía extrañada por el rumbo que había tomado la conversación.

—No creo.

—¿No teníais una llamada Find My Friends?

La interpelada negó con la cabeza.

—¿Quiere que lo compruebe?

—Sí, por favor.

La joven salió del salón y volvió con su móvil.

—No —anunció tras buscar entre las aplicaciones—, esa no la tengo.

—Y Find My iPhone, ¿la tienes? —insistió Tracy.

—Esa sí. Aquí. —Les tendió el aparato para que lo viesen.

—¿Y Kavita también la tenía?

—Creo que viene con el teléfono, ¿no? —Miró a Rashesh, quien, sin embargo, se limitó a menear la cabeza.

—No lo sé —aseveró Tracy—. ¿Y no compartís Kavita y tú una cuenta de Apple? Para descargar música y películas, libros…

Aditi alzó la vista hacia Tracy y estaba a punto de decir algo cuando, de pronto, se detuvo. Por cómo abría los ojos de pronto, Tracy supo que la joven había adivinado adónde quería llegar y quizá, solo quizá, dado con un modo de dar con el teléfono de Kavita Mukherjee.

Kavita había sabido mantener una actitud alegre y una sonrisa animada en los labios mientras reprimía con cuidado sus emociones una última vez. Cuando acabó la cita y, con ella, su relación, salió de la habitación del hotel y acusó todo el peso de aquel día. Aquello era demasiado para ella sola. ¿Qué sentido tenía engañarse? No deseaba volver a un apartamento vacío y sentarse sola mientras se preguntaba qué diablos había ocurrido en el curso de tres meses. Siempre se había dicho que el sueño que estaba persiguiendo no era suyo, sino de las dos, suyo y de Aditi.

Ya no.

Aditi se había casado. No iba a estudiar Medicina.

De regreso del hotel, el sol había empezado ya a ponerse y la temperatura había descendido de manera muy agradable. Salió del aparcamiento sin ni siquiera mirar por el retrovisor y pensó que aquella era una metáfora excelente de cómo afrontaría la vida en adelante: sin mirar atrás. No tenía tiempo de volver la vista. Había decidido compartir su dinero con Aditi por voluntad propia y sin arrepentimiento, porque sabía que a su amiga le resultaba difícil asumir lo bien que parecía irle siempre a Vita, por más que Aditi no hubiese expresado jamás resentimiento ni celo alguno… hasta aquel lunes. Debería habérselo imaginado. Aditi siempre había estado allí para apoyarla y ella había tomado aquello como una oportunidad para poder apoyar a Aditi y no dejarla atrás. Con independencia de la facultad en la que entrase, Kavita había decidido no abandonar a Aditi.

Al menos, aquel había sido su plan.

Kavita soltó un suspiro y se preguntó si las cosas habrían sido diferentes de haber revelado a su amiga lo del dinero, si no se habría pensado dos veces Aditi aceptar la proposición de Rashesh. Quizá así el sueño de entrar en la Facultad de Medicina habría estado más cerca de hacerse realidad, de convertirse en algo a lo que aferrarse cuando sus padres la hubieran presionado para buscar marido.

Tal vez, aunque Kavita no lo sabría nunca. Desde luego, ya no y… y no podía parar y mirar atrás. Tenía que mirar hacia delante si no quería volverse loca.

El vehículo que la precedía frenó de súbito y su instinto la llevó a levantar el pie del acelerador y pisar con fuerza el freno. Las ruedas chirriaron y su cuerpo salió despedido contra el cinturón de seguridad. El coche de atrás también accionó el freno... y el claxon. Por suerte, Kavita no chocó con el de delante ni se vio embestida por el que la seguía.

Se hizo a un lado. Necesitaba un instante para tomar aliento y reordenar sus ideas. Había puesto el piloto automático y, al detenerse, se había dado cuenta de que había puesto rumbo a la dirección a la que había pasado tantos años acudiendo: la de casa de sus padres, en Bellevue, y no la suya de Seattle. Se preguntaba si había algo en su subconsciente que la empujara al hogar familiar. Una parte de ella deseaba ir allí, en aquel momento más que nunca. Una parte de ella quería ver a su familia.

Pese a todo, sabía que no podía ir a casa. En esas condiciones no podía: vulnerable emocionalmente, deprimida, derrotada. Su madre aprovecharía la ocasión para restregarle el matrimonio de Aditi, como debía de haber hecho sin duda la señora Dasgupta, engrandeciendo a la familia de su nuevo yerno y su incuestionable riqueza y regodeándose en la perspectiva de ver a su Aditi instalada en un bloque de apartamentos londinense, por no hablar de su inminente prole de nietos.

Para la madre de Kavita tenía que haber sido doloroso, aunque no tanto como para Kavita. Su dolor nacía de la pérdida de alguien a quien había querido con el alma y el de su madre, de la rabia y el rencor. No eran comparables.

No, su madre no iba a consolarla: volvería a lamentarse de lo egoísta de su comportamiento, la sometería a chantaje emocional por privarla de yerno y de nietos y por hacer quedar mal a su padre y a ella ante todos los amigos de la familia. Su padre guardaría silencio la mayor parte del tiempo por no disgustarla y Nikhil se pondría a hablar por enésima vez de tradición, herencia y cultura.

Sam era el único que se alegraría de verla.

«Sam». Kavita miró el teléfono. El pequeño de sus hermanos le había mandado un mensaje de texto poco antes, porque sabía que la

179

noticia de la boda de Aditi tendría un impacto terrible sobre ella. La había invitado al partido de fútbol que iba a jugar en las inmediaciones de la universidad, pero ella no había podido asistir. Se había perdido el partido y la ocasión de verlo.

A lo lejos, vio las copas de los árboles de sesenta metros que marcaban la ubicación del parque estatal y sonrió ante los recuerdos que le evocaba. Rememoró los juegos a los que había jugado con Aditi y sus hermanos en aquellos bosques siendo niña, así como las salidas que había hecho con toda la familia para buscar moras con las que hacer mermelada y rebozuelos. De pequeña había ido a aquel parque casi a diario. Era como tener un patio trasero de doscientas hectáreas. Con la edad, el parque se había convertido también en su refugio, en un lugar al que acudir cuando todo le salía mal para caminar entre los árboles o sentarse en un lugar tranquilo para meditar y buscar respuestas.

Arrancó el coche. No iría a casa. No lo necesitaba. Iba a ir al parque.

CAPÍTULO 25

Faz giró hacia el aparcamiento de The Ridge Apartments, un edificio de varias plantas situado en un extremo de South Cloverdale, que se trocaba en First Avenue South al pasar la ruta estatal 99.

—Veamos si hay alguien en casa —dijo.

Andrea González, en el asiento del copiloto, miró su teléfono antes de guardárselo en un bolsillo del abrigo y preguntar:

—¿Seguro que no prefieres que miremos simplemente si está y llamemos a los SWAT para que vengan con una orden de registro?

Faz la miró. Nolasco les había dicho que González tenía muchísima experiencia trabajando en una ciudad difícil y, aun así, estaba replanteándose la idea de hablar con el sospechoso sin detenerlo.

—¿Te estás echando atrás?

La inspectora frunció el ceño.

—¡Por favor! Esto lo he hecho ya unas cuantas veces en Los Ángeles. Lo que pasa es que, por experiencia, sé que, por más que se prepare uno, siempre hay algo que puede salir mal. En casos así, no está nada mal tener detrás a alguien con protección antibalas y un AR-15 preparado para meterle una bala al sospechoso por donde le quepa.

—No te lo niego, pero esto no es Los Ángeles y el Departamento de Justicia nos tiene ya metidos en medio de una investigación por uso indebido de la fuerza. Si llamamos a los SWAT sin que haga falta, podríamos acabar nosotros con una patada en el culo. —Estudió el edificio—. Ten en cuenta que la mayoría de esta gente son pobres, no delincuentes. Solo intentan vivir su vida como hacemos tú y yo y los tipos como Little Jimmy les gustan lo mismo que a nosotros. Sin embargo, para vivir aquí no tienen más remedio que aguantarlos.

González ladeó la cabeza.

—Lo que hay que preguntarse es si nos van a aguantar a nosotros.

Faz alzó los hombros.

—Desde luego, no te van a recibir con una alfombra roja ni a ofrecerte un refresco, pero lo más normal es que nos dejen actuar. Es muy probable que López, si sigue aquí, nos diga que no ha visto ni oído nada y que se niegue a dejarnos echar un vistazo. En ese caso, le daremos las gracias y nos iremos por donde hemos venido. Una vez que sepamos que sigue aquí, pediremos la orden de registro.

Faz abrió la puerta del coche y salió al encuentro de un viento racheado. Las nubes negras que habían amenazado desde el horizonte oriental llenaban ya el cielo y lo teñían de un gris cada vez más oscuro.

González dio la vuelta por la parte trasera del vehículo y alzó la voz para hacerse oír por encima de una ráfaga de viento.

—Si empiezan a caer langostas del cielo, te dejo solo.

Al llegar al portal del edificio, la inspectora tiró sin detenerse del pomo de la puerta, que se abrió pese a que la caja de color negro instalada en la pared hacía suponer que contaba con una cerradura de seguridad.

—En Los Ángeles pasa lo mismo —se explicó mientras entraban—. Los vecinos pierden las llaves tan a menudo que el encargado del bloque acaba hartándose de que lo llamen a todas horas para abrir la puerta y desactivando el cierre automático.

El vestíbulo era tan austero que parecía flotar en el vacío. Sobre las losas desgastadas no había sillones, sofás ni macetas. En la pared

del fondo se alineaban buzones pequeños, abiertos o ya sin porte-
zuela. Los que la conservaban tenían una ventanilla para colocar el
nombre de quien habitaba el piso correspondiente, aunque todas
estaban en blanco.

—También es muy típico —aseveró González—. Los vecinos
prefieren proteger su intimidad. Cuanto menos sepas del resto,
menos sabrá el resto de ti.

La inspectora pulsó el botón del ascensor en el momento en que
se abría a su derecha la puerta de acceso a la escalera. El hispano que
salió al vestíbulo con movimientos rápidos se fijó en ellos y siguió
andando para abrir el portal y lanzarles por encima del hombro una
mirada de pocos amigos que debía de haber practicado.

El ascensor anunció su llegada con el sonido de una campa-
nita y las puertas se abrieron. González entró y enseguida dio un
paso atrás con gesto horrorizado. Faz no tuvo que preguntar por el
motivo al recibir como una oleada de gas tóxico el penetrante olor
a orina.

Cuando fue capaz de hablar, González dijo:

—Vamos por las escaleras.

—¿Cinco plantas? Ni hablar. —Faz se sacó un pañuelo del
bolsillo, se cubrió con él la boca y la nariz y entró en el ascensor.
La caballerosidad tendría que ceder el paso a la supervivencia—.
¿Vienes?

Su compañera tomó aire y tiró de su chaqueta para taparse la
boca y la nariz mientras hacía muecas como quien combate una
jaqueca tremenda o contiene las ganas de vomitar. Ninguno se sorprendió de que el aparato no se detuviera a recoger a más pasajeros
durante el trayecto.

—Ya sabemos por qué ha bajado por las escaleras ese hombre
—dijo Faz con la voz amortiguada por el pañuelo.

Cuando se abrieron las puertas, los dos se abalanzaron hacia la
quinta planta, boqueando como si hubiesen estado conteniendo el

aliento. Faz tardó unos instantes en evaluar la situación. Se encontraban en el extremo meridional del edificio. Las losas cuarteadas del suelo estaban iluminadas por la luz moribunda que entraba por las ventanas situadas a la entrada y la salida del pasillo. La penumbra debía de haber bastado para activar los sensores de luz, que, no obstante, seguían apagados.

—Roban las bombillas. —González señaló un aplique con los dos portalámparas vacíos—. Al final, el casero se cansa de comprar bombillas de repuesto.

—¿También lo viste mucho en Los Ángeles?

El pasillo olía a humedad y las paredes estaban llenas de marcas y desconchones. López vivía en el piso 511, que resultó ser el último del extremo opuesto. Hacia allí se dirigían cuando lo iluminó todo un fogonazo azul blanquecino. Segundos después se oyó un trueno que hizo temblar las ventanas de aluminio.

—Como te he dicho —señaló Faz—, aquí tenemos tormentas en julio.

—Pero sin lluvia. ¡Qué locura!

—No te preocupes, que no vas a echar de menos las lluvias. Empezarán de aquí a un par de meses. ¿Sigues pensando que estás en el nirvana?

Al llegar al apartamento número 511, dejaron de hablar y tomaron posiciones a uno y otro lado de la puerta, Faz de cara a la ventana sur y González al largo pasillo que acababan de recorrer. Él le hizo un gesto discreto con la cabeza y ella se dispuso a llamar a la puerta de López. En ese instante, Faz la agarró del brazo y se llevó un dedo a los labios, convencido de haber oído una voz tenue al otro lado del endeble tabique. Los dos prestaron atención. Faz percibió de nuevo la voz y González asintió sin palabras. Ella también lo había oído. Era un varón y estaba hablando en español, tal como indicó la inspectora moviendo los labios.

Faz miró la puerta y a continuación, por encima de su hombro, la del apartamento contiguo, el 509. La señaló y dijo en un susurro:

—¿Esa?

González se encogió de hombros.

—No estoy segura —musitó.

Faz desabrochó la pistolera y apoyó la mano en la culata del arma. Su compañera hizo otro tanto. Aquellas paredes que dejaban pasar palabras articuladas en voz baja no detendrían una bala si alguien se ponía a disparar, pero el estrecho pasillo tampoco ofrecía ningún lugar tras el que cubrirse. González levantó el puño para llamar a la puerta. Faz volvió a oír la voz y tuvo claro que procedía del otro apartamento. En ese mismo instante oyó abrirse la puerta.

Los ojos de la inspectora se dirigieron a un punto situado por encima del hombro izquierdo de Faz y se abrieron de par en par con gesto de sorpresa... o terror. Dio un paso hacia su compañero mientras desenfundaba y levantaba la pistola y le hacía perder el equilibrio de un empujón.

—¡Arma!

Cuando Aditi tecleó el nombre de usuario de Apple y la contraseña que había compartido con Kavita, la aplicación Find My iPhone reveló un punto azul parpadeante en el ángulo sudoeste del parque estatal. Coincidía aproximadamente con la longitud y la latitud que les había proporcionado la compañía telefónica como última localización del aparato de la desaparecida. Tracy y Pryor dieron las gracias a Aditi y se marcharon de inmediato, no sin antes asegurarle que la informarían de lo que averiguasen, si es que averiguaban algo.

Mientras recorría el exterior del parque en busca de un acceso para la camioneta y se hacía cargo de su inmensidad, Tracy notó que se intensificaba el mal presentimiento que la había invadido.

—Supongo que, si hubiese un cadáver, ya lo habrían encontrado, ¿no? —preguntó Pryor en voz baja—. Con lo transitado que está siempre el parque...

Tracy opinaba lo mismo, pero no dijo nada. Aunque en casa de los Dasgupta no habían comentado nada de lo que podía significar el punto azul parpadeante, las dos sabían que quería decir que se habían deshecho en el parque del móvil... o de su dueña.

Kavita conducía con una determinación renovada. Quería avanzar. Nada de estancarse. Trazar un plan y ejecutarlo. Entró en el aparcamiento, vacío a excepción de otro vehículo, que debía de ser de alguien que hubiese salido a correr. Al salir del coche, la asaltó el olor a vegetación que tan bien conocía y que la transportó a una época más sencilla en la que sin salir del barrio tenía cuanto necesitaba: familia, amigos y escuela.

Se dirigió con rapidez al comienzo de la senda, pero se detuvo a mirar los zapatos planos que se había puesto para no parecer tan alta durante la cita. No llevaba otro par de repuesto, porque no había planeado ir al parque. Aun así, no se dejó amilanar y echó a andar ladera arriba. El sol se había hundido al otro lado de la bóveda que formaban los árboles y se filtraba por entre las ramas en bandas de luz suave. Kavita había recorrido tantas veces aquel parque y tenía tan marcadas en la memoria las indicaciones de los senderos que podría haberse orientado con los ojos vendados. En la bifurcación situada unos centenares de metros más allá, tomó la senda de los Trilios, un anillo de más de dos kilómetros y medio que bordeaba el interior del parque. Le bastó respirar los olores familiares de aquel lugar para empezar a sentirse mejor. Estudió la disyuntiva que se le planteaba y, lo más importante, cómo resolverla.

En primer lugar, tenía que decidir si se quedaba o no en el piso, al menos hasta el momento de entrar en la Facultad de Medicina. No quería las limosnas de Aditi, como tampoco Aditi quería las suyas, y, una vez que su amiga había tomado su decisión, podía usar una parte del dinero que había ganado para pagar el alquiler hasta dar con otra compañera. En ese momento decidió que elegiría a una estudiante de posgrado. En verano sería difícil encontrarla, pero, en otoño, cuando regresaran los universitarios, el piso tendría una gran demanda por su proximidad al campus. Problema resuelto.

Por otra parte, haría más horas en la tienda de ropa para no mermar demasiado los ahorros que había conseguido reunir. El dueño le tenía aprecio y no dudaría en confiarle otro turno. Aquel tiempo extra en el trabajo también la ayudaría a combatir la soledad. Considerando que aquella sensación sería más dura por la noche, que era el momento del día en que más había disfrutado con Aditi, decidió matricularse en un curso nocturno que la preparase para el examen de admisión en la Facultad de Medicina. Suponiendo que obtuviera el resultado deseado en la prueba, solicitaría la admisión para el otoño siguiente en un número selecto de programas de formación en centros que fueran nuevos para ella y donde nadie la conociese. Así podría empezar de cero, lejos de su familia y de todo.

La idea le resultaba a un tiempo liberadora y pavorosa, pues supondría abandonar todo lo que había conocido y a todos los seres a los que había querido.

Sintió que le faltaba el aire al pensar en que tendría que separarse de Sam, su hermano menor, y de su padre. No verlos iba a ser casi como estar muerta.

Los sollozos la acometieron como una tromba inesperada y violenta. Se detuvo bajo las ramas a llorar y, tras unos minutos, se reprendió a sí misma y volvió a entonar su nuevo mantra: avanzar. Necesitaba caminar hacia delante.

Bajó la cabeza y se puso a correr, sintiendo cada piedra del camino a través de sus zapatos planos. Cuando llegó al lugar en que volvía a dividirse en dos el sendero, tomó la senda del Coyote, que se internaba más en el parque. Se obligó a proseguir sobreponiéndose a su pena, hasta que la fatiga hizo mella en su organismo y la obligó a detenerse para recobrar el aliento. Caminó en círculos con la cabeza echada hacia atrás. Los pulmones y el pecho le dolían mientras tragaba aire. La luz del día estaba a punto de extinguirse por completo y el bosque se había teñido de un gris cada vez más intenso. Había llegado el momento de volver a casa.

Algo se movió y la hizo darse la vuelta.

Había algo en los matorrales. Se dio la vuelta de nuevo y, luego, una vez más. Algo la estaba rodeando.

Giró otra vez, pero solo vio los árboles, altos y erguidos como oscuros centinelas. Se afanó en contener el aliento y aguzó el oído. Llegó a ella el canto de los grillos y el zumbido de insectos invisibles. Un sapo se puso a croar.

Kavita volvió a respirar hondo, exhaló y dio media vuelta para regresar al coche.

El tiempo empeoró de pronto. Sobre la cordillera de las Cascadas corrían nubes negras que avanzaban hacia el oeste, en dirección a Seattle. Todo apuntaba a que estaba a punto de desatarse un violento temporal.

—Puede que sea solo el teléfono —insistió Pryor, que pareció ponerse más nerviosa cuando Tracy tomó la 116 Avenida NE—. A lo mejor lo ha perdido... o lo ha tirado.

«Quizá», pensó Tracy, aunque tal contingencia no respondía a una cuestión más fundamental: ¿qué hacía Kavita tan cerca de su casa, en un parque estatal que, sin duda, tenía para ella cierto valor sentimental? No podía sino preguntarse si la joven, crispada por la tristeza, no habría acudido a un lugar que conocía bien para quitarse la vida. Sin embargo, enseguida apartó de su cabeza semejante idea, que no casaba con la muchacha resuelta que había descrito Aditi.

—Tú no lo crees, ¿verdad? —preguntó Pryor—. No crees que sea solo el teléfono.

—Estoy haciendo lo posible por mantener mi optimismo, pero… no, no lo creo. —Ya no podía seguir dándole la espalda al sentido común por algo tan frágil como la esperanza—. No parece que hubiera un buen motivo para deshacerse de él y menos en un parque. Si solo está el teléfono, es más probable que se deshiciera de él otra persona, lo que sigue planteando las preguntas de por qué y de dónde está ella.

Redujo la marcha ante las señales de color marrón que marcaban la entrada al parque. Una de ellas tenía dibujado un excursionista con un bastón de senderismo y la otra, un vaquero a caballo. Accedió al aparcamiento y dejó la camioneta al lado de otros tres vehículos estacionados delante de una arboleda altísima poblada de densos matorrales. Cuando apagó el motor y salió a encontrarse con una brisa que iba tomando fuerza, oyó el zumbido del tráfico de la autopista 405, situada a unos cien metros al oeste de allí.

—Vamos a fotografiar las matrículas de estos tres —dijo—. Dudo que vaya a servirnos de mucho, pero vale la pena buscarlas en el sistema cuando volvamos.

Pryor hizo lo que le indicaba mientras Tracy sacaba de la camioneta la bolsa de deporte donde tenía todo lo necesario para analizar el lugar de los hechos, una bolsa que guardaba en el espacio de almacenamiento situado detrás de su asiento. Se hizo también con una gorra de la policía de Seattle y se pasó el pelo por la abertura trasera. A continuación, se colocó un cortavientos negro con las mismas iniciales de la SPD en la espalda. Sacó una linterna y dirigió el haz de luz hacia el suelo antes de tenderle otra a Pryor cuando rodeó la camioneta por la parte de la batea.

Una ráfaga de viento agitó las ramas de los árboles e hizo borbotear las hojas.

—¿Te acuerdas de la tormenta eléctrica del mes de julio pasado? —preguntó Pryor.

—Como para olvidarla. Habría que darse prisa antes de que la tengamos encima y perdamos la poca luz que queda.

Pryor miró su teléfono.

—Tenemos la señal al este.

Tomaron un sendero de tierra bien definido y salvaron la pendiente que ocupaba los cien primeros metros. El suelo estaba alfombrado de excrementos de caballo y bellotas diminutas. Al llegar a lo alto de la ladera, la pista se allanaba y se bifurcaba. Una estaca clavada en el suelo indicaba que de allí partían dos caminos diferentes. Tracy se detuvo y Pryor volvió a mirar el teléfono. La senda de los Trilios, que debía de tener un ancho de algo menos de dos metros, avanzaba más o menos recta en la dirección aproximada del punto azul intermitente.

—Por aquí.

A medida que avanzaban se hacía más espesa la cubierta arbórea y la escasa luz que quedaba se fundía en sombras. El padre de Tracy les había enseñado muchas cosas a Sarah y a ella sobre bosques durante su infancia en un municipio de las North Cascades. Por eso no le costó identificar los árboles más robustos como tuyas gigantes fruto de la repoblación, de quizá doscientos años de antigüedad y sesenta metros de altura. Los espacios que se abrían entre ellos estaban ocupados por otros más pequeños: tsugas del Pacífico, abetos de Douglas y algún que otro arce y álamo de Virginia. La cubierta del suelo era densa y consistía en troncos de árboles en descomposición, helechos, salal, saúco rojo, ciruela india y matas bajas de uva de Oregón. Aunque no había llovido, el parque olía a tierra mojada por la abundancia de helechos. El viento ululaba, a veces a rachas que hacían que se mecieran los troncos de los árboles y crujiesen y gimieran las ramas.

Varios centenares de metros más allá volvía a dividirse el camino. A la izquierda, en dirección a la luz azul intermitente del móvil, se abría la senda del Coyote. Siguieron adelante.

Recibieron el acompañamiento del primer trueno, un redoble remoto procedente del este. Tracy consideró por un instante la idea de regresar al aparcamiento hasta que pasase la tormenta y llamar a la Unidad Canina, pero enseguida la descartó para seguir adelante. Segundos después se iluminó todo el bosque con un fogonazo cegador que hizo que restallase el cielo justo antes de que detonara otro trueno. Sonó como un disparo de escopeta. La tormenta avanzaba con rapidez.

—Está muy cerca —aseveró Tracy intentando hacerse oír por encima del eco de aquel estampido.

—Demasiado —dijo Pryor alzando la vista.

La señal azul del móvil no dejaba de parpadear.

—Ya hemos llegado casi. Vamos. —Tracy cambió la senda principal por una pista mucho menos definida y subió otra ladera para bajar la opuesta a continuación y salvar una pasarela. El camino giraba al sur. Por entre los árboles, a lo largo de la linde meridional del parque, alcanzaba a ver los tejados a dos aguas. Se detuvo de nuevo a contemplar el punto azul.

—Por allí —indicó Pryor señalando una dirección.

—Ahí hay un sendero. —Tracy usó la linterna para destacar una pista sin señalizar que serpenteaba por el sotobosque.

Volvió a cruzar el cielo un rayo, tan brillante que iluminó la zona con sombras azules y grises mientras desgarraba la atmósfera. El trueno estalló casi de inmediato, esta vez con un estruendo tal que llevó a las dos inspectoras a agacharse de forma instintiva.

—Mierda —dijo Pryor.

Tracy volvió a acariciar la idea de dar media vuelta, pero el punto azul, cada vez más cercano, ejercía una poderosa atracción que fue a sumarse al temor de que el teléfono de Mukherjee pudiera tener poca batería y estar a un paso de apagarse. Con todo, tampoco ignoraba que Pryor tenía a sus chiquillos esperándola en casa.

—¿Por qué no me esperas en el aparcamiento? —propuso—. Yo puedo acabar sola con esto.

—No —repuso ella cabeceando con gesto resuelto—. Vamos, que ya casi hemos llegado.

—Intenta pisar fuera del camino. Ve por los matorrales. —Sabía que, si había pisadas en la pista, podrían ser importantes.

Redujeron la marcha, mirando bien dónde pisaban mientras alumbraban los arbustos en busca de algún color que desentonase. Estaban avanzando en dirección a las casas que bordeaban el perímetro del parque. Tracy se detuvo. Según la aplicación, estaban justo encima de la luz azul.

—Tiene que estar aquí.

Barrieron el sotobosque con las linternas caminando en círculo y abriendo poco a poco el radio. La oscuridad, cada vez más intensa, no era de ninguna ayuda. Tracy tropezó varias veces con las raíces de diversas plantas. El cielo se iluminó con otro rayo, seguido esta vez por un crujido sonoro y el ruido de madera desgajada. Levantó la mirada en el momento preciso de ver un árbol delgado partirse en dos. El extremo superior fue a caer sobre la copa de los de su alrededor, arrancando ramas a su paso hasta dar en el suelo con tal fuerza que las dos lo sintieron temblar bajo las suelas de su calzado.

—Esto es una insensatez. —Lo que estaban haciendo era más propio de la Tracy de antes, la que no tenía familia ni nada que perder. Además, estaba poniendo en peligro a Pryor y los suyos. Había llegado el momento de dar marcha atrás—. Vamos al aparcamiento y, cuando pase la tormenta, llamamos a la Unidad Canina.

Sin embargo, en aquella ocasión fue Pryor la que se negó a darse por vencida.

—Llámala —dijo—, a ver si lo oímos desde aquí.

Se trataba de una idea excelente. Tracy marcó el número y las dos guardaron silencio mientras trataban de oír por encima del ruido del viento.

—¿Oyes algo?

—El viento solamente —repuso Pryor.

Saltó el contestador automático y Tracy colgó para llamar de nuevo. Tampoco esa segunda vez oyeron sonar el teléfono.

—Mejor clavamos una estaca en el suelo y marcamos el lugar con cinta para poder localizarlo si se acaba la batería o deja de funcionar la aplicación —propuso Tracy.

Arrancó una rama seca de un árbol y afiló un extremo con la navaja de su equipo. Pryor le buscó una piedra. Tracy clavó en tierra la punta de la estaca y usó la piedra y la hoja de la navaja para rajar por la mitad la parte roma del palo. Sacó un rollo de cinta amarilla de la bolsa y metió una porción por la hendedura para hacer un nudo y dejar al aire el extremo antes de tirar de él para asegurarse de que no se soltaba. Cuando regresasen a la senda principal, anudaría trozos de cinta en los troncos de varios árboles para marcar el camino de vuelta… si es que lograban dar con él. Lo cierto es que, después de tanto andar en círculos, le costó recordar de inmediato por dónde habían llegado.

—¿Te acuerdas de dónde estaba el camino?

Pryor miró a su alrededor.

—¿No veníamos de allí? —preguntó a su vez señalando la pendiente.

—Puede que tengas razón —convino Tracy.

Caminaron hacia el noreste, una al lado de la otra, dirigiendo el haz de las linternas de izquierda a derecha para iluminar los matorrales. Tracy no dejaba de mirar atrás por encima del hombro para no perder de vista los dos extremos de la cinta que se agitaban al viento, cuando, de súbito, Pryor le tiró del brazo lanzando un chillido. En la fracción de segundo que tardó en volver la mirada hacia el camino, su compañera había tropezado entre la maleza. Tracy la agarró del brazo y se sentó en el suelo para intentar frenar la caída.

Pryor había metido el pie en un agujero, un hoyo mucho mayor que una depresión.

La inspectora más joven subió con dificultad a la superficie agarrándose del brazo de Tracy y ambas cayeron a los arbustos mientras recobraban el aliento.

—¿Estás bien?

Pryor asintió con la cabeza.

—Eso creo. —Volvió la vista al agujero—. ¿Cuánto tiene eso de hondo?

Tracy se puso en pie y la ayudó a incorporarse. Las dos dieron pasos cortos y prudentes, tentando el suelo con los pies a fin de examinar la circunferencia del hoyo, oculto por el follaje. Parecía tener un metro y veinte de diámetro.

De nuevo la asaltó un mal presentimiento. Tracy se puso a cuatro patas al borde del agujero y Pryor se arrodilló a su lado.

—Aparta las plantas —pidió la primera.

Su compañera tiró de las ramas y Tracy dirigió el haz de luz hacia la oscuridad. El círculo de luz se centró en el cuerpo que yacía en el fondo del foso, con la cabeza torcida de forma poco natural hacia la derecha y el cabello negro extendido como las varillas de un abanico que cubriese buena parte del rostro de la joven.

Habían encontrado a Kavita Mukherjee.

Faz perdió el equilibrio y fue a golpearse con la pared del otro lado del pasillo. Había conseguido volver la cabeza lo suficiente para ver asomarse a alguien a la puerta del piso contiguo en el mismo instante en que retumbaron en el corredor tres disparos acompañados de sendos fogonazos. Rebotó de la pared y trató de afianzarse.

Andrea González estaba de pie delante de él, abriendo y cerrando la boca mientras decía agitadamente algo que Faz no alcanzaba a oír. El zumbido de su oído derecho sofocaba cualquier otro sonido y lo convertía en espectador de una película de cine mudo. Cada movimiento parecía estar efectuándose en un fluido espeso y transparente. La inspectora volvió a empujarlo, esta vez más allá, con la intención de apartarlo de la puerta y de una posible línea de fuego en caso de que hubiese más gente armada dentro del apartamento.

Él volvió a oír su voz.

—¿…bien? ¿Estás bien? —le preguntaba por encima de los gritos de una mujer y el llanto de un crío, que parecían salir del piso.

—Estoy bien. Estoy bien —se oyó decir. Por la mueca que hizo González, dedujo que había respondido a gritos.

El cuerpo de un hombre de aspecto hispano yacía sobre las losas del suelo y la sangre que le empapaba la camiseta blanca de tirantes había empezado ya a correr por las grietas y las juntas. La cinturilla caída de sus vaqueros revelaba el negro de su ropa interior. Faz dio un paso adelante para apartar de una patada la pistola que llevaba en la mano, pero retiró el pie al no ver arma alguna. Lo que sostenía el hombre en la diestra era un teléfono móvil. Reconoció el rostro que había visto en la fotografía de Tráfico. Era Eduardo Félix López.

González entró al domicilio mientras Faz esposaba con rapidez al abatido, como mandaba el procedimiento, y le buscaba en vano el pulso.

Se puso en pie y siguió a su compañera al interior del piso. En un rincón vio desplomada a una mujer que estrechaba contra el pecho a un chiquillo lloriqueante. Cuando Faz movió su arma de izquierda a derecha y apuntó brevemente a la mujer, esta volvió a lanzar un grito, diciendo algo incomprensible, y volvió la cabeza hacia la pared.

González volvió a aparecer procedente de una habitación situada a la derecha y le preguntó en español:

—*¿Hay alguien más aquí? ¿Hay alguien más aquí?*

La mujer bajó la cabeza hacia la criatura.

Faz siguió adelante, despejando la cocina y un cuarto de baño.

Cuando volvió, González estaba de rodillas al lado de la mujer y señalaba hacia la puerta abierta.

—*Dime tu nombre. Dime tu nombre.*

Entre el llanto de la criatura y el zumbido persistente de sus oídos, a Faz le costaba oír lo que decían, aunque tampoco estaba entendiendo nada.

—*El hombre del pasillo, ¿cómo se llama?* —preguntó González y, al ver que la interpelada no respondía, la agarró del hombro y la hizo girar—. *¿Cómo se llama?*

—*López* —gritó la mujer—. *Se llama Eduardo López.*

González miró a Faz antes de volver a fijar la vista en la mujer.

—*¿Quién vive en el apartamento de al lado?*

La mujer señaló hacia la puerta.

—*Él. Él vive allí.*

La inspectora se puso de pie, soltó el aire que retenía e indicó a Faz:

—Como te he dicho, puedes prepararte para cualquier cosa y, aun así, equivocarte. Dice que López vive en la puerta de al lado, en el 511, pero se metió aquí antes de que llegáramos.

Faz se volvió hacia el pasillo y contempló el cadáver contorsionado de López. La voz que habían oído en español había sido la suya. Debía de estar hablando por el móvil. Acababan de matar al único vínculo que parecían tener con la muerte de Monique Rodgers. Y lo que era peor: todo apuntaba a que González había abatido a un hombre desarmado.

CAPÍTULO 26

Tracy estaba de pie al lado de su camioneta en el aparcamiento del parque estatal de Bridle Trails, esperando a lo que, a todas luces, sería un contingente nutrido de policías y peritos forenses. La tormenta física podía haber pasado, pero la policial acababa de empezar. Y la primera batalla giraría en torno a quién tenía la jurisdicción.

Aunque Kavita Mukherjee era vecina de Seattle y Aditi Banerjee había denunciado su desaparición ante la policía de dicha ciudad, el cadáver había aparecido en Bellevue, que tenía su propio cuerpo de seguridad con jurisdicción sobre el parque estatal y los delitos cometidos en sus confines. La única baza concebible con que contaba Tracy para no cederla era la falta de información, es decir, la posibilidad de que hubiesen asesinado a Kavita en Seattle y abandonado después su cuerpo en el parque.

Tal cosa tendrían que decidirla los expertos.

Lo que sí era seguro es que no pensaba renunciar así como así a aquella investigación, al menos hasta saber con certeza lo que había ocurrido. Su capitán, en cambio, podía pensar de otro modo. Por eso había informado del hallazgo del cadáver a su sargento, Billy Williams, a quien había sacado el tema de la jurisdicción a fin de abordar sin ambages el problema. Le dijo que tenía intención de analizar el lugar del crimen, si es que era un crimen, y pidió que se enviara a un equipo de la Unidad de Medicina Forense del condado de King y de la Unidad Científica de la policía de Seattle con el propósito de conservar las pruebas que pudiesen existir. Más tarde discutirían el asunto de la jurisdicción. Billy se mostró de acuerdo, aunque le advirtió que esa era una batalla que tendría que librar sin él, que se encontraba camino de South Park con un montón de peces gordos, como cabía esperar, y con Stuart Funk, el médico forense del condado de King, pues Faz y Andrea González se habían visto metidos en un tiroteo.

Tras confirmar que ninguno de los dos había recibido disparo alguno, Tracy hizo saber a Williams que esperaría en el aparcamiento a los agentes de la científica y al personal forense para ponerlos en antecedentes antes de llevarlos hasta el cadáver.

Después de colgar, llamó al móvil de Kelly Rosa, antropóloga de la Unidad de Medicina Forense del condado de King que, amén de haber exhumado los restos de la hermana de Tracy del lugar en que la habían enterrado en Cedar Grove, estaba considerada una de las mejores investigadoras forenses del estado, si no del país. Aunque, en propiedad, no necesitaban una antropóloga y Rosa destacaba sobre todo en el manejo de restos óseos y cadáveres en descomposición, la inspectora confiaba en ella tanto como en Stuart Funk. Quería alguien capaz de determinar con qué pruebas contaban y ofrecerle una opinión sobre lo ocurrido. Lo último que necesitaba era una persona indecisa y poco dispuesta a resolver si habían matado a Mukherjee en otro lugar antes de mover su cadáver y meterlo en aquel agujero. Rosa no tendría dificultad alguna en aclarar tal cosa y probablemente alguna que otra más.

También llamó a Kaylee Wright, integrante de la Sección de Operaciones Especiales de la comisaría del *sheriff* del condado de King en calidad de lo que se conocía en la jerga como «rastreadora».

Había dado con los cadáveres que había ocultado Gary Ridgway durante sus décadas de desenfreno homicida, y había ayudado a Tracy a resolver el caso olvidado de una joven a la que habían asesinado hacía cuarenta años en el condado de Klickitat. Wright había conseguido reconstruir las últimas horas de aquella víctima sirviéndose de las fotografías de huellas de pisada y rodadas que había tomado el joven agente que había encontrado el cadáver en un claro del bosque.

Mientras Tracy aguardaba en el aparcamiento a los equipos forenses, Katie Pryor seguía metida en la arboleda. Le había pedido que crease un perímetro de seguridad tendiendo cinta de un tronco a otro y marcase un camino distinto del sendero original para acceder a la fosa con la esperanza de conservar las pruebas que pudiesen encontrar en él y en los caminos que llegaban a él: huellas de calzado, restos de pelo o jirones de ropa que hubiesen quedado prendidos a la vegetación o ramas rotas y hojas pisadas. Se hacía cargo de que los días de tiempo estival que se habían sucedido habían atraído sin duda a jinetes, corredores, dueños de perro y recolectores de bayas que podrían haber dado al traste a esas alturas con los indicios que pudiese haber en los senderos del parque; pero no podía dar por supuesto que no hallarían ninguno. Necesitaba que una experta como Wright le dijese qué podía considerarse prueba y qué no.

Kins fue el primero en llegar, procedente de la casa que habitaba en Madison Park, nada más cruzar el puente 520. Dejó su BMW azul al lado de la camioneta de Tracy y salió meneando la cabeza.

—Nunca fallas, ¿verdad? —dijo.

Tracy meditó al respecto antes de responder:

—Ojalá en este caso no hubiera sido así.

Kins reparó en su estado de ánimo y preguntó:

—¿Estás bien? —Conocía los detalles de lo que le había ocurrido a su hermana y sabía que el hallazgo del cadáver de aquella

199

joven enterrado en el bosque podía tener un impacto notable en ella.

—Sí. Lo que pasa es que me siento impotente.

—No ha sido culpa tuya.

—Eso da igual.

—Es normal que te sientas mal. Yo pienso dejar este trabajo el día que deje de sentirme mal. Entonces sabré que estoy muerto por dentro. —Paseó la mirada por el aparcamiento—. ¿Cómo hemos llegado hasta aquí?

Tracy lo puso al corriente de la orden judicial que había solicitado Pryor para la compañía telefónica de Mukherjee y de lo que le había revelado Andréi Vilkotski sobre cómo usar la cuenta que compartía con Aditi para localizar el móvil de la desaparecida.

—Conque, si pregunta Nolasco, puedes decirle que fue Pryor la que encontró el cadáver —señaló Kins.

—Es que ha sido ella. Le ha faltado poco para caerse encima de la víctima.

—¿Es un agujero natural o lo ha cavado alguien?

—No lo sé. Diría que no es natural, pero tampoco parece que lo hayan hecho hace poco. Es muy hondo, de dos metros o dos metros y medio, y puede tener un diámetro de un metro veinte. Puede que sea un pozo antiguo que se haya ido rellenando y cubriendo de vegetación con los años.

Aquello llevó a Kins a formular la siguiente pregunta obvia:

—¿Puede ser que cayera en él por accidente?

—Podría ser, pero, en ese caso, todavía quedaría otra cuestión por resolver.

—Qué estaba haciendo aquí.

Tracy asintió mientras apuntaba con un dedo.

—Se crio en una casa de aquí cerca. Su mejor amiga y ella vivían por aquel lado del parque. Era como su patio trasero. Sin embargo, ella no se hablaba con su familia y no tenía ningún motivo para volver aquí.

—Si alguien la mató, Tracy, es muy probable que conociera el agujero.

—Eso creo yo también.

—¿Su compañera de piso?

—Quizá. O puede que alguien de la familia, alguien que conozca el parque y las sendas. También pudo volver a un lugar que conocía bien y, desconsolada, se quitó la vida.

—¿En el hoyo? ¿Cómo? —preguntó Kins.

—No lo sé. Solo estoy barajando todas las posibilidades. Por eso he llamado a Kelly Rosa.

—¿Hay indicios de que pueda haberse usado un arma?

—Yo no he visto ninguno. Tal vez la esté cubriendo con el cuerpo o haya una oculta entre los matorrales. De momento no tiene mucho sentido hacer conjeturas. Además, lo vamos a saber muy pronto.

—Vamos a tener problemas con la jurisdicción.

—Quizá, aunque puede que la matasen en otro lado y trajeran aquí el cadáver.

¿Es muy probable?

Tracy recorrió con la vista el aparcamiento vacío.

—¿Cómo habrá llegado hasta este sitio? Su coche no está aquí, sino en una bocacalle de los alrededores de su piso. Eso aumenta la probabilidad de que la matasen en algún lugar cercano y dejaran aquí el cadáver, lo que haría que nos correspondiese a nosotros la jurisdicción.

—¿Está aquí Pryor?

—La he dejado junto al cadáver para que trace un perímetro de seguridad.

Kins contempló por encima de su hombro aquel formidable bosque.

—No la envidio —comentó antes de subirse la cremallera de la chaqueta—. ¿Te ha contado Billy lo de Faz?

—Sí, aunque no me ha dicho gran cosa. ¿Qué coño ha pasado? ¿Les dieron mal el número de apartamento?

—No lo sé. A mí también me ha dado la versión resumida. De todos modos, parece que tienen allí a todo el mundo, incluido el FIT.

Se refería al Equipo de Investigación del Uso de la Fuerza. La comisaría de Seattle había creado una unidad de seis inspectores en respuesta a las reformas federales introducidas cuando el Departamento de Justicia determinó que la policía de la ciudad recurría con demasiada frecuencia a una violencia innecesaria. Cierto observador federal que supervisaba la aplicación de dichas medidas había aplaudido recientemente la respuesta de la comisaría. Aquello no iba a serles de ayuda.

En noches así, Tracy no podía menos de preguntarse si no tenía razón Kins. Quizá sería mejor quedarse en casa cuando naciera su bebé.

Faz estaba en el pasillo. El cuerpo de López yacía bajo una sábana blanca, al lado de la bolsa de color verde militar en la que lo transportarían al despacho del médico forense después de que Stuart Funk acabase de examinarlo en el lugar de los hechos. El técnico de emergencias médicas no dejaba de preguntarle si se encontraba bien y Faz no se cansaba de decirle que sí, aunque seguía sintiendo en el oído un zumbido persistente semejante al ruido blanco que emitían los televisores cuando acababa la programación en los tiempos en que no existían la televisión por cable ni las emisiones de veinticuatro horas. También le dolía la cabeza. Pese a que a todo el que le preguntaba le decía que estaba bien, nadie parecía querer aceptar semejante respuesta, aunque también podía ser que el personal de la ambulancia no tuviera nada

TODO TIENE SU PRECIO

mejor que hacer. No iban a poder salvar a López. Andrea González se había encargado de que así fuese encajándole tres balas en el pecho, tan juntas que casi parecían una sola.

Los inquilinos de la quinta planta habían recibido la orden de permanecer dentro de sus domicilios y ninguno de ellos parecía tener mucho interés por desobedecer. Antes o después los investigadores del FIT los interrogarían a todos sobre lo que habían visto u oído. Mientras tanto, el salón, el vestíbulo y el aparcamiento se hallaban a rebosar de policía y de la gran cantidad de peces gordos que cabía esperar en cualquier tiroteo en el que hubiese participado un agente, y más teniendo en cuenta que había un observador federal que no les quitaba el ojo de encima.

Este último daba la impresión de ser un problema nada baladí, puesto que Faz no había dado con arma alguna cerca de Eduardo López ni debajo de su cadáver.

Después de comprobar que no había nadie más en el piso de la vecina, Faz había salido al pasillo para llamar a su sargento y ofrecerle una versión sucinta de lo ocurrido. Billy Williams había acudido al bloque de apartamentos para tomar el mando como superior de ambos inspectores. También había tenido la presencia de ánimo necesaria para ponerse en contacto con Anderson-Cooper y hacer que solicitaran de inmediato una orden de registro para el piso de López. El mando de Williams solo duró hasta la llegada de Andrew Laub, el teniente de guardia de la Sección de Crímenes Violentos. Tras confirmar que había habido una muerte en un tiroteo en el que habían participado agentes de la policía, Laub había telefoneado al FIT.

La única función del FIT era la de investigar si había justificación en la fuerza empleada y elaborar un informe para el Consejo de Supervisión del Uso de la Fuerza de la policía de Seattle. Con anterioridad al mandato del Departamento de Justicia eran los inspectores de la Sección de Crímenes Violentos los encargados de investigar aquella clase de tiroteos. La creación del FIT, por ende, constituía una indicación incuestionable de que el Departamento de Justicia no confiaba en su objetividad, lo que había malquistado de inmediato a ambas unidades. Los investigadores del FIT nunca habían descargado sus armas y Faz y el resto de inspectores de homicidios sabían que, hasta que se ha vivido la experiencia, nadie podía aspirar a entender las malas pasadas que podía jugarle la mente a un agente de policía. En medio de una situación tan tensa, es fácil ver cosas que no existen o que son diferentes de como se han creído percibir. Ninguno de aquellos entendía los atajos que podía tomar el cerebro de un inspector a la hora de dar sentido a situaciones que a menudo no lo tenían. Nada de esto quiere decir que a Faz le cayeran mal los del FIT, pues, como la mayoría de los inspectores de Crímenes Violentos, los tenía por buenas personas que se veían obligadas a acometer una labor de mierda bajo un escrutinio muy severo; pero eso tampoco significaba que confiase en ellos.

En aquel momento, Laub, Williams y Johnny Nolasco se encontraban dentro del piso abarrotado de López mientras los investigadores del FIT interrogaban a Andrea González. El teniente del FIT ya le había confiscado el arma y había contado las balas que le quedaban. También tendría que determinar si la pistola y la munición contaban con la aprobación del departamento. Ese era el menor de los problemas de González.

Lo que iba a provocar una tormenta de tres pares de narices era el hecho de haber disparado a un hombre desarmado.

Ese era el motivo que había llevado a Faz a pedir la orden de registro del piso de López. Necesitaban, más que nunca, dar en él con un revólver del treinta y ocho y rezar por que el cañón encajara con la bala que había matado a Monique Rodgers. Si matar a un culpable desarmado ya constituía un problema, matar a un inocente desarmado era el acabose.

Faz y González tendrían que declarar ante una grabadora y redactar sendos informes escritos antes de poder irse a casa. A continuación, se les daría una baja administrativa y se les exigiría que acudiesen a un profesional de la salud mental antes de que pudieran considerarlos aptos para reincorporarse al servicio activo. Algunos agentes podían tardar más de un año en completar semejante proceso. Para colmo de males, a su regreso tal vez descubriesen que los habían trasladado a una unidad distinta, lo que hacía que los persiguiese el estigma de la conducta delictiva pese a haber sido absueltos.

Faz, consciente de que el suceso se emitiría en el noticiario nocturno, había llamado a Vera para decirle que se encontraba bien, pero que tenía por delante otra noche interminable y era mejor que no lo esperase despierta. Cuando le preguntó cómo se encontraba, ella contestó:

—Bien. —No dio más detalles.

El inspector oyó la campanilla del ascensor y miró hacia el pasillo para ver quién era el incauto que se había montado y con qué cara salía de allí. Entonces vio a Del salir con aire cauteloso y tapándose la boca y la nariz con una mano. Los ojos abiertos de par en par y la expresión descencajada por el horror hicieron que Faz soltase una carcajada a pesar de las circunstancias. A fin de hacerle más corto el trayecto y apartarse de la vista de los jefazos que hablaban con González dentro del apartamento, fue a encontrarse con él a mitad de pasillo.

—¡Por Dios todopoderoso, Faz! ¿A qué coño huele ahí? Estaba convencido de que el cadáver estaba en el ascensor.

Su compañero sonrió.

—Te habría avisado si llego a saber que ibas a venir.

—No seas mentiroso.

—Es verdad —reconoció Faz—: probablemente no te habría avisado.

Aquella conversación frívola con alguien con quien había compartido tantas adversidades en los últimos veinte años lo ayudó a liberar tensiones.

—¿Estás bien? —quiso saber el recién llegado.

—Pues creo que lo llevo mejor que tú. —Faz señaló a los zapatos de Del, que pertenecían a pares diferentes. Uno de los mocasines era de un tono más oscuro que el otro—. ¿Te has vestido a oscuras?

—Si casi no me puedo agachar. Por lo menos son los dos marrones. En serio, ¿estás bien?

—Sí, estoy bien —aseveró asintiendo con un gesto—. Me pitan los oídos y me duele horrores la cabeza, pero creo que es más de pensar en la cantidad de papeleo que voy a tener que hacer, interrogatorios a los que me van a someter y demás mierda que me van a poner delante.

—¿Qué ha pasado? Billy no me cuenta nada.

Faz miró al otro lado del pasillo para asegurarse de que no había nadie cerca.

—La verdad es que no lo sé. Yo estaba ahí de pie, mirando hacia la puerta del piso de López, y González estaba en el otro lado. Lo siguiente que sé es que puso los ojos como platos y me empujó hacia esa pared. Disparó tres veces. Pam, pam, pam.

—Pero, entonces, ¿dónde estaba López?

—En el piso de al lado.

—¿Y qué hacía allí?

—Ni idea.

—¿Estaba armado?

Faz negó con la cabeza.

—¡Joder! ¿Seguro que es López? —preguntó Del mirando el cadáver cubierto con la sábana.

—Sí, seguro.

—Al Departamento de Justicia no le va a sentar nada bien. Esperemos que aparezca un arma y que los agentes de Balística sean capaces de relacionarla con la bala que mató a Monique Rodgers. Sería de gran ayuda, aunque no resolvería el problema, al menos en lo que se refiere a González. ¿Qué ha dicho ella? ¿Por qué ha disparado?

—Dice que le vio algo plateado en la mano y pensó que me estaba apuntando a la nuca. Resulta que lo que llevaba era un móvil.

Del se frotó los cañones que empezaban a asomarle a la barba.

—Supongo que algo es algo.

—Puede ser. De todos modos, lo de habernos quedado sin López nos crea un problema mayor, aunque encuentren un arma y la vinculen al asesinato.

—No es lo mismo que una confesión —reconoció Del.

—Y tampoco nos dice nada de por qué lo hizo ni de si estaba siguiendo órdenes. Al que queremos atrapar es a Little Jimmy.

Faz miró hacia la puerta del piso al ver salir a Larry Pinnacle, uno de los investigadores del FIT, que saludó a Del antes de decirle a su compañero:

—Estamos listos para volver a Park 95. Vamos a necesitar una declaración antes de que acabes tu turno.

Faz asintió con un movimiento de cabeza.

—Entendido.

Al ver partir a Pinnacle, comentó Del:

—Nunca me ha gustado ese fulano.

—Es buen tío.

—¿Cómo está Vera?

—Mustia. Lo está pasando muy mal y estas noches largas no están ayudando precisamente.

—¿Quieres que me pase a verla y le cuente lo que ha pasado?

—Ya la he llamado. Está bien.

—Oye, Faz, quiero que sepas que siento mucho no haber estado aquí.

—Ya lo sé. Estas mierdas pasan. No te preocupes.

Faz miró al pasillo al oír ruido de voces que subía de volumen. El grupo del interior del piso había salido. González volvió la cabeza hacia donde estaban ellos, aunque apenas les dirigió una mirada fugaz antes de volver a centrar la atención en sus interrogadores.

—No es la mejor manera de empezar en una comisaría nueva —comentó Faz.

—No te extrañe que tenga que volverse a casa antes de haberse estrenado.

CAPÍTULO 27

Tracy sabía que la logística sería el mayor obstáculo con el que toparían los investigadores de la policía científica. Evidentemente, no podían llegar allí y enchufar una lámpara a uno de los árboles. Tenían una furgoneta con generador eléctrico, pero no había manera alguna de hacerla llegar a la tumba, pues en eso se había convertido ya para Tracy el agujero del suelo. La única opción que les quedaba consistía en acarrear hasta allí los generadores, proceso complicado que, además, les hizo perder no poco tiempo. Una vez logrado, ampliaron el perímetro que había marcado Pryor con cinta amarilla. Todo aquel que traspasara el área delimitada tendría que firmar en una hoja de registro. A continuación, montarían una carpa sobre el foso y engancharían al interior de la estructura la luz necesaria para iluminar el lugar como si fuese el yacimiento arqueológico en que se hallaba enterrado un tesoro perdido.

Ojalá fuera eso.

Los de la científica hicieron todo aquello tratando, como habían hecho las dos inspectoras, de no tocar las sendas que llevaban al foso. Kaylee Wright llegó también y se puso a trabajar con ellos para despejar el camino que había marcado Katie Pryor con cinta roja. Quien la cruzase tendría que firmar una declaración, un modo como cualquier otro de evitar que los jefazos se acercaran demasiado al lugar del crimen. Aquella noche, desde luego, era improbable que causaran ningún problema, ya que la mayoría había acudido a South Park, al bloque en que la agente había abatido a tiros a un ciudadano.

Cuando quedó listo el camino, Wright usó un haz de luz potente para examinar las proximidades de la tumba, los senderos que llegaban a ella y los principales caminos por los que se entraba y salía del parque a pie. Pretendía encontrar marcas, huellas de calzado que se dirigieran hacia el foso, se alejaran de él o se apartaran de pronto de su trayectoria o algún otro signo de un altercado, como plantas pisadas o suelo removido. Los agentes de la científica tomarían también un buen número de fotografías y, donde pudieran, moldes de las pisadas que encontrasen.

Tracy le había pedido a Katie Pryor que volviese a casa después de que facilitara las huellas de sus botas para que pudieran eliminarlas de las muestras obtenidas. Ella había protestado, pero lo cierto era que, estando ya allí Kins y después de que el caso de desaparición se hubiera transformado en un posible homicidio, su presencia ya no era necesaria. De todos modos, no era esa la razón que había movido a Tracy. Si la había mandado a casa era para que estuviese con su familia.

A su llegada, Kelly Rosa descendió sin más preámbulos a la fosa con un fotógrafo de la científica para documentar el lugar y la posición del cadáver. Lo primero que hizo, sin embargo, fue confirmar la muerte y obtener una identificación positiva. A continuación, hizo un croquis del lugar que ocupaba el cuerpo dentro del hoyo. Tras dejar constancia fotográfica de todo, pasó a determinar si Kavita Mukherjee había sido víctima de un homicidio, un accidente desafortunado o un suicidio.

En el transcurso de esta tarea, y pese al número significativo de agentes de policía y personal forense que se hallaba presente, reinaba en la zona un silencio respetuoso. Sobre el bosque parecía haber descendido un velo de tristeza que lo había ahogado todo excepto el ronroneo de los generadores y alguna que otra voz apagada.

Tracy oyó pasos y se retiró con Kins del foso para encontrarse con Kaylee Wright en el camino que habían marcado. La edad y la altura de aquella analista criminal de dilatada experiencia eran similares a las de la inspectora, aunque tenía el pelo oscuro y la piel más morena. Sostenía un lápiz y un mazo de fichas azules en las que documentar el tamaño y la forma de cada una de las pisadas que pudiera encontrar. Su rostro, dotado de una falta de expresión muy bien ensayada, revelaba poca cosa de sus hallazgos.

—Todavía —aseveró sin alzar la voz— no he sacado ninguna conclusión definitiva.

—Pero algo habéis encontrado —repuso Tracy, que la conocía demasiado bien.

Wright arrugó el sobrecejo.

—Puede ser. He estudiado bien las dos sendas principales —dijo antes de comprobar las notas que había tomado—, la del Coyote y la de los Trilios. —Usó el lápiz y un mapa de los caminos para marcar la ubicación de ambas y de la pista que las unía al hoyo—. Nunca creí que diría esto en Seattle, pero la semana de calor y sequía que hemos soportado ha hecho difícil encontrar pisadas concluyentes. Normalmente hay momentos del día, a primera hora de la mañana y última de la tarde, en los que la humedad ambiente basta para hacer que la suela de un zapato deje una impresión. Sin embargo, no estoy encontrando gran cosa. Lo que sí puedo decir es que por aquí ha pasado mucha gente y que algunos iban a caballo.

—Pero ¿y de la víctima? ¿Habéis encontrado huellas de sus zapatos cerca del agujero?

La analista meneó la cabeza.

—No, y eso que la suela tiene un diseño muy concreto al ser un zapato plano informal. Si hubiera alguna por aquí, la reconocería.

ROBERT DUGONI

—No es precisamente la clase de calzado que lleva nadie para andar por un parque poblado de árboles —señaló Kins.

—No, desde luego. —Wright fue pasando las fichas azules para mostrarles el bosquejo que había hecho del zapato—. Son de American Rag. ¿Veis el diseño de la suela?

Tracy contempló las bandas que se sucedían de la punta al talón y formaban en total ocho figuras rectangulares.

—¿Y no has encontrado este dibujo en ningún punto del camino que lleva al hoyo ni en la zona de alrededor? —preguntó con la esperanza de que hubiese que entender con ello que habían trasladado el cadáver hasta allí.

Wright negó con la cabeza.

—Ni en la pista ni alrededor del agujero, aunque sí en la senda del Coyote y también en la de los Trilios, apuntando en esta dirección.

—Es decir, que estuvo andando por el parque —dijo Kins.

—Por lo menos hizo así parte del camino —puntualizó Wright.

—¿Qué quieres decir? —preguntó Tracy.

—Que otra parte la hizo corriendo.

—¿La estaban siguiendo?

Wright sacudió la cabeza.

—Empezó caminando, pero, en determinado momento, la zancada se hace más larga, lo que hace suponer que se echó a correr. Luego se paró. En ese punto, las huellas que he encontrado en el camino apuntan en todas direcciones. No he encontrado más pisadas que indiquen que estuviera huyendo de alguien.

—Pero se detuvo y se puso… ¿a dar vueltas sobre sí misma?

—Eso parece.

—Puede ser que se perdiera —dijo Kins—. Quizá estaba intentando orientarse.

Tracy meneó la cabeza con gesto de negación.

—Aditi dice que conocía muy bien el parque. A lo mejor se asustó al oír algo, salió corriendo y luego se paró para recuperar el aliento o para mirar si la seguían.

—Pero no habéis encontrado huellas de nadie que pudiera estar siguiéndola, ¿no? —dijo Kins.

—No, y en el punto en que dejó de correr y se volvió solo hay un juego de pisadas.

—¿Y en el perímetro del hoyo no hay nada? —preguntó Tracy a fin de aclararse.

—Suyas, no.

—Pero es de esperar que hubiese alguna, ¿no?

—Sí, si hubiese venido hasta aquí, andando o corriendo. Incluso si se cayó al agujero, cabría esperar que hubiese una huella, total o parcial, en algún punto del perímetro. Por ejemplo, he encontrado sin dificultad las que dejó Katie Pryor en el lugar en que pisó y perdió el equilibrio… y las tuyas. Es verdad que también he encontrado una pisada plana, pero muy parcial. No sé si va a sernos de mucha ayuda.

—Entonces, lo que se deduce de forma lógica de la falta de huellas suyas alrededor del hoyo es que, aunque debió de adentrarse andando en el parque y echó a correr en algún momento, por el motivo que fuera, no llegó ni andando ni corriendo al agujero —dijo Kins.

—No hay nada que indique que lo hiciera —concluyó Wright.

—O sea, que podemos descartar que cayera al hoyo mientras corría —insistió Tracy.

—No hay nada que lo indique. Por sí sola no es gran cosa, pero si Kelly determina que la víctima no murió de la caída, la ausencia de pisadas apoyaría, sin duda, el argumento de que la mataron en cualquier otro lugar del parque antes de arrojarla al foso.

Kins miró a Tracy. La inspectora sabía bien lo que estaba pensando: si Wright estaba en lo cierto, el asesino tenía que conocer la existencia del agujero y no había topado con él mientras buscaba un lugar en el que deshacerse del cadáver. Eso quería decir también que tal vez no pudieran tener la ocasión de averiguar lo que había ocurrido, pues la jurisdicción correspondería según derecho a la policía de Bellevue.

Wright giró de nuevo, esta vez hacia la carpa iluminada.

—He estudiado con detenimiento las ramas que cubren el hoyo y no he visto rotas más que las que ha partido Pryor al caerse. Tampoco he encontrado pelo ni fibras y Kelly dice que el examen preliminar de la ropa de la difunta tampoco presenta desgarros ni roturas. Me gustaría mirarla más de cerca, con lupa, y también observar las ramas con luz natural antes de sacar conclusiones.

—Lo que quieres decir es que, si de verdad cayó al hoyo, lo normal sería encontrar indicios en él, ¿no? —preguntó Kins.

La analista asintió.

—De momento no he dado con ninguno.

—Así que la caída de Pryor ha sido una suerte, porque os indica cuáles son las pruebas que cabría encontrar.

—Desde luego, demuestra que una persona sana se agarraría a cualquier cosa que tuviese a su alrededor para evitar caerse al agujero… y, en ese caso, encontraríamos ramas partidas y hojas removidas.

—Mientras que, si arrojaron el cuerpo, podrían haber tenido cuidado de mover las ramas para que pareciese que no las ha tocado nadie —dijo Tracy.

—Esa es, por lo menos, una hipótesis con la que hay que contar.

—Entonces, tenían que saber de la existencia del hoyo —recalcó Kins—, lo que comportaría que conocían bien el parque. ¿No hay indicios de que volvieran para intentar cubrirlo?

—No hay marcas de herramientas que hagan pensar en algo así.

Tracy señaló con la cabeza el montón de fichas que tenía Wright en la mano.

—¿Algo más que pueda interesarnos?

Wright negó con la cabeza.

—De momento, no, aunque insisto en que quiero venir a echar un vistazo con la luz del día. Las sendas están muy transitadas y la oscuridad no ayuda mucho. Como he dicho, he encontrado huellas mezcladas de gente paseando y corriendo y de cascos de caballos, pero nada definitivo.

—¿No hay nada que indique que pudieran acarrear el cuerpo hasta aquí? —preguntó Tracy.

—Todavía no tenemos nada.

—Es decir, que lo que tenemos es lo que no tenemos: ni ramas rotas que indiquen que la víctima pudo caerse al hoyo, ni pelo o fibras de ropa enganchados, ni tampoco las pisadas de la víctima cerca del agujero.

—Eso es.

—Pero sí sus huellas en dos de las sendas, lo que indica que entró en el bosque de manera deliberada y en cierto momento echó a correr en esta dirección.

—En efecto.

—A lo mejor había quedado con alguien, con alguien que conocía el parque tan bien como ella —dijo Kins.

Tracy pensó en Aditi.

—Mañana vendré por la mañana para volver a mirarlo todo —anunció Wright—. ¿Cuánto tiempo vamos a tener esto así?

—Todo el que haga falta. —Al menos, eso esperaba Tracy. Miró hacia la carpa, cuya intensa luz le permitió ver a un hombre con aspecto de veterano con el uniforme azul marino de la policía de Bellevue hablando con uno de los inspectores de la policía científica, que miró a su alrededor y, al dar con Tracy y con Kins, señaló en su dirección.

CAPÍTULO 28

Faz estaba sentado en la mesa de una de las salas de reuniones del edificio de Park 95, con las manos alrededor de una taza de café solo templado. El cansancio lo había hecho decidirse por un expreso, cafeína intravenosa. Quizá se estaba haciendo mayor para toda aquella mierda, aunque también podía ser que la enfermedad de Vera le estuviese afectando más de lo que estaba dispuesto a reconocer. Tenía años de sobra para jubilarse con la pensión intacta, como Arroyo; pero ¿qué iba a hacer en ese caso? Su mujer y él habían hablado de viajar, de ir a ver todos esos lugares que nunca habían podido permitirse y jamás habían tenido tiempo de visitar. Le hacía ilusión volver a Italia, donde habían pasado su luna de miel, y le había prometido a Vera que irían a París y a Barcelona. Sin embargo, todos esos viajes habían tenido que esperar.

Estiró las piernas para aliviar la fatiga y se crujió el cuello, que era donde tenía acumulada la mayor parte de su tensión. Los dos comprimidos de ibuprofeno no habían hecho mella aún en su dolor de cabeza, que había ido en aumento, ni el paso de las horas había hecho nada por acallar el pitido de sus oídos. Le pesaban los brazos y las piernas y sabía por experiencia que era normal sentir fatiga después de que el cuerpo y la mente hubiesen soportado una experiencia angustiosa. Lo único que deseaba era que acabase aquella noche para poder volver a casa y disfrutar del descanso que tanto necesitaba, pero tenía la impresión de que aquello no había hecho más que empezar.

—¿Estás bien, Faz? —Larry Pinnacle formuló la pregunta en el momento en que entraba en la sala y cerraba la puerta. Aquel antiguo inspector de robos se contaba entre los seis investigadores elegidos en 2014 para crear el FIT.

Faz había tenido una breve colaboración profesional con él. Siempre se habían profesado un trato cordial, aunque hasta ahí llegaba su familiaridad. En realidad, le era indiferente: no tenía ningún interés en hacer nuevos amigos ni en salir a tomar algo con aquel tipo; solo pensaba en ofrecer su declaración y llegar a casa.

Se puso en pie.

—Sí, aunque muy cansado. Cuanto antes acabemos, mejor.

—Intentaremos hacerlo lo más rápido posible.

Faz lo dudaba mucho.

—¿Te han leído ya tus derechos y has firmado el impreso? —quiso saber Pinnacle. Se refería a la declaración conocida como *Garrity*, que protegía a los funcionarios públicos de verse obligados a incriminarse en los interrogatorios a los que se vieran sometidos durante una investigación, en consonancia con las enmiendas Quinta y Decimocuarta de la Constitución, por las que se liberaba a todo ciudadano de prestar testimonio contra sí mismo.

Faz arrastró hacia él la hoja de papel que había firmado. Pinnacle la miró por encima antes de colocarla a un lado. Se sentó con un movimiento calmo. Con el bigote caído y tan largo que le tapaba el labio superior, el cuerpo de pera y la cabeza descomunal, le recordaba a una morsa.

—Bueno, pues… ¿Alguna pregunta antes de que empecemos?

Faz negó con la cabeza y el investigador ajustó la grabadora que había sobre la mesa.

—Lo dejaremos todo registrado en cinta, ¿vale? —Pulsó los botones correspondientes sin esperar a una respuesta y colocó el aparato entre los dos.

Faz sacó el teléfono y anunció:

—Yo lo voy a grabar también —y, tras activarlo, lo colocó al lado de la cinta.

Pinnacle miró el móvil, pero no ofreció otra respuesta. Entonces se identificó y dejó constancia de su cargo, su número de placa y su intención de interrogar al inspector Vittorio Fazzio sobre la muerte de Eduardo Félix López a manos de una agente de la ley. Cuando acabó con el preámbulo, leyó el contenido de una segunda hoja de papel. Aunque era la primera vez que se veía sometido a aquel proceso, Faz sabía por otros que el FIT seguía un guion escrito y que sus investigadores habían recibido la formación necesaria para evitar manifestar emoción alguna, lo que les había valido el apodo de *Robocops*.

—Inspector Fazzio, ¿se hace cargo de que voy a formularle una serie de preguntas relacionadas con dicho tiroteo?

—Sí.

Pinnacle se reclinó en su asiento y lo miró a los ojos.

—Entonces, ¿podría explicarme, en primer lugar, con qué intención acudieron al bloque de apartamentos de South Park en que ocurrieron los hechos?

—Teníamos la última dirección conocida de Eduardo López.

—Que es...

—Sí, perdón. —Faz agitó la cabeza para despejar las telarañas y dio un sorbo al café—. Un sospechoso en la investigación del asesinato de Monique Rodgers.

—Gracias. Siga.

—El piso era el número 511. Teníamos la intención de ver si podíamos hablar con el señor López sin llevarlo a comisaría.

—¿Y por qué no los acompañaba un equipo de los SWAT?

—No lo necesitábamos. No íbamos a detenerlo.

—¿Quién tomó esa decisión?

—Yo.

—¿Pensaban que el señor López estaría armado?

—No lo sabíamos.

—Pero ¿cabía la posibilidad? —insistió Pinnacle.

—Siempre cabe esa posibilidad y más en los tiempos que corren. Si lo que quiere decir es si creía que podía ir armado y ser una amenaza, la respuesta es no.

—¿Sospechaban que era el autor del homicidio de Rodgers?

Faz se encogió de hombros. Sabía con qué intención le hacía aquella pregunta el investigador y no pensaba caer en la trampa de decir que sí para que le preguntase a continuación por qué no habían supuesto, en tal caso, que López podía estar armado aún.

—No sabíamos si podía ser nuestro pistolero. Solo sabíamos que había apoyado la mano en un coche que había aparcado en las inmediaciones del lugar de los hechos. Podía haber sido perfectamente cualquier chaval que, huyendo de los disparos, hubiera puesto la mano en el capó de un vehículo cercano, pero pensábamos que podía tener información relevante. Era eso lo que queríamos averiguar.

—¿Pidieron usted o la inspectora que los acompañara un equipo de los SWAT con una orden de registro?

—Como he dicho, no necesitábamos a los SWAT ni una orden de registro. En cuanto a lo que pudiera pensar o querer Andrea González, lo mejor es que se lo pregunte a ella. Yo no voy a hacer conjeturas al respecto.

—Pero ¿le dijo ella que quería que estuvieran presentes los SWAT?

Faz trató de imaginar adónde quería llegar Pinnacle con aquellas preguntas, que no parecían responder a un guion como le habían contado.

—En el coche comentó que a veces se sentía mejor cuando participaban los SWAT.

—¿Recuerda que le dijese eso?

—Sí, aunque quizá con otras palabras.

—¿Qué recuerda exactamente de lo que le dijo?

Faz soltó un suspiro. Parecía que hubiese pasado una eternidad desde el trayecto que habían hecho González y él en el coche de camino al edificio.

—Dijo algo así como que se sentía más segura teniendo a alguien con una AR-15 preparada para meterle una bala por donde le cupiese a quien hiciera falta.

—Y, sin embargo, usted no creyó necesario que estuvieran presentes los SWAT.

—¿En este caso? No. Como he dicho, no queríamos detenerlo, sino solo hablar con él. No había indicios de que López fuera armado ni de que hubiese matado a Rodgers. Además, tampoco había nada que indicase que supiera que nos dirigíamos a su casa ni que nos considerara una amenaza. Íbamos a hablar con él y de entrada no pensábamos detenerlo.

—¿Con qué pruebas contaban, aparte del vídeo en el que López se apoyaba en el coche aparcado y dejaba en él su huella?

Faz dio un sorbo a su café antes de dejarlo en la mesa y ponerse a pellizcar el borde con la uña.

—Eso era lo único.

—¿Y no habría sido lógico suponer que López podía ir armado si sospechaban que había sido él quien había matado a Monique Rodgers?

—¿Cuántas veces lo voy a tener que repetir? Seguro que las cámaras de vídeo de la zona tuvieron que recoger a un montón de gente que estuviera por los alrededores en aquel momento. ¿Teníamos que dar por hecho que todos ellos irían armados y supondrían una amenaza? Lo único que queríamos era charlar con ese tipo, averiguar lo que estaba haciendo allí y si vio alguna cosa, ver si intentaba ocultarnos algo y seguir trabajando.

—Pero no se lo preguntó a sus superiores, ¿me equivoco?

—¿Si tenía que pedir la ayuda de los SWAT? No, no se lo pregunté.

Faz pudo ver la rueda de hámster que daba vueltas en la cabeza de Pinnacle y se dio cuenta de pronto del error que había cometido. Cualquier respuesta que diese lo habría llevado a la perdición, pues, si estaban dando por hecho que López no iba armado, ¿por qué había disparado González con tanta ligereza? Esa pregunta tendría que responderla ella misma.

El investigador no dudó en seguir presionando.

—Entonces, fueron al domicilio del sospechoso para hablar con él sin necesidad de detenerlo.

—Y preguntarle si podíamos registrar el piso.

—¿Buscaban algo en concreto?

Faz guardó silencio antes de responder:

—Un arma y una capucha.

—¿Qué quiere decir exactamente con «una capucha»?

—Una sudadera con capucha. En el vídeo, López llevaba la cabeza tapada con una.

—¿Y qué habían deducido de eso?

—Pues que podía estar intentando ocultar su identidad.

—¿Qué clase de arma buscaban?

—Si nos lo permitía, queríamos dar con un revólver, del treinta y ocho. Como no encontramos casquillos en el lugar en que abatieron a Monique Rodgers, suponíamos que su asesino debió de usar un revólver. La bala que la mató era de ese calibre.

—¿Y qué pasó cuando llegaron al piso?

Faz necesitó un instante para contestar. El cansancio había hecho más persistente el pitido de sus oídos. Se tiró del lóbulo de la oreja como un nadador que intentara quitarse un tapón de agua.

—Yo estaba de pie en el lado norte de la puerta y la inspectora González, en el lado sur.

—La inspectora González no es su compañera habitual, ¿verdad?

—No, mi compañero habitual, Del Castigliano, se había lesionado la espalda y se había tomado el día libre.

—¿Ha trabajado otras veces con la inspectora González?

—No, llegó a la comisaría el lunes.

—¿Le preocupaba llevar a una inspectora cuya experiencia desconocía a ejecutar una orden de registro dinámica?

—Yo no he dicho que fuese una orden de registro dinámica —replicó Faz. Tal era la denominación que se asignaba cuando se sospechaba que la persona a la que se iba a visitar estaba armada y era peligrosa—. He dicho que era una visita sin detención. ¿Que si me preocupaba llevar conmigo a González? Pues no, porque tenía entendido que había ejercido de inspectora en Los Ángeles y tenía bastante experiencia.

—¿Y qué lo había llevado a pensar eso?

—Me lo había dicho ella.

—¿No hizo nada por verificar la información?

Faz soltó una risita.

—¿Verificar la información, Larry? Si un compañero me dice que tiene experiencia, no tengo por qué desconfiar de él.

Pinnacle no abandonó su postura distante y profesional.

—Entonces, no hizo nada por verificar la información.

Faz no respondió de manera inmediata. Sabía que el investigador estaba haciendo su trabajo, pero no pudo menos de preguntarse qué tendrían los cargos burocráticos para hacer que los inspectores olvidasen sus propias experiencias y se convirtieran en capullos metomentodo.

—Di por hecho que, si la habían incorporado a la Sección de Crímenes Violentos, habría pasado la criba necesaria durante el proceso de admisión, aunque una cosa así está por encima de mi cargo.

Deberíamos preguntarles, más bien, al teniente Laub o al capitán Nolasco.

—Me estaba describiendo lo que ocurrió cuando llegaron al piso.

Faz se detuvo para recordar por dónde lo había dejado. Empezaba a tener la sensación de que el interrogatorio no estaba concebido para conocer su versión de los hechos, sino para cazarlo. Se trataba de hacer que hablara, cambiar de tema, crear confusión…, cualquier cosa para que no pudiera desembuchar una historia ensayada. Él había usado tácticas similares en sus interrogatorios. La diferencia radicaba en que lo que le estaba contando no era ninguna historia ensayada ni él era ningún sospechoso. ¿O sí? Joder, estaba agotado y no solo por lo de aquella noche. Los días transcurridos desde el diagnóstico de Vera lo habían dejado también exhausto emocionalmente y, para más inri, ya no era ningún chaval.

Se tomó unos instantes para dar otro sorbo al café. Como el zumbido no cesaba, volvió a tirarse del lóbulo.

—¿Se encuentra en condiciones de seguir? —preguntó Pinnacle.

—Sí, estoy bien. —Tras unos segundos más, retomó su declaración—: Yo estaba en el lado de la puerta que daba al norte y la inspectora González, en el que daba al sur. Era la puerta del piso 511. Ella estaba a punto de llamar cuando me pareció oír una voz dentro del domicilio y levanté la mano para pedirle que esperara.

—¿Habían desenfundado ya el arma usted o la inspectora González a esas alturas?

—Todavía no. —Faz intentaba recordar el momento en que había sacado la pistola.

—¿Seguro?

—Sí.

—¿Y se identificó o los identificó la inspectora González como agentes de la policía de Seattle?

—No le dio tiempo. Como ya he dicho, oí a alguien…

—¿Qué decía?

—No lo sé. Sonaba a que estuviese hablando en español.

—¿Estaba hablando en español?

—Eso le pareció a González. Me dijo moviendo los labios: «Español», y ella habla el idioma.

—¿Dónde oyó la voz?

—Dentro del piso... o eso me pareció. La verdad es que no estaba seguro. Se lo estaba preguntando a González cuando...

—¿No lo sabía?

—No estaba seguro. Creí que venía del piso de López y a González le pasó lo mismo, pero podía ser que se oyera en el de al lado.

—¿Pudo oír lo que decía?

—Ya lo he dicho: lo oí, pero no lo entendía.

Pinnacle tomó nota en su libreta.

—Siga.

¿Le había llegado a hacer una pregunta? Faz lo dudaba, pero estaba loco por acabar con la declaración.

—La inspectora González fue a llamar y de pronto oí algo, una puerta que se abría a mi espalda, y la vi con los ojos desencajados, como si hubiese una sorpresa detrás de mí.

—Pero ¿lo miraba a usted o a la puerta del apartamento al que estaba llamando?

—A mí. A ver, no a mí, sino por encima de mi hombro izquierdo. —Hizo un gesto vago con las manos—. Y yo veo de pronto que abre los ojos como platos. Lo siguiente que sé es que viene hacia mí y levanta la mano con su pistola por encima de mi hombro.

—¿Oyó algo antes de verla mirar por encima de su hombro izquierdo?

—Como he dicho, oí una voz hablando en español y una puerta que se abría a mi espalda.

—¿Se volvió para averiguar qué era?

—Eso no lo recuerdo exactamente. Estaba mirando a González y pendiente de la puerta a la que estaba a punto de llamar ella.

—¿Qué pasó luego?

—Me dio un empujón y perdí el equilibrio hacia la otra pared del pasillo.

—¿Lo empujó y lo hizo caer?

Faz detectó cierto atisbo de incredulidad en la pregunta. Medía un metro y noventa y tres centímetros y pesaba ciento veintidós kilos, mientras que González no llegaba al metro setenta ni a los sesenta kilos.

—Sí, a la vez que levantaba el brazo y gritaba «¡Arma!».

—¿Gritó «¡Arma!»?

—Sí, cuando levantó el arma. Entonces descargó tres tiros, uno detrás de otro.

—¿Lo empujó antes o después de gritar «¡Arma!»?

—Fue casi al mismo tiempo. Me grita «¡Arma!», mientras levanta el brazo derecho y me empuja con el izquierdo. —Faz ilustró con gestos la escena.

—¿Y dice que gritó «¡Arma!»?

—En efecto.

—¿No fue usted quien gritó «¡Arma!»?

Faz aguardó un instante mientras miraba a Pinnacle a los ojos.

—¿Qué?

—¿No fue usted quien gritó «¡Arma!»?

—Ya le he dicho que yo estaba de espaldas a la puerta. ¿Por qué iba a gritar yo «¡Arma!»?

—Lo único que pretendo es poner en claro lo sucedido.

—No, lo único que quiere es provocarme y ver si digo algo que no encaje con lo que ya he dicho. ¡Y ya me está jodiendo mucho!

Pinnacle no respondió al comentario.

—Estaba usted de cara a la puerta a la que estaba llamando, ¿verdad?

—No —dijo Faz, incapaz de disimular la irritación de su voz y usando las manos para explicar dónde se encontraba en relación con la puerta—. Yo estaba de lado, de cara a la ventana del final del pasillo y atento a la puerta del piso de López, la puerta a la que estaba a punto de llamar González.

—¿No vio al sospechoso salir por la puerta?

—¿Cómo iba a verlo? La puerta estaba a mi espalda. —El inspector empezaba a sulfurarse.

—Solo pregunto.

—Y yo respondo. Sigamos.

Pinnacle dio la impresión de estar meditando al respecto y a continuación dijo:

—¿Tiene alguna duda de que fuese la inspectora González quien gritó «¡Arma!»?

—¿Que si tengo alguna duda?

—Sí.

Faz había interrogado a suficientes sospechosos para detectar gestos reveladores. Pinnacle bajó la mirada y se reclinó en su asiento con el bolígrafo en la mano. El investigador pensaba que estaba mintiendo.

—No, no tengo ninguna duda.

—¿Ni tampoco de que ella miró por encima del hombro de usted, vio al sospechoso, dio un paso al frente y lo apartó a usted de un empujón?

—No, ninguna duda.

—Me ha dicho que ella estaba llamando a la puerta.

—Le he dicho que estaba a punto de llamar a la puerta.

—De modo que estaba mirando para la puerta, a punto de llamar.

—Eso es.

—¿No la avisó usted de la presencia del sospechoso?

—¿Cómo?

—¿No fue usted quien gritó «¡Arma!»?

Faz soltó una risita.

—¿De qué coño va esto, Larry? —Al ver que Pinnacle no contestaba, añadió—: ¿Ha dicho ella que yo grité «¡Arma!»?

—Es decir, que no fue usted quien gritó «¡Arma!».

—Ya se lo he dicho, Larry.

—Pero ¿gritó «¡Arma!»?

—Ya le he dicho que no.

—¿Ni hizo de ninguna otra manera que la inspectora González apartase la atención de la puerta ante la que estaba para centrarla en el sospechoso que salía del otro piso?

—Por mí, esta mierda se ha acabado. —Faz retiró la silla y se levantó.

—Seré yo quien diga cuándo se ha acabado, inspector.

—No, yo no pienso seguir. Si tenéis más preguntas, quiero que esté presente un representante del sindicato.

El investigador se había puesto también en pie y, sin soltar el bolígrafo, tendió las palmas y dijo:

—Vale, vale. Dejamos eso. ¿De acuerdo? Lo dejamos.

—Pero ¿de qué coño va esto? ¿Ha dicho ella que yo grité «¡Arma!»?

—Vamos a dejarlo. Dígame qué recuerda después de que lo empujase contra la pared del pasillo.

Faz volvió a colocar su silla y se sentó. Se tomó un momento para dar un sorbo al café, que se había enfriado por completo, y, cuando se calmó, dijo:

—Me pitaban los oídos, porque González había disparado la Glock al lado de mi oreja izquierda. Lo siguiente que oí fue a la inspectora preguntarme si estaba bien.

—¿Por qué? ¿Qué había pasado?

El interpelado miró a Pinnacle de hito en hito.

—Se lo acabo de decir. Disparó tres veces al lado de mi oreja. No oí nada de lo que me decía.

—¿Le estaba diciendo algo?

—Si no la oía…

—Pero sí oyó que le preguntaba si estaba bien.

—Al final sí.

—¿Cuánto tiempo pasó hasta que pudo oírla?

—No lo sé.

—¿Segundos, minutos…?

—No, no: segundos.

—¿Y luego?

—Luego ella fue hacia el piso del que había salido López. Dentro había una mujer sentada en el suelo y con la espalda apoyada en la pared, protegiendo a un crío. Los dos estaban dando chillidos.

—¿Qué gritaba la mujer?

—No lo sé. Quiero decir que estaba llorando.

—¿No podía oírla porque le pitaban los oídos?

—González le preguntó algo en español y ella le respondió en el mismo idioma.

—¿Cuánto pesa usted?

Faz volvió a quedarse quieto un momento.

—¿Eso es relevante?

Pinnacle clavó en él la mirada.

—No lo sé.

—Unos ciento veintidós kilos.

Apuntó el dato en su libreta y apoyó la espalda en el respaldo.

—Cuando González entró en el apartamento, ¿qué hizo usted?

—Miré al sospechoso para asegurarme de que estaba muerto… y busqué su pistola.

—¿Estaba muerto?

—Bastante.

—¿Encontró su pistola?

—No. Vi un teléfono al lado de su mano derecha. Pensé que quizá la pistola se había quedado debajo del cuerpo.

—¿Lo levantó para mirar?

—En ese momento, no.

—¿Qué hizo?

—Esposé a López y entré en el piso con González para ayudarla a despejar las habitaciones.

—¿Qué estaba haciendo González?

—Como he dicho, había una mujer y un crío acurrucados en un rincón. Estaban llorando, histéricos. González les estaba hablando en español.

—¿Y no entendió lo que les decía?

—No, pero estoy casi seguro de que le estaba preguntando a la mujer cómo se llamaba el hombre del pasillo.

—¿Y qué respondió la mujer a la inspectora González?

—Que se llamaba Eduardo López.

—Inspector Fazzio, ¿encontró el arma que estaba buscando?

—No.

—¿Y dentro del piso? ¿Encontraron armas dentro de ese piso?

—¿El piso en el que estaban la mujer y el crío? No. No teníamos orden de registro para ese piso, así que nos limitamos a hacer una inspección visual por motivos de seguridad.

—¿Y no entraron en el del sospechoso?

—No, esperamos a la científica.

—La muerte de Monique Rodgers es el único caso que está usted investigando ahora, ¿no?

—Correcto.

—El inspector Castigliano y usted han resuelto todos los homicidios que se les han presentado. ¿También es correcto?

—Sí, señor.

—Y López era la única pista que tenían en el asesinato de Rodgers. ¿Estoy también en lo cierto?

—Si, al menos de momento.

—¿Hay algo más que quiera añadir?

—No.

—En ese caso, pararé la grabadora. —Pulsó el botón antes de mirar al otro lado de la mesa—. Gracias, inspector. Hemos acabado.

Faz recogió su teléfono. Quería creer a Pinnacle, pero sabía por experiencia que el asunto no acababa allí. Ni por asomo.

CAPÍTULO 29

La conversación que mantuvieron Tracy y Kins con Ray Giacomoto, capitán de la policía de Bellevue, fue profesional y directa. Giacomoto quería saber lo que estaban haciendo «a este lado del lago» y por qué no habían llamado a su comisaría.

—La víctima es residente de Seattle y la denuncia de su desaparición se presentó ante la policía de Seattle —respondió Tracy—. Cuando vinimos, no pensábamos que toparíamos con un cadáver. Estábamos rastreando su teléfono móvil. Cuando la encontramos, pensé que sería mejor que analizasen el lugar sin perder más tiempo para evitar que pudieran perderse más pruebas.

Giacomoto sonrió.

—Nosotros tenemos todo el equipo necesario para analizar el lugar del crimen, inspectora. Deberían saberlo.

—Por supuesto.

—Entonces, ¿a qué tanta prisa? ¿Conocían a la víctima?

—Solo sabemos de ella lo que hemos ido averiguando durante las conversaciones que hemos tenido con su compañera de piso y su familia. Llevamos ya varios días investigando su desaparición.

—Pero el cadáver no iba a salir corriendo —insistió Giacomoto.

—Es cierto.

—Y eso lo deja en nuestra jurisdicción.

—Quizá sí, pero yo no podía saberlo y, además, todavía no podemos asegurar que la matasen aquí. No hay huellas de pisada alrededor del hoyo, de modo que la conclusión preliminar de nuestra rastreadora es que pudieron matarla en otro lugar y deshacerse aquí del cuerpo. —Tracy no dijo que la primera hipótesis era que a Kavita Mukherjee la habían asesinado en otro punto del parque—. Además, hacía mucho tiempo que no llovía y las previsiones meteorológicas estaban anunciando esta tormenta. Así que, como ya le he dicho, me pareció mejor hacer analizar el lugar antes de que pudieran borrarse con el agua las huellas y otras pruebas visibles.

Giacomoto no parecía muy convencido, si bien, por el momento, se mostró dispuesto a dejar que prosiguiera su trabajo.

—Quiero una copia de todos los informes —le advirtió no obstante.

—Por supuesto —repuso la inspectora.

—En cuanto a la jurisdicción, sospecho que les toca a nuestros superiores decidir, de modo que, hasta entonces, me conformaré con quedarme en un segundo plano y dejar que sean ustedes los que dirijan este circo.

Se volvieron al oír a alguien acercarse. Kelly Rosa acababa de salir del agujero. Presentaba el mismo aspecto que un arqueólogo en un yacimiento, con los bajos de los vaqueros, las botas recias y la visera de su gorra de los Mariners llenos de polvo. Apartó el haz de su linterna de cabeza para no deslumbrarlos y se bajó la mascarilla con la que se había cubierto la boca y la nariz antes de quitarse los guantes de látex y sacudirse el polvo del faldón de la camisa. Las rodilleras de goma la hacían caminar con movimientos desgarbados.

—¡Qué complemento más elegante! —dijo Kins señalando las rodilleras.

—Las encontré en Costco. Son para instaladores de suelos. Mis rodillas se están resintiendo con la edad…

—Pensaba que querías probar a hacer de cácher.

—Pues sí. A los Mariners, desde luego, no les vendría mal alguien capaz de golpear la pelota. —Tras una pausa, anunció—: Lo que está claro es que no ha sido un robo… o que, si lo ha sido, es obra del ladrón más imbécil del planeta. —Aquella mujer de apenas un metro y medio de altura tenía personalidad para medir dos—. Llevaba doce dólares en el bolsillo con un permiso de conducir del estado de Washington y una tarjeta de crédito, además de una cadena de oro en el cuello y una pulsera, también de oro, en la muñeca.

—O sea, que ni ha sido un robo ni su atacante pretendía ocultar su identidad —concluyó Kins.

—Si obviamos el hecho de que la lanzó a un agujero cubierto de maleza —añadió Giacomoto.

—Tampoco querría presumir de su hazaña —dijo el inspector.

—Ha dicho: «la lanzó». Entonces, ¿no se trata de un accidente? —preguntó Tracy.

—No —repuso Rosa—. Dudo que lo fuera.

—¿Y qué cree que ha sido? —quiso saber Giacomoto.

Rosa alzó un brazo e imitó una serie de golpes en el cráneo mientras decía:

—Murió de un traumatismo causado por un objeto contundente. Recibió varios golpes en el lateral de la cabeza. Yo diría que dos, quizá tres. No sabremos el número concreto hasta que tengamos una fotografía ampliada de la herida. La golpearon en el lado derecho con algo de forma irregular, una piedra probablemente. Yo pondría a los agentes a buscar en el parque una piedra con manchas de sangre.

—Podría ser como buscar una aguja en un pajar —advirtió Kins—. En un pajar de doscientas hectáreas.

—Aunque también podría ser que el asesino se limitara a soltarla y esté por aquí cerca —dijo Rosa.

—¿Está segura de que usó una piedra? —preguntó Giacomoto.

—Sin mirar la herida al microscopio no, pero diría que hay muchas probabilidades.

—Es decir, que la mataron aquí, en el parque.

—Eso no lo tengo que decir yo —respondió Rosa y Tracy tuvo la sensación de que la forense le estaba echando un cable—. Lo único que puedo asegurar es que no la mataron en el hoyo ni cerca de él, pero el lugar exacto… —Se encogió de hombros.

—Haré que mis agentes hagan una batida en el parque —dijo a Tracy Giacomoto—. ¿Han puesto ya a alguien a registrar los senderos?

Tracy asintió.

—Ya lo han hecho, aunque siempre se agradecen más ojos.

Giacomoto tendió una tarjeta a Kelly Rosa.

—Quisiera tener una copia de su informe —dijo antes de partir.

La opinión de Rosa acercaba un poco más la hipótesis de Kaylee Wright —que habían llevado a Mukherjee hasta el hoyo para arrojarla al interior— a la condición de teoría.

—¿Qué más? —preguntó Tracy.

—En el agujero hay poca sangre. Si se hubiera caído y se hubiera golpeado la cabeza, se habría desangrado y habría mucha más. El *livor mortis* encaja con la posición del cadáver en el hoyo, pero eso debe de ser porque la trajeron hasta aquí poco después de matarla. —Rosa se refería al tono amoratado que adoptan los difuntos en las zonas del cuerpo más cercanas al suelo—. ¿Cuándo la vieron con vida por última vez?

—La tarde del lunes —dijo Tracy—. No muy tarde, como a las seis.

La forense volvió a mirar hacia el foso y dijo como para sí misma:

—Ya no hay *rigor mortis*, luego lleva muerta al menos doce horas, probablemente mucho más. La decoloración abdominal y el ligero abotargamiento hacen pensar por lo menos en entre treinta y seis y cuarenta y ocho horas. Además, la piel empieza a presentar indicios de jaspeado.

—O sea, que podría haber muerto el mismo lunes.

—Desde luego, cabe la posibilidad, aunque en el laboratorio lo determinaremos con precisión.

—Para que la hayan golpeado varias veces con una piedra… —comentó Kins.

—Sí, ya sé adónde quieres llegar —dijo la forense—. Además, lo hicieron con contundencia.

—El asesino estaba furioso.

Rosa se encogió de hombros.

—Eso lo tenéis que demostrar vosotros. Lo que sí os puedo decir es que la violencia de los golpes encaja con alguien que pretenda hacer daño. Estamos preparando el cadáver para levantarlo. Después, el lugar de los hechos será todo vuestro.

—¿Hay indicios de agresión sexual? —preguntó Tracy, que repasaba la lista que llevaba en su cabeza e iba tachando mentalmente los elementos que la componían.

—No lo sabremos con certeza hasta llevarla al laboratorio, pero no hay nada que haga pensar en un forcejeo: no presenta prendas rasgadas ni cortes o arañazos y las uñas parecen limpias. De todos modos, eso también lo averiguaremos.

—Me pregunto si no podrías tardar un poquito en elaborar tu informe —dijo la inspectora.

—Tengo muchísimo trabajo —respondió Rosa sonriendo— y en cualquier momento podrían llamarme para que me ocupe con otra cosa. —Guiñó un ojo antes de volver a la tumba.

Al verla marcharse, Tracy le dijo a Kins:

—No ha sido un robo ni probablemente una violación… y la han matado con golpes contundentes en la cabeza.

—¿Me dijiste que no tenía novio?

—Que sepamos, no, pero esa tarde tenía una cita.

Tracy se dio la vuelta de nuevo al oír que se acercaba alguien. Esta vez se trataba de un agente de uniforme con una tablilla sujetapapeles precedido de una mujer con pantalones pardos llenos de bolsillos, botas y chaqueta negra resistente de Carhartt.

—Inspectores —dijo el policía—. Les presento a Margo Paige, la agente forestal responsable del parque.

Tracy le tendió la mano e hizo las presentaciones.

—¿Cuánto tiempo lleva trabajando en el parque? —le preguntó.

La mirada de Paige no dejaba de moverse entre Tracy y la carpa que tenía a sus espaldas. Tenía la voz suave, aunque más profunda de lo que había esperado Tracy.

—Ahora hará unos tres años.

—O sea, que lo conoce bien.

—Dentro de lo posible, sí.

—Venga conmigo. —La llevó por el camino que había designado la Unidad Científica y se detuvo ante la cinta que habían atado a los mástiles de la carpa—. ¿Conoce este agujero?

Paige adoptó una expresión confundida.

—¿Cómo que si lo conozco?

—Que si sabía que existía.

—¿No lo han cavado? —preguntó la agente forestal.

—No es de ahora.

—No —dijo Paige meneando la cabeza—. No sabía nada de esto. Si no, habría mandado taparlo.

—¿Hay muchos hoyos así en este parque?

La interpelada meditó la respuesta.

—Tenga en cuenta que estamos hablando de doscientas hectáreas de parque, inspectora, y de más de cuarenta y cinco kilómetros de caminos, y que hay casas en todo el perímetro. Aun así, que yo sepa, no hay muchos. De hecho, yo no conozco ninguno más.

—¿No hay más? —dijo Kins.

—Que yo sepa, no.

—¿Y no tiene la menor idea de qué es esto o de qué hace aquí? —preguntó Tracy.

—Supongo, por su proximidad a las casas que lindan con el parque —dijo señalando las luces de la parte trasera de las viviendas—, que será un pozo cegado que debieron de hacer de manera ilegal hace siglos.

—¿Y no podría ser otra cosa?

Paige se encogió de hombros.

—También podría ser de la erosión. Quizá lo provocara la raíz de un árbol caído y lo agrandaran las lluvias torrenciales del invierno pasado. Las tormentas pueden desarraigar árboles y la lluvia erosiona la tierra que tienen debajo y hace que crezca con rapidez la maleza. ¿Cuánto mide el agujero?

—Entre dos metros y dos metros y medio de hondo y un metro veinte de ancho, más o menos.

La agente forestal negó con la cabeza.

—Entonces, no. Lo más seguro es que sea un pozo antiguo.

—¿Se han dado antes casos de caídas a un pozo cegado?

—Desde que yo estoy aquí no, pero sí sé que hubo un accidente hace unos diez años, antes de mi nombramiento. Por lo visto, una muchacha iba montando por el parque cuando se le fue el caballo. Dijo que era como si hubiera pisado una trampilla. El animal murió de la caída y a la muchacha le habría pasado lo mismo si no llega a saltar del caballo. Tiene que haber un informe en los archivos. Mañana puedo buscarlo.

—Entonces, no es muy probable que nadie caiga por accidente en este agujero —concluyó Kins.

—No sabría decirle. La muchacha del caballo, desde luego, no había salido a buscar un hoyo. Lo que me pregunto es por qué, si alguien sabía de la existencia de este, no se lo dijo a nadie para que pudieran taparlo.

CAPÍTULO 30

Faz aparcó en el camino de entrada de su casa extenuado, frustrado y confundido. Larry Pinnacle podía hacer el pino con las orejas para convencerlo de que lo único que quería era conocer su punto de vista, pero él sabía muy bien lo que era buscar inconsistencias en las respuestas con la esperanza de encontrar una capaz de poner en duda toda la declaración.

La pregunta era por qué lo estaba haciendo.

Lo que había hecho Pinnacle, quizá torpemente, era un interrogatorio en toda regla. Por si fuera poco, había hecho entrever que la versión de Faz no concordaba del todo con la de González. Parecía tener especial interés en determinar quién había gritado «¡Arma!». De vuelta a casa había ido imaginando un supuesto en el que González hubiese contado a Pinnacle que había sido Faz y había llegado a la conclusión de que podía haberlo hecho por tres motivos: porque la tensión del momento le hubiese afectado la memoria, porque estuviera mintiendo deliberadamente... o quizá porque hubiera sido él, en efecto, quien había gritado «¡Arma!».

Descartó la tercera posibilidad basándose en algo evidente: ¿cómo iba a haber sido él cuando estaba de espaldas a la puerta por la que había aparecido López? Desde allí no podía ver a López y mucho menos llegar a la conclusión de que tenía una pistola. Eso le dejaba las opciones uno y dos. González se había confundido… o estaba mintiendo.

Habría sido fácil dar por supuesto que la inspectora estaba faltando a la verdad para proteger su futuro profesional, pero Faz sabía que no era tan sencillo. No hacía mucho que los inspectores de la policía de Seattle habían hecho un cursillo práctico sobre cómo afrontar situaciones de gran tensión como parte de las reformas introducidas por el Departamento de Justicia para reducir el uso innecesario de la fuerza que se le presumía al cuerpo. Faz y Del abordaron aquella formación obligatoria como adolescentes a los que imponen el aprendizaje de un idioma. No le encontraban mucho sentido, y menos aún considerando que ya pasaban más tiempo de la cuenta de servicio. Sin embargo, no tardaron en cambiar de opinión. Las clases les revelaron que la angustia que suponía el acto de enfrentarse a un sospechoso armado influía muchísimo en los recuerdos de un agente, por dilatada que fuera su experiencia. De hecho, dos compañeros que trabajasen juntos podían dar versiones muy diferentes de lo ocurrido… y muchas veces se daba el caso de que ambas eran incorrectas. Los policías avezados recordaban haber visto armas que en realidad no existían o interpretaban como una agresión el acto de levantar las manos en señal de rendición.

Faz no podía evitar preguntarse si la memoria de González no le estaría jugando una mala pasada.

Alzó la vista a la ventana del dormitorio de matrimonio, situado en la primera planta. Había llamado a Vera después de la entrevista, pero no le había contado gran cosa. Bastantes preocupaciones tenía ya su mujer. Le había dicho que estaba haciendo papeleo y, cuando estaba a punto de pedirle que no lo esperase levantada, ella se le había adelantado diciendo:

—Estoy cansada. Han sido un par de días muy largos, así que me voy a la cama.

Faz entró en silencio por la puerta trasera y subió al dormitorio. Desde el escalón superior alcanzó a ver la silueta de Vera bajo las mantas, iluminada por un haz de luz de color azul grisáceo procedente de la ventana. Los cuatro cristales que la conformaban creaban sobre el edredón una cruz, completando una escena apacible que le recordaba a un cuadro de Norman Rockwell, un retrato aparentemente perfecto de la vida sin vislumbre alguna de los rigores que a menudo la poblaban.

Vera se movió al oírlo entrar en el cuarto.

—¿Vic? —Se volvió hacia la puerta con voz soñolienta.

—Sí. Lo siento. No quería despertarte.

—No, tranquilo. He estado viendo la tele. ¿Qué hora es?

—Ya han dado las doce.

—¿Qué ha pasado?

—Mejor te lo cuento por la mañana. No pasa nada. Está todo arreglado. —Se sentó en el borde de la cama para desatarse los zapatos.

—¿Estás bien?

—Sí, sí —dijo y pensó en los cientos de veces que le había formulado Vera aquella misma pregunta y en qué pocas se la había hecho él.

—¿Tú estás bien?

—Sí —dijo ella—. Al final, ¿era el hombre que había apoyado la mano en el Volkswagen?

—Sí.

—¿Qué ha pasado?

Se desabrochó el cinturón y se quitó los pantalones mientras respondía:

—Estábamos llamando a la puerta de la última dirección suya que nos constaba en la base de datos y, de pronto, se abrió la del piso que tenía yo a la espalda y salió por ella el fulano… y mi acompañante le disparó.

—¿Quién, Del?

No le había dicho nada a Vera de la lesión de espalda de su compañero.

—No, él estaba en casa con dolor de espalda. Una inspectora nueva.

—¿Y lo ha matado?

Colgó los pantalones de un gancho situado en el interior de la puerta del armario.

—Sí, lo ha matado. Hemos tenido más peces gordos por allí que en un documental de vida submarina. Ya sabes cómo va todo esto. Se ha metido el FIT y he tenido que ir a Park 95 para dar mi versión de los hechos.

—¿Te han dado de baja?

Faz se metió en la cama.

—Sí, pero estoy convencido de que será solo un par de días. Tendré que ir a ver a un loquero antes de poder volver a incorporarme, pero ya verás como va todo bien.

—¿Seguro que estás bien?

—Seguro. Ya sabes cómo va todo esto. Ahora son todo trámites, un montón de aros por los que tendré que pasar. Habrá que pasar por una revisión evaluadora y verán que soy inocente. Duérmete, que verás como no pasa nada.

Se alegró de que estuvieran las luces apagadas y Vera no pudiese verle la cara. Aunque se tenía por un buen inspector, su mujer le leía los gestos como si fuese un libro abierto. Volvió a pensar en lo que había ocurrido aquella noche e imaginó una situación verosímil en la que pudiese haber gritado «¡Arma!». ¿Y si era él quien tenía un recuerdo erróneo de lo sucedido? Estaba cansado y había tenido que soportar mucha tensión con lo de Vera. Quizá fuese así, aunque… No, no se le ocurría ninguna situación verosímil.

—¿Vic? ¿Te pasa algo?

Quería compartir con ella sus dudas. Vera siempre conseguía que no diese más importancia de la cuenta a sus preocupaciones. Sin embargo, esta vez le fue imposible: no podía darle un motivo más de angustia.

—Tranquila, que estoy bien.

—Pues te has acostado sin lavarte los dientes… y con los calcetines puestos.

CAPÍTULO 31

Cuando Tracy y Kins volvieron al aparcamiento era ya de día y su jornada no había hecho más que empezar. Lo primero que tenían que hacer era lo que menos le gustaba a Tracy de su trabajo de inspectora de homicidios.

Legalmente era el médico forense del condado de King quien tenía la responsabilidad de notificar el hallazgo al familiar más cercano del difunto, pero en casos como el de Kavita Mukherjee, en los que Tracy había tenido ya ocasión de hablar con la familia, prefería asumir ella misma aquel cometido. No faltaban inspectores que le preguntasen qué necesidad tenía de hacerlo cuando su trabajo ya era bastante duro y lo cierto es que ella no tenía una respuesta clara. Tal vez era su penitencia por no haber sido capaz de proteger a su hermana Sarah la noche que desapareció. O quizá seguía un razonamiento más práctico. Podía ser que, al haber estado al otro lado de semejante noticia y conocer bien su devastador impacto, poseyese un punto de vista del que carecían otros agentes y que ella podía compartir con los familiares.

Tracy llegó con Kins al hogar de los Mukherjee cuando acababan de dar las seis de la mañana. Primero los había llamado desde el parque para asegurarse de que estaban en casa. Su padre, Pranav, se estaba preparando para salir y la inspectora le pidió que la esperase. Al oírla, no le preguntó si habían encontrado a Kavita ni si su hija estaba viva. No quería que le confirmasen lo que ya sospechaba en ese lugar situado en lo más hondo de la conciencia, donde los seres humanos arrinconan la clase de noticias terribles que solo puede dar un inspector de homicidios.

Cuando Pranav les abrió la puerta, su esposa y él la miraron como quien tiene delante al ángel de la muerte. Intentaron interpretar su expresión facial, pues sospechaban que había ido a darles la noticia que no querían oír. Con el paso de los segundos, la resignación se trocó en realidad, como ocurría siempre, y la realidad los golpeó como un derechazo en el estómago que los dejó sin aliento y les provocó un sufrimiento profundo y lacerante. Las lágrimas se desbordaron de los ojos de Pranav antes incluso de que Tracy dijera nada.

—Hemos encontrado a Kavita —anunció—. Siento decirles que ha muerto.

Pranav y Himani estuvieron unos minutos llorando en soledad antes de despertar sin alboroto a la familia. Todos —Himani y Pranav; sus dos hijos varones, Nikhil y Sam, y los abuelos de Kavita— se arracimaron en el recibidor y se abrazaron los unos a los otros para consolarse como pudieron. Tracy y Kins les dieron un tiempo, aunque sin dejar de observar sus reacciones, sabedores de que un porcentaje nada desdeñable de las víctimas de homicidio mueren a manos de un familiar o conocido.

Nikhil parecía el más sereno, como si, de un modo u otro, se hubiera resignado ya a la suerte de su hermana. Sam se mostraba aturdido, incapaz a todas luces de hacerse cargo de lo que acababa de decirle su padre a una edad tan temprana. La muerte no tenía que formar parte aún de su vida y la idea misma le resultaba ajena. Cuando recibió el mazazo de la realidad, se derrumbó sobre el peldaño inferior de la escalera y se deshizo en gemidos.

Pranav sollozaba con grandes jadeos de congoja. La pena de Himani era más apagada. Le temblaban los hombros, pero no soltó un gemido. De forma inconsciente, Tracy se llevó la mano derecha al bulto incipiente de debajo de su chaqueta. No podía pensar en nada peor que la pérdida de un hijo, sobre todo cuando se produce de un modo tan irracional, por un acto violento. En ese instante, mientras lloraba la familia, entendió lo que había estado tratando de decirle Kins en aquella sala de reuniones. Ser padre no era para los débiles de espíritu. Ser padre significaba exponer parte del corazón a dosis increíbles de alegría y felicidad, pero también a la posibilidad de una cantidad inenarrable de desesperación y agonía. Se encogió de pensar que una llamada a su puerta a esas horas de la mañana pudiese llevarle un día una noticia de las que cambian para siempre la vida de un padre.

CAPÍTULO 32

Faz esperó a las nueve de la mañana antes de llamar al representante sindical e informarlo de su deseo de hablar con un abogado por si necesitaba sus servicios. A continuación, concertó cita con el terapeuta que, con suerte, lo declararía apto para volver al trabajo, por más que supiera que no sería tan fácil. Sandy Clarridge, jefe de la policía de Seattle, había sacado la cara de forma reciente por sus subordinados y pedido que se agilizaran las investigaciones a las que se veían sometidos los agentes y que se permitiese volver a su puesto y su unidad a los policías cuya inocencia quedase demostrada.

Aun así, el procedimiento llevaría su tiempo.

Al principio, pensó que la baja no le vendría nada mal, dadas las circunstancias de Vera. Así podría brindarle apoyo emocional mientras iban de un lado a otro del sistema sanitario. Sin embargo, Vera no lo veía así. En su opinión, estaban viviendo ya demasiados cambios en su vida y no quería introducir más. Así que le había hecho ver que lo mejor para los dos era que Faz siguiera trabajando, manteniendo la mente ocupada y con un objetivo concreto. Tenía claro que su marido acabaría desquiciado si se quedaba en casa.

Por el momento, sin embargo, no tenía otra opción.

El timbre de la puerta lo sorprendió. No esperaba visitas. Cuando abrió se encontró a Del de pie en el porche inundado de sol. Iba de traje y corbata y se dirigía a la comisaría.

—Buenas —dijo Faz—. ¿Cómo andas?

Del le tendió el periódico de la mañana, se quitó las gafas de sol y miró por encima del hombro de su compañero al interior de la casa.

—¿Está Vera?

—No. Sus amigas la van a tener todo el día fuera para intentar distraerla y que piense en otra cosa.

—¿Cómo lo lleva?

—Tiene sus más y sus menos. Se emociona cuando llama Antonio o al hablar del futuro. Yo estoy aprendiendo a vivir el presente y centrarme en el día a día.

Del asintió con un gesto.

—¿Tiene ya fecha para la operación?

—Ayer se la dieron para tres semanas.

—¿Tan tarde?

Faz se encogió de hombros.

—Después de la mastectomía, presentarán su caso ante un equipo de oncólogos que decidirá cuál es el mejor tratamiento. Por lo que nos dijo el médico, lo más seguro es que le den quimio. De todos modos, no has venido hasta aquí para que hablemos en persona de Vera, ¿verdad?

Del negó con la cabeza y señaló el diario con la barbilla.

—¿Has visto el periódico?

—He estado evitándolo. —Faz se retiró de la puerta—. Pasa.

Su compañero entró, con movimientos aún cautelosos por el dolor de espalda, y cerró la puerta tras de sí. Siguió a Faz por el salón y el comedor hasta llegar a la cocina. Todavía se apreciaba el olor a pan de plátano junto con el de café recién hecho.

—El artículo está en una página interior de la sección de noticias locales. Menciona la muerte a tiros de un varón hispano desarmado y lo acompaña un editorial que subraya que una cosa así contradice las declaraciones recientes del Departamento de Justicia sobre el notable avance que habíamos conseguido.

—Era de esperar. —Faz levantó la jarra de café—. ¿Quieres uno? Lo ha hecho Vera esta mañana.

—Pues claro. ¡Qué preguntas tienes!

El anfitrión bajó un par de tazas del armario y las llenó antes de ofrecerle una a Del.

—Tenía la esperanza de que, al ser hispanos tanto González como López, al menos la prensa no corriese a hablar de motivos racistas.

—Pero eso no pasa, ¿verdad?

—No.

Las noticias tendían a considerar blancas todas las balas de la policía, con independencia de quién las hubiese disparado.

—¿Cómo tienes la espalda?

—Bueno, está mejor. Todavía tengo que ir con cuidado al moverme, pero el dolor es soportable.

—¿Quieres una rebanada de pan de plátano?

—Mejor no. Si pruebo el de Vera, soy capaz de acabarme el pan entero.

Imitando a Faz, se sentó a la mesa de la cocina. El frigorífico emitió un ronroneo y un chasquido. Por la puerta trasera oyeron ladrar al golden retriever del vecino y vieron un Frisbee atravesar el jardín de la casa contigua por encima justo de la valla.

Del dio un sorbo a la taza, pero saltaba a la vista que era solo para ganar tiempo. Parecía nervioso, como su hijo, Antonio, cuando estaba a punto de confesar que había cometido una estupidez.

—¿Qué pasa? —preguntó Faz—. Has venido por lo de anoche, ¿no?

—¿Por qué lo preguntas?

El anfitrión se encogió de hombros.

—No dejo de darle vueltas a una cosa.

—Dime.

—Pinnacle no dejaba de preguntarme si estaba seguro de que había sido González la que había gritado «¡Arma!», como si no me creyera. No se creía lo que le estaba contando. —Volvió a levantar los hombros—. ¿Por qué iba yo a mentir?

—No tenías ningún motivo.

—Me jodió mucho. Me he pasado toda la noche pensando en eso.

Del dejó su taza en la mesa.

—Esta mañana me ha llamado Billy. Por lo visto, tu versión y la de González no encajan.

—Me lo había imaginado. ¿Qué te ha dicho Billy?

—Que González les contó a los investigadores del FIT que prefería ir a ver a López con los SWAT, que temía que pudiese ir armado y se torcieran las cosas. Según ella, tú le dijiste que no hacía falta.

Faz frunció el ceño.

—Eso es verdad. Quiero decir, que no hacía falta llamar a los SWAT. Íbamos a hacerle una visita sin detención. De todos modos, ella tampoco insistió.

—Lo que deducen es que quizá sí que tendríais que haberlo detenido.

Faz agitó la cabeza.

—¿No te parece un disparate? Les preocupa que podamos hacer nosotros un uso excesivo de la fuerza y ahora nos preguntan si no deberíamos habernos presentado en casa de López con tanquetas y fusiles de asalto. ¿Eso no es exceso?

—Tienes toda la razón.

—Teníamos una huella en el capó de un coche, Del. No teníamos ninguna prueba admisible. Todo era circunstancial. Tenía antecedentes por comprar droga, ni siquiera por vender, y nunca lo habían detenido por delitos violentos.

—No quiera usted convertir a un creyente, padre Faz.

—Hablamos con él de forma discreta, le decimos que estamos buscando información del tiroteo y le preguntamos si estaba en la zona cuando ocurrió u oyó algo con la esperanza de pillarlo en un renuncio. Tú y yo lo hemos hecho miles de veces.

—Lo sé y estoy de acuerdo contigo, pero González te ha presentado como un vaquero sediento de acción, como si hubieras ido decidido a cantarle las cuarenta a López.

—¿Yo, un vaquero? Joder, si ni siquiera sé montar a caballo.

—Según ella, le dijiste que el caso de Rodgers era el único que teníamos sin resolver y tenías intención de cerrarlo.

—¿Eso ha dicho?

Del asintió sin palabras.

—Pero ¡si yo no he dicho eso en ningún momento! —exclamó Faz.

—Desde luego, a mí no me suena a nada que hayas podido decir tú.

—¿Y por qué iba a decirle que el caso de Rodgers era el único que teníamos sin resolver?

—Dudo mucho que se lo dijeses.

—¿Y cómo lo sabe entonces?

Del se encogió de hombros.

—Ni idea.

Faz se incorporó. Aquello había suscitado su interés. Una cosa era poner en tela de juicio sus actos y otra muy distinta poner en su boca algo que no había dicho.

—¿Y qué más te ha contado Billy?

—Por lo visto, González le contó al investigador del FIT que estaba a punto de llamar a la puerta del piso e identificarse como agente de la policía de Seattle cuando tú la detuviste.

—Eso es verdad. La detuve porque había oído una voz en español y creí que venía de dentro del piso de López. Ahora no lo tengo tan claro. Creo que venía de la puerta de al lado, la del piso del que salió López.

—Según Billy, dentro del piso de López no había nadie.

—Sí, ya. Por eso creo que la voz tuvo que venir de la otra puerta. ¿Qué más te ha contado Billy que ha dicho González?

—Ella dice que estaba pendiente de la puerta y que tú estabas de pie a su izquierda y detrás de ella, de modo que veías el pasillo.

—Eso no es así. Yo estaba al otro lado de la puerta, dándole la espalda al piso de al lado, para que, cuando López abriera, pudiese verlo y mirar al interior por si había alguien detrás de él.

—Bueno, pues ella dice que estaba mirando a la puerta y te oyó gritar «¡Arma!». Dice que por eso disparó a López.

—Suponía que debía de haber dicho que fui yo quien gritó que iba armado.

Del no respondió. Dio un sorbo a su café, aunque, una vez más, fue solo para tener algo que hacer.

—¿Tú crees que pude ser yo el que gritó «¡Arma!», Del?

—No. Porque no fuiste tú, ¿verdad?

—¿Qué es lo que te preocupa?

Del dejó la taza en la mesa.

—A ver, sé que has estado sometido a muchísima presión últimamente con todo lo de Vera.

—Te estás preguntando, como nos enseñaron en el cursillo que tuvimos que hacer, si no estaré recordando mal lo que ocurrió por la tensión de la situación y del diagnóstico de Vera.

—Lo he pensado —repuso su compañero antes de añadir de inmediato—: pero no le he dicho nada a Billy. ¿Tú también le has estado dando vueltas?

—Claro que sí. ¿Cómo no iba a darle vueltas? —Faz soltó su taza—. Pero, Del, es que yo estaba de espaldas al piso de al lado. Lo sé porque estuve viendo las nubes negras que se acercaban por la ventana que había detrás de González. Es imposible que hubiese visto a López. También recuerdo perfectamente a González poner los ojos como platos y venir hacia mí mientras levantaba el arma. ¿Cómo iba a haber visto todo eso si hubiese estado mirando en el otro sentido?

—No habrías podido, claro.

—Además, si hubiese estado mirando al piso del que salió López, ¿no habría que hacerse otra pregunta?

—¿Por qué no disparaste tú?

—Exacto.

Del asintió con la cabeza, aunque al mismo tiempo desvió la mirada.

—¿Qué pasa? —quiso saber Faz.

—Que la testigo coincide con ella.

—¿Qué testigo, si no hubo testigos? Estábamos los dos solos… Espera. ¿La mujer del apartamento?

El compañero hizo un gesto de afirmación.

—Eso creo. Billy me ha dicho que una mujer oyó a un varón gritar «¡Arma!», y luego a una mujer preguntar: «¿Por qué has dicho que iba armado? ¿Por qué has dicho que iba armado?».

Faz se apartó de la mesa para reclinarse y se llenó los pulmones de aire para luego soltar un lento resoplido. Meditó unos instantes y, a continuación, dijo:

—Imposible, Del. Esa mujer no dejaba de gritar ni de llorar y tenía un chiquillo en los brazos. Los dos estaban histéricos. Es imposible que pudiera oír nada ni prestar atención a otra cosa que al crío.

—Puede que no, pero Billy dice que no es eso lo que les ha contado a los del FIT. A ver, Faz, según Billy, teniendo como tenemos sobre nuestras cabezas la investigación del Departamento de Justicia, van a mirar con lupa este caso hasta quemarse la vista. Así que tengo que preguntártelo: ¿hay alguna posibilidad de que lo hayas interpretado mal?

—¿Qué?

—Como tú mismo has dicho, llevas un par de días sometido a mucha tensión…

Faz no podía creer lo que estaba oyendo.

—Yo no he dicho eso. Has sido tú.

—Oye, Faz, que solo te estoy haciendo una pregunta. A ver si vas a querer matar al mensajero. Sabes que has tenido la cabeza en otra parte y eso es muy comprensible.

Faz no quería pagar con Del la rabia que estaba sintiendo.

—Yo no lo he interpretado mal, Del. No sé qué coño está pasando, pero no lo he interpretado mal. Yo no fui quien gritó «¡Arma!». ¡Si ni siquiera vi que hubiera un arma!

—¿Recuerdas que te dijese algo González?

—No lo sé, Del. Joder, si no podía oír una mierda. No sabes cómo me pitaban los oídos después de que se pusiera a disparar al lado de mi oreja. Cuando por fin pude oír algo me estaba preguntando si estaba bien. Eso es todo: «¿Estás bien?».

—¿Y le has contado eso a Pinnacle?

—Sí. ¿Por qué no iba a…? —Se detuvo al darse cuenta de lo que eso significaba—. Mierda. González va a decir que no oí a la mujer ni la oí a ella preguntarme por qué había gritado que tenía un arma.

Del asintió.

—Eso es lo que me ha dicho Billy.

Faz se pasó la mano por la barbilla sin afeitar.

—Esto es precisamente lo que me faltaba ahora mismo.

—Siento ser yo quien te lo diga. Puede que la testigo también se esté equivocando, como nos enseñaron en esa clase. Quizá no oyera lo que dice que oyó y solo se lo imaginase.

—O puede que alguien le dijera lo que había oído —concluyó Faz—. González fue la primera persona que habló con ella.

—¿Y qué le dijo?

—Ni idea. Yo estaba en el pasillo, esposando a López y buscando una pistola. Cuando entré, González ya estaba hablando con ella en español, pero estoy convencido de que le estaba preguntando cómo se llamaba el hombre que había tendido en el pasillo.

—Quizá sí, aunque también pudo preguntarle lo que quería que recordase. Ya sabes, algo así como: «¿Ha oído usted a un hombre gritar: "¡Arma!"?».

Faz asintió.

—En ese caso, Del, no es que no recuerde bien lo que pasó, sino que está mintiendo... y, encima, ha hecho mentir a un testigo para que apoye su versión de lo ocurrido.

—La pregunta es por qué. ¿Para proteger su carrera profesional?

—A lo mejor —dijo Faz—. No lo sé. Lo que sí tengo clarísimo es que voy a averiguarlo.

CAPÍTULO 33

Pranav se separó del abrazo familiar y, quitándose las gafas, se enjugó los ojos, rojos e hinchados, antes de preguntar a Tracy con voz apenas audible:

—¿Saben qué le ha pasado?

—No —respondió ella—. Lo siento, pero todavía no sabemos nada. Estamos esperando a que completen sus informes los expertos. —Aquella era, quizá, la parte más cruel del cometido de Tracy: la imposibilidad de revelar a la familia todo lo que sabía, lo que había revelado su investigación. Tenía que esperar a saber con certeza lo que había ocurrido y ni siquiera entonces podría contarlo todo... hasta haber descartado a todos y cada uno de los familiares como sospechosos.

—¿Dónde la han encontrado? —quiso saber Himani.

Aquel era un dato que no iban a tardar en conocer, bien por los periodistas que llamaran a su puerta, bien por los vecinos. Los detalles eran harina de otro costal.

—Estaba en el parque de aquí al lado.

—¿En Bridle Trails? —preguntó Pranav abriendo mucho los ojos—. ¿Estaba aquí, en Bridle Trails?

Tracy sabía que el conocimiento de que su hija había muerto tan cerca de casa hería como una daga.

—Supongo que conocen bien el parque —dijo Tracy con la intención de confirmar lo que les había contado Aditi.

—Claro que sí. —Pranav cerró los ojos y dejó escapar un suspiro—. Estaba aquí —repitió antes de echarse a llorar.

Tracy y Kins aguardaron. Cuando volvió a sentirse capaz de hablar, Tracy propuso que se sentaran para mantener una charla. Pranav le indicó con un gesto la mesa del salón y pidió a Nikhil que fuera a por más sillas a la cocina.

Tracy y Kins se sentaron delante de los padres, en tanto que Nikhil, Sam y el abuelo ocupaban el resto de los asientos. La abuela fue a preparar té a la cocina. La luz que entraba por dos ventanas laterales situadas a la espalda de la inspectora iluminaba el baile de las motas de polvo y creaba prismas en los caireles de la lámpara de araña que había sobre la mesa. Tracy animó a Pranav a hablar con una sencilla pregunta:

—¿Conocía bien Kavita el parque estatal de Bridle Trails?

Pranav soltó el aire de los pulmones como si expulsara malos espíritus del interior de su cuerpo. Formó con sus manos un templo en el que clavó la vista mientras decía con voz suave:

—A Kavita le encantaba el parque. Cuando los críos eran pequeños nos gustaba ir a pasear y coger moras y otras bayas. —Miró a sus hijos, que guardaron silencio—. También buscábamos rebozuelos. —Volvió a centrar su atención en Tracy y Kins—. Era un lugar tranquilo donde reunirnos todos, un lugar tranquilo en el que disfrutar en compañía.

Volvió a derrumbarse y dejó caer la cabeza. Los hombros le temblaban. Himani, pese a estar sentada a su lado, no hizo nada por acercarse a su esposo para consolarlo con una mano en la espalda ni de ningún otro modo.

En ese momento entró la abuela con una bandeja en la que había dispuesto una tetera de cerámica gris y tazas. La dejó en la mesa, al lado de Pranav, y sirvió una taza de té para tendérsela a su hijo. Llenó una segunda y se la dio a su marido. Himani y los dos nietos declinaron la invitación. Los inspectores la aceptaron, ya que la noche había sido muy larga y sabían, además, que la mujer quería sentirse útil.

Pranav dejó su taza en la mesa y la abrazó con las manos sin probar el té.

—Hacíamos mermelada con las bayas —dijo Himani como si quisiera dar explicaciones—. Luego la envasábamos y regalábamos frascos a los vecinos. —Miró a su marido antes de volver a fijar la vista en Tracy—. ¿Cómo la han encontrado?

—Su compañía telefónica consiguió rastrear su móvil y nos dio las coordenadas. —No mencionó la aplicación que tenía instalada su hija ni el agujero en el que yacía.

Sam levantó la cabeza, con gesto desconcertado o quizá intrigado, y a continuación volvió a bajarla.

Nikhil se incorporó y apoyó los codos en la mesa. Tracy lo miró con atención. Aunque también había llorado, su dolor no parecía tan intenso como el del resto de la familia. Tal vez fuera de esperar. Podía ser que sintiese que tenía el deber de mantenerse impertérrito en calidad de primogénito varón. Daba la impresión de estar en otro lado, como perdido en sus pensamientos, y su mirada iba de la superficie de la mesa al ventanal sin detenerse en nada en particular.

Volvió la cabeza y se dirigió a Tracy.

—¿Cómo lo ha hecho?

—No entiendo la pregunta —dijo la inspectora, aunque sí sabía a qué se refería. Tampoco podía revelar a la familia nada concreto sobre la muerte de Kavita. Kelly Rosa todavía no había completado su análisis y los detalles eran algo que solo conocía el asesino.

—¿Cómo se ha suicidado?

Aunque no apartó la vista del joven, Tracy vio de reojo a Pranav y a Himani alzar la cabeza y mirar a su hijo y a la inspectora. Nikhil había hecho el saque y le tocaba a Tracy devolver la pelota.

—¿Por qué das por hecho que se ha quitado la vida? —preguntó.
Él arrugó el entrecejo.

—Parece evidente, ¿no?

Tracy se hizo la desentendida.

—¿Qué es lo que parece evidente?

Nikhil entornó los ojos como si intentase averiguar a qué estaba jugando la inspectora… o quizá para manifestar que sabía muy bien de qué se trataba y no le hacía ninguna gracia.

—La última vez que estuvo aquí nos dijo que Kavita estaba enfadada. Aditi nos dijo que Kavita se había ido molesta del apartamento.

Eso era cierto. De hecho, Tracy había pensado que era posible que la crispación hubiese llevado a la desaparecida a acabar con su vida.

—No conocemos los detalles de su muerte —dijo—. La médica forense todavía no ha completado su análisis.

—Pero algo deben de saber —aseveró Himani desde el otro extremo de la mesa—. ¿Usted la ha visto? ¿Ha estado usted allí?

—Sí, hemos estado allí los dos.

—Pero no nos va a decir nada —dijo Nikhil.

—No sabemos si Kavita se quitó la vida —insistió Kins. Él era el inspector al que no conocían y, por tanto, la voz con autoridad para hablarles de normas y trámites sin tener que pedir perdón—. Tienen que entender que todo esto es un procedimiento que va a durar mucho y que acaba de empezar. Tenemos a un grupo de especialistas que está haciendo su trabajo…

—¿Y ninguno de esos especialistas sabe si Kavita usó una pistola, un cuchillo…? No es una pregunta muy complicada, inspectores. —Nikhil había alzado la voz mientras miraba a uno y luego a otro.

Tracy lo observó con detenimiento sin dejar de analizar sus palabras mientras se preguntaba si eran sinceras.

—El análisis del médico forense llevará un tiempo —volvió a decir—. Como les ha dicho el inspector Rowe, cuando esté acabado, les daremos una copia. Hasta entonces, lo que podamos decir no serán más que conjeturas. Ya sé que es durísimo, pero deben tener paciencia.

—Has hablado de una pistola —dijo Kins a Nikhil—. ¿Sabes si tu hermana tenía una?

—No, ni idea.

—¿Cree que podrían haberla matado? —preguntó Pranav.

—Esa será nuestra línea de investigación —contestó Tracy— hasta que encontremos indicios de lo contrario.

—Pero ¿quién iba a querer matarla? ¿Quién?

—Acabamos de empezar —advirtió Kins—. Los mantendremos bien informados en la medida de lo posible, pero de entrada tenemos que trabajar dando por hecho que su hija no se ha suicidado hasta que las pruebas demuestren lo contrario, como le acaba de decir la inspectora Crosswhite.

—¡Qué tontería! —Nikhil se irguió en su asiento—. Pues claro que se ha suicidado. Solo hay que fijarse en las circunstancias, en el lugar donde la han encontrado. Estaba enfadada y confundida. Algo así es muy propio de Kavita.

—¡No digas eso! —le espetó Sam. Su voz, aguda de la emoción, sonó como un látigo—. ¡No digas eso de ella! —Retiró su silla de la mesa y se levantó como movido por un resorte para mirar a sus padres—. ¿Por qué no habéis querido apoyarla nunca? ¿Tan horrible era que quisiese ser médica?

—Sam… —dijo Pranav haciendo ademán de ponerse también en pie.

—¡No! —replicó el chiquillo—. Quería ser médica, pero vosotros no le dabais dinero y la intentasteis obligar a vivir con nosotros y a casarse. La culpa de esto es vuestra.

—¡Sam! —exclamó Himani.

Pranav se había acercado a su hijo con los brazos abiertos, pero Sam le dio la espalda. Nikhil fue a asirlo entonces del brazo, pero su hermano se zafó y corrió hacia la puerta de la casa, la abrió y desapareció dando un portazo que hizo temblar la vivienda.

Tras un momento de silencio, Pranav se volvió hacia Tracy y Kins con gesto ligeramente avergonzado.

—Lo siento, inspectores. Ha sido un golpe durísimo para todos. —Tras inspirar hondo una vez más, preguntó—: ¿Cuándo podemos ir a ver a Vita? ¿Cuándo nos entregarán su cadáver?

—La hemos identificado gracias a los expedientes y las fotografías de Tráfico, de modo que no hay necesidad de que reconozcan el cadáver. Les daré el número de teléfono del médico forense del condado de King y el nombre de una mujer de nuestra Unidad de Apoyo a las Víctimas que podrá ayudarlos a hacer frente a este proceso y avisarlos cuando el forense haya acabado y pueda devolverles el cuerpo de Kavita.

—¿Acabado? —dijo Himani—. ¿Acabado de qué?

—De examinarla.

—Nosotros no queremos que le hagan la autopsia —declaró la madre con aire afligido. Se volvió hacia su marido—. No queremos que mancillen el cuerpo de Kavita.

—En estas circunstancias —le explicó Tracy—, cuando se duda de la causa de la muerte, es la Unidad de Medicina Forense del condado de King quien determina si se le hace una autopsia. No es algo que pueda o no elegirse, sino una neces...

—¿Y nosotros no tenemos nada que decir al respecto? —preguntó Himani apoyando con firmeza las manos en la mesa con gesto airado.

—Me temo que no —repuso Kins—. Ahora, lo más importante es determinar qué le ha pasado a su hija.

Aquella frase hecha hizo poco por calmar a Himani. Pranav levantó las manos para decir:

—Por supuesto que queremos saber lo que le ha ocurrido. Gracias por venir, inspectores. Como podrán suponer, ahora la familia necesita estar un rato a solas.

Tracy y Kins se pusieron en pie.

—Lo más seguro es que los llame la prensa —dijo la primera—. No tienen la obligación de hablar con nadie y, de hecho, les aconsejamos que no lo hagan. Tenemos abogados expertos en asistir a los familiares de las víctimas.

—¿Y a amigos y parientes —quiso saber la madre— podemos decírselo?

—Por supuesto —respondió Kins—, pero no les revelen nada de lo que se ha dicho aquí. No les den ningún detalle...

—¿Qué detalle, si no conocemos ninguno? —lo interrumpió Nikhil con voz burlona—. Aquí no se ha dicho nada.

—¿Qué les decimos? —preguntó Pranav.

—Échennos la culpa a nosotros —dijo Kins—. Díganles que Kavita ha muerto y la policía, que está investigando las circunstancias, les ha pedido que no den ningún detalle hasta que se culmine la investigación.

El padre los acompañó a la salida y atajó así cualquier discusión.

—Haremos lo que nos han dicho —aseveró abriendo la puerta.

—Siento mucho traerles estas noticias —dijo Tracy—. Lo siento mucho por su familia.

—Por lo que queda de ella —sentenció Pranav antes de cerrar la puerta en silencio.

CAPÍTULO 34

Al entrar en el cubículo del equipo A, Del se vio solo. Sus compañeros eran lo que más le gustaba de su equipo. Su parloteo y sus bromas hacían llevadero un trabajo que a menudo resultaba insoportable. Supuso que Tracy y Kins estarían investigando el caso del cadáver que, según Billy, habían encontrado en un parque del Eastside, pese a que todo apuntaba a que al final iban a perder la jurisdicción. Faz y González estaban de baja administrativa, uno de ellos tal vez para siempre.

Pensándolo tranquilamente, no tenía claro qué creer. Estaba dispuesto a apoyar a Faz cuanto le fuera posible y, si él decía que no había gritado que el sospechoso iba armado, lo secundaría. Sin embargo…

Sabía lo que era trabajar estando de duelo. Él lo había intentado después de que su sobrina Allie muriera de sobredosis, pero había habido días en los que había sido incapaz de concentrarse. La cabeza se le echaba a divagar y pasaba ausente una cantidad de tiempo tremenda. Faz le decía algo y él ni siquiera sabía de qué estaban hablando. A tal extremo llegó la situación que pensó darse de baja temporal temiendo que sus distracciones pudieran hacer daño a alguien.

Y eso que, por mucho que quisiera a su sobrina, su relación con ella no era nada si la comparaba con la de un marido con su mujer. No quería ni imaginar la tensión emocional que debía de estar viviendo Faz.

¿Sería posible entonces que Faz hubiese gritado que López llevaba un arma y no lo recordara? Ni se atrevía a reflexionar al respecto, porque él había estado en esa situación y sabía que sí era perfectamente posible.

Asió su asiento con las dos manos y se instaló en él con mucho cuidado, porque seguía teniendo la espalda dolorida.

—Del. —Johnny Nolasco entró en el cubículo.

—Capitán —dijo él volviéndose lentamente.

—¿Cómo está esa espalda?

—Bien, aunque todavía ando un poco lisiado.

—Te habrás enterado de que vamos a estar un tiempo algo faltos de personal...

—Sí, lo sé. Por eso me he incorporado.

—Me acaban de decir que *The Seattle Times* piensa publicar en la edición matinal de mañana otro artículo sobre el tiroteo para contrastarlo con los elogios del Departamento de Justicia a las mejoras que estaba introduciendo el cuerpo.

—Van a exprimir la noticia todo lo que puedan mientras puedan sacar algo de ella.

—El periodista sabe ya que el sospechoso estaba desarmado.

—Lo he leído esta mañana. ¿Sabemos quién filtró la información?

—Una «fuente» —dijo Nolasco.

El cuerpo tenía un soplón. Siempre había un soplón. Era como el cuento del chiquillo que tapaba con los dedos los agujeros de un dique para evitar que se escapara el agua. A la policía de Seattle hacía tiempo que se le habían acabado los dedos de las manos... y hasta de los pies.

—Es decir, que podemos dar por hecho que no se van a deshacer en elogios... —añadió el capitán.

—¿Y cuándo fue la última vez que escribieron algo bonito de nosotros?

—Eso es verdad. El caso es que a los jefazos no les va a hacer mucha gracia.

—¿Cree que están buscando un chivo expiatorio?

La expresión de Nolasco le dejó claro que resultaba muy probable que así fuera.

—No es que me lo haya dicho nadie —añadió el capitán—, pero quería que lo supieras.

Del sabía que estaba compartiendo esa información con él para que pudiera poner sobre aviso a Faz.

—Gracias, capitán.

—Si llama alguien pidiendo nuestro punto de vista, dile que hable con Bennett Lee. —Se refería al jefe del gabinete de prensa.

—Sí, tranquilo. ¿Tardarán mucho en volver Faz y González?

—No lo sé. Lo más seguro es que sí. ¿Te has enterado de que Tracy y Kins están desde anoche trabajando en un asesinato?

—Sí, pero tengo entendido que encontraron el cadáver en el Eastside. ¿Por qué lo están investigando ellos?

—Buena pregunta —comentó Nolasco con evidente actitud de descontento—. El caso es que, de momento, estarán ocupados. Quizá necesite que te pongas tú con otra cosa.

—Todavía tenemos que resolver el asesinato de Monique Rodgers —dijo Del.

Su superior movió la cabeza a un lado y a otro.

—González abatió al pistolero anoche.

—Pero no podemos demostrar que fuera él el asesino. Sin un arma, no, desde luego.

—La policía científica ha encontrado un revólver del treinta y ocho en casa de López. Los de Balística lo iban a analizar esta mañana. Llama y que te digan qué han averiguado y cuándo nos lo envían. Si consiguen vincular la bala a la pistola, hemos acabado.

Del sacudió la cabeza como aturdido por haber perdido el contacto con el caso pese a haber pasado fuera un solo día.

—Tenemos testigos que afirman que el disparo tenía un objetivo concreto, que Rodgers había denunciado públicamente la situación de las bandas y las drogas que vivía el barrio.

—¿Tenéis alguna pista en ese sentido?

—Acabábamos de empezar, capitán. Había salido el nombre de Little Jimmy y sabemos que la gente le tiene miedo y que los amenaza para que no hablen.

—No tenemos los recursos necesarios para llegar hasta el final de eso. Si crees que vale la pena seguir investigando, haz un informe y pásaselo a Narcóticos. Si López está relacionado con Little Jimmy, si Little Jimmy fue quien ordenó el asesinato, Narcóticos tiene confidentes que pueden averiguarlo.

—¿Y si hay pruebas de que Little Jimmy encargó que la mataran?

—Entonces, llevaremos el caso a la fiscalía.

Del quería rebatir los argumentos de Nolasco, ofrecerle una réplica razonada, pero lo más seguro era que el capitán estuviese en lo cierto: sin López no tenían ningún sospechoso al que interrogar para llegar hasta Little Jimmy y, si la bala y la pistola encajaban, el homicidio de Monica Rodgers quedaría resuelto. Si lo había encargado Little Jimmy, los informantes a los que pagaban los de Narcóticos eran los que mejor podrían determinarlo.

El capitán salió del cubículo tras despedirse con una inclinación de cabeza y, al verse solo de nuevo, Del descolgó el teléfono.

Colgó quince minutos después. Había llamado primero a Faz para informarlo de lo que habían descubierto durante el registro. Luego se había puesto en contacto con Balística, donde lo informaron por teléfono antes de remitirle el informe por correo electrónico. El arma coincidía con la bala que había matado a Monica Rodgers. Gracias a Dios, porque, con la prensa acosando al cuerpo por la muerte de un sospechoso desarmado, al menos podrían decir que no habían abatido a un inocente, sino a quien había asesinado a sangre fría a Rodgers. Tenían la pistola y la cinta de vídeo. López, además, había salido del piso contiguo al suyo con un móvil plateado en la mano, lo que hacía mucho más verosímil que González pensara que llevaba un arma. Por lo menos, aquello le brindaba un argumento admisible.

Aun así, sabía que todo eso no eran más que ilusiones. En Seattle, la eterna liberal, en la que a la policía le llovían por igual las críticas cuando actuaba y cuando no actuaba, podían esperar un buen chaparrón, máxime si daba con la familia de López algún abogado con iniciativa.

Por el momento, Del y Faz habían acabado con el caso. Del remataría el expediente y, siguiendo las instrucciones que había recibido, se lo enviaría a Narcóticos para que ellos trataran de buscar un vínculo entre López y Little Jimmy. Se levantó de la silla apoyándose en el escritorio y se dirigió a la mesa que había en el centro del cubículo. En las baldas que tenía debajo guardaba el equipo A sus archivadores. Se agachó y sacó con cuidado el de Monique Rodgers. Como oficial encargado del caso, era su responsabilidad mantener al día tanto aquel expediente como el archivo electrónico. Todavía tenía que poner por escrito la conversación que habían mantenido con Tanny, el tendero, para explicar cómo habían obtenido la huella del Volkswagen que los había llevado a la última dirección conocida de Eduardo López, y añadir el informe de Balística antes de remitir todo a Narcóticos.

Llevó el expediente a su mesa, se colocó sus gafas de leer, introdujo la clave de acceso de su ordenador y abrió el caso Rodgers. Levantando la nariz vio una entrada que no esperaba. El sistema indicaba que había consultado la víspera sus archivos privados, cosa imposible teniendo en cuenta que el dolor de espalda lo había hecho quedarse en casa. Cogió el móvil y estaba a punto de llamar a Faz para preguntarle si había sido él, pues los dos conocían la contraseña del otro, cuando sonó el teléfono de su escritorio.

—Del —dijo Nolasco cuando respondió—, Tommy Fritz necesita ayuda con los interrogatorios del tiroteo entre bandas de la semana pasada. Su compañero no está y le he dicho que podrías echarle una mano.

—Claro, sin problema. —Colgó el teléfono con la vista aún clavada en la pantalla y gritó por encima del tabique del cubículo para que lo oyesen en el equipo de al lado—: Oye, Fritz, dice el capitán que necesitas que te saque a pasear esta tarde.

CAPÍTULO 35

Tracy tendió unas cuantas servilletas de papel marrón a Aditi Banerjee. La joven no dejaba de secarse las lágrimas mientras intentaba en vano recobrar la compostura. Tracy y Kins estaban sentados con ella en las sillas de estilo Adirondack de la terraza de la cafetería Down Pour —no dejaba de tener gracia llamar «aguacero» a un local en una ciudad con semejante propensión a la lluvia—, bajo una sombrilla dorada.

Tracy no quería meter prisa a la joven, no solo porque entendía su dolor y se solidarizaba con ella, sino también porque le interesaba evaluar su reacción. Como había dejado claro Kins, el asesino tenía que conocer muy bien el parque.

Aditi hizo una inspiración tan honda que tembló con fuerza en su pecho antes de expulsar el aire agitando la cabeza. Parecía aturdida, presa de la conmoción. Se irguió alejándose de la mesa y cruzó los brazos como si estuviese aterida de frío, aunque la temperatura había empezado a subir y se notaba incluso bajo la protección que ofrecía la sombrilla.

Tracy y Kins habían conseguido que saliera sola de la casa, aunque no sin provocar protestas por parte de Rashesh.

—¿Por qué usó Kavita la abreviación de su nombre y su segundo nombre en la cuenta que tenía en Wells Fargo? —preguntó la inspectora—. ¿De quién se estaba escondiendo?

Aditi cerró los ojos y exhaló.

—De todo el mundo.

Tracy miró a su compañero y, tras verlo encogerse de hombros, añadió:

—¿Por qué? ¿De dónde sacaba el dinero?

Aditi sacudió la cabeza.

—Yo no sabía que fuese tanto.

—Pero ¿sabes de dónde salía? —insistió Tracy.

La amiga asintió, pero antes de que pudiese decir nada la acometió otro ataque de llanto que le impidió hablar. Kins le tendió más servilletas con las que la joven trató de contener las lágrimas.

—Vita tenía una gran fuerza de voluntad —dijo tras unos instantes como si le faltara el resuello—. Cuando se proponía algo… —Miró a Tracy y tragó saliva—. En ese aspecto éramos diferentes. Ella no pensaba hacer lo que quisieran sus padres, no se iba a dejar casar… Quien la conociese lo sabía.

—¿Y qué hizo?

Aditi miró a una pareja joven que pasó de la mano delante de la mesa antes de centrar de nuevo su atención en Tracy.

—No puede saberlo nadie —dijo—. Los padres de Vita no pueden enterarse. Eso sería una vergüenza insoportable para su familia. —Se detuvo antes de decir—. Y que no se entere Rashesh.

—¿Rashesh? No lo entiendo.

—Es complicado.

—Pues explícamelo.

Aditi dio un sorbo de café, dejó la taza en la mesa y volvió a respirar hondo.

—Vita no solo era mi amiga, inspectores: Vita era mi hermana. Cuando nuestros padres nos amenazaron con no volver a pagarnos los estudios ni el apartamento, nos pasamos hablando hasta las tantas de la noche, discutiendo sobre lo que íbamos a hacer. Ninguna de las dos lo sabía. Nuestro sueño había sido siempre ejercer juntas

ROBERT DUGONI

de pediatras algún día, pero para eso teníamos que pasar por la Facultad de Medicina. Solo la matrícula ya nos parecía imposible de asumir sin la ayuda económica de nuestras familias.

Volvió a beber café y Tracy la dejó tomarse su tiempo.

—Kavita era mucho más resuelta que yo. Quizá era simplemente más valiente. No lo sé. Yo me había hecho ya a la idea de mudarme a casa, pero ella me pidió que no hiciera nada hasta que tuviésemos que dejar el apartamento y yo accedí a darle ese margen. Unos días después, llegó a casa entusiasmada y muy alegre.

—¿Por qué? —preguntó la inspectora a fin de animarla a seguir.

—Había conseguido trabajo en una tienda de ropa de la Ave. No ganaría mucho, pero su jefe le dijo que le daría más horas cuando se graduara. Según ella, entre el dinero que consiguiera con eso y lo que cobrase yo trabajando en un laboratorio de química del campus tendríamos para seguir en el apartamento durante el verano y eso nos daría, por lo menos, un poco más de tiempo para buscar una solución. A mí no me disgustaba la idea de vivir allí con ella y trabajar, aunque estaba convencida de que aquello duraría poco, porque después de pagar el alquiler nos quedaba muy poco para subsistir, por no hablar ya de pagar la matrícula de Medicina. Vita me dijo que no me preocupase, que ya conseguiríamos algo, y yo empecé a buscar préstamos académicos y becas.

»Vita llevaba unas semanas trabajando en la tienda cuando llegó a casa emocionada, aunque esta vez más contenida. Por lo visto, había estado hablando con una de sus compañeras de trabajo. No me acuerdo de cómo se llamaba, pero Vita me dijo que tenía varios pendientes... y un aro en la nariz, creo.

—Lindsay —dijo Tracy recordando a la joven dependienta.

—Sí. Vita le había contado lo que nos había pasado con nuestros padres y Lindsay le había dicho que sabía cómo podíamos conseguir más dinero. Parece ser que abrió su portátil y buscó la página de un servicio de citas en línea. Lo llamó *sugar dates*.

Tracy había leído hacía unos meses un artículo publicado en *The Seattle Times* que hablaba de dichos sitios web. También habían tratado el asunto en la comisaría. Las jóvenes (*sugar babies*) que participaban en ellos creaban un perfil con la esperanza de que algún anciano ricachón, un *sugar daddy*, quisiera tener una cita con ellas. Aquellas páginas les prometían la posibilidad de encontrar a hombres dispuestos a colmarlas de regalos y dinero y a llevarlas por todo el mundo en aviones privados y yates a cambio de su compañía, lo que, en traducción libre, quería decir *sexo*.

—Y Vita se hizo un perfil en una de esas páginas —dijo Tracy.

Aditi se echó a llorar y se secó las lágrimas.

—Lindsay le había dicho que estaba sacando con eso quinientos dólares al mes y, a veces, más. Yo le hice ver que la idea era absurda, pero ella seguía muy enfadada con sus padres y muy dolida. Decía que si su madre estaba dispuesta a entregársela a alguien que ni siquiera conocía, ella también podía hacer lo mismo y que lo mínimo era sacar dinero a cambio.

Tracy se reclinó en su asiento. Aunque no era lo que había esperado escuchar, aquella explicación lo aclaraba todo. Vita no era ya una graduada universitaria que vivía en una zona relativamente segura, sino que se había colocado a sí misma entre las integrantes de la sociedad expuestas a un mayor peligro. Recordó que Sam les había hablado de que su hermana tenía una «cita» la noche de su desaparición.

—Y a ti, ¿qué te pareció todo esto, Aditi?

La joven bajó los ojos.

—Le dije que me parecía ridículo, pero ella no dejaba de repetirme que no tenía que acostarme con ellos, que algunos solo buscaban compañía. Yo no quería hacerlo, pero tenía la sensación de que se lo debía. Tenía que intentar ganar algo más de dinero por Kavita, porque habíamos emprendido juntas aquel camino. Por lo menos tenía que intentarlo. No quería defraudarla.

—Así que tú también te creaste un perfil. —Tracy miró a Kins. Por eso no había querido que Rashesh supiese nada de aquello—. ¿Cuál era la página? —preguntó.

—Sugardating.com.

—¿Y qué pasó?

—Lo de siempre. —Aditi alzó la vista para mirarlos. Su voz se tiñó de cierto atisbo de rabia, amargura o quizá celos—. Los hombres veían el perfil de Vita y le respondían. Ella rechazaba a la mayoría y se citaba con algunos.

—¿Y tu perfil…? —preguntó Tracy.

Aditi soltó un resoplido sarcástico.

—Tuve una o dos solicitudes, pero eran todas de fracasados, de gente que, desde luego, no buscaba compañía.

—Buscaban sexo —dijo la inspectora.

—Sí.

—¿Llegaste a citarte con alguno?

—Con uno. Como era indio, pensé que estaría a salvo. En su perfil decía que era ingeniero informático y estaba montando su propia empresa emergente. —Volvió a adoptar un gesto desdeñoso—. En realidad, no era más que un programador en paro que vivía en la cochera de la casa de sus padres. Salimos a cenar y de vuelta a casa se paró en unos aparcamientos y me ofreció cincuenta dólares por una felación.

—Lo siento —dijo Tracy.

—Fue humillante. Salí del coche y llamé a Vita para que me recogiese. Aquella fue mi única cita y la que me hizo decidir que accedería a los deseos de mis padres.

—¿Y Vita?

—Ella no pensaba renunciar con tanta facilidad. Al principio, sus citas eran como las mías y ella se limitó a rechazarlas. Entonces recibió un mensaje de un médico de Medina. —Medina era una zona acomodada de la margen oriental del lago Washington, con casas lujosas y residentes adinerados—. Se vio con él en un restaurante y, al llegar a casa, me dijo que le había ofrecido una remuneración de dos mil dólares al mes por estar disponible cuando la llamase, cosa que, según acordaron, no pasaría más de una vez a la semana. Vita me dijo que compartiría conmigo cuanto ganase para ayudar a pagar la matrícula de las dos. Yo le contesté que no, que no podía aceptarlo. Le dije que no lo hiciera, que no se arriesgara de esa manera.

—Pero ella no te hizo caso.

Aditi asintió.

—Aunque no volvimos a hablar del tema, yo sabía que se estaban viendo.

—¿Y quién es ese hombre? —quiso saber Tracy, que empezaba a irritarse.

—El doctor Charles Shea. —Aditi separó el torso de la mesa—. A mí me tocan los babosos y a Vita, el médico. Pediatra, nada menos. Siempre pasaba lo mismo.

—¿Se estaba acostando con Shea?

—No lo sé con certeza.

—Aditi...

La joven levantó el tono.

—Nunca me contó lo que habían acordado ni yo llegué a preguntárselo, inspectora. —Se reclinó y contuvo la rabia que había empezado a teñir su voz. Entonces prosiguió en tono más suave—. No quería saberlo ni quería su dinero, pero dadas las circunstancias... y la cantidad que dice usted que tenía en la cuenta...

A Tracy le parecía muy poco probable que le ocultara el detalle a su amiga del alma.

—¿De verdad no te lo dijo, Aditi?

—De verdad.

—¿Y por qué no te lo iba a decir?

Aditi frunció el ceño.

273

—Porque yo no quería saberlo. Además, creo que Vita se sentía mal por mí y que no quería empeorar las cosas.

—¿Cómo que se sentía mal por ti? —quiso saber Kins.

Tracy supo la razón aun antes de que Aditi pudiera empezar a hablar. Por eso mismo su hermana, Sarah, había sido de niña tan rebelde y competitiva, sobre todo con ella. No era fácil vivir a la sombra de una hermana mayor, y menos aún cuando todo el mundo piensa que esta es perfecta. Tracy no era perfecta ni por asomo, pero hacérselo ver a Sarah tampoco se lo ponía mucho más fácil. Kavita era una muchacha alta, de piel clara y muy guapa. Además, tenía una inteligencia excepcional.

—Pero ¿para tanto era, Aditi? —preguntó la inspectora—. ¿Para empujarla a venderse?

—Ella nunca lo habría visto así, inspectora. Para ella era solo una oportunidad empresarial. Seguro que fue eso lo que se dijo: una oportunidad empresarial capaz de llevarnos, a las dos, adonde queríamos ir.

—Pero lo de crearse un perfil en la Red… ¿No era precisamente lo que quería evitar y lo que estaba haciendo su madre? —preguntó Kins.

—Quizá pueda ponerlo en contexto. Desde niñas hemos oído decir lo valiosas que somos para nuestra familia. En la India es común que ofrezcan a las mujeres a cambio de regalos por cumplir con la tradición. Al contraer matrimonio, nos pasan de una familia a otra. No nos valoran como a nuestros hermanos varones, por nuestra inteligencia y nuestra creatividad. No nos ven como iguales, sino como mercancía. Nos ven como novias. —Aditi meneó la cabeza—. Kavita no pensaba transigir con algo así y esa fue su forma de afirmarse, o de plantarles cara, de no sucumbir a un círculo vicioso. Esa fue su forma de dejar por los suelos a quienes decían que no podría hacerlo.

CAPÍTULO 36

Después de dejar a Aditi en casa de sus padres, Tracy y Kins buscaron en el sistema información sobre el doctor Charles Shea. No tenía antecedentes, ni siquiera una multa de aparcamiento. Por su expediente de Tráfico supieron cuál era su dirección. Google les reveló que era un pediatra respetado con consulta en Bothell. Tracy llamó y le dijeron que se había tomado el día libre, pero estaría disponible por la tarde. En su casa, situada a orillas del lago Washington, encontraron cerrada la verja de entrada. Llamaron al telefonillo, pero no obtuvieron respuesta ni vieron vehículos aparcados en el camino de entrada.

—Estará jugando al golf —dijo Kins—. ¿No es lo que hacen los médicos en su tiempo libre?

Tracy intentó aplacar su frustración. Sabían adónde apuntar y estaban resueltos a llegar al final, pero probablemente contaban con poco tiempo para perseguir al asesino de Kavita Mukherjee. Sospechaba que los jefazos de la policía de Bellevue y de Seattle no iban a tardar en ponerse de acuerdo, si no lo habían hecho ya, para sacarlos del caso. Había que acelerar la investigación.

Esperaron a Shea delante de su residencia bebiendo café.

—A ver si entre los dos podemos hacer una composición de lugar —propuso Tracy, que llevaba toda la mañana pensando al respecto—. Por lo que sabemos, Kavita estaba usando esa clase de citas para conseguir el dinero que necesitaban Aditi y ella para matricularse en Medicina, ¿no?

—Eso dice Aditi, aunque también asegura que no pensaba aceptarlo.

—Olvídate de eso por un momento. Vamos a centrarnos en que esa era la intención que tenía Kavita.

—De acuerdo.

—Pero Aditi se va a la India y resulta que vuelve casada. Y eso significa…

—No lo sé. ¿Que ya no necesita el dinero?

—Significa que Aditi no va a hacer Medicina.

—Sí, Aditi ya no necesita ese dinero.

—En efecto. De modo que Kavita, de pronto, se encuentra con el doble de dinero de lo que pensaba que tenía para pagarse los estudios.

—Tiene sentido, imagino.

—Y, si eso es así, ¿qué habría podido pasar si, después de saber que Aditi se había casado y pretendía mudarse a Londres, le hubiese dicho a ese tal Shea que ya no necesitaba verse con él?

—¿Que el hombre montase en cólera y la matara? Pero ¿cómo iba a saber él lo del pozo cegado?

Tracy se encogió de hombros.

—No lo sé. Vive y trabaja por aquí. A lo mejor conoce el parque. De todos modos, prefiero que olvides eso también por el momento. ¿Y si Kavita le dijo a Shea que no lo necesitaba?

—Es posible, Tracy, pero…

—Rosa dijo que el asesino actuó con furia. Kavita era una joven muy guapa. ¿Y si Shea se encaprichó con ella?

—A ver, a ver —dijo Kins—. Tiempo muerto, antes de que nos entusiasmemos demasiado. Wright dedujo que Mukherjee había entrado en el parque a pie. ¿Para qué iba a hacer eso?

—No lo sé.

—¿Y qué hacía Shea en el parque?

—Tampoco lo sé. A lo mejor tiene la costumbre de correr por allí antes o después de ir a trabajar.

—¿Y se la encuentra allí por casualidad?

—A lo mejor corrían juntos.

—No, Kaylee dice que llevaba zapatos planos y que hay solo un juego de huellas.

Tenía razón. La hipótesis de Tracy no encajaba con las pruebas que tenían.

—Solo es una teoría, un punto de partida —dijo.

Kins la resumió en voz alta:

—Él se enfada porque ella quiere dejarlo, la mata y se deshace del cadáver. Aunque hubiese tenido una pistola para obligarla a meterse a pie en el parque, sigues teniendo el problema de que no había más pisadas con las suyas. —Kins se incorporó en su asiento—. Llama a Vilkotski y pregúntale si le ha dejado Pryor el teléfono.

Tracy le había pedido que llevara al informático el móvil de Kavita Mukherjee después de que la científica hubiese sacado las huellas y muestras de ADN. Lo llamó y saltó el contestador. Vilkotski no estaba o se había ausentado de su mesa. Le dejó el recado de que quería todos los mensajes de texto que hubiese enviado o recibido Kavita Mukherjee en los últimos seis meses.

Colgó y llamó a Pryor, que respondió al segundo tono. Ella confirmó que sí había llevado el teléfono.

—Vamos a necesitar otra orden judicial —dijo Tracy—, para una página de citas.

La puso al corriente de lo que habían averiguado y le pidió que solicitara una orden judicial para acceder a la cuenta de Vita Kumari en Sugardating.com, incluidas todas las comunicaciones mantenidas con quienes se hubieran puesto en contacto con ella. También le pidió que buscara en ella el nombre del doctor Charles Shea, aunque sospechaba que él también debía de haber usado un nombre diferente en la página.

Cuando colgó, dijo Kins:

—Busca páginas de citas con viejos forrados, a ver de qué va todo eso.

La inspectora tecleó *sugar dating* en su portátil y la asaltaron docenas de páginas, desde las más banales, como Seekingarrangement. com, hasta otras más explícitas como Honeydaddy.com. Redujo la búsqueda añadiendo *Seattle* y encontró un artículo publicado en *The Stranger*, semanario alternativo de corte liberal. Una de sus periodistas se había creado un perfil haciéndose pasar por aspirante a joven mantenida y acudido a varias citas. Hasta había asistido a un congreso de *sugar babies* en, ¿dónde si no?, Los Ángeles.

—No faltan candidatas a actriz en busca de un complemento para unos ingresos inexistentes en el mundo de la interpretación — comentó Kins cuando Tracy le enseñó los resultados de su búsqueda.

—Por no hablar de viejos verdes que pretenden aprovecharse de estas jovencitas y sus sueños.

Su compañero arrugó el sobrecejo.

—¿Aprovecharse de ellas?

—No me digas que no —repuso ella sin dejar de teclear—. Sabes que no habría *sugar babies* si no hubiese *sugar daddies*.

—¿Igual que no habría prostitutas si no hubiese puteros?

—Más o menos.

—¿No estás siendo un poco ingenua? Si es la profesión más antigua del mundo, será por algo.

—Sí, porque siempre ha habido hombres dispuestos a aprovecharse de las mujeres y, sobre todo, de las mujeres que tienen un sueño, por inverosímil que pueda llegar a ser. Las explotan.

—No todas esas mujeres tienen sueños, Tracy.

—Ya lo sé. Hay algunas que ya han renunciado a tenerlos y solo son gente pobre que está desesperada. ¿Eso lo hace más tolerable?

—Y también las hay que buscan ganar dinero sin más. Los hombres pagan por ello y ellas lo aceptan.

—¿Y eso lo hace tolerable?

—Si tienen más de dieciocho años y lo hacen sin coacción, sí. Nunca vamos a acabar con eso, por más recursos que dediquemos, incluidos tú y yo.

No era la primera vez que lo oía. Kins siempre había abogado por legalizar la prostitución para que la policía pudiese destinar sus recursos a otros delitos, pero ella no lo veía así. Para Tracy, la prostitución era la punta de un iceberg colosal que denigraba y devaluaba a la mujer y conducía a delitos violentos, como violaciones, asaltos con agresión y asesinatos, por no hablar del consumo de sustancias ilícitas, el uso de jeringuillas compartidas y la propagación de enfermedades venéreas. El argumento de los recursos policiales se había esgrimido también en favor de la legalización de la marihuana. Esta había parecido una buena idea sobre el papel, hasta que los carteles mexicanos de la droga, al ver que se iban a quedar sin su gallina de los huevos de oro, araron sus campos de cáñamo para plantar adormideras y llenaron el mercado estadounidense de heroína negra y crearon una epidemia que desembocó en delitos mucho más complejos.

—Seguimos de acuerdo en estar en desacuerdo —zanjó Kins—. Llama a la revista e intenta quedar con la periodista. Con un poco de suerte, nos ahorrará el trabajo preliminar y eso puede sernos útil cuando hablemos con el doctor Charles Escoria.

Uno de los directores de *The Stranger* hizo saber a Tracy que la persona a la que buscaban era una autora independiente llamada Tami Peterson cuyo número de teléfono no estaba dispuesto a revelar, si bien tomó nota del de la inspectora y se comprometió a comunicar a Peterson que Tracy quería hablar con ella.

Según el artículo, Peterson tenía veintidós años y era soltera. El semanario incluía dos fotografías de ella. En una aparecía trabajando y en la otra, después de acicalarse para crear su perfil en la página de contactos. Las dos la presentaban como una joven atractiva, alta, esbelta y con la piel clara. Si en la primera llevaba unas gafas de pasta negras que le conferían un aire aplicado, para la segunda había prescindido de ellas a fin de acentuar sus ojos azules y sus largas pestañas y miraba a la cámara con una mueca de los labios que emanaba atractivo sexual. Había usado su nombre real y añadido que vivía en Seattle y le encantaba el teatro. En el espacio destinado a la tarifa por cita se leía: «Negociable».

—¿Has visto la propaganda de estas páginas? —dijo Tracy a su compañero—. ¡Sal con un millonario! ¡Viaja por el mundo en avión privado y duerme en lujosos hoteles de cinco estrellas!

—¡Hazle una mamada en el coche a un fracasado! —añadió él imitando el acento británico del presentador de *Estilos de vida de los ricos y famosos*.

—Eso no puedes ponerlo. El artículo dice que está prohibido expresamente hablar de sexo en los perfiles, aunque se anima a las parejas a tomar sus propias decisiones al respecto después de conocerse. ¡Cuánta gilipollez! Hacen que suene romántico y todo.

—¿Qué? ¿Que no es romántica la experiencia de Aditi Banerjee?

—Sí, el sueño de toda muchacha.

—La pregunta que hay que hacerse es qué pintaba un médico en esa página —dijo Kins.

—En todas las profesiones hay gente despreciable.

CAPÍTULO 37

Del salió del ascensor del bloque de Eduardo López, esta vez protegiéndose la nariz con un pañuelo. Había estado tentado de usar las escaleras, aunque solo durante un segundo. Subir cinco plantas con la espalda destrozada era un suicidio. Cuando llegó arriba, le lloraban los ojos y sentía náuseas por el olor y la falta de aire. Para bajar, tomaría las escaleras. ¡A hacer puñetas, la espalda!

Había ido a South Park para comunicar al marido y la madre de Monique Rodgers la muerte de Eduardo Félix López e informarlos de que la bala que la había matado coincidía con el revólver del treinta y ocho encontrado en el piso de López. Le habían preguntado si tenían alguna pista que relacionase a Little Jimmy con el asesinato y Del les había dicho que todavía lo estaban investigando.

Miró los números de las puertas mientras avanzaba por el suelo de losas cuarteadas. Las ventanas situadas a uno y otro extremo iluminaban el pasillo tal como había descrito Faz. En teoría, Del no debía estar en aquel edificio, sino haber cerrado el expediente para enviárselo a Narcóticos como le había ordenado Nolasco. Pensaba hacerlo, pero antes debía atar algunos cabos y resolver una cuestión acuciante.

Llegó a la penúltima puerta, al lado del que entendía que había sido el piso de Eduardo López. Estudió las posiciones que decían haber tomado González y Faz y tuvo que coincidir con lo que había asegurado su compañero al investigador del FIT: tenía mucho más sentido que se hubiese colocado a la derecha del marco de la puerta y no detrás de González, a fin de poder evaluar a quien les abriera y determinar si había alguien más en el piso que pudiese suponer un peligro... por no hablar de evitar recibir un balazo en caso de que el encargado de abrir disparase un arma.

Llamó a la puerta del piso contiguo y, al ver que no respondía nadie, volvió a llamar con más fuerza. La hoja tembló en el quicio, pero tampoco hubo respuesta alguna. Llamó por tercera vez, esperó un segundo y, a continuación, pegó la oreja a la madera sin oír nada. Cuando se separó de ella, reparó en que no tenía mirilla, lo que hacía muy poco probable que quienquiera que pudiese estar al otro lado supiera que el que había fuera era policía. Es más, López tampoco había tenido ocasión de identificarlos como tales antes de abrir y salir al pasillo.

Oyó una puerta abrirse y cerrarse con estruendo y vio salir de la escalera a una mujer con un chiquillo al que dejó en el suelo. En una mano llevaba una bolsa de la compra y en la otra las llaves. El crío no parecía tener más de dos o tres años y sostenía un objeto que Del identificó como un dinosaurio de juguete. Al ver al inspector, la mujer se detuvo de forma abrupta. Indicó algo al niño en un susurro, lo agarró de la mano y, volviéndose, echó a andar en dirección a las escaleras. El pequeño miró a Del por encima de su hombro y su madre lo reprendió en el acto.

—Perdone —dijo el inspector.

La mujer no se volvió.

—Perdone —insistió él alzando el volumen y apretando el paso en la medida en que se lo permitía su espalda—. ¿Señora Reynoso? Señora Reynoso. —Ese era el nombre que figuraba en los informes del FIT. Consiguió alcanzarla en el instante en que ella abría la puerta de la escalera.

—¿Señora Reynoso?

—*No hablo inglés* —dijo ella en español con una sonrisa compungida y gesto exhausto.

—*¿Habla español?*

La mujer sacudió la cabeza.

—*Tengo prisa. No puedo hablar ahora.*

Del había estudiado su lengua en el instituto y, recién salido de la academia, había trabajado en la región oriental de Washington. Entendía el español de la calle y lo hablaba, aunque no con soltura. De todos modos, no hacía falta ser ningún experto para saber que la señora Reynoso estaba mintiendo.

Señaló la puerta del piso y quiso saber:

—*Estaba llegando a su casa. ¿Por qué se ha vuelto cuando me ha visto?*

—No, no. Ahora no puedo hablar. Tengo prisa.

—O sea, que habla usted inglés.

—*Sí. Yes.* Un poco.

—¿Por qué se ha dado la vuelta al verme?

La señora Reynoso parecía asustada.

—Por favor…

Del le enseñó la placa.

—Soy inspector de la policía de Seattle —anunció, aunque la mujer no se mostró impresionada ante tal circunstancia—. Querría hacerle unas cuantas preguntas. ¿Prefiere hablar en su domicilio o aquí, en medio del pasillo?

Lo cierto es que no tenía por qué hablar con él, pero la mayoría desconocía ese derecho. Resignada, señaló su vivienda con un movimiento de cabeza y los tres se dirigieron juntos hacia ella. Al llegar a la puerta, Del se apartó para dejarla pasar. El chiquillo lo miró receloso y confuso a un mismo tiempo, cosa que la sonrisa del inspector no hizo nada por cambiar.

La señora abrió la puerta y entró en el apartamento. Del miró al interior y no vio a nadie más. Reynoso dejó la bolsa de la compra en la encimera y dijo al crío en español:

—*Daniel, ve a jugar a tu cuarto con tu dinosaurio.*

El niño miró a su madre y luego a Del, como si tuviera miedo de dejarla con aquel hombre.

—*Órale* —insistió ella—. *En un rato haré quesadillas.*

Daniel se dirigió a la puerta que se abría al otro lado de la sala y volvió la mirada una última vez a Del antes de desaparecer por ella.

La mujer cruzó los brazos y bajó la barbilla.

—Estaba usted aquí la otra noche cuando mataron a Eduardo López. Solo quiero hacerle unas preguntas.

—Ya hablé con la policía. Pregúnteles a ellos. —Hablaba sin alzar la mirada.

—Ya lo he hecho y me han mandado otra vez aquí porque su declaración no encaja con las de otros testigos. Me han pedido que intente averiguar por qué, por qué es diferente su versión.

Ella se encogió de hombros por toda respuesta.

—Una vecina de este mismo pasillo dice que oyó a una mujer gritar «¡Arma!», justo antes de oír los disparos, y usted dice que la voz era de hombre. —No existía tal testimonio.

La señora Reynoso negó con la cabeza.

—No sé.

Del cambió de táctica.

—¿De qué conocía a Eduardo López?

—Vivía aquí al lado.

—¿Mantenía una relación con él?

—No. —Meneó la cabeza con ceño.

—Entonces, ¿qué estaba haciendo aquí, en su casa?

—Ya les dije…

—No, esa pregunta no la ha respondido todavía, porque no se la ha hecho nadie. ¿Qué estaba haciendo él aquí, en su casa? —Del había leído las declaraciones de los testigos, incluida la suya.

Ella volvió a encoger los hombros tratando de ganar tiempo.

—Había venido no más.

—¿Eran amigos?

—*Sí*—repuso en español antes de volver a cambiar de idioma—. Sí, éramos amigos.

—¿Cómo se conocieron?

—Ya se lo dije. Vivía aquí al lado.

—¿Dónde trabajaba?

—Pues… no sé.

—¿Y qué le contaba?

—Por favor, tengo que dar de comer a mi hijo.

—¿Por qué dijo que había oído a un hombre gritar «¡Arma!», señora Reynoso?

—Porque eso fue lo que…

—No, eso no fue lo que oyó. Ahora, la policía lleva cámaras corporales. ¿Sabe lo que es eso? Es una cámara de vídeo diminuta, señora Reynoso, que graba todo lo que ocurre y lo que se dice. —En realidad, no las llevaban todos los agentes, al menos de momento, ya que aquel asunto seguía siendo objeto de debate entre el municipio y el sindicato policial. Lo único que pretendía Del era presionarla para ver si se aferraba a su versión o la cambiaba—. Así que sabemos que ese hombre no gritó «¡Arma!». ¿Por qué dijo usted que sí?

—No sé. Quizá me equivoqué.

—Señora Reynoso, no tendrá problemas por decir la verdad. En cambio, si miente a un agente de la ley…

—Por favor.

—¿Le pidió alguien que dijese haber oído a un hombre gritar «¡Arma!»?

—Por favor.

—¿Le pidió alguien que dijese que había oído eso?

—Ustedes. —Levantó la voz y la mirada—. Ustedes, la policía. La mujer. Me dijo: «Usted oyó a un hombre gritar "¡Arma!"».

Por fin estaba sacando algo en claro.

—¿Y lo oyó?

—No sé. Había mucho ruido y Daniel estaba llorando. Le dije que no sabía lo que había oído, pero ella repitió: «Oyó a un hombre gritar "¡Arma!", ¿verdad?». Y me dijo también: «Y luego me oyó a mí preguntar al otro policía: "¿Por qué has dicho que iba armado?"».

—¿Y es verdad que la oyó decirle eso al otro agente?

La mujer negó con la cabeza.

—Yo no oí nada. Lo dije no más porque me lo dijo ella.

—¿Y le dijo por qué quería que dijese eso?

—Me dijo que Eduardo López había matado a alguien, que yo lo estaba ocultando y que eso me podía traer problemas, que podía perder a Daniel si no lo decía. Así que lo dije.

—¿Estaba usted escondiendo a López?

Ella sacudió la cabeza con gesto enérgico.

—No. Llamó a la puerta y me dijo que venían a su apartamento y que tenía que salir de allí.

—¿Sabía que venían?

—Me dijo que necesitaba un sitio en el que quedarse hasta que se fueran. Yo le dije que no quería líos, pero él me dijo que sería solo un minuto. Me dijo que eran de inmigración.

—Y usted lo dejó entrar.

—Tenía miedo. Siempre había gente en su piso.

—¿Sabe por qué?

La señora Reynoso volvió a negar sin palabras.

—¿Vendía drogas? —preguntó Del.

Ella se encogió de hombros.

—No sé.

—¿Estaba metido en una banda?

—No sé.

—¿Le dijo quién venía a su piso? ¿De quién estaba huyendo?

Un gesto más de ignorancia.

—Dijo que eran de inmigración y nada más.

Del pensó en lo que le había contado Faz y se acercó a la puerta.

—¿Estaba aquí, de pie?

Ella asintió.

—Estaba escuchando. Había alguien en el pasillo, llamando a su puerta, y...

—¿Oyó usted llamar a alguien? —preguntó Del. Faz le había dicho que González no había llegado a hacerlo.

—Sí, sí. Golpearon con fuerza. Pam, pam, pam.

Del señaló la puerta del piso.

—¿Aquí?

—No, a su puerta, que es la siguiente.

—¿Y oyó llamar?

—Sí. Así: pam, pam, pam.

Al inspector se le ocurrió otra cosa:

—¿Estaba usted hablando con López?

Ella negó con la cabeza.

—Yo no dije nada.

—Los agentes que vinieron dicen que oyeron a alguien hablar español. ¿Estaba López hablando con usted en español?

Ella fue a hacer otro gesto de negación cuando se detuvo.

—¿Se acuerda de algo?

—Alguien lo llamó por teléfono y él habló en español.

—¿Qué dijo?

—No lo sé.

—¿No se acuerda de lo que dijo?

Ella negó con la cabeza.

—¿Eso fue antes o después de oír llamar a la puerta? ¿Lo llamaron por teléfono antes o después de que llamaran a la puerta de López?

—Después. —La señora Reynoso parecía estar combatiendo los efectos de una jaqueca—. Alguien llamó a su puerta, pero López escuchó no más, no respondió. Entonces dejaron de llamar y López fue hacia la ventana —añadió señalándola.

Del se dirigió a la ventana, desde la que se veía el aparcamiento.

—¿Vino aquí y miró por la ventana *después* de oír llamar?

—Oye los golpes en la puerta, camina hacia la ventana para mirar y luego me mira, me da las gracias y, cuando va a marcharse, lo llaman por teléfono.

Eso explicaba por qué tenía el móvil en la mano al salir del piso y posiblemente por qué había sorprendido a Faz y a González. Estaba convencido de que la persona de quien se había ocultado, la que había llamado a la puerta de su piso, fuera quien fuese, se había ido. Podía ser incluso que lo hubiera visto marcharse desde la ventana de Reynoso. No esperaba que hubiese nadie fuera cuando abrió la puerta de la vecina y, sin mirilla, tampoco tenía modo alguno de comprobarlo antes de salir. Los inspectores lo habían tomado por sorpresa.

Igual que él a ellos.

CAPÍTULO 38

Tami Peterson vivía en Capitol Hill, pero quedó con Tracy en lo que llamó «un bar de esquina» llamado The Stumbling Monk. Su voz, joven y entusiasta, parecía cargada de emoción, en modo alguno intimidada por la idea de reunirse con una pareja de inspectores. Tracy y Kins tenían la esperanza de que les revelara los entresijos de aquellas páginas de citas, información que podía serles de utilidad si Shea se mostraba renuente a hablar con ellos o les mentía. Cuanto más supieran, o más pensase Shea que sabían, más fácil les resultaría ponerlo en una situación incómoda.

La denominación que había empleado Peterson no podía ser más literal, pues la entrada de aquel edificio de ladrillo de una sola planta estaba situada en la intersección misma de East Olive Way y Belmont Avenue East, debajo de un cartel en el que había pintado un monje calvo entre barriles de cerveza. Kins abrió la puerta de madera maciza con tachones y bisagras de hierro que pretendía representar a la de un monasterio medieval. La decoración del interior era austera. Había media docena de banquetas dispuestas a lo largo de una barra de madera llena de cortes y arañazos. Los televisores y su persistente cháchara brillaban por su ausencia y en una estantería se ofrecían libros en rústica con las cubiertas desgastadas y juegos de mesa. En las banquetas y las sillas y los bancos corridos situados frente a las mesas había un puñado de gente bebiendo cervezas belgas de las que se anunciaban en la lista escrita a mano en una pizarra blanca.

Tracy vio a Peterson salir de uno de los reservados para saludarlos. Presentaba el aspecto de la primera fotografía del artículo, con gafas de pasta negra, vaqueros, sandalias y una blusa blanca sin mangas. Los tres se presentaron y Tracy y Kins tomaron asiento en el banco opuesto al suyo. Peterson tenía sobre la mesa una taza de café solo y el portátil abierto.

—Qué sitio tan interesante —aseveró Kins mientras contemplaba la bicicleta antigua que descansaba sobre el techo de los servicios en uno de los rincones.

—Aquí es donde vengo a escribir. Así descanso de mi apartamento y tengo la sensación de que salgo durante el día.

—¿Qué escribes? —preguntó Tracy.

—Cualquier cosa que pueda darme de comer. Sobre todo me dedico a artículos independientes, a lo que se cuece por el ambiente de la ciudad. Y sí, además, soy una de esas con un proyecto de novela.

—¿Has publicado algo ya?

—Todavía no la he acabado. Soy de las de dejar para mañana lo que puedo hacer hoy. Es algo así como un romance literario. —Se encogió de hombros y le dio un sorbo a su café—. Mi jefe dice que están interesados en el artículo que escribí sobre las páginas de contactos de ricachones. Eso fue hace dos meses casi.

—Nos gustaría hacerte unas preguntas sobre tu investigación —dijo Kins.

—Mi labor encubierta de «chica florero» —señaló sonriendo—. ¿Puedo preguntar de qué va todo esto? Los dos llevan alianza, luego doy por hecho que ninguno está interesado en hacerse un perfil… aunque es verdad que eso no es ningún obstáculo para algunos hombres.

Los inspectores le devolvieron la sonrisa.

—Estamos llevando el caso de una joven que, al parecer, concertó una serie de citas en esas páginas —la informó Tracy— y nos gustaría saber más al respecto. Leyendo el artículo, se diría que has invertido mucho tiempo y esfuerzo.

—¿Un caso de homicidio? —preguntó Peterson. La joven había estado indagando y a Tracy no le costó darse cuenta de que empezaban a moverse las ruedas dentadas de su mente de periodista. Se echaría a navegar por la Red en cuanto salieran de allí para intentar averiguar quién había muerto y después buscar su perfil.

—Sí, pero no nos consta que una cosa esté relacionada con la otra. Acabamos de empezar.

Pero se había creado un perfil y se estaba citando con hombres.

—Eso nos han dicho. Por el tono de tu artículo, da la impresión de que no le tienes mucho aprecio a ese tipo de páginas.

—¿Se refiere a la parte en la que digo que te prometen un Ferrari y la mayoría de las veces se presentan con un Kia? Pensaba que me había quedado sutil…

—Se nos da bien leer entre líneas —dijo Kins devolviéndole la sonrisa—. Somos inspectores expertos.

—Sinceramente, me pareció todo un poco triste. Algunas de las chicas con las que hablé lo veían como su momento *Pretty Woman*. Os acordáis de la película de Julia Roberts, ¿no?

Claro que sí, aunque a Tracy la idea de la prostituta y el millonario que se enamoran y viven felices el resto de sus días no podía menos de resultarle un pelín inverosímil.

—¿Y no acaban así todas las citas? —dijo Kins con fingida sorpresa—. ¡Me has dejado de piedra!

—Seguro que algunos de los ricachones se convencen a sí mismos de que están siendo altruistas, ayudando a esas muchachas a cumplir sus sueños como si fuesen sus mentores o algo así. —Volvió a encogerse de hombros por costumbre—. Uno puede contarse lo que le dé la gana y, de hecho, estoy convencida de que, a fuerza de repetirlo, acaba por creérselo, por lo menos en parte. Otros de mis entrevistados adoptaban una actitud más pragmática: se decían que, por lo menos, no estaban contratando los servicios de una prostituta.

—¿Y qué explicación se daban las chicas? —quiso saber Tracy—. Me refiero a las que no vivían el sueño de *Pretty Woman*...

—Eso es lo más triste. Algunas me dijeron que sí creían que las estaban utilizando, pero que, por lo menos, les pagaban por ello. Unas decían que estaban complementando sus ingresos y otras pocas seguían estudiando y necesitaban el dinero para cubrir gastos. —Peterson se encogió de nuevo de hombros, esta vez arrugando al mismo tiempo el sobrecejo—. En mi opinión, todos forman parte de un negocio y todos creen estar ganando con él, cuando en realidad no gana nadie.

—Las páginas aseguran que esas mujeres pueden llegar a ingresar tres mil dólares o más al mes —dijo Tracy—. Supongo que, por lo que averiguaste, no es cierto.

—Las páginas dicen muchas cosas. —Peterson se reclinó en su asiento—. No lo sé. Puede que haya unas cuantas que consigan esa cantidad, aunque yo no pude verificarlo, y una gran mayoría de las chicas con las que hablé no sacaba más que dinero para pequeños gastos. Yo lo veo así: ¿cuántos hombres hay por ahí que puedan permitirse tres mil dólares al mes por tener novia? Por lo que yo investigué, es posible encontrar una prostituta guapísima por cuatrocientos o quinientos dólares. De modo que, si es verdad que pasa, apuesto lo que sea a que no es muy a menudo.

—Pero ¿cómo es que son legales esas páginas de citas? —quiso saber Kins—. ¿Encontraste algo que explique por qué no se considera prostitución? Parece evidente que lo que hacen es cambiar sexo por dinero...

—Esas páginas eluden los radares de las fuerzas del orden locales porque prohíben cualquier acuerdo explícito de intercambio de sexo por efectivo. Por lo que averigüé de los agentes de Antivicio, para que se considere prostitución tiene que haber un acuerdo expreso que se consume en el momento o muy poco después de alcanzado. Las páginas que se denominan a sí mismas «de citas» dicen estar facilitando la formación de parejas y aseguran que el sexo no es su motivación principal.

—Pero, por lo que tú pudiste averiguar —dijo Tracy—, sí es una de ellas, ¿no? —El artículo de la periodista decía que, estando en el seminario de Los Ángeles, la abordaron dos hombres para proponerle acompañarlos a un hotel situado al otro lado de la calle para hacer con ellos un trío.

—Durante mi investigación saqué en claro que es una parte muy importante de todo este asunto. Siempre salía a relucir. Se hablaba de otras cosas, pero el sexo estaba siempre presente.

—¿Y qué dicen al respecto los propietarios de las páginas?

—Que siempre está presente cuando dos personas entablan una relación y empiezan a salir, pero que nadie está obligado a practicarlo si no quiere. —Sonrió con aire triste—. Por otra parte, las páginas dejan claro a las mujeres por adelantado que se trata de relaciones sin complicaciones ni ataduras. Ni se espera que haya amor de por medio ni tampoco se desea; es decir, que no es amor, sino solo sexo, y las mujeres reciben dinero. ¿A qué suena eso?

—¿Quién se apunta a estas páginas?

—No hay manera de saberlo con certeza. Todo es muy confidencial. A las usuarias las animan a usar nombres y perfiles falsos y estoy convencida de que los hombres también lo hacen. Desde luego, no se puede decir, ni mucho menos, que no haya trampa ni cartón y, sinceramente, tampoco falta una gran dosis de estupidez. Solo hay que pensar en una muchacha de diecinueve años metiéndose en un coche con un hombre del que no sabe nada, ni siquiera su nombre real. Lo único que conoce de él es lo que ha leído en su perfil. Para colmo, lo más común es que no le hayan dicho a nadie lo que van a hacer porque les da vergüenza.

—Y buena parte de lo que aparece en la página de citas debe de ser mentira —dijo Kins.

Peterson se inclinó hacia delante y, animándose, respondió:

—Para el artículo hablé con una experta en salud mental que me dijo que esa clase de relaciones transportan a los hombres a esa época despreocupada de sus vidas en la que eran jóvenes y salían con chicas. Ahora, sin embargo, son ellos los que tienen dinero y, por lo tanto, la sartén por el mango. Son ellos los que dominan la situación y pueden llevar la relación por caminos que les estarían vedados en una cita corriente. El resultado es un desequilibrio tremendo de poder. La media de edad de los tipos que usan estas páginas es de cuarenta y cinco años y la de las mujeres, de veintiséis. También se hace manifiesta la desigualdad entre uno y otro sexo y, posiblemente, según ella, desigualdad de clase y racial, lo que plantea la pregunta de si de veras podemos hablar de consentimiento por parte de las chicas o si, más bien, están simplemente desesperadas por dinero, porque no tienen trabajo, no pueden pagar el alquiler o no ven la manera de hacer realidad sus sueños trabajando a media jornada en Starbucks a cambio del salario mínimo. —Peterson se encogió de hombros—. Todos culpan a las chicas y se muestran comprensivos con los hombres cuando, en realidad, estos son tan culpables como ellas, si no más.

Tracy miró a Kins, pero él optó por no hacerle caso.

—Les confieso —dijo Peterson— que en ningún momento me imaginé que acabaría hablando con dos inspectores de homicidios cuando acabé el artículo como lo acabé, aunque supongo que tampoco me sorprende.

—¿Cómo concluiste el artículo? —quiso saber Kins.

—La Red es un lugar peligroso —dijo ella sin mirar su ordenador—. Es fácil participar protegiendo la identidad de uno, pero
hay que tener en cuenta que la persona que tomamos como blanco
puede estar haciendo lo mismo. La experiencia puede convertirse en
un juego mortal.

CAPÍTULO 39

Del aparcó su Impala verde oscuro de 1965 a una distancia prudente de la canasta, no fuera a ser que la pelota se desviase del aro y golpeara a su chiquitín. Faz estaba de pie debajo del cesto, con un balón en las manos. Del había jugado con Faz al baloncesto cuando los dos eran más jóvenes y él no tenía la espalda a un paso de solidificarse. Faz tenía una agilidad sorprendente para su tamaño y proclamaba con orgullo haber jugado de ala-pívot en su instituto.

Al salir del coche, oyó una radio retransmitiendo las últimas entradas del partido de los Mariners.

—Tendrías que haber estado aquí hace una hora —dijo Faz—. Vera ha hecho un salmón para morirse.

Le lanzó la pelota al recién llegado, que prefirió devolvérsela.

—Mejor me estoy quietecito, que todavía tengo la espalda hecha polvo. Si lanzo, puede que me tengan que llevar en ambulancia.

Faz hizo un lanzamiento contra el tablero, pero el aro escupió la pelota.

—¿Cómo ha ido tu día de baja? —preguntó su compañero.

—¿No me ves, jugando al baloncesto aquí fuera? Llevo menos de veinticuatro horas sin trabajar y ya me estoy volviendo loco y tengo desquiciada a Vera. ¿Quieres una cerveza o una copa de vino?

—No, gracias. He venido a hablar contigo.

—Eso ya me lo imaginaba. —Faz señaló con un gesto la mesa de exterior que había en la terraza y las sillas que la rodeaban—. Mejor hablamos aquí fuera.

Lanzó por encima de su hombro la pelota, que botó dos veces antes de aterrizar entre los arbustos del camino de entrada. Oyeron vítores procedentes de la radio que había sobre la mesa.

—¿Otra vez van ganando? —preguntó Del mientras retiraba una silla. Tras un comienzo poco prometedor, los Mariners habían ganado nueve de los diez encuentros jugados.

—Cuatro a cero, por lo último que he oído —dijo Faz—, aunque puede que sea más.

Del se sentó frente a él.

—Hoy he vuelto a South Park, al bloque de apartamentos de López.

—¿Ah, sí? —Faz sonrió—. ¿No me habías dicho esta misma tarde que Nolasco te había ordenado que les pasaras el informe a los de Narcóticos?

—Todavía no he sacado tiempo. —Del le devolvió la sonrisa—. Tenía que ir a informar a la familia de Rodgers del resultado del análisis de balística.

—¿Y cómo se lo han tomado?

—Como imaginaba, más o menos. Tienen claro que López trabajaba para Little Jimmy. Les he dicho que todavía no hemos podido establecer una conexión entre los dos. Ya que estaba por allí, decidí acercarme a ver a la vecina de López.

Faz se inclinó hacia delante y apoyó los antebrazos sobre la mesa.

—¿Y ha querido hablar contigo?

—La he tenido que convencer. —Del le contó la conversación que habían tenido en el pasillo—. Tiene miedo, Faz.

—¿De Little Jimmy?

—No, de nosotros. De la policía.

El anfitrión meditó al respecto.

—No quería que te viesen hablando con ella, ¿no?

—Tal vez, pero no era miedo a la policía en general, sino algo más concreto.

Faz lo miró extrañado.

—¿Miedo a qué, entonces?

—A quién, más bien. A González. Le pregunté a Reynoso quién le había dicho que contara que oyó a un hombre gritar «¡Arma!».

—¿Y te dijo que fue González?

—Después de muchos rodeos, me dijo que la agente le había dicho que contara que oyó a un hombre gritar «¡Arma!».

—Estás de coña.

—No. —Refirió a Del todos los detalles de su visita al piso de la vecina—. González le dijo a Reynoso que podía tener problemas por haber dejado a López entrar en su casa y que las cosas podían ponerse muy feas para su hijo y para ella.

—¿La has grabado? —preguntó Faz.

Del negó con la cabeza.

—Qué va. Tenía miedo de que se asustara y se cerrase en banda. De todos modos, si lo hubiese hecho, el FIT o quien sea podría argumentar que condicioné su testimonio y que jugué con una testigo, sobre todo teniendo en cuenta que le dije que llevabas una cámara y sabíamos que mentía cuando dijo que oyó a un hombre.

Faz se reclinó en su asiento.

—¿Eso le dijiste?

Del asintió sin palabras.

—Joder, Del, no quiero que pongas en peligro tu puesto de trabajo.

—El caso es que ahí no queda todo. Cuando Nolasco me dijo que cerrase nuestra investigación y enviase el expediente a Narcóticos, accedí al archivo para ponerlo al día y vi que Tracy lo había abierto el lunes y el martes por la tarde.

—¿Y para qué iba a querer Tracy…? Espera. Ella estaba en el juicio de Stephenson esos dos días por la tarde.

—Ya lo sé.

—Conque…

—También hay constancia de que yo accedí al fichero ayer, cuando me quedé en casa con dolor de espalda.

—¿Hiciste un acceso remoto?

Del negó con la cabeza.

—No. De hecho, estaba a punto de preguntarte lo mismo.

—Coño, Del.

—¿Qué?

—Joder, que yo le dejé a González que usara ayer tu ordenador cuando me contó una historia sobre no sé qué problemas que había tenido con Tracy. Le di tu contraseña.

Del movió la cabeza varias veces hacia delante mientras pensaba al respecto.

—Y si usó el ordenador de Tracy el lunes o el martes, sabía que el inspector que llevaba el caso de Rodgers era yo, no Tracy, y que desde su equipo no podría acceder a las carpetas privadas de la investigación…

—Pero ¿por qué iba a querer meterse en tus archivos?

—No lo sé, pero está claro que lo que le interesaba era el caso de Monique Rodgers.

—¿Le preguntaste a Reynoso qué estaba haciendo López en su casa?

—Sí y me dijo que quería esconderse de alguien.

—¿Sabía que íbamos a ir a verlo?

—No creo.

—Entonces, ¿de quién?

—Reynoso me dijo que estando López en su piso, llamaron a la puerta de él. Tú me dijiste que González no llegó a llamar, ¿verdad?

—Sí, no nos dio tiempo.

—Eso quiere decir que antes que González y tú llegó alguien más a su casa. Reynoso dice que llamaron varias veces y luego se fueron. Cuando dejaron de golpear su puerta, López se fue a la ventana a mirar el aparcamiento y, cuando estaba en ello, lo llamaron por teléfono y se puso a hablar en español.

—Yo oí a alguien hablando en español.

—Lo sé. Además, creo que López no esperaba encontrarse con nadie en el pasillo al salir. Creo que pensó que quien lo estaba buscando se había ido ya. Las puertas no tienen mirilla, de modo que no podía comprobarlo antes de abrir. Creo que González y tú lo sorprendisteis tanto como él a vosotros.

Faz recordó algo más.

—González pidió buscar a Eduardo López en el sistema —dijo inclinándose hacia delante—. Estaba conmigo cuando los de Huellas me dieron los resultados de la que sacamos del capó del coche. Me preguntó si quería que me echara una mano.

—O sea, que sabía que teníamos una prueba que incriminaba a López y, al introducir su nombre en el sistema, consiguió su última dirección conocida.

—¿Crees que avisó a López de que íbamos a hablar con él?

—Quizá —dijo Del—, pero eso no explica quién fue a verlo antes que vosotros. ¿De quién se escondía López?

Faz recordó al hombre que había salido de las escaleras cuando González y él se disponían a entrar en el ascensor. Coincidía con lo que había dicho la testigo.

—Puede que yo lo viese.

—¿Quién era?

—No lo sé, pero González y yo vimos a un hispano salir de las escaleras mientras esperábamos al ascensor. Nos miró… y al salir del bloque echó a andar en dirección al aparcamiento.

—Según Reynoso, López se asomó a la ventana y lo vio irse.

—Eso coincide, más o menos, con el tiempo que tardamos nosotros en llegar al piso, pero, si González le dijo a López que íbamos a ir a verlo, ¿por qué le disparó? —preguntó Faz.

—Quizá no lo avisara, pero tal vez se lo dijo al otro y, cuando llamó a la puerta y vio que no le contestaban, se imaginó que López no estaba en casa.

—Eso sigue sin explicar por qué le disparó.

—Para eso no tengo respuesta, al menos todavía —dijo Del—. Lo único que sé con certeza en este momento es que un muerto no puede testificar contra Little Jimmy y que la muerte de López a manos de González ha puesto fin a nuestra investigación, sobre todo teniendo en cuenta que la bala que mató a Monique Rodgers coincide con el revólver que había en casa de López.

—No tenemos suficientes indicios para acusarla de nada. Quiero decir, que aunque consiguiésemos que Reynoso contara lo que le dijo González, González solo tendría que negarlo.

—Y si, encima, se descubre que le dije que llevabas una cámara...

—Te colgarán de las pelotas a mi lado.

Del asintió.

—Mañana voy a llamar a Los Ángeles para ver si puedo hablar con ciertas personas de allí y averiguar qué saben de ella.

—Busca su dirección.

—Eso sabes que no puedo hacerlo, Faz. —Para que los agentes buscaran las señas de un domicilio, era necesario que este estuviese vinculado a un caso concreto.

—Con una dirección me basta. Me estoy volviendo loco aquí. Lo único que quiero es echarle un ojo a González mientras no está de servicio. ¿Ha comprobado alguien el teléfono de López por ver a quién llama o con quién se está escribiendo?

—Todavía no. He venido directo aquí. Mañana me encargo. —Del se arrellanó moviendo la cabeza de un lado a otro y, tras unos instantes, señaló—: Menuda mierda.

—Y nos la hemos encontrado dentro de otra mierda más grande —convino Faz.

CAPÍTULO 40

Armados con una fotografía de Shea, sonriente y con bata de médico, y con un informe de Tráfico en el que constaba que era propietario de un Tesla Model X blanco de 2017, Tracy y Kins estacionaron en el aparcamiento de la clínica avanzada la tarde del viernes. La inspectora había llamado de nuevo, haciéndose pasar por una madre con una hija enferma que quería concertar una visita y le habían dicho que no tenía ningún hueco.

Las plazas destinadas a los vehículos de los médicos estaban situadas en la planta baja, al lado de la entrada del edificio. No vieron el Tesla blanco.

—El cochecito cuesta unos ciento veinticinco mil dólares —dijo Kins mientras buscaban un sitio en el que aparcar—, de modo que aquí no veremos más que dos o tres.

—Mi padre era médico y tenía una camioneta. Si Shea conduce un coche de más de cien mil dólares y vive en Medina, tiene que venir de una familia rica o formar parte de una por consorte. Hoy en día es raro que un pediatra gane tanto dinero ejerciendo.

—Sobre todo si gasta un par de miles al mes en una concubina.

—Sobre todo —recalcó Tracy.

En ese momento entró en el aparcamiento un Tesla blanco.

—Ese es su coche.

—Y ese es él —dijo Kins cuando Shea aparcó en una plaza de médico y salió del coche. Las puertas traseras del vehículo se elevaron como las alas de un ave.

Los inspectores lo abordaron enseguida.

—¿El doctor Shea? —dijo Tracy.

El recién llegado, que acababa de recuperar una chaqueta deportiva del asiento de atrás, dio un respingo al oír su nombre. Entornó los ojos y dijo:

—Sí.

Tracy le enseñó la placa.

—Soy la inspectora Crosswhite y este es el inspector Rowe. Queremos hablar con usted un minuto.

—¿De qué?

—De Vita Kumari.

Aunque la expresión de sus ojos delató que reconocía el nombre, respondió:

—No conozco a nadie que se llame así.

—Claro que sí —intervino Kins—. No vaya por ahí, ¿de acuerdo? Sabemos todo lo de las páginas de citas de ricachones y jóvenes florero. Usted es el ricachón y ella es la joven. ¿Me equivoco?

Shea se desinfló al instante, tal como había pretendido el inspector.

—¿Y qué es lo que quieren?

—Tal vez prefiera que charlemos en su consulta en lugar de hacerlo en los aparcamientos —propuso Tracy.

—¿Le ha pasado algo a Vita? —preguntó. Su preocupación parecía sincera, pero de Ted Bundy decían lo mismo los policías que lo conocieron.

—¿Por qué lo pregunta? —dijo Kins.

—Porque tengo a dos inspectores delante de mi coche diciéndome que quieren hablar conmigo sobre Vita.

El inspector miró a su compañera.

—Bien visto.

—Sí —dijo Tracy a Shea—, le ha pasado algo.

Shea miró hacia las puertas correderas de cristal del edificio.

—Síganme.

Subió con ellos unas escaleras y usó una llave para abrir una puerta interior. Lo siguieron por un pasillo con una alfombra con dibujos de vías de tren y de vagones que avanzaba a los pies de un mural de un safari africano con monos en los árboles, elefantes, leones y un guepardo tendido sobre una rama y con un río a sus pies. A continuación, atravesaron una sala abarrotada de básculas, medidores de altura y tablas optométricas.

—Doctor Shea... —De una de las salas de espera salió una mujer con uniforme azul. Sus ojos se posaron brevemente en Tracy y en Kins—. Pensaba que ya se había ido.

El pediatra, sorprendentemente, los presentó como inspectores de la policía de Seattle.

—He vuelto para hacer papeleo. No tardaré mucho, espero.

Shea se dirigió a una puerta que tenía su nombre grabado en una placa y la abrió. El mobiliario era austero para alguien que conducía un coche tan caro. Las ventanas estaban cubiertas por persianas de las que permitían ver a su través. Al otro lado se extendía la autopista 405.

—Siéntense. —Señaló con un gesto las sillas que había dispuestas delante de su escritorio, chapado de color claro, a juego con el resto de la consulta. Buena parte de su superficie estaba ocupada por un monitor de grandes dimensiones. De la pared que tenía a sus espaldas pendían varios títulos académicos enmarcados. Había asistido a la Universidad Gonzaga (costaba imaginar que los jesuitas estuviesen dispuestos a aprobar su perfil de ricachón aficionado a las jovencitas) y se había graduado en Medicina por la Universidad de Washington antes de especializarse en pediatría. Rodeó el escritorio y se sentó—. ¿Dicen que le ha ocurrido algo a Vita?

—¿Cuándo fue la última vez que la vio? —preguntó Tracy.

—El lunes por la noche.

—¿Qué hicieron?

Shea se aclaró la garganta. No aparentaba cuarenta y cuatro años. Tenía la costumbre de apartarse los mechones rubios de su corte de pelo de aspecto juvenil que le caían sobre la frente.

—Fuimos a cenar y, luego, como de costumbre, a un hotel de Kirkland.

—¿Dónde cenaron?

—En Lila's Café. Está en Kirkland. La reserva estaba a mi nombre.

—¿Y el hotel era…?

—El Marriott, también allí.

—¿También a su nombre? —quiso saber Kins.

Tracy tomaba notas. Si Shea estaba intentando ocultar algo, no se le estaba dando muy bien.

—No —respondió el médico.

—¿A nombre de Kavita? —insistió el inspector.

—Sí.

—Una conducta un poco atrevida para un hombre casado de Medina, ¿no cree? ¿No temía que los viesen?

Shea se reclinó en su sillón, se aflojó la corbata y se desabrochó el cuello de la camisa.

—Si nos veía alguien durante la cena, Vita no era más que una alumna interesada en hacer prácticas de pediatría.

—¿Y en el hotel, ¿qué era? —preguntó Kins. Desde luego, cuando quería, su sarcasmo podía ser todo un dolor de muelas.

—Nunca entrábamos juntos. Era Vita la que pedía siempre la habitación.

—¿Y el personal del hotel no se preguntó nunca por qué necesitaba alojarse allí el mismo día y a la misma hora todas las semanas?

—Les decía que trabajaba de visitadora médica y se citaba con los clientes del Eastside los martes a primera hora de la mañana. Llevaba equipaje.

Todo muy bien pensado.

—O sea, que se trataba de un trato regular.

—Normalmente sí.

—¿Qué quiere decir?

—Quiero decir que nos veíamos la noche de los lunes siempre que a ninguno de los dos le surgiera un imprevisto.

—¿Y cómo se avisaban en ese caso?

—Con un mensaje de texto. A veces nos llamábamos.

Tracy miró a Kins.

—¿Con qué frecuencia tenían que cambiar los planes? —A la inspectora le daba igual: lo que le interesaba era el comentario sobre los mensajes de texto.

—Pocas veces. Ni me acuerdo de cuándo fue la última vez.

—¿Y se escribían por otros motivos?

—Solo para confirmar nuestras citas y los lugares de encuentro.

—¿Y para preguntarle si le gustaba la piña colada y que la sorprendiese la lluvia? —Kins citó a Rupert Holmes y su canción sobre la aventura de un hombre casado con la clara intención de provocarlo y ver si era de mecha corta y estallaba con facilidad.

Shea lo miró a los ojos.

—No —respondió.

—¿Enviaba esos mensajes desde su teléfono? —quiso saber Tracy—. ¿No le preocupaba que los leyese su mujer?

El pediatra negó con la cabeza.

—Nunca usaba mi teléfono. Los dos teníamos desechables.

—¿Kavita también?

Esa información la desconocían. En el hoyo no habían encontrado otro móvil que el suyo personal. De haber sido Shea el asesino, habría tomado la precaución de quitarle el desechable, pero, en tal caso, ¿por qué iba a revelarles su existencia? ¿No sería que, tras pensarlo detenidamente, había decidido que, en caso de verse sometido a un interrogatorio, sacaría el tema de los teléfonos desechables precisamente porque no tenía sentido que lo hiciese si era culpable?

—Sí —dijo él.

—¿Le escribió usted para confirmar la cita de este lunes?

—Sí.

—¿Y le respondió ella?

—Sí.

—¿Tiene usted el teléfono?

Shea usó una llave de su llavero para abrir el último cajón de su escritorio. Sacó un móvil barato, lo encendió e introdujo la contraseña. Tras un minuto, se lo tendió a la inspectora. Kavita Mukherjee había confirmado la cita a las cuatro y catorce de la tarde del lunes. Poco después de las cinco y media había vuelto a escribir para avisar de que se retrasaría un poco por el tráfico. Tracy sospechaba que no le había dicho la verdad, ya que esa había sido la tarde en que Aditi había vuelto a casa para anunciarle que se había casado y se iba a vivir a Londres con su marido. Y lo más importante: quienquiera que hubiese matado a Vita se había hecho con su desechable, pero no con su otro teléfono. Volvió a preguntarse si se trataba de un acto deliberado concebido para confundirlos. Shea, por descontado, tenía motivos de sobra para hacerlo.

Tracy miró a Kins antes de dirigirse de nuevo al médico.

—¿Por qué las noches de los lunes?

—Porque mi mujer tiene reunión del club de lectura el primer y tercer lunes de cada mes. Noche de chicas… o eso dice ella.

—¿Quién se queda con sus hijas? —preguntó Tracy.

El hecho de que supiese de sus hijas lo llevó a hacer una pausa, que era precisamente lo que pretendía la inspectora: que pensara que sabían mucho más de lo que habían podido averiguar.

—Tenemos niñera.

—¿Trabaja su mujer? —preguntó Kins.

Shea soltó una risita.

—No, por Dios. Su familia es dueña de los Umberto. Conocerán la cadena de ferreterías, ¿no?

—Recordaba haber leído en el periódico que la familia la vendió hace ya unos años. Por unos doscientos millones, ¿verdad?

—Doscientos ochenta y seis —puntualizó el médico—, aunque la familia siguió formando parte del consejo de administración cinco años más. El año pasado, al ver que no les hacía gracia cómo se estaba llevando el negocio, lo volvieron a comprar. Tienen lo que podrían llamar «renta disponible».

—¿Por qué ha dicho antes «o eso dice ella» al hablar de lo que hace su mujer los lunes? —quiso saber Tracy.

Shea se recostó sobre el respaldo de su asiento y se puso a mecerlo.

—Porque sospecho que mi esposa tiene un noviete… y que no es el primero.

Kins asintió.

—Y usted no quiso ser menos.

El pediatra se encogió de hombros.

—¿Y por qué buscó una joven florero? —preguntó Tracy.

—Pues porque no puedo salir a ligar al gimnasio del barrio o a una cafetería de los alrededores. La familia de mi mujer es demasiado conocida en todo el Eastside.

—Y si ella se hubiese enterado, habría tenido una excusa para mandarlo a paseo, con lo que usted se habría quedado sin ella y sin su dinero —dijo Kins.

—Tal vez, inspector. No es que ella esté dando un ejemplo sublime de ética, pero cuando uno tiene tanto dinero tiende a colocar el listón donde le viene en gana.

—¿Por qué no se divorcian y ya está?

—Porque tenemos dos hijas de menos de diez años que adoran a su padre, a su madre no tanto, y queremos intentar ser una familia. Por ellas.

—¿Cuántas *sugar babies* tiene usted? —preguntó Tracy, trabándose al decir *sugar babies*.

—Tenía tres: Kavita y otras dos.

—¿Y de dónde sacaba el tiempo? Por no hablar de las fuerzas… —preguntó Kins.

—A las otras las veía con menos frecuencia, una vez cada dos meses quizá.

—¿Juntas o por separado?

Shea se tomó unos segundos.

—Juntas.

—Un trío. —El inspector seguía rascando la costra por ver si hacía sangre.

—¿Cómo ocultaba a su mujer los pagos que les hacía a Vita y a esas otras dos jóvenes?

—Hacía ingresos de mi cuenta a la de Vita. Todo se hacía con números, sin nombres. Si me hubiera preguntado, le habría dicho que era el pago del gimnasio. Tampoco es que le importe mucho: mi mujer no les presta la menor atención a nuestras finanzas, y menos aún a las mías. No lo necesita. Tenemos un administrador que se encarga de su fideicomiso, pero, en realidad, ella puede hacer lo que le dé la gana con él. Mi sueldo, en comparación, es diminuto y apenas le interesa. A las otras dos les pagaba en efectivo.

—Cuando se vio con Kavita el lunes, ¿cómo la encontró? ¿Se comportó como siempre? —quiso saber Tracy.

Shea meditó su respuesta unos instantes, como si ya lo hubiese olvidado.

—Ella estuvo correcta, aunque eso formaba parte de nuestro acuerdo.

—¿Qué acuerdo? —preguntó Kins.

—Teníamos un acuerdo escrito por el que nos obligábamos a no hacer preguntas sobre nuestra vida particular ni hablar de nuestros problemas personales.

—Nada que pudiese arruinar el sexo de después.

—¿Le habló Kavita alguna vez de que tuviera novio? —intervino Tracy.

Shea negó con la cabeza.

—¿De qué hablaban cuando estaban juntos? —preguntó Kins.

—De muchas cosas. Vita tiene una cultura muy amplia. Quiere ser pediatra, de modo que me hacía preguntas sobre la profesión y sobre los pacientes. Le interesa mucho la actualidad mundial y local y es sorprendente lo mucho que sabe de deportes y, en particular, de los Seahawks. Yo disfrutaba mucho con nuestras veladas y estaba siempre deseando que llegaran.

—Entonces no notó nada fuera de lo común esa noche —dijo la inspectora.

—En realidad sí que hubo algo. Vita me comunicó que quería poner fin a nuestro trato. —Lo dijo sin emoción, como si no le diera importancia, y Tracy se preguntó si no lo habría ensayado tras prever también aquel momento.

—¿Le dio alguna explicación?

—Me dijo que había ahorrado dinero suficiente por lo menos para empezar en la Facultad de Medicina y que ese había sido siempre su objetivo.

—¿Y se lo dijo así, de golpe? —quiso saber Kins.

—No, ya me había dicho que quería ahorrar para estudiar y que lo dejaría cuando lo consiguiera.

—¿Le dijo algo más? —preguntó Tracy.

Shea se encogió de hombros.

—Que yo recuerde, no.

—¿Era parte del acuerdo de dejar a un lado las miserias personales? —dijo Kins.

311

—No lo sé, inspector. Me dijo que había habido cambios en su vida, que quería enviar la solicitud a varias facultades en otoño y que dedicaría el tiempo libre a estudiar para los exámenes de ingreso.

—¿Y cómo le sentó? —preguntó Tracy.

—Me alegré por ella —repuso él sin dudarlo—. Es una muchacha muy inteligente y sin duda va a ser una médica extraordinaria.

La inspectora no pasó por alto que había usado el presente.

—Pero ¿cómo le sentó que lo dejase? —insistió Kins.

—Me sentí decepcionado. Disfrutaba mucho estando con ella y la relación se había hecho estable. Ahora tendría que decidir si quería empezar de nuevo con otra.

—¿Se enfadó? —dijo Tracy.

—No. Como les he dicho, los dos teníamos muy claro desde el principio que no se trataba de construir una relación para el futuro. Ninguno de los dos esperaba que ocurriese algo así.

—¿Qué sentía usted por ella? —preguntó Kins—. No suena a amor. ¿Qué era?

El pediatra meditó la respuesta.

—Supongo que la consideraba algo así como una socia empresarial.

—De modo que lo que hizo ella fue… ¿hacer valer una cláusula de su contrato empresarial?

—Era algo a lo que podía recurrir cualquiera de los dos en un momento dado.

—¿A qué hora salió usted del hotel la noche del lunes? —preguntó Tracy.

—A las nueve más o menos. Un poco antes, porque todavía había algo de claridad. Yo salía siempre a la misma hora. Mi mujer llega del club de lectura a las nueve y media.

—Y Vita, ¿cuándo salía?

—Ni idea. Como les he dicho, yo salía antes. Ella podía pasar la noche en la habitación si lo prefería o volverse a casa.

—Entonces, la dejaba sola en la habitación del hotel —dijo Kins.

—Siempre.

—¿Con qué frecuencia aprovechaba para pasar la noche allí?

—Pues no lo sé.

—¿Tampoco hablaban de eso?

—No.

—¿Su niñera puede confirmar la hora a la que llegó a casa aquella noche?

—Sí. Como les he dicho, siempre era a la misma.

—¿Cómo se llama? —quiso saber Tracy. Shea le dio el nombre de la niñera y ella lo anotó junto con el número de la joven antes de preguntar—: ¿Con qué nombre se registraba Kavita en el hotel?

El médico se encogió de hombros.

—Supongo que con el de Vita Kumari.

Kins se inclinó hacia delante y apoyó los brazos en el escritorio.

—Doctor Shea, ¿no cree que esa relación suya era un pelín explotadora?

Tracy sintió ganas de poner los ojos en blanco, pero, dada la gravedad de la situación, se contuvo.

El pediatra se reclinó en su asiento con aspecto cansado.

—A ver, inspectores, reconozco que nuestra relación no era corriente, pero creo que nos beneficiaba a los dos. —Encogió los hombros de nuevo—. ¿Qué opciones tenía yo? ¿Salir a ligar a un bar? Si no se me daba bien de joven, dudo que ahora vaya a mejorar la situación. Además, en ese caso, estaríamos hablando de tratar con distintas personas, con lo que habría que tener en cuenta las enfermedades de trasmisión sexual y vaya usted a saber qué más. Encima, ¿de dónde iba a sacar yo tiempo para eso? —Se detuvo como si aguardara una respuesta y, a continuación, prosiguió—. Oí hablar de esa página de contactos y me creé un perfil, solo por ver qué pasaba. Los seis primeros meses fueron una basura. Las mujeres no eran muy interesantes. Estaba a punto de dejarlo cuando vi el perfil

313

de aquella joven guapísima. Decía que quería dinero para matricularse en la Facultad de Medicina. Aquello era algo nuevo. ¿Me sentí mal? En cierta medida, sí, pero luego pensé que así, por lo menos, podía hacerle un bien a alguien con mi dinero.

—Entonces, ¿qué es usted? ¿Algo así como Sallie Mae? —dijo Kins refiriéndose al servicio de préstamos académicos.

Esta vez Shea no dio su brazo a torcer.

—En cierto sentido, diría que sí, inspector.

—Y a las otras muchachas, las dos con las que se monta el trío, ¿también les está costeando los estudios?

Shea hizo caso omiso de la pregunta.

—¿Qué nombre usó usted en la página? —dijo Tracy.

—Charles Francis, mis dos nombres de pila. No me han dicho por qué me están haciendo todas estas preguntas. ¿Le ha pasado algo a Vita?

—Ha muerto —repuso Kins.

Tracy y él observaron atentamente su reacción. El médico entornó los ojos, que se empañaron, y apretó los labios. Tras un instante quiso saber:

—¿Cómo? —Apenas logró hacer salir la palabra de su garganta.

La inspectora dudaba que estuviese fingiendo, aunque no podía estar segura.

—Eso es lo que estamos intentando determinar.

—Pero creen que la han matado. Por eso están aquí. ¿Creen que yo he tenido algo que ver con la muerte de Vita?

—¿Ha tenido algo que ver? —preguntó Kins.

—No —contestó Shea mirándolos a los dos. A continuación musitó—: Dios mío. ¿Necesito un abogado?

—Yo no lo sé, doctor. Eso es cosa suya. Nosotros solo hemos venido a hacerle unas preguntas y a intentar reconstruir, en la medida de lo posible, la última noche de Kavita.

—Yo la dejé en la habitación del hotel, con vida.

CAPÍTULO 41

Faz trató de acomodarse en el asiento del coche. El cuerpo empezaba a dolerle por todas partes de llevar tanto rato sentado. Llevaba la ventanilla bajada. La temperatura seguía siendo tolerable, si bien la previsión meteorológica hablaba de unas máximas de más de treinta para el fin de semana. Había llegado al barrio de Capitol Hill de Seattle poco después de las seis de la mañana y había recorrido el camino de entrada del bloque de apartamentos de tres plantas para confirmar que el Audi A8 rojo de González estaba aparcado en una de las plazas reservadas a los residentes. Era un vehículo espléndido, por más que se tratara de un modelo antiguo, y el inspector no pudo menos de preguntarse si su compañera no estaría complementando sus ingresos de algún modo.

Se había retirado ligeramente para aparcar el Subaru de cara al sur en la avenida Doce, en la acera de enfrente del bloque y de la única salida con que contaba este, y se había apostado a esperar. De eso hacía ya casi seis horas.

Comprobó el teléfono, pero no vio mensajes de Del, que en aquel momento estaba llamando a Los Ángeles a fin de conseguir cualquier información que pudieran darle sobre Andrea González. Dio un trago a una de las botellas de agua que guardaba en la neverita del asiento del copiloto. Le había dicho a Vera que tenía consulta con un psiquiatra y reunión con uno de los abogados del sindicato y que calculaba que estaría fuera la mayor parte del día. No le gustaba mentirle, pero, dadas las circunstancias, tampoco quería darle una preocupación más.

Se incorporó cuando vio el sol reflejarse en el capó bruñido del Audi rojo que sorteaba la cima del camino de salida en pendiente. El coche se detuvo para dejar pasar a un coche que se dirigía al norte y a continuación giró y se alejó de Faz. Él volvió a guardar la botella en la nevera, arrancó el Subaru y se apartó del bordillo.

Conocía bien aquella zona. Media manzana más al oeste, en el parque de Cal Anderson, había disfrutado con Vera de muchas meriendas al aire libre mientras observaban a Antonio jugar al béisbol y al fútbol. También estaban cerca de los accesos a la interestatal 5. González giró a la izquierda hacia Denny Way y tomó la salida meridional. Faz se mantuvo en el carril derecho, dejando varios vehículos entre él y el Audi, por si la inspectora salía de manera precipitada para detectar si la seguían. Atravesó el centro de Seattle, donde el tráfico empezó a congestionarse hasta obligarlos a ir a paso de tortuga. Tenía que hacer lo posible por permanecer detrás del Audi, aunque no resultaba sencillo cuando los ocupantes de los diversos carriles avanzaban de manera irregular. Aunque llevaba gafas de sol y una gorra de béisbol de los Mariners, Del decía que disfrazar a Faz era tan fácil como esconder a un oso pardo detrás de un pañuelo.

González rebasó las salidas del Distrito Internacional. No estaba cambiando de carril ni aumentando y reduciendo la velocidad, otra de las técnicas empleadas para detectar una persecución. Unos minutos después, salió por la avenida Corson con rumbo suroeste, hacia Georgetown, aunque Faz sospechaba que aquel no era su destino final. Se irguió y sintió los nervios de la expectación. En Marginal Way, González giró a la izquierda hacia Boeign Field. Faz volvió a reducir la marcha cuando se despejó el tráfico a fin de evitar acercarse demasiado. Observó a la inspectora girar a la derecha en la avenida Dieciséis Sur hacia el puente que cruzaba el Duwamish para entrar en South Park.

—Bingo —dijo.

Cabía la posibilidad de que fuese, sin más, a ver a unos amigos, aunque era tan probable como que Sandy Blaismith hubiese ido a South Park para hablar con su entrenador personal. Faz no creía en las casualidades: la gente solía hacer las cosas por algo y tenía la sospecha de que González tenía una intención concreta aquella tarde.

El Audi giró hacia Cloverdale, pero no se detuvo ante la casa en la que Faz y Del habían hablado con Little Jimmy. El tráfico y el trasiego de gente se hicieron más densos. Las aceras se llenaron de familias vestidas de verano que parecían encaminarse en un mismo sentido, como el público que se dirige a un acontecimiento deportivo o a un concierto.

González tomó la Octava Avenida Sur y volvió a girar en South Sullivan. Faz la siguió y vio señales que anunciaban el camino al centro social de South Park. Más adelante había una serie de carpas blancas instaladas en la extensión de césped contigua a dicho edificio. Por la ventanilla entraba el sonido de las trompetas de un grupo de mariachis y olor a comida. Al llegar a la esquina, decidió no girar por si González estaba prestando mayor atención, aunque sabía que tenía que andar con cuidado para no perderla entre el gentío si salía del vehículo.

El Audi redujo la marcha y giró hacia el aparcamiento del centro social, aun cuando parecía completo. Faz se pegó al bordillo opuesto, bloqueando un camino de salida, y la vio caminar por la extensión de césped. Enseguida fue hacia ella un aparcacoches, aunque ella le dijo o le enseñó algo —probablemente su placa— que bastó para que dejara de importunarla. Cuando la inspectora se apeó, Faz prestó especial atención a su vestimenta: gafas de sol, pantalón corto blanco, zapatillas de deporte y camiseta azul. Metió la mano en el Audi y sacó un gorro flexible que se colocó en la cabeza de tal modo que le tapase parte del rostro. Fuera cual fuese el motivo que la había llevado allí, saltaba a la vista que no quería que la identificasen. Con el gorro, no obstante, sería más fácil no perderla de vista.

Cruzó el césped en dirección a las carpas.

Faz vio un coche apartarse de la acera y corrió a ocupar el aparcamiento que había dejado libre. Un joven emprendedor se acercó a su ventanilla y le pidió cinco dólares por estacionar. El inspector pagó el rescate, dejó el cortavientos azul en el asiento trasero y cruzó la Octava Avenida en dirección al parque.

Los asistentes paseaban por el césped, algunos comiendo mazorcas de maíz y otros con burritos y con churros. En los puestos se exhibían artículos de artesanía latina: cuadritos y otras baratijas. Faz se hizo con un folleto de una de las mesas, declinó la comida que le ofrecieron y alargó el cuello para localizar por encima de la muchedumbre el gorro y la camiseta azul, pero no vio a González.

Fue de un lado a otro entre la concurrencia, escuchando las guitarras y las trompetas. Sobre un escenario bailaban mujeres con vestidos de colores alegres. En el centro de la extensión de césped habían instalado un cuadrilátero y mezclados con la multitud podía verse a luchadores ataviados con máscaras vistosas, mallas coloridas y botas que les llegaban hasta la rodilla. Faz siguió buscando de carpa en carpa. Cruzó el césped y empezó por el otro lado, mirando en los tenderetes y observando a los que hacían cola delante de los puestos ambulantes de comida. De debajo de la gorra le corrían gotas de sudor que le bajaban por las sienes y las mejillas. Se detuvo de golpe al ver el gorro y la camiseta azul desaparecer tras uno de los tenderetes. En lugar de seguirla, siguió caminando hasta llegar al lado opuesto de la instalación. González apareció entonces en el hueco que quedaba entre esta y la siguiente. Tenía la cabeza gacha y daba la impresión de estar escribiendo en su teléfono, ajena a la presencia de Faz. Este inclinó el cuerpo como si estuviera interesado en los luchadores, pero sin quitar ojo a la inspectora, que bajó el móvil y echó a andar. Entonces entró un hombre por el pasillo que quedaba entre los tenderetes. Estaba de espaldas a la extensión de césped, por lo que no alcanzaba a verle bien la cara. Faz sacó su teléfono como si quisiera sacar una fotografía de lo que ocurría en el cuadrilátero, pero la ladeó de tal forma que le fuera posible mirar a sus espaldas... y vio que González estaba hablando con el recién llegado.

Estaba a punto de sacarles una foto cuando alguien tropezó con él y le movió el teléfono.

—Perdón —le dijo un joven.

Faz sonrió.

—No pasa nada. —Volvió a dirigir el objetivo hacia el hueco que quedaba entre los dos tenderetes, pero González y su interlocutor ya habían desaparecido. Se volvió para buscarla y la vio cruzar el césped en dirección al coche. Todo apuntaba a que, si había ido allí a decir algo, ya lo había dicho. Quiso ir tras ella, pero le pareció más importante seguir al desconocido, intentar fotografiarlo y averiguar su identidad. Dio la vuelta en dirección a los puestos, pero de primeras no lo encontró. Tres tenderetes más allá, lo vio meterse por detrás de uno en el que había una mujer que vendía abalorios con dos críos que, sentados a una mesa, ensartaban cuentas en un cordel. El hombre intercambió unas palabras con ella, pero Faz solo lo veía de perfil. Entonces la besó, se inclinó para besar también a los chiquillos, giró sobre sus talones y desapareció por la parte de atrás antes de que Faz tuviera tiempo de mirarle bien la cara. El inspector se disponía a seguirlo, pero se detuvo al ver que regresaba, aparentemente en respuesta a una pregunta formulada por la mujer, y, desde donde estaba, pudo verle bien el rostro.

Llevaba gafas de sol y una gorra de béisbol, pero Faz estaba seguro de haberlo reconocido.

CAPÍTULO 42

Tracy llamó a Kelly Rosa.

—¿Has acabado ya el informe de Kavita Mukherjee?

—Estoy en ello, pero que sepas que no eres la primera que me lo pregunta.

—¿Los de Bellevue?

—Sí. Anoche, antes de que volviera a casa.

—¿Cuánto tiempo podrás darles largas?

—Me están pidiendo las conclusiones preliminares, así que no creo que mucho.

Kaylee Wright había dicho algo parecido cuando la había llamado: tenía que darles pronto algo a la policía de Bellevue.

Tracy y Kins fueron a Park 95 a recoger el lápiz de memoria en el que había copiado Andréi Vilkotski seis meses de mensajes de texto del teléfono de Kavita Mukherjee y descubrir cómo llevaba Katie Pryor las gestiones del resto de órdenes judiciales. Tracy insertó la memoria en el portátil y estudió con Kins la información. Nolasco había intentado contactar con ellos entrada la tarde del viernes, pero ellos no le habían contestado al suponer que lo que pretendía era comunicarles que tenían que ceder el expediente a Bellevue.

—El hermano le mandó mensajes muy desagradables —dijo el inspector estirando la espalda—. Menudo pieza está hecho.

Tracy había escrito el nombre de Nikhil en la casilla de búsqueda para leer lo que le había escrito a Kavita. En uno de ellos tildaba de infantil e irrespetuoso su empeño en ir contra los deseos de sus padres:

> Estás provocando una tensión y una irritación innecesarios en la familia. ¿Tanto te avergüenzas de ser india que eres capaz de hacer daño a ma y a baba? Ya va siendo hora de que dejes de portarte como una cría.

—¿Sabemos dónde estaba Nikhil el lunes por la noche? —preguntó Kins.

—En casa, con su madre y sus abuelos. El padre volvía de un viaje de negocios a Los Ángeles y Sam pasó la noche en casa de un amigo después de jugar un partido de fútbol. No creo que sea difícil confirmarlo.

—No respondió a ninguno de los mensajes de Nikhil. Eso tuvo que cabrearlo mucho, ¿no crees?

—Puede que estuviera acostumbrado.

Tracy leyó los que había enviado Aditi el lunes por la tarde y el martes por la mañana para expresar su preocupación e implorar a Kavita que le respondiera. También encontró el que le había enviado Sam, el hermano menor, la tarde del lunes:

> Hola, Vita. Estaba acordándome de ti y preguntándome qué estarás haciendo. Esta tarde tengo un partido en Roosevelt, cerca de tu apartamento. Es a las seis y ma y baba no pueden venir, así que estaré solo. Espero que puedas venir.

Kavita le respondió de inmediato:

Hola, Sam. Gracias por invitarme. Te echo de menos. Hoy ha sido un día muy duro. Supongo que te habrás enterado de lo de la boda de Aditi. Apuesto a que a estas alturas lo debe de saber todo el mundo. Ha vuelto de la India y se va de nuestro apartamento. Se muda a Londres. Su marido es ingeniero. No sabes lo sola que me siento, Sam. Es como si hubiera perdido a una hermana. No quiero imaginarme lo que diría ma al oír la noticia. La señora Dasgupta debe de estar restregándoselo por la cara.

Me encantaría ir a tu partido, pero a esa hora no puedo. Tengo una cita.

Y acompañaba el texto con una carita triste.

Estaré acordándome de ti y deseándote suerte. Escríbeme cuando acabe y me cuentas cómo habéis quedado. Te quiero, hermanito.

—La cita tenía que ser la de Shea —dijo Kins.

—Desde luego.

—Y lo de pedirle que le escriba después del partido —añadió el inspector señalando a la pantalla— no es propio de una mujer que está pensando en suicidarse.

Tracy se mostró de acuerdo. A continuación, leyó la respuesta que le había enviado Sam después del fútbol.

¡Vita, hemos ganado! Yo no he marcado ningún gol, pero he hecho un buen partido. Llámame cuando llegues a casa. Esta noche me quedo en casa de mi amigo, así que tendré el teléfono.

—¿Qué quiere decir con que tendrá el teléfono?

—La madre se lo quita por la noche —dijo Tracy.

—Shannah hace lo mismo. Si no, mis hijos no harían nunca los deberes.

La inspectora leyó el mensaje que había enviado Sam aquella misma noche, pasadas ya las diez.

Vita, ¿has leído lo que te he escrito? Te he llamado, pero no me has contestado. Llámame.

Sam había enviado un tercer mensaje el martes, después de que fueran a ver a la familia Tracy y Pryor:

Vita, ¿estás ahí? Te está buscando la policía. Nos tienes a todos preocupados. Ma y baba están preocupados y yo también. Por favor, llámame si lees esto.

También había uno de Nikhil:

Vita, ha venido la policía buscándote. Tienes que acabar con esta estupidez y volver a casa.

—Ni uno solo del padre o de la madre —apuntó Tracy—. Qué extraño, ¿verdad?

—Sí que es raro. A lo mejor les pidieron a Sam y a Nikhil que se pusieran en contacto con ella. Shannah, desde luego, habría escrito cada cinco minutos.

—Qué raro —insistió Tracy pensando en la actitud de sus padres cuando desapareció su hermana. En aquella época, desde luego, no contaban con el lujo de la telefonía móvil.

CAPÍTULO 43

Faz observó al hombre que salía de detrás del tenderete encaminarse al este, hacia la Octava Avenida. Pese a la gorra de béisbol y
las gafas de sol, no albergaba duda alguna de que era la misma persona que había visto en el vestíbulo del bloque de Eduardo López
segundos antes de entrar con González en el ascensor. Los había
mirado a los dos, aunque sus ojos se habían detenido en ella. En
aquel momento, Faz había dado por hecho que se había quedado
observándolos tras deducir que debían de ser inspectores.

Ya no.

González había ido a South Park para hacerle llegar un mensaje
o para recibir uno, ya que no parecía que se hubieran intercambiado
ningún objeto. Fuera lo que fuere, el hombre se había puesto en
marcha… y González también.

Como mínimo, Faz necesitaba ver mejor al desconocido para
poder ayudar a identificarlo. Atravesó la extensión de césped caminando en paralelo a él, aunque un tanto rezagado. Al llegar a la
Octava Avenida, el hombre giró a la derecha y puso rumbo al sur.
El inspector cruzó adonde había dejado el coche y lo observó hasta
verlo doblar a la derecha en la esquina con South Cloverdale. Faz
corrió a meterse en su vehículo y dio media vuelta. En el semáforo
en rojo de la intersección, adelantó el morro para mirar calle abajo,
pero no lo vio caminar por la acera.

Soltó un reniego. Dobló la esquina, avanzando lentamente mientras observaba los escaparates de los edificios y los callejones que se alternaban con ellos. Entonces oyó encenderse un motor potente y, un instante después, salió de una plaza de aparcamiento situada al lado de una valla de tela metálica un Chevelle rojo con rayas blancas en el capó para aproximarse a la calle. Al volante iba el hombre. Faz lo rebasó sin dejar de mirar los tres retrovisores. El vehículo se incorporó a la vía por detrás de Faz, quien cayó en la cuenta de que se trataba del mismo que había pasado delante del bloque de Monique Rodgers con Little Jimmy en el asiento del copiloto.

—Esto se está poniendo interesante.

Giró a la derecha en el siguiente cruce, se aseguró de que no lo siguiera el conductor y dio media vuelta. Dobló de nuevo a la derecha en la esquina y se situó detrás del Chevelle, a unos cincuenta metros de él y dejando un vehículo entre ambos. El otro circuló bajo el paso elevado de la ruta estatal 99. Más adelante, Cloverdale giraba a la izquierda para confluir en la Primera Avenida Sur. Faz y González habían hecho la misma ruta de camino al piso de Eduardo López y se preguntó si el desconocido no viviría también en aquel bloque y estaba volviendo, sin más, a su casa. Instantes después, la calzada se bifurcaba. El Chevelle se dirigió a la derecha, lo que lo alejó de la entrada principal del edificio de López.

—Pues no era eso —dijo Faz.

El Chevrolet siguió avanzando por el lateral del edificio hacia el aparcamiento situado en la parte trasera, pero, al llegar, redujo la marcha y giró a la derecha para acceder al camino de entrada de un servicio de guardamuebles.

Faz siguió adelante y miró a la izquierda, pero fue incapaz de leer la matrícula. Siguió en paralelo a una alambrada con tres líneas de alambre de espino en la parte alta. Llevaba recorrida la mitad de la manzana cuando se arrimó al bordillo bajo la sombra de un árbol y se volvió para mirar por la luna trasera. El Chevelle se había detenido ante una puerta de tela metálica situada dentro del guardamuebles. El hombre había sacado el brazo por la ventanilla e introducía una serie de dígitos en un teclado. La puerta se abrió y dejó entrar al vehículo, que desapareció tras uno de los edificios del recinto.

Faz contempló el bloque de apartamentos de la acera opuesta. Desde el que había sido su domicilio, Eduardo López podía haber tenido vigiladas las instalaciones del guardamuebles las veinticuatro horas del día y los siete días de la semana. Faz también sabía, por la visita previa, que estas se encontraban a menos de un kilómetro de la autopista 509, que cruzaba la 518 cerca del aeropuerto de Seattle-Tacoma para después confluir en la I-5, la principal arteria de la frontera con Canadá a Los Ángeles.

Demasiado bien situado…

Si lograba ver la matrícula del Chevelle rojo, podría acceder al nombre del titular y, por ende, del hombre con el que se había reunido González. Salió del coche y lo buscó al otro lado de la valla y entre los edificios… en vano.

Contó cuatro hileras de bloques con cuatro bloques por hilera. Estaban dispuestos en cuadrícula para facilitar el tráfico rodado entre ellos.

El camino de entrada subía hasta una tienda de escasa altura situada en la parte trasera del recinto que debía de gestionar el alquiler de los guardamuebles y, a juzgar por los carteles de las ventanas, material de embalaje y camiones de mudanza.

Faz se dirigió hacia la puerta del comercio y fue mirando en las calles de asfalto situadas entre bloque y bloque sin alcanzar a ver el Chevelle. El desconocido tenía que haber girado en alguna esquina o aparcado al fondo del recinto, detrás de los últimos bloques. Faz decidió que lo más seguro era esperar en el coche hasta verlo salir y luego llamar a Del para que buscase la matrícula en el sistema.

Mientras volvía por el camino de entrada, oyó el sonido mecánico de un motor arrancando y vio abrirse la puerta de malla. Dentro esperaba un camión que se disponía a salir del recinto. Cuando lo hizo, Faz se coló por la puerta antes de que volviera a cerrarse. Lo único que tenía que hacer ya era encontrar el coche, tomar una fotografía de la matrícula y salir de allí. Reparó en las cámaras de seguridad instaladas en lo alto de los edificios, pero no les hizo caso por considerar que debían de ser de las que graban continuamente sobre la misma cinta y nadie examina a no ser que se produzca un robo.

Siguió por el asfalto hasta la intersección situada entre las dos hileras de bloques y se asomó al otro lado de la esquina. No vio el Chevelle. Rebasó la segunda hilera y volvió a mirar, pero de nuevo sin éxito. Entonces se dirigió al fondo del recinto.

Como sospechaba, estaba aparcado en aquella zona, al lado de otro coche clásico de gran cilindrada y un camión de mudanzas de grandes dimensiones.

Levantó el teléfono y estaba a punto de fotografiar las matrículas cuando oyó lo que parecía una de las puertas naranja de los guardamuebles descorrerse de abajo arriba y unos hombres hablando en español. Se movió en la única dirección que le era posible, siguiendo la espalda del edificio. Mientras caminaba, apuntó con el móvil a la matrícula del Chevelle y tomó una foto. Luego hizo otro tanto con el segundo coche. Tenía la cabeza vuelta y la vista puesta en los vehículos.

Al llegar a la esquina del bloque, sintió contra la sien el cañón de una pistola.

—Haga una estupidez, inspector, para que pueda meterle una bala en la sesera.

CAPÍTULO 44

A la caída de la tarde del sábado, Tracy y Kins regresaron a la comisaría central.

La mesa del centro del cubículo estaba sembrada de papeles esparcidos y todo el espacio se hallaba impregnado por el olor procedente de la caja de MOD Pizza que descansaba sobre el escritorio vacío de Faz: almuerzo tardío o merienda-cena. Normalmente, Tracy habría rechazado la idea de comer *pizza*, pero, como estaba ganando peso con independencia de lo que se llevara a la boca, supuso que bien podría disfrutar de aquel plato. Estaba muerta de hambre, porque no habían comido nada desde aquella mañana.

La luz llegaba al cubículo atenuada por los ventanales tintados del edificio. El equipo C había salido a comer y Kins había apagado el televisor de pantalla plana para que pudieran concentrarse. Sin voces. Sin llamadas de teléfono no solicitadas. Sin el tamborileo de los teclados. Solamente silencio. Y tiempo para repasar los correos electrónicos y los mensajes de texto de Kavita Mukherjee, ver si habían pasado algo por alto y buscar hipótesis sobre lo que había podido ocurrir.

Tracy se hizo con una porción de *pizza* y una servilleta y regresó a la mesa del centro para estudiar los documentos que la ocupaban. Era así como le gustaba trabajar, teniendo delante y a la vez el material del que disponían, pues eso la obligaba a huir del razonamiento lineal. Pensar de forma secuencial la llevaba a menudo a preguntarse qué debería venir por lógica a continuación cuando investigaba un caso y a incurrir en el riesgo de dejar atrás algo que pudiera no seguirse racionalmente. La naturaleza humana hace que la mente rellene los vacíos para que las cosas tengan sentido, aun en ausencia de pruebas que lo justifiquen. Los asesinatos no tienen lógica, pues la inmensa mayoría dista muchísimo de responder a una planificación meticulosa.

Dio un bocado a la *pizza* y sus papilas gustativas se vieron asaltadas por el sabor a *pepperoni*, pimientos rojos y ajo. Kins y ella pasarían lo que quedaba de noche y posiblemente la mañana siguiente con un aliento insufrible. Habían acordado trabajar hasta que amaneciera si hacía falta, como habían hecho el jueves, porque eran muy conscientes de las probabilidades de que al día siguiente tuviesen que renunciar a la investigación.

Tracy miró el informe preliminar de Kaylee Wright, que repetía lo que les había dicho en el parque: las pisadas dispersas coincidentes con la suela de los zapatos de Kavita que había encontrado en el comienzo de la senda, a escasa distancia de los aparcamientos, indicaban que la víctima se había internado caminando en el parque. Había hallado más huellas en el mismo camino, aunque las diferencias que se verificaban en la zancada hacían suponer que había estado corriendo. También las había que apuntaban en distintas direcciones, como si Kavita se hubiera detenido, posiblemente al oír algo. Por su parte, la falta de otras similares en la senda que llevaba al pozo abandonado o el terreno que lo rodeaba revelaba que no había caído de forma accidental al hoyo. La conclusión lógica era que su asesino la había acarreado hasta allí.

Cuando carecía de pruebas, Tracy optaba por el sentido común.

—Vamos a suponer que la transportaron hasta el agujero —dijo—. De entrada, Kavita no era una mujer menuda. Medía un metro con setenta y siete y pesaba cincuenta y nueve kilos.

329

—Un adulto podría haber cargado con ella, aunque es verdad que estamos hablando de un peso muerto.

—¿Charles Shea? —La inspectora caminó hasta la pizarra blanca que había encontrado en una de las salas de reuniones y escribió «Shea» en azul.

—Todavía no hemos conseguido relacionarlo con el parque y, además, habría que buscar un móvil. —Avanzada la tarde del viernes habían llamado a Margo Paige, la agente forestal, quien les había confirmado que no había cámaras en el aparcamiento de Bridle Trails. Una lástima, porque el coche de Shea habría sido muy fácil de reconocer. Paige se había comprometido a acudir el sábado a Seattle para buscar entre los archivos del parque y llamarlos en caso de que encontrase algo de interés.

—¿Y si Shea convenció a Kavita de que saliera a pasear con él? Hacía una noche preciosa. Puede que empezara a comportarse de manera extraña, posesiva, y Kavita echase a correr para huir de él. Quizá se puso a dar vueltas buscando la manera de salir del parque y alejarse de su perseguidor cuando él la asaltó por la espalda —dijo Tracy.

—Pero, en ese caso, Kaylee habría encontrado en la pista las pisadas de dos personas en lugar de un solo juego.

—Kaylee no pudo ver gran cosa, porque el suelo estaba muy seco y lo transita a diario mucha gente. Es posible que las pisadas de Shea quedasen destruidas por el paso de los caballos o de algún corredor. Kaylee tampoco disponía de una huella concreta que buscar, de modo que no parece tan evidente. En cuanto al móvil, quizá sea tan sencillo como que el médico acabó por enamorarse de Kavita y no soportó su intención de rescindir el contrato que habían firmado.

—Eso también encajaría con tu hipótesis de que Kavita se encontró de pronto con el doble del dinero que pensaba tener ahorrado para empezar sus estudios de Medicina y decidió poner fin a su relación.

—Extremo que ha confirmado Shea.

—Perfecto —dijo Kins—, pero ¿y el agujero? ¿Cómo sabía él que estaba allí?

—Lo más sencillo sería pensar que conocía bien el parque.

—Sin embargo, eso no lo sabemos. Medina no está tan cerca de Bridle Trails para que él salga a correr allí por la tarde.

—Estoy de acuerdo.

—Creo que deberíamos empezar por los que sí podían conocer la existencia del agujero.

—La familia, por supuesto —dijo Tracy—. El padre decía que salían juntos a pasear y a buscar setas y para eso hay que salir de los senderos marcados.

—Tenemos que comprobar los vuelos de aquel día para ver si se sostiene su coartada. Además, hay que añadir a Aditi a esa lista. Y también a su familia. ¿Qué sabemos de ellos?

Tracy escribió los nombres de todos en la pizarra antes de volverse a mirar a Kins y responder:

—No mucho.

—Rodea al padre y a Nikhil. A Sam y a la madre les habría costado mucho trasladar el cadáver. El hermano pequeño no parece que pese más de cuarenta y cinco kilos. Además, ¿qué móvil podría tener él? Hay más probabilidades de que fuera un crimen aleatorio.

Tracy dudaba mucho que hubiera sido un asesinato cometido al azar. De entrada, tal teoría no casaba con las pruebas de que disponían. Rosa había dejado claro que las heridas que presentaba Kavita en el cráneo indicaban que los golpes habían sido intencionados, de lo que cabía deducir que el asesino había actuado movido por la furia. Cogió el informe preliminar de la autopsia. Kelly Rosa atribuía la muerte a un traumatismo con arma contundente en el lado izquierdo de la cabeza de Kavita Mukherjee, justo por encima de la sien. Tanto la naturaleza de la fractura, concluía, como el hecho de que la víctima hubiese recibido tres golpes reforzaban la teoría de que estaban ante un crimen pasional provocado por la rabia o la ira. El informe señalaba también que no había lesiones que hicieran pensar que la habían violado, si bien había mantenido relaciones sexuales en las veinticuatro horas previas a su muerte. Shea había confirmado tal cosa.

—No hubo violación.

—Ni robo —añadió Kins—. Shea no necesitaba su dinero, ni tampoco se habría llevado sus posesiones personales porque lo habrían relacionado con ella.

—Pero habría tomado la precaución de quitarle el teléfono desechable y sabía que en el que usaba habitualmente no debía de haber nada que lo incriminase.

—El informe da a entender que su agresor la sorprendió. No tiene magulladuras, cortes ni arañazos que hagan pensar que forcejeó o intentó defenderse de un ataque.

—Aunque corrió para intentar huir. Quizá Shea la sorprendiese cuando se detuvo. Con la oscuridad no debió de ser fácil verlo y, además, tenía árboles de sobra tras los que ocultarse.

—¿Y si damos por hecho que el asesino la siguió hasta el parque o estaba ya en él cuando ella llegó?

—En ese caso, tenemos un problema distinto: ¿por qué fue allí Kavita?

Kins meditó la respuesta.

—Supongamos que estaba enfadada con Aditi.

—Es que lo estaba.

—¿Y si fue al parque porque había planeado reunirse allí con alguien o había alguien que sabía dónde encontrarla?

—Sam no fue —apuntó Tracy—, porque estaba en un partido, ni el padre, que estaba de viaje, y me extraña mucho que quisiera encontrarse con Nikhil ni con su madre.

—Entonces, solo nos queda Aditi… o alguien que se topara con ella al azar. ¿Y si había otro *sugar daddy*?

—No hay nada que indique que hubiera otro y en su cuenta bancaria tampoco figuran ingresos de un número diferente. Además, eso tampoco explica por qué fue al parque.

Kins dio un sorbo a su refresco mientras estudiaba la pizarra.

—Así que lo que sabemos es que entró andando al parque, habrá que dar por hecho que voluntariamente o que, al menos, eso es lo que parece.

—Creo que esa es la clave. —Tracy trazó una línea temporal en la pizarra—. Llegó al hotel poco después de las siete y media. —El vídeo de seguridad del vestíbulo del establecimiento había dejado constancia de la hora a la que se registró—. Se fue a las ocho y cincuenta y dos. —La cámara del aparcamiento había grabado a Mukherjee saliendo sola—. ¿Quién sabía que estaría en el hotel?

—Shea, desde luego.

La inspectora subrayó su nombre en la pizarra.

—Quizá él no llegó a alejarse del hotel y la estuvo esperando en el coche para seguirla sin que ella lo supiera.

—¿Y la mujer de Shea? —preguntó Kins—. Shea dio a entender que sospechaba que la estaba engañando. ¿Y si lo siguió hasta allí y luego siguió a Kavita?

Tracy escribió en la pizarra: «Señora Shea».

—Ninguna de las dos posibilidades explica qué hacía Kavita en el parque. De todos modos, vale la pena dejarlas pendientes de momento. —Entonces añadió—: ¿Qué me dices de Aditi? ¿Y si Aditi sabía que tenía una cita y conocía los detalles? Según Shea, Kavita y él hacían siempre lo mismo e iban al mismo hotel. Quizá Aditi lo supiera.

—En ese caso, mintió al decir que ignoraba que tuviese una cita —dijo Kins.

—Puede ser, o… —Tracy meditó unos instantes—. Aunque no supiera lo que hacían habitualmente el médico y ella, tenía la posibilidad de seguir a Kavita con la aplicación que tenía instalada en el teléfono.

—Ya, pero tú decías que parecía haberse sorprendido de verdad cuando le preguntaste si compartían una cuenta de Apple.

—Sí, aunque quizá sabía que se lo iba a preguntar. Además, Aditi pudo atraerla al parque en lugar de seguirla desde el hotel. Vivía cerca de allí, en casa de sus padres, así que pudo llamar a Kavita y decirle que quería verla antes de viajar a Londres.

—Y quedar en el parque tendría sentido, porque Kavita no habría querido ir a su casa y tener que encontrarse con su madre y el resto de la familia. Me dijiste que ni siquiera quiso verlos cuando fueron al apartamento.

—Eso me contó Aditi.

—El parque era un lugar que conocían las dos y al que Kavita acudiría por voluntad propia, pero ¿qué pudo haber llevado a Aditi a matar a su mejor amiga?

Tracy se puso a caminar de un lado a otro delante de la mesa.

—¿Los celos? —dijo.

—¿Y por qué iba a estar celosa?

—A lo mejor lo hemos estado mirando desde el punto de vista equivocado. ¿Y si en vez de verlo desde el de Kavita adoptásemos el de Aditi?

—¿Y cuál es ese?

—De entrada, Kavita era la que iba a conocer la vida con la que habían soñado las dos desde niñas. De hecho —señaló Tracy pensando en la conversación que había tenido con la amiga—, ahora que Aditi no iba a matricularse en la Facultad de Medicina, Kavita estaba en condiciones de cumplir ese sueño, que acababa de dejar de serlo para hacerse realidad.

—Eso es cierto.

—¿Y si Kavita le habló del dinero y le reveló que tenía bastante, por lo menos, para que empezaran las dos sus estudios?

—Demasiado tarde: Aditi ya se había casado.

—¿Y si Aditi se arrepintió, se lo pensó mejor o dudó? Pensaría que siempre era igual, que Kavita era la más guapa, la que acaparaba la atención de todos y la que se llevaba siempre lo mejor.

—Incluido el médico que costearía su matrícula, mientras que Aditi se tenía que conformar con los fracasados que pedían mamadas en un coche.

—Además, Kavita era la que sacaba las mejores notas, pese a ser Aditi la que se esforzaba más.

—Eso jode mucho —aseveró Kins—. A mí, al menos, me jodería mucho.

Tracy se detuvo a meditar y, a continuación, dijo:

—Desde luego, para una joven es demasiado.

—Pero ¿tanto para llevarla a matar a su mejor amiga?

—Los crímenes pasionales o de ira no siempre tienen un móvil racional. Quien los comete actúa por impulso. Hay que tener en cuenta que Aditi conocía el parque. Rashesh y ella vivían cerca y, además, se había criado con Kavita y las dos habían jugado allí juntas muchas veces.

—Lo que quieres decir es que podía conocer el pozo.

—Quizá.

—¿Y cómo llevó allí el cadáver?

—Pudo ayudarla Rashesh o tal vez alguien más de su familia —planteó la inspectora.

—Después, pudo dejar el coche de Kavita delante del bloque de apartamentos si la siguió su cómplice con otro vehículo. Encaja. Aunque aún queda por resolver del todo la cuestión del móvil que la llevó a matarla.

—Estoy de acuerdo. ¿Y si Aditi se fue a la India, a la boda de un primo, como declara —dijo Tracy pensando en voz alta mientras iba de un lado a otro—, y, estando allí, su madre y el resto de su familia empiezan a darle la tabarra para convencerla de que se tiene que casar?

—Es lo más probable.

—Tuvieron que presionarla de lo lindo y esta vez Aditi no contaba con el apoyo moral de Kavita. Rashesh y los suyos también debieron de sumarse, porque Aditi dice que sus padres se habían criado juntos.

—Las dos familias podían tenerlo planeado perfectamente —convino Kins.

—Aditi dice que Kavita y ella estaban sometidas a la presión de sus familias, pero Kavita era la más fuerte. ¿Y si la de Aditi aprovechó la ocasión de tenerla a miles de kilómetros de su amiga para apretarle más las tuercas y ella no fue capaz de hacerles frente sin ayuda?

—Permitió que la casaran no por voluntad propia, sino por darle el gusto a sus padres. Lo que estás diciendo es que... se derrumbó o algo así.

—No digo que se derrumbara, sino que estaba en un país diferente y, de pronto, se interesa por ella un hombre soltero y triunfador. Dice que estaba ya a punto de ceder a los deseos de su madre y que, desde el principio, no le hacía ninguna gracia la idea de citarse con viejos ricos. Las dos familias están en la boda y los argumentos de la madre empiezan a tener sentido: Aditi no va a ser eternamente joven y tampoco es de esperar que tenga muchos otros pretendientes, y menos aún en los Estados Unidos. Allí tiene un hombre que quiere tenerla por esposa. Como mínimo, algo así debe de hacer que se sienta especial. Y está lejos, en la India, en una boda. La idea de casarse se ha vuelto de pronto mucho menos desagradable.

—Pero —dijo Kins— entonces tiene que volver a los Estados Unidos, a su apartamento.

—A la vida que tenía antes de irse. A la realidad… Y de pronto empieza a tomar conciencia de la magnitud de su decisión.

—Se da cuenta de que ha cometido un error, un error muy torpe.

—Y, por si fuera poco, Kavita le hace saber que tiene dinero suficiente para costearles a las dos el comienzo de la carrera de Medicina y…

Kins se puso de pie y empezó a mover la cabeza hacia arriba y hacia abajo como acostumbraba hacer cuando las cosas empezaban a tener sentido.

—Se da cuenta de cuánto acaba de tirar por la borda, de lo cerca que estaba de cumplir su sueño.

—Podía haber sido médica, como su mejor amiga, y, sin embargo, ahora no solo está casada, sino a punto de mudarse a Londres, a otro país, para vivir no ya con un hombre al que apenas conoce, sino con toda la familia de él, a los que, encima, tendrá que atender.

—Tuvo que ser abrumador —convino Kins—, quizá demasiado.

—Supongamos que Aditi sabía que Kavita estaba con el médico, ya que la cita era siempre los lunes por la noche, y conocía bien el parque, incluido el pozo cegado.

Kins hizo una mueca de dolor, tratando aún de asimilar toda la información.

—Tienes razón, no lo niego, pero ¿matar a tu mejor amiga? ¿Golpearla con una piedra…?

—A lo mejor no había planeado matarla. Quizá le pidió que se reuniese con ella en el parque solo para hablar. Puede que, abrumada por cuanto había ocurrido, solo quisiera hablar con su mejor amiga, con su hermana, sin que estuviesen presentes su marido ni nadie más.

—Desde luego, de los padres no parece que pudiera esperar ninguna compasión —reconoció Kins.

—Está aterrada. Tiene miedo y no piensa con claridad. Y el parque es el lugar en que crecieron las dos, representa un tiempo en el que las dos tenían aún intactos sus sueños. —Tracy no dejaba de caminar de un lado a otro mientras ponía a prueba su teoría expresándola en voz alta. No sonaba nada mal. Tenía sentido—. Quizá le pide ayuda a Kavita y Kavita le dice que no hay nada que pueda hacer.

—Divorciarse.

—Lo dudo. Eso no se hace. Por lo menos, eso me hizo ver la madre de Kavita.

—Sin embargo, Kavita tenía treinta mil dólares. Podía haberla ayudado.

—Pero, por lo que dijo Aditi, estaba enfadada con ella y hasta había roto el cheque que le había dado. Quizá seguía enfadada con ella por haberse casado sin llamarla siquiera, sin darle la ocasión de disuadirla. Puede que las dos estuviesen enfadadas. Con las hermanas ocurre eso: empiezan a discutir y una cosa lleva a la otra.

—Entonces, Kavita se da la vuelta y echa a andar...

—Y Aditi, que ve desmoronarse su vida y está furiosa y abrumada, coge una piedra y se abalanza sobre ella —concluyó Tracy.

—Lo hemos visto pasar con parejas casadas: dos personas que aparentemente se aman y, de buenas a primeras, una comete una estupidez y la otra reacciona.

—Kavita iba a vivir la vida de Aditi y Aditi la odiaba por eso, al menos en aquel instante.

—Parece verosímil, Tracy, pero ¿cómo lo demostramos?

Tracy se quedó un instante pensativa.

—Con el historial de llamadas de Kavita. Sabemos que Aditi intentó ponerse en contacto con ella aquella noche. Tenemos que mirar las llamadas que recibió Kavita en su móvil.

Kins buscó en la pantalla de su ordenador con Tracy asomada por encima de su hombro.

—Nada —dijo—, pero también pudo haber usado el número del desechable.

—Lo que explicaría por qué no estaba con el cadáver, porque tendría una llamada registrada desde el teléfono de Aditi.

—Con eso solo no basta y tengo la sensación de que no nos va a dar tiempo de conseguir nada más antes de que nos quite el caso Bellevue.

—O quizá sí. —Tracy volvió a su escritorio y descolgó el teléfono.

—¿A quién vas a llamar?

—A Andréi Vilkotski.

CAPÍTULO 45

El plan de Faz había estado condenado al fracaso desde el principio. El edificio situado delante de las instalaciones no era solo la tienda, sino también el centro de vigilancia de la propiedad. Tuvo ocasión de comprobarlo cuando lo llevaron a una sala y vio los monitores que ofrecían en todo momento imágenes de cada palmo del conjunto de guardamuebles y desde todos los ángulos imaginables. Él había aparecido en una de aquellas pantallas desde el instante mismo en que había puesto un pie en el recinto y lo habían estado vigilando. El alcance de lo que cubrían las cámaras fue a confirmar lo que sospechaba: que los guardamuebles contenían algo mucho más valioso que los objetos que no cabían en las casas de los clientes.

El hombre que le había puesto el cañón de su pistola en la cabeza era el mismo gorila atiborrado de esteroides que había estado haciendo guardia en el camino de entrada del domicilio de Little Jimmy la noche de su fiesta de cumpleaños. Cada vena de su cuerpo parecía un gusano hinchado que rebuscara alimento por debajo de su piel y los músculos de los hombros y del pecho le tensaban el tejido de la camisa azul de guardia de seguridad. Había desarmado a Faz antes de esposarlo y le había quitado el teléfono móvil, lo cual resultaba de lo más inoportuno, ya que no había tenido tiempo de enviar su ubicación ni ninguna de las fotografías a Del.

—A ti te conozco de la otra noche —dijo al guardia mientras lo maniataba a una de las tuberías de casi ocho centímetros que recorrían la pared de arriba abajo—. La abeja que te ha picado tenía que ser la hostia de grande. Deberías pensarte lo de llevar siempre adrenalina para intentar bajar esa hinchazón…

El hombre lo miró como quien tiene delante a un chiflado, pero sin responder verbalmente. Saltaba a la vista que no había pillado el chiste.

Salió y volvió a entrar unos minutos después, esta vez con el hombre al que había seguido Faz desde el parque hasta aquellas instalaciones y con otro al que no conocía. Todos hablaban en español y él, aunque no entendía lo que decían, tenía muy claro cuál era el tema de su conversación: cómo había llegado hasta allí y qué había visto.

El hombre al que había seguido se acercó a él.

—Tú eres el inspector del piso de Eduardo, el que lo mató.

—Qué va —repuso Faz—, yo no fui más que un testigo inocente. —Consideró preferible no revelar que conocía su relación con Andrea González hasta saber más de lo que se estaba cociendo—. Necesitaré vuestros nombres para mi informe.

—¡Ya deja de estar mamando, güey! —dijo el gorila.

—Eso tuvo que ser un coñazo de escribir sin faltas en tu instituto. ¿No se te ocurrió nunca adoptar un apodo?

El gigantón le asestó un gancho justo encima de la sien derecha. Para Faz fue como si lo golpearan con una almádena que lo hizo perder su posición vertical y caer de rodillas al suelo, aunque siguió con los brazos extendidos por encima de su cabeza, pues las esposas se detuvieron en la abrazadera de metal que mantenía la tubería unida a la pared. La cabeza amenazaba con estallarle mientras se afanaba en espantar las estrellas que le nublaban la vista.

—Vaya —dijo al fin—, tenéis que mejorar ese sentido del humor, ¿eh?

El gorila dio un paso hacia él, resuelto a encajarle otro golpe, cuando el hombre al que había seguido Faz lo detuvo, hablando de nuevo en español. La conversación se resolvió en discusión acalorada hasta que el fortachón dio media vuelta y se marchó.

—Supongo que habrás visto que he llamado a mi compañero —advirtió el inspector, aún de rodillas—. Tiene tu matrícula y sabe dónde estoy, de modo que, si me pasa algo, *vaquero* —añadió en español—, te vas a encontrar metido en un chaparrón de tres pares de narices. Yo, en tu lugar, echaría a correr para la frontera. Tú nos traes sin cuidado: el que nos interesa es Little Jimmy. Olvídate de él y desaparece. Puede que así te libres de una buena.

El hombre le dio la espalda y dijo algo en voz baja al tercer ocupante de la sala. Fuera lo que fuese, el otro tipo no se mostró de acuerdo. Cortaba el aire con ágiles aspavientos. Entre otras palabras ininteligibles, el inspector oyó mencionar varias veces a Little Jimmy, en inglés, probablemente porque *Pequeño Jimmy* no sonaba tan amenazador.

Tras varios minutos, el hombre al que había seguido se acercó a él.

—Vas a tener que discutirlo con Little Jimmy. Eso sí, te advierto que no le caes muy bien.

Faz sintió que se le estaba formando un cardenal en el lado de la cabeza en la que lo habían golpeado y seguía tratando de sobreponerse al dolor y las telarañas. Decidió que, en su situación, la mejor defensa era un ataque, cualquier ataque, aunque fuese más ilusorio que real. Se encogió de hombros.

—Que conste que os he avisado. Acordaos de lo que os digo: si matáis a un poli, se va a armar aquí la de Dios es Cristo. Arrasarán este sitio, desmontarán toda la operación y vosotros caeréis con ella. Si salís con vida, será para compartir celda en Walla Walla. No me vengáis luego con que no os lo he dicho.

CAPÍTULO 46

Kins miró el reloj.

—Ya es tarde —advirtió—. Andréi no va a contestar a estas horas de la noche.

—Ahora tiene que estar localizable a todas horas —dijo Tracy mientras marcaba su número— por lo de los robos de móviles y tengo su teléfono.

—Pon el manos libres.

Vilkotski respondió al cuarto tono.

—Andréi, somos Tracy Crosswhite y Kinsington Rowe. Tengo puesto el manos libres.

—O sea, que tengo que entender que no me has llamado para susurrarme cosas bonitas.

—Si te hace ilusión, puedo hacerlo yo, Andréi —dijo Kins.

—Creo que no hace falta. Por favor, no me digáis que os han robado el teléfono.

Tracy se echó a reír.

—Perdona que te llamemos a estas horas, pero tenemos otra pregunta que hacerte sobre móviles.

—Podría haber sido peor. Soy todo oídos.

—Si uso el Find My iPhone en mi móvil para buscar el de otra persona, ¿quedará constancia?

—¿Constancia? No. A ver, la persona a la que quieres localizar podría saberlo, pero solo si se molestase en mirar la aplicación.

—¿Y cómo lo sabría? —preguntó Kins.

—La aplicación hace que aparezca una flecha en tu pantalla de inicio, aunque solo dura unos segundos. Diez, creo que son, pero no me hagas mucho caso.

—¿Quieres decir que esa persona tendría que estar mirando su teléfono en el momento en que está activada la aplicación y saber qué buscar?

—En efecto.

—Ajá —dijo Tracy—. Pero lo que yo quiero saber es si en el teléfono que hace la búsqueda queda registrado de algún modo. Si hay alguna forma de averiguar si he buscado el teléfono de otra persona usando el Find My iPhone.

—Lo dudo, aunque tendría que mirarlo. ¿Qué quieres determinar con eso?

—En resumidas cuentas, si cierta persona ha tratado de encontrar el móvil de otra para ver adónde iba.

—¿Es muy viejo el teléfono? —quiso saber Vilkotski—. Me refiero al que puede haber usado tu sujeto para localizar el otro.

—No lo sé. ¿Por qué?

—Porque a lo mejor puedes olvidarte de la aplicación y mirar, sin más, el historial de ubicación del teléfono. Así sabrás todos los lugares en los que ha estado esa persona.

Tracy miró a su compañero.

—¿Cómo hacemos eso, Andréi? —preguntó Kins.

—Vosotros no tenéis que hacer nada: ya se encarga el teléfono. Solo tenéis que haceros con él. El móvil almacena la hora y las coordenadas de cada ubicación para poder proporcionar servicios de localización, como ocurre cuando activas el Google Maps y el aparato sabe dónde estás. La gente se puso a escribir artículos diciendo que algo así suponía una invasión de la intimidad. ¡Ja! —Soltó una carcajada aguda y sarcástica—. ¡Qué gracia me hace! ¿Quieres saber lo que es que te invadan la intimidad? Deberías irte a vivir a Rusia.

—¿Y es posible anularlo? ¿Se puede desactivar?

—Sí, pero no es frecuente… a no ser que el usuario sea un paranoico.

La inspectora miró a Kins, que negó con la cabeza para indicar que no tenía más preguntas.

—Gracias, Andréi —dijo—. Espero que no hayamos interrumpido nada importante.

—Podría haber sido peor —repitió—. Es lo más destacado que me ha pasado esta noche.

La inspectora colgó y miró el reloj.

—Hay que conseguir el teléfono de Aditi.

—De todos modos, siguen siendo conjeturas, Tracy.

—A no ser que consigamos el móvil de Aditi y el historial demuestre que estuvo en el parque estatal de Bridle Trails.

—Y si nos dice que estamos chiflados y que no nos lo piensa dar, ¿qué hacemos? Dudo mucho que tengamos una causa probable.

—Kavita y ella compartían una cuenta.

—Con eso no basta. Necesitamos algo más.

—Estoy de acuerdo: necesitamos su móvil.

—¿No te parece que nos hemos metido en un círculo vicioso? ¿Te vas a presentar ante un juez argumentando: «Necesitamos su móvil para demostrar que necesitábamos su móvil»? Hace falta algo más. Y si nos ponemos a hacer preguntas sin llegar a ninguna parte, Aditi podría deshacerse del teléfono en Inglaterra.

—¿Y la compañía telefónica? Quizá pueda enviarnos ella el historial.

—Puede que sí, pero esta vez no se trata de una emergencia como cuando había que dar con el teléfono de Kavita. Nos pedirán una orden judicial firmada. —Kins miró el reloj—. No sé si tenemos tiempo. ¿A qué hora dices que salía su vuelo a Londres?

—Esta noche, pero más tarde.

En ese momento sonó el teléfono del escritorio de Tracy, que siguió hablando con Kins mientras cruzaba el cubículo para contestar.

—Yo propongo que vayamos al aeropuerto y nos arriesguemos.

Descolgó.

—Inspectora Crosswhite. —Escuchó unos instantes y a continuación se volvió hacia Kins, que estaba de espaldas a ella y se había llevado el móvil a la oreja, probablemente para informar a Shannah de que llegaría tarde a casa. Chasqueó dos veces los dedos para atraer su atención y, al ver que no lo lograba, tomó un bolígrafo de la mesa y se lo lanzó a la cabeza.

Kins se dio la vuelta y Tracy puso el manos libres.

—Perdone, agente forestal Paige, ¿podría repetir lo que me estaba diciendo para que pueda oírlo mi compañero?

—Claro. Decía que he ido a Seattle para consultar los archivos del parque estatal de Bridle Trails y he encontrado el informe relativo al caballo que se cayó en un pozo. Pensaba que querrían tenerlo.

Kins se acercó.

—¿Hace cuánto se redactó?

—Espere. —Oyeron pasar hojas—. Hace nueve años.

—¿Hubo algún herido?

—No, el jinete se las arregló para saltar del caballo antes de la caída. El animal se partió una pata y tuvieron que sacrificarlo.

—Y el pozo… ¿estaba cerca de la casa de Kavita Mukherjee?

—¿Es la joven que encontraron muerta?

—Sí.

—No sabía que viviese cerca del parque.

—Se trata del domicilio familiar.

—Si me dan la dirección, puedo intentar averiguarlo.

Tracy miró a su compañero, que regresó a su propio escritorio para buscar las señas de los Mukherjee.

—¿Se da algún nombre en el informe? —preguntó la inspectora.

—Sí. El jinete tenía quince años. El nombre es extranjero. Se escribe Aditi, A-D-I-T-I.

Kins giró sobre sus talones al oír el nombre.

—El apellido es Dasgupta. ¿Quieren que se lo deletree? ¿Inspectores?

CAPÍTULO 47

La trastienda no tenía ventanas. La única luz procedía de la angosta rendija de debajo de la puerta. Tenía la sensación de llevar varias horas en aquella sala. Había oído a gente hablar en la contigua, pero desde que se había marchado el hombre al que había seguido hasta allí no había entrado nadie a verlo. Había examinado la tubería a la que lo habían esposado y había tirado de la abrazadera, pero estaba atornillada a la pared y era evidente que no iba a soltarse.

Había pensado en gritar, pero, teniendo en cuenta la disposición de aquellas instalaciones, que la tienda de la entrada estaba cerrada, los árboles y arbustos que crecían en la parte trasera y el ronroneo del tráfico de la autopista 509, era evidente que no lo iba a oír nadie. Los secuaces de Little Jimmy debían de haber deducido lo mismo si no lo habían amordazado. Aunque, al no parecer ninguno precisamente heredero al trono de Einstein, también podía deberse, sin más, a un descuido.

En lugar de librar una batalla perdida de antemano con la tubería, Faz había dedicado el tiempo a determinar en qué momento empezarían a echarlo de menos y quién. No lo tenía fácil. Vera, desde luego, trataría de localizarlo cuando oscureciese, pero estaba acostumbrada a la rapidez con que cambiaban sus horarios y la frecuencia con la que tenía que quedarse a trabajar hasta tarde y no encontraba la ocasión de hablar con ella. Además, su mujer tenía otras cosas más apremiantes por las que preocuparse. Del era poco probable que lo llamase. Su compañero era como él en ese sentido: solo llamaba si tenía información importante que transmitirle o necesitaba algo, no para chorradas. Además, sabía de la enfermedad de Vera y querría respetar la intimidad de la pareja, es decir, que, a menos que se enterase de algo sobre González gracias a sus contactos en Los Ángeles, no podía contar con tener noticias de su compañero. En resumidas cuentas, iba a estar mucho tiempo en aquella trastienda. Eso sí, quizá no lo suficiente. Estaba más convencido que nunca de que Little Jimmy estaba moviendo droga de una punta a otra de la Costa Oeste y de que había tropezado con el epicentro de esa operación. Debía de haber millones de dólares en juego y Little Jimmy no iba a dejarlo salir de allí a cambio de la promesa de no decir nada. ¡Como si necesitara un motivo añadido para matar a Faz! Como le había recordado el fulano aquel, Jimmy lo odiaba y, de hecho, lo consideraba responsable de la muerte de su padre. Con todo, matar a un poli no era algo que estuviese dispuesto a hacer a la ligera la gente que se movía en el negocio de la droga si quería seguir sin llamar la atención de las autoridades. En consecuencia, podía albergar la esperanza de que, por lo menos, se sintiese metido en un atolladero. Aunque lo cierto era que Little Jimmy ni siquiera debía de saber cómo se escribía *atolladero*.

Faz oyó voces en español que se dirigían hacia allí. Entonces se abrió la puerta y se hizo la luz. El grandullón y el hombre al que había seguido entraron delante de un sonriente Little Jimmy.

«Hablando del ruin de Roma», pensó Faz.

—¿Cómo es lo que dicen sobre el hombre paciente? —preguntó Jimmy.

Ninguno de sus acompañantes supo qué contestar. Se refería al refrán que advierte: «Del hombre paciente la ira teme», pero, definitivamente, ninguno de ellos era de tratarse de tú con Einstein.

349

—Venga, inspector Falzio. Usted sí sabe la respuesta.

—Pues la verdad es que no lo tengo muy claro, Jimmy.

—Le pasan cosas buenas, mano. Al hombre paciente le pasan cosas buenas.

—Creo que, en realidad, lo que se dice es que «Al que espera, le pasan cosas buenas». De todos modos, yo que tú no me emocionaría demasiado, porque dudo mucho que puedas considerarme una cosa buena.

—¿Ah, no? ¿Qué va a contarme, que todo el mundo sabe que está aquí y que vienen de camino para rescatarle? —Su sonrisa se hizo más amplia aún—. Hemos comprobado su celular, inspector. Eso es: no hemos tenido ningún problema con su contraseña. ¡Sorpresa! No somos los chicanos mensos por los que nos toman ustedes los gringos. Tomó unas fotos muy bonitas de Francisco, pero no envió ninguna. Según lo veo yo, nadie sabe que está aquí, mano. Está perdido en una isla, como ese... ¿Cómo se llamaba? —Se volvió en espera de una respuesta de los otros dos.

—Robinson Crusoe —dijo Faz.

—No, güey: el actor. El que le habla a la pelota... Tom Hanks. Es usted como Tom Hanks, mano.

—¿Y cuánto tiempo crees que habrá que esperar, Jimmy? ¿Cuánto van a tardar en empezar a echar de menos a un inspector que está intentando resolver un asesinato?

—No lo sé. ¿Cuántos lo quieren tanto que les importe una mierda lo que pueda pasarle?

—Muchos, Jimmy. Soy un tío muy popular.

Little Jimmy dio un paso al frente sin dejar de sonreír.

—Aquí no. —Miró al gorila—. Mi amigo Héctor está deseando partirlo por la mitad con sus propias manos. ¿Qué hizo para enjetarlo tanto?

—No descarto que haya sido por el comentario de la abeja. —Faz miró al aludido—. ¿Ha sido por el comentario de la abeja, Héctor?

¿Cuando te he dicho lo que tenías que hacer para bajar la hinchazón? Solo intentaba ser de utilidad...

La mirada que le lanzó el gorila reveló que seguía sin entenderlo.

—Es usted un cuate chistoso, inspector Falzio —dijo Jimmy—. ¿Así de gracioso era cuando arrestó a mi viejo?

—Con el tiempo me he vuelto más gracioso. Supongo que cuando cumpla los noventa seré la leche.

—Eso sí que tiene gracia, que piense que va a llegar a los noventa. —Soltó una risotada y los demás se sumaron a él.

—Llegaré, Jimmy. Tengo buenos genes. Mis dos abuelos, el materno y el paterno, pasaron de los noventa y cinco y mis padres siguen gozando de buena salud a sus ochenta y tantos. ¿Sabes que mi padre hace submarinismo? No es coña. El verano pasado, sin ir más lejos, estuvo nadando con tiburones en Sudáfrica.

—Usted también podría acabar pronto nadando con tiburones. Puedo organizarlo si quiere. Pero es verdad que su viejo parece ser un hijo de la chingada duro. ¿A quién le ha salido usted?

—Pues dicen que me parezco a él.

Little Jimmy volvió a reír.

—Pero no tiene su suerte. Ya puede ir olvidándose de llegar a la edad de sus abuelos. Yo no sé cuánto viviré, porque mi viejo pudo ser de los longevos, pero alguien lo metió en la cárcel y allá lo mataron.

—Gajes del oficio de traficar con drogas, ¿no?

Su interlocutor dejó de sonreír.

—Órale, inspector, siga haciendo chistes. ¿Cómo dicen? El que ríe el último es el mejor.

—Casi —dijo Faz.

—Vamos pues, tipo duro, ría. Es valiente, ¿eh?

—No, Jimmy, no soy valiente: soy un problema. Soy tu problema. Si pudieses, me habrías matado hace ya un rato en vez de hacer esta mierda de danza de gallito; pero los dos sabemos que no puedes matarme.

—¿Ah, no? ¿Y por qué no?

—Porque a tu negocio no le conviene nada la muerte de un poli. Sé que estás traficando con drogas. Sé que debes de tener mercancía por valor de varios millones en esos guardamuebles de ahí, una mercancía que no es tuya, sino del cartel para el que trabajas. ¿Crees que, si me matas, no se va a enterar mi colega Del? ¿Qué crees que estábamos investigando? Si me matas, Del no va a parar hasta acabar contigo y con todos los demás que hay repartidos por la costa, desde Canadá hasta México, donde va a echar abajo la puerta del cartel que te abastece. ¿Y sabes cómo solucionará el cartel este problema? ¿Sabes cómo se van a asegurar de que no puedes testificar contra ellos cuando caiga el chaparrón? Ni más ni menos que como lo resolvieron cuando fue a prisión Big Jimmy. Acabarás jugando al cinquillo con los gusanos, Jimmy.

Su interlocutor se acercó, se acercó tanto que Faz pudo sentir su aliento en la cara y oler sus notas de acidez. Jimmy ladeó la cabeza y se puso a hacer ruiditos con la lengua entre los dientes.

—Lo que les importa a los de México es quién mueve su mercancía con más rapidez y consigue mayores beneficios. Y ese soy yo, mi cuate. De aquí a cuarenta y ocho horas ni siquiera estaremos aquí. Nos habremos esfumado como fantasmas. ¡Puf! Aquí no habrá nada. Los guardamuebles estarán vacíos. La mercancía habrá desaparecido, estará repartida por todas partes y me dará tanto dinero que podré vivir como un rey donde quiera. ¿Y usted? Carajo, a usted no pienso matarlo por una cuestión de negocios. ¿Qué gracia tendría eso? Lo voy a matar porque hizo que esto fuera personal, culero. Le faltó al respeto a mi papá y ahora me falta al respeto a mí en mi propia casa.

—El respeto hay que ganárselo, Jimmy. Yo respetaba a tu padre. Él sí que era un hombre. Y yo no lo maté. Lo mató la gente para la que trabajas tú. ¿Cuánto respeto crees que pueden tenerle a un crío que trabaja para los hombres que mataron a su padre?

Los golpes que le llovieron a continuación se sucedieron con tanta rapidez como furia. Little Jimmy le asestó una mezcla de patadas y puñetazos y los otros se le unieron de inmediato. Faz intentó esconder la cabeza en el espacio que mediaba entre sus brazos, pero no le sirvió de nada. Incapaz de protegerse, no pudo sino disponerse a soportar aquel castigo, aquel dolor lacerante. Oyó huesos crujir y sintió la sangre que escapaba de su boca y su nariz. La paliza prosiguió hasta que dejó de oír y de sentir nada.

CAPÍTULO 48

Del entró por la puerta principal de su casa tratando de apaciguar a *Sonny*, que se puso a bailar sobre sus patas traseras agitando en el aire las delanteras y lanzando gemidos.

—Ya, ya. Tranquilo. Sí, ya sé que crees que te tengo abandonado.

Su shih tzu había pasado en el interior de la casa o en el patio trasero la mayor parte de aquellos dos últimos días, primero porque el dolor de espalda le había impedido sacarlo a pasear al parque como de costumbre y, segundo, porque la baja de Faz había aumentado su carga de trabajo. Aunque *Sonny* no pesaba ni cuatro kilos, a Del le pareció más prudente no intentar levantarlo del suelo durante un día o dos más.

—Dame un minuto para soltar las cosas y salimos a dar una vuelta, ¿de acuerdo?

La bola de pelo blanca y marrón que tenía por perro corrió hacia la puerta y tiró de la correa que había colgada en la percha.

—Que sí, que sí, que vamos a salir para que hagas tus cosas, pero déjame a mí hacer las mías primero.

Dejó el abrigo en la barandilla de la escalera y fue a cruzar el salón cuando sonó el teléfono. Lo fue a sacar del bolsillo del pantalón y se dio cuenta de que lo tenía aún en el bolsillo interior del abrigo. Pensó que sería Celia, pero en la pantalla no aparecía ningún número. Contestó.

—¿Inspector Castigliano?

—Al aparato. ¿Con quién hablo?

—Tengo entendido que ha estado haciendo preguntas sobre una tal inspectora González esta tarde.

—Sí, es cierto. Estoy buscando información sobre la comisaría en la que estaba destinada en Los Ángeles. ¿Quién es? ¿Trabajaba usted con ella? —Se apartó el teléfono para examinar el número, pero seguía sin aparecer en pantalla.

—¿Puedo preguntar el motivo de su consulta?

Era una pregunta muy legítima.

—Solo estoy tratando de documentarme sobre ella. Hemos tenido una muerte a manos de un agente y ella estaba en el tiroteo. Estoy haciendo pesquisas al respecto y quería saber si le había ocurrido antes algo similar. Por cierto, ¿con quién hablo?

Del, que había entrado en la cocina, buscó en los cajones un bolígrafo que escribiera o cualquier cosa que le permitiese tomar notas.

—Soy Jeffrey Blackmon, de la DEA.

—¿La DEA?

—Le ordeno que se abstenga de seguir investigando el pasado de la inspectora González, inspector. ¿Ha quedado claro?

Del dejó de abrir cajones.

—¿Perdón? ¿Me acaba de dar una orden?

—Abandone la investigación, inspector. Esto le queda muy grande. Y sí, es una orden.

—Yo a usted no lo conozco de nada y no tengo costumbre de obedecer órdenes de la gente a la que no conozco.

—En ese caso, me volveré a presentar. Mi nombre es Jeffrey Blackmon y soy agente de la DEA.

—Y yo soy Santa Claus. Rebátamelo.

—Soy el agente que está al cargo de los OCDETF. Compruébelo.

—Eso suena a examen ocular.

355

—Es un acrónimo, el de los Grupos Operativos Antidroga contra el Crimen Organizado.

—Del que yo no he oído hablar nunca.

—De eso se trata.

—¿Y están llevando a cabo una investigación aquí, en Seattle?

—Sí, y en otras ciudades.

—Y no quieren que haga preguntas sobre la inspectora González.

—En efecto.

—¿Y cómo sé yo que lo que me está contando es verdad?

—Tenga fe.

Del dejó escapar una risita.

—Yo la fe se la reservo a mi Dios y también ahí tengo mis dudas. Para todo lo demás, necesito pruebas.

—Tengo entendido que le dijeron que podían dar por concluida su investigación sobre la muerte de Monique Rodgers.

El inspector recordó la conversación que había mantenido con Nolasco.

—¿Cómo lo sabe?

—Le aconsejo que siga esa orden si no está dispuesto a seguir la que acabo de darle.

—¿Me está amenazando?

—Si me joden la operación, inspector, haré mucho más que amenazarlo. Le han dado órdenes de estarse quietecito. Bien, pues acátelas si no quiere que empiece a hacer llamadas. Créame que preferiría no tener que hacerlo. —Dicho esto, colgó.

Del se apartó el teléfono de la oreja. ¿Con qué coño habían ido a tropezar Faz y él?

Sonny no dejaba de bailar ni de gemir.

—Lo siento, colega. El deber me llama. —Marcó el número de teléfono de Faz, pero saltó de inmediato el buzón de voz. Sabía que, si no estaba de servicio, su compañero apagaba el móvil por la noche y lo dejaba en un cesto que tenía cerca de la entrada trasera. Miró la hora. Temía molestar si llamaba al fijo de casa, porque no sabía cómo se encontraba Vera y sabía que los dos lo estaban pasando muy mal. Lo que acababa de averiguar era muy interesante, pero seguiría siéndolo al día siguiente por la mañana.

Buscó en sus contactos el número de Johnny Nolasco y lo marcó para intentar hacerse una idea de lo voluminosa que era la mierda que habían pisado Faz y él.

CAPÍTULO 49

Tracy llamó al aeropuerto de Seattle-Tacoma mientras Kins y ella salían del aparcamiento de la comisaría en dirección a la autopista con una barra de luces de emergencia destellando desde la luna trasera del vehículo. La salida del vuelo 48 de la British Airways con destino al aeropuerto londinense de Heathrow estaba programada para las siete y media de la tarde y Aditi y Rashesh Banerjee ya estaban ante la puerta de embarque, lo que quería decir que tenían que darse prisa en llegar. A aquellas horas y con la sirena puesta a fin de dispersar el tráfico no tardarían en hacerlo, aunque lo difícil era conseguirlo antes de que Aditi y Rashesh hubiesen embarcado.

—No tengo claro que vayamos a llegar —dijo Kins mientras cambiaba de carril y pisaba el acelerador—. Llama al Puerto de Seattle y pide que los retengan.

A dicha entidad pertenecían las principales fuerzas del orden presentes en el aeropuerto. Tracy marcó el número, se identificó, dio el nombre de Aditi y Rashesh Banerjee, identificó su vuelo y pidió que los retuvieran.

Veinte minutos después, en el aeropuerto, Tracy y Kins apretaron el paso en dirección a la comisaría de la policía del Puerto de Seattle, situada en la tercera planta de la terminal principal. La puerta de entrada de cristal esmerilado estaba en el espacio situado tras el mostrador de la Southwest Airlines. Kins había estado allí hacía muchos años, pero Tracy no.

.   Se identificaron y les hicieron saber que tenían retenidos al matrimonio en una sala de reuniones y que al marido no le había hecho ninguna gracia.

Aquello era quedarse corto. Rashesh estaba caminando de un lado a otro de la pequeña sala y se detuvo al verlos entrar para dar rienda suelta a su ira.

—¿Me pueden decir qué significa esto? ¿Por qué hemos perdido nuestro vuelo a Londres?

Aditi estaba sentada en una de las sillas que había dispuestas alrededor de la mesa y parecía desconcertada. Tracy pidió hablar con ella a solas, lo que provocó otra andanada de protestas por parte de Rashesh por los inconvenientes.

—Nuestro equipaje va en ese vuelo.

Tracy miró al agente del Puerto de Seattle.

—Hemos sacado las maletas del avión —dijo él— y las están trayendo aquí.

—Pero ¿y el…? —empezó a decir Rashesh cuando lo interrumpió Aditi.

—Rashesh, por favor. —Dirigiéndose a Tracy, preguntó—: ¿Es por Kavita?

La inspectora asintió.

—Sí.

Aditi miró a su esposo.

—Entonces tengo que hablar con ellos, Rashesh. —Se levantó y fue hacia él para intentar aplacarlo—. Si es sobre Kavita, tiene que ser importante. Por favor.

Rashesh vaciló antes de marcharse acompañado por dos agentes de la autoridad portuaria. Tracy y Kins ocuparon a continuación sendas sillas. Tracy sacó un documento del bolsillo interior de la chaqueta, lo desplegó y se lo tendió haciéndolo deslizarse sobre la mesa. Había hecho que Margo Paige se lo enviase por correo electrónico después de hablar con ella por teléfono.

—Esta tarde me ha llamado la agente forestal del bosque de Bridle Trails. Encontró este informe en el almacén que tienen en Sand Point. Es de hace nueve años y se refiere a una adolescente que paseaba por el parque cuando su caballo cayó a un pozo.

—Esa era yo —dijo Aditi sin dudar ni mirar el documento—. Tenía quince años. Mi caballo murió y yo tuve suerte de poder saltar justo antes de que él cayese.

—¿Estaba Kavita contigo?

—Sí. Iba detrás de mí. Si no, habría sufrido ella la caída.

Tracy miró a Kins antes de volver a dirigirse a Aditi.

—Las dos sabíais que había agujeros así sin cubrir en el parque.

—Claro, por lo menos uno. —Su mirada se clavó alternativamente en uno y otro de los inspectores—. No entiendo qué tiene esto qué ver con la muerte de Kavita.

Tracy y Kins no habían revelado a Aditi, a los Mukherjee ni a los medios las circunstancias del fallecimiento.

—¿Kavita y tú compartíais una cuenta de iCloud?

—Ya le dije que sí.

—Luego podías rastrear su teléfono y determinar su ubicación.

—Supongo. Por lo que me dijo usted, es posible. —Aditi entornó los ojos como aquejada por un repentino dolor de cabeza.

—¿Rastreaste su teléfono aquella noche, Aditi? ¿Buscaste dónde estaba y averiguaste que se dirigía al parque estatal?

—¿O la llamaste para pedirle que se reuniera allí contigo? —preguntó Kins.

Aditi no reaccionó por un instante. Los miró a los dos con la misma expresión angustiada y confusa y, a continuación, lentamente, abrió los ojos de par en par y se irguió alejándose de la mesa.

—¡Oh, Dios mío! —dijo—. ¿Creen que fui yo quien mató a Vita? —Se tapó la boca con una mano—. ¿Y por qué piensan eso?

¿Por qué? Vita era mi amiga. Era como una hermana para mí. —Se echó a llorar.

Su turbación parecía sincera. Sin embargo, Tracy conocía casos en los que el asesino ni siquiera recordaba el crimen que había cometido y hasta había superado la prueba del detector de mentiras.

—Tuvo que dolerte mucho, Aditi, darte cuenta de que tendrías que separarte de esa hermana, de que iba a vivir la vida que tú querías para ti, de que sería médica y conservaría su independencia.

—Pues claro que me dolía tener que dejarla —dijo ella cuando pudo hablar—. Quería mucho a Vita, pero fui yo quien eligió esta vida.

—¿De verdad? —preguntó Tracy.

—¿Cómo?

—¿De verdad la escogiste tú, Aditi, o la eligieron otros por ti?

—No la entiendo. —Miró a los dos inspectores—. Ya se lo he dicho: fui a la India, a la boda de mi primo, y allí conocí a Rashesh.

—¿Tus padres también estaban allí?

—Claro.

—¿Y te presionaron para que te casaras con Rashesh?

Aditi soltó una risotada breve, más semejante a una exhalación, y volvió a reclinarse en su asiento.

—Claro que me presionaron. Era eso lo que querían para mí, lo que siempre han querido para mí.

—Pero ¿era lo que tú querías, Aditi?

—No, qué va. Hasta ese momento. Ya se lo dije: Rashesh es un buen hombre, es un buen hombre y creo que con el tiempo me amará si no me ama ya.

—¿Y tus planes, Aditi? ¿Qué ha sido de tus planes de asistir a la Facultad de Medicina y ejercer de pediatra?

—Todavía puedo hacerlo algún día. Rashesh y yo lo hemos hablado. Él no quiere verme descontenta.

—¿Y lo estás?

—No. —Sacudió la cabeza—. No. —Entonces se detuvo antes de decir—: Quiero ser madre y formar una familia. —Dejó escapar una bocanada de aire con aspecto muy cansado—. No espero que lo entienda, inspectora, pero cuando me pregunté qué era lo que más deseaba en la vida, la respuesta me pareció evidente y sencilla. Quiero ser madre, tener hijos. Quiero ser una buena esposa y tener una familia. Tal vez algún día pueda ser médica también, pero, si me preguntan a cuál de las dos cosas renunciaría, ni me lo pienso: renunciaría a ser médica.

En ese instante, Tracy supo que Aditi decía la verdad, porque a ella le ocurría lo mismo. Si no les había dicho nada de cuando su caballo había caído al pozo abandonado había sido porque ellos no le habían revelado dónde habían encontrado el cadáver de su amiga. Miró a Kins y negó con la cabeza.

—No la siguió.

—¿A Kavita? No, claro que no —dijo Aditi—. ¿Por qué iba a seguirla si podía llamarla? De hecho, quise hacerlo. Me moría de ganas de verla… y ahora… —Más lágrimas—. El caso es que pensé que era preferible dejarle tiempo para asimilar la noticia que le había dado…

En ese momento, la inspectora cayó en la cuenta de algo que la llevó a preguntar:

—¿Quién sabía lo del accidente del parque, lo de la caída de tu caballo?

—Nuestros padres, claro. También el guarda y quizá los hermanos de Kavita… Sí, los hermanos de Vita lo sabían, aunque Sam era muy pequeño entonces, casi un bebé.

Entonces, de pronto, todo empezó a encajar, como cuando aparece una pieza clave en un rompecabezas que permite conectar el resto.

—Sam tenía la misma cuenta de iCloud que vosotras, ¿verdad? Me dijiste que compartía música y películas con Kavita.

—Kavita y él estaban muy unidos. La echaba muchísimo de menos y esa era la forma que tenían de estar en contacto. La cuenta era la misma para todos.

Tracy miró a Kins, pero en su fuero interno se estaba reconviniendo a sí misma. ¿Cómo podía haberlo pasado por alto? ¡Si lo tenían delante de las narices, en el teléfono de Kavita!

CAPÍTULO 50

Johnny Nolasco había confirmado la identidad de Jeffrey Blackmon y también que Andrea González había estado trabajando para la DEA durante casi tres años. El capitán lo informó de que la DEA estaba preparando una gran redada por toda la Costa Oeste, Seattle incluida, y González estaba al cargo y necesitaba una tapadera. Dicha información era reservada y la operación se había organizado en un escalón superior de la cadena de mando.

Todo eso respondía a una de las preguntas, pero dejaba en el aire la más acuciante: ¿dónde coño estaba Faz?

Al terminar la conversación con Nolasco, Del había vuelto a llamar a Faz, cuyo buzón de voz había saltado de nuevo. Estaba a punto de marcar el número de la casa de su compañero cuando sonó el teléfono que tenía en la mano. La identificación de llamada lo informó de que procedía del fijo de Faz. Descolgó enseguida y dijo:

—Buenas. Qué bien que hayas llamado, porque está pasando algo muy raro. ¿Se ha puesto Nolasco en contacto contigo?

—¿Del?

Por un instante lo confundió la voz femenina, pero acto seguido dijo:

—¿Vera?

—Sí.

—Perdona, mujer, que pensaba que eras Faz.

—¿No está contigo?

—No, no está conmigo. ¿No sabes nada de él?

—Desde que salió de casa esta mañana temprano, no. No consigo dar con él en el móvil ni está en comisaría.

—Seguro que no es nada, Vera. A lo mejor se ha parado a comer algo de camino a casa. —Con todo, dudaba mucho que fuese el caso. Algo no iba bien.

—Entonces, ¿por qué no contesta al teléfono?

Del no lo sabía.

Tras asegurarle que la llamaría en cuanto supiese algo, colgó y volvió a marcar el número de su compañero. Una vez más, saltó enseguida el contestador. Asaltado por una sensación muy inquietante, se puso a caminar de un lado a otro de la estancia del fondo, con vistas al centro de Seattle. Las ventanas de los rascacielos titilaban con su luz dorada y la oscuridad que se cernía sobre la ciudad hizo que le invadiera un mal presagio.

Llamó al móvil de Billy Williams y, cuando respondió el sargento, le explicó el motivo de su llamada.

—Tenía intención de vigilar a González —añadió— para averiguar adónde iba y si se reunía con alguien sospechoso.

—¿Cuándo ha sido la última vez que has tenido noticias suyas?

—He hablado con él esta mañana, antes de que González tuviera tiempo de salir. Estaba sentado en su coche delante del bloque de la inspectora.

—¿Y no has sabido nada de él? ¿No te ha llamado ni te ha mandado un SMS o un correo electrónico?

—Nada.

Williams lo escuchó con atención y luego dijo que, aunque no sabía nada de ningún grupo operativo, hablaría con sus superiores y lo llamaría si se enteraba de algo.

Del no pensaba quedarse de brazos cruzados esperando la llamada de Billy. Cogió el abrigo y salió por la puerta. Tenía la

365

dirección de González y no estaba lejos de allí. Se metió en el Impala y el motor rugió al cobrar vida. Por el camino, volvió a marcar el número de Faz, pero, como antes, la llamada fue directamente al buzón de voz.

Al llegar al bloque en el que vivía González, aparcó y se dirigió al portal y buscó, sin éxito, el registro de residentes. Cada vez eran más los edificios y las urbanizaciones que prescindían de él para disuadir a los fisgones y brindar seguridad, sobre todo a las personas mayores. Aquel bloque no era muy grande, aunque debía de tener al menos doce apartamentos. Pulsó un botón y esperó. Respondió una voz masculina y Del preguntó por Andrea González.

—Se ha equivocado de piso.

—Lo siento. Lo habré apuntado mal. ¿Sabe por casualidad dónde vive?

—No, lo siento.

Intentó con otro, pero no obtuvo respuesta. Entonces probó con un tercero y un cuarto. Los vecinos que contestaron no conocían a la inspectora o le dieron a entender por sus titubeos que no estaban dispuestos a revelar tal dato a un extraño aunque lo supieran. Intentó varias veces más con los mismos resultados.

Frustrado, volvió a la acera y sintió un atisbo de brisa que le erizaba el vello de la nuca. Intentó centrarse, pero no consiguió gran cosa. Llamó al móvil de Faz una vez más y una vez más saltó el contestador. Soltó un reniego entre dientes y volvió al Impala.

Una vez dentro, llamó al turno de guardia y pidió hablar con Ron Mayweather.

—Necesito que rellenes una solicitud para buscar las últimas coordenadas conocidas del teléfono de Faz.

—¿Qué ha pasado, Del?

—No lo sé. No está en casa ni en el trabajo y tampoco contesta al móvil. ¿Podrás buscarlo?

—Sí, estoy en ello. Te llamo en cuanto sepa algo.

CAPÍTULO 51

En el callejón sin salida de la casa familiar, Sam Mukherjee miró con aire sombrío a Kins y a Tracy. Llevaba casco, camiseta y pantalón corto y sostenía con la mano el extremo de un monopatín mientras el otro reposaba bajo su zapatilla de deporte.

Tracy salió del vehículo y se acercó a él.

—Hola, Sam.

El chaval hizo voltear en el aire el monopatín y se lo colocó bajo el brazo.

—Hola —respondió con aire inseguro—. Mis padres no están en casa.

—¿Sabes dónde están?

—Mi padre está ocupado con los preparativos del funeral de Kavita, creo, y mi madre ha salido a pasear y todavía no ha vuelto. —Levantó la barbilla como para estudiar un cielo nocturno cada vez más oscuro. Se oía cantar un coro de grillos procedente del parque.

—¿Sabes por dónde suele pasear? —preguntó Tracy.

Sam señaló los árboles apuntando con el pulgar por encima de su hombro.

—Normalmente se va al parque, pero a esta hora suele estar ya en casa.

—¿Todas las noches?

—Casi todas. A veces la acompaña mi padre, aunque no siempre.

—Y tu hermano, Nikhil, ¿dónde está? —quiso saber Kins.

—Dentro —respondió Sam con un gesto vago—. No sé lo que estará haciendo.

—¿Llevas tu teléfono, Sam? —preguntó Tracy.

Él señaló la camisa que descansaba en los escalones de cemento del angosto porche.

—Sí —dijo indeciso.

—Necesito que me lo des, Sam.

—¿Por qué?

Lo último que quería la inspectora era echar por tierra todo el mundo de aquel chiquillo, pero a esas alturas resultaba inevitable.

—Tu madre dice que te quita el teléfono por las noches, ¿no es verdad?

—Normalmente sí, pero... ahora no está aquí y estamos en verano, así que... Últimamente no me lo ha quitado. A veces se le olvida. Supongo que, con todo lo que ha pasado... ¿Para qué lo quieren?

—¿Se lo diste el lunes por la noche?

Sam negó con la cabeza.

—No, tenía partido de fútbol y me quedé en casa de un amigo.

—Pero le mandaste un mensaje de texto, ¿verdad?

—Sí. Estaba preocupado por ella, porque había oído hablar a mis padres de que Aditi se había casado en la India. Mi madre estaba enfadada y yo sabía que Vita también lo estaría. Lo único que quería era saber cómo estaba, si lo llevaba bien.

—Y te dijo que no podía ir a verte jugar porque tenía una cita, ¿verdad?

—Sí.

—¿Te había dicho antes eso mismo?

—Sí.

—¿Más de una vez?

—Un par de veces, creo.

—¿Por mensaje de texto?

—Normalmente sí. A veces la llamaba yo.

Tracy miró a Kins. Habían hablado de la probabilidad de que Kavita hubiese hablado a su hermano de una cita en una o varias ocasiones y de que dicha información estuviera disponible en el teléfono del muchacho.

—¿Has rastreado alguna vez el móvil de tu hermana, Sam?

—¿Cómo? —Su confusión parecía sincera.

—Que si has rastreado alguna vez el móvil de tu hermana para saber dónde estaba.

—Pero ¡si ni siquiera sé cómo se hace eso! Bueno, puede que sí sepa, supongo... Pero no lo he hecho nunca. ¿Para qué iba a hacerlo?

—¿Sabes, Sam, si tus padres leían los mensajes de texto que os mandabais Kavita y tú?

Él meneó la cabeza en señal de contundente negativa.

—Todos esos los borraba.

—Y las conversaciones que mantenías con tus amigos, ¿las leían?

—Mi madre, sí. A veces, quiero decir. A mí me fastidiaba, ¿sabe?, pero ella decía que, como el teléfono lo pagaban ellos, yo no podía negarme.

—Tú estás en la misma cuenta de tus padres, ¿verdad?

—Ajá.

—¿Y te tienen puesto algún control parental que les permita leer tus mensajes, hasta los que hayas podido borrar?

Sam estaba a punto de responder cuando se detuvo, como si lo hubiese asaltado una idea y le hubiera robado las palabras de la boca. Dejó la mirada perdida y la clavó en el suelo. Cuando volvió a fijarla en Tracy, ya había llegado a la misma conclusión que la inspectora, aunque él aún no podía imaginar todo lo que implicaba.

Andréi Vilkotski había confirmado las sospechas de Tracy mientras Kins y ella se dirigían del aeropuerto a Bellevue. Lo había llamado para informarse sobre las aplicaciones que podían usar los padres para leer los mensajes de sus hijos aun sin tener sus teléfonos. El técnico le había dicho que el número de programas espía que permitían a los progenitores acceder al correo electrónico y otras comunicaciones de sus hijos, incluidos los que se habían borrado, eran tantos que ni siquiera sabía por cuál empezar. También le confirmó que, al compartir Sam cuenta de Apple con su hermana, los padres también podían usar el número de teléfono del pequeño para rastrear el móvil de Kavita.

De modo que, si Sam y Kavita habían hablado de la cita, la madre también podía haberse enterado, durante un tiempo al menos, y haber rastreado el teléfono de su hija para saber dónde había estado. De haberlo hecho, habría visto que las noches de los lunes seguía siempre una misma ruta —la que habían acordado el doctor Charles Shea y ella— que culminaba en una habitación de hotel de Kirkland.

—Yo me encargo del mayor —dijo Kins antes de echar a andar hacia la puerta principal—. ¿Puedes tú con la madre?

CAPÍTULO 52

Faz abrió los ojos… o eso creía. La sala seguía estando a oscuras. Necesitó unos instantes para que los demás sentidos se conectaran también. Acto seguido, deseó que no lo hubieran hecho. La cabeza le iba a estallar a fuerza de martillazos profundos y agudos que seguían el ritmo de su pulso. Cayó en la cuenta de que solo veía con el ojo derecho. El izquierdo estaba cerrado casi por completo por la hinchazón y el campo de visión se le había reducido a poco más que un resquicio. Cuando intentó incorporarse para aliviar la presión de las esposas, se encogió por el dolor que sentía en las costillas, tan brutal que a punto estuvo de gritar. Tuvo que moverse por fases, preparándose mentalmente para el suplicio antes de cada movimiento. Le dolían los hombros y los brazos donde habían ido a golpear las botas y los puños y el torso le ardía como si estuviese en llamas. Le estaba costando mantener la respiración, porque, con cada inhalación sentía un dolor lacerante en el costado que lo llevaba a toser, lo que no hacía más que intensificar su tormento.

Bajó la cabeza hasta sus manos y se palpó el rostro. Sintió un humor pegajoso y caliente que le chorreaba hasta el cuello y le corría por detrás de las orejas. Sangre. Mucha. Little Jimmy y sus secuaces lo habían golpeado como si fuera una piñata. Notó el sabor a hierro que le invadía la boca mientras se exploraba los carrillos con la lengua en busca de cortes o de dientes partidos. Tras aquel rápido reconocimiento físico, pasó a evaluar los alrededores y las circunstancias en que se encontraba. Seguía maniatado a la tubería y, a todos los efectos, bien jodido.

La paliza, sin embargo, tenía implicaciones más preocupantes que el daño físico, pues ponía de relieve que a Little Jimmy, en realidad, le daba igual matar a Faz. De hecho, demostraba que el farol del asalto policial al que se abocaba en caso de que acabase con él no había funcionado. A Little Jimmy le preocupaba mucho más perder decenas de millones de dólares de la mercancía del cartel. Si ocurría algo así, la gente para la que trabajaba no dudaría en quitarse de en medio a Jimmy, quien, por tanto, no tenía otra opción que quitarse de en medio a Faz.

Reparó en lo estúpido que había sido. Tenía que haber insistido en que su presencia se debía solo a la investigación sobre la muerte de Monique Rodgers. Lo único que había hecho, en cambio, era ofrecer a Little Jimmy otro motivo para matarlo. ¡Como si lo necesitara!

Pensó en Vera, en que la iba a dejar sola frente al cáncer, y sintió una pena enorme que se apoderó de todo su ser y le anegó en lágrimas los ojos. Entonces, del otro lado de la sala llegaron a él voces y ruido de llaves en la cerradura, que lo sacaron de sus pensamientos. Los fluorescentes del techo se encendieron e hicieron caer su luz aguda y dolorosa como esquirlas de cristal sobre sus ojos. Inclinó la cabeza para poder ver con el que aún tenía sano.

—Inspector Falzio, está hecho mierda, güey. —Little Jimmy se puso en cuclillas y lo agarró de la cara, provocándole un dolor punzante al hundirle los dedos en la piel. Le giró la cabeza para poder mirarlo—. Dígame pues, inspector. ¿Le apetece hablar o va a seguir con sus chistes?

—Qué va, Jimmy —murmuró—. Se ve que mis chistes tienen demasiado nivel intelectual para este público.

—Entonces, ¿me va a contar lo que está haciendo aquí?

—Ya te lo he dicho. Te estaba buscando a ti. —La voz de Faz era apenas un susurro—. Y mi compañero lo sabe. —Ya no tenía sentido cambiar de cuento.

Little Jimmy sonrió.

—Pues me encontró. Para algo es inspector de policía, ¿no? Pero, como le dije, comprobé su teléfono y no creo que su teléfono mienta. *¿Lo entiende?* —añadió en español—. Diría que no le contó a nadie que está aquí. Está solo. Está perdido en una isla.

—Eso ya lo has dicho. Deberías buscar otra metáfora.

Jimmy se detuvo.

—¿Qué?

—Qué suerte la mía, que estoy atrapado en la isla contigo —musitó Faz.

—Me hizo pensar, *cabrón*. —El insulto también iba en español—. Me hiciste preguntarme por qué está aquí y por qué ha venido solo. Conque tuve que mirar la grabación de las cámaras, en fin, para ver, por ejemplo, si estaba siguiendo a alguien.

Faz sintió un nudo en el estómago.

Little Jimmy se puso en pie y señaló la puerta con un movimiento de cabeza. Héctor, el Niño de los Esteroides, y el tercer hombre metieron un cuerpo a rastras en la trastienda. La cabeza le colgaba de tal modo que Faz no lograba verle la cara, aunque podía hacerse una idea aproximada de quién debía de ser. Arrojaron al hombre a los pies de Jimmy, que le dio la vuelta con la bota. Faz tuvo que ladear la cabeza para verlo y reconocer, a duras penas, a Francisco. Tenía la cara hinchada y cubierta de sangre seca, la nariz partida en ángulo recto y parecía tener una pelota de golf debajo del ojo izquierdo.

—No sé si sabe, inspector, que soy como un fontanero: siempre estoy buscando filtraciones… y me parece que he encontrado una.

—Es la primera vez que veo a este tío —aseveró Faz.

—¿Ah, sí? Pues, como le he dicho antes, la cinta no miente.

—¿Eso has dicho? No lo recuerdo.

—¿Me piensa decir por qué siguió a Francisco, por qué tomó fotos en la feria y quién es la mujer con la que estaba hablando? Mmm…

Faz había olvidado las fotografías desenfocadas y llenas de ruido que había hecho en el mercado al aire libre antes de que lo golpearan. Tras un instante, cayó en algo más. Little Jimmy necesitaba información y ese detalle podía ser el único resorte al que aferrarse si quería seguir con vida, al menos a corto plazo. Pese a su actitud bravucona, aquel matón estaba asustado. Conocía bien cuáles serían las consecuencias si metía la pata con la mercancía del cartel. A fin de cuentas, no era más que lo que Faz había supuesto desde el principio: un gamberro con ínfulas.

—No sé de qué me hablas.

Little Jimmy lo agarró de los pelos para levantarle la cabeza y la echó para atrás con fuerza para que Faz pudiera verlo. El inspector sintió un dolor punzante que le invadía el cuero cabelludo y le bajaba por la nuca. Jimmy se puso en cuclillas para quedar a la altura de sus ojos.

—¿Cree que soy idiota, inspector?

Cómo le habría gustado poder responder con sinceridad a esa pregunta. En cambio, dijo:

—Quería echarle un vistazo al piso de Eduardo López cuando lo vi por la calle y decidí seguirlo.

—¿En serio? ¿Ahora se dedica a seguir a todos los chicanos con los que se cruza? Me parece que a eso lo llaman «identificación por perfil racial», inspector, y que no es muy legal que digamos. Voy a tener que llamar a mi abogado…

Faz no tenía muy claro qué decir, aunque sí que no podía revelar que había visto a Francisco en el bloque de Eduardo López.

—Me sonaba de tu fiesta de cumpleaños.

Jimmy, que no esperaba aquella respuesta, sonrió como el gato que está a punto de zamparse al ratón.

—¿Y se acordaba de él? ¿Qué pasa, que los gringos pensáis que todos los mexicanos nos parecemos? —Borró la sonrisa—. Miente usted muy mal. Francisco no fue a mi casa aquella noche: estaba en la suya, con su mujer y sus hijos.

—Pues debí de equivocarme. Es que os parecéis todos mucho.

Jimmy sacó algo de su bolsillo. Era un móvil, pero no era el móvil de Faz.

—No sé a quién le estuvo mandando mensajes Francisco, aunque pensé que habría sido a usted. Conque comprobé su teléfono, pero resultó que no, que no le estuvo escribiendo a usted. Dígame entonces, ¿a quién le ha estado mandando mensajes Francisco, *cabrón*? ¿Eh? ¿Con quién se estaba escribiendo?

—A lo mejor tenía una aventurilla… y no quería que se enterase su mujer.

Jimmy dio un paso atrás, se llevó la mano a la región lumbar y sacó una pistola, una brillante y plateada más semejante a un cañón diminuto.

—Levántenlo —dijo a sus hombres refiriéndose a Francisco.

Faz supuso que había llegado el momento. Iba a morir en la trastienda de una empresa de guardamuebles y su cuerpo acabaría posiblemente lastrado por los pies en el fondo de cualquier masa de agua. Vera no sabría nunca qué había sido de él. Joder, quizá ni siquiera quisiese operarse el tumor si Faz moría. Él, desde luego, no tenía claro que deseara seguir viviendo sin ella.

Héctor y el otro tipo levantaron a Francisco sujetándolo por las axilas para ponerlo más o menos de rodillas. La cabeza le colgaba entre los hombros. Jimmy le apoyó en la nuca el cañón de la pistola.

—Se lo preguntaré otra vez, inspector. Si hace un chiste o me dice: «No lo sé», le vuelo la nuca a Francisco. Su muerte recaerá sobre su conciencia como la de mi padre. Así que le preguntaré otra vez y, si no me lo dice, mataré a Francisco antes de matarle a usted y moler su cadáver para echárselo de comer a los puercos.

Little Jimmy dio un paso atrás y puso una bala en la recámara de la pistola plateada antes de volver a ponerle el cañón en la nuca a Francisco.

—Última oportunidad, *cabrón*. ¿Con quién se está escribiendo?

CAPÍTULO 53

El parque estaba sumido en la misma quietud agradable que había conocido Tracy en las North Cascades al recorrerlas de pequeña las mañanas de fin de semana. Su padre le decía que la gente se refería a las grutas que formaban los árboles como «catedrales de Dios» y a ella no le costaba entender el motivo. Por la mañana, cuando los rayos de sol se filtraban a raudales por entre los troncos, los haces de luz parecían ángeles que descendieran del cielo. Aquella noche no. Aquella noche, los restos de luz teñían el parque de tonos grises apagados. Era inútil buscar ángeles en aquel lugar, que quedaría para siempre marcado por el mal.

Siguió la misma senda que había tomado la noche que Pryor y ella se internaron en el parque, aunque esta vez sin la lucecita azul parpadeante que las guio ni la ominosa sensación de que estaba a punto de tropezar con algo terrible. Esa noche conocía el camino y la embargaba una sensación distinta de horror, un horror que no había sabido ver antes, cosa que no dejaba de recriminarse. Pranav y Sam no habían estado en casa la tarde del lunes, ni tampoco los abuelos. Hasta bien entrada la noche solo habían estado allí Himani y Nikhil.

Tracy tomó el camino de la derecha en la primera bifurcación y siguió caminando por el sendero exterior. Las ranas toro se echaron a croar como para alertarse unas a otras de su presencia. Aunque la agente forestal se había encargado ya de taparlo, Tracy redujo el paso al acercarse a la senda que llevaba al agujero y se detuvo al llegar a la loma que constituía el punto más elevado del camino, desde donde miró a la persona que había erguida ante el borde de donde había estado antes el hoyo.

Himani Mukherjee parecía una penitente en pie de lo que sería ya para siempre una tumba en una de las catedrales de Dios. Como si hubiese percibido la presencia de la inspectora, o quizá por estar esperándola, Himani alzó la mirada y se volvió, aunque enseguida dejó que su vista regresara de nuevo a la tumba de su hija.

Tracy había estado pensando en varias cosas que decir, pero, una vez llegada al lugar, no sintió la necesidad de pronunciar palabra. Dio un paso al frente y se plantó en el filo del antiguo pozo para aguardar casi durante un minuto hasta que Himani habló al fin.

—No espero que lo comprenda, inspectora. —Su voz apenas se alzaba sobre los ruidos del bosque.

En ese sentido, estaba en lo cierto: Tracy no lo entendía.

—¿Por qué no intenta explicármelo? —dijo.

Himani sonrió, aunque el gesto parecía triste y derrotado.

—¿Qué sentido tendría?

—El de poder cerrar un episodio —respondió la inspectora—. Por eso ha venido aquí, ¿no? Para cerrar un episodio. ¿Llegó a haber una razón?

—Hubo muchas razones. —Himani recobró parte de la rabia y la amargura que había detectado por primera vez Tracy la noche que visitó el hogar de los Mukherjee, pero aquella actitud se desvaneció al instante. Soltó el aire que contenía en los pulmones y, aunque le tembló en el pecho, no se permitió llorar—. Tenía muchas razones para estar enfadada con Kavita —dijo en voz baja, como hablando consigo misma.

Tracy aguardó.

—Le faltó al respeto a su familia. Se faltó al respeto a sí misma. Nos humilló delante de todos nuestros parientes y amigos. Al principio, su padre y yo coincidimos en que lo mejor era esperar a que entrara en razón. Supusimos que, con el tiempo, volvería a casa y me pediría que le buscase un marido como está mandado. Si eso no funcionaba, pensamos que la traería a casa un motivo más práctico.

—Cuando se quedara sin dinero. Sin embargo, no volvió a casa ni tampoco se quedó sin dinero y usted empezó a preguntarse por qué.

—No dio su brazo a torcer ni siquiera cuando Aditi volvió casada de la India. Se volvió más desafiante incluso.

—En ese sentido, parece que tenía a quién parecerse —aseveró Tracy.

Himani le lanzó la misma mirada con que había atravesado a Sam cuando el chiquillo confesó que se escribía con Kavita.

—Usted no lo entiende. No entiende lo que siente una madre al saber que su hija es una furcia. Sé lo del hotel, inspectora, y lo del hombre con el que se encontraba allí. Sé por qué no se quedó sin dinero y por qué no necesitó nunca volver a casa. —Se volvió para mirarla de hito en hito con un gesto que Tracy no pudo sino calificar también de desafiante. La voz de Himani se hizo más severa—. Usted no ha tenido que estar oyendo a los padres de Aditi hablar de su hija y de Rashesh, del dinero que tiene la familia de Rashesh, de la casa tan magnífica en la que van a vivir en Londres y de todos los nietos que pronto les darán. —Sacudió la cabeza. El tono de sus palabras era cada vez más airado—. Usted no entiende la humillación —añadió con los dientes apretados antes de cerrar los ojos e hinchar las ventanillas de la nariz. Le estaba costando respirar. Hizo un gesto de desdén con la mano, como si Tracy no fuese más que un incordio—. Usted no lo entiende. Nuestro mundo es muy distinto del suyo.

—¿Cuándo se dio cuenta de que podía usar el teléfono de Sam para seguir a Kavita? —Dudaba mucho que Himani lo hubiese averiguado por su cuenta. Tenía que haberlo aprendido de alguien más joven, más habituado a la tecnología. De Nikhil.

La madre se encogió de hombros en un breve gesto de reconocimiento.

—Llevo leyéndole a Sam los mensajes y rastreándole el teléfono para ver adónde va desde que se lo compramos. Localizar el de Kavita no fue difícil.

—Así que vio el mensaje que le envió Sam a Kavita el lunes por la tarde.

—Y la respuesta de Vita. Solo fue uno de tantos que escribió por el estilo, inspectora, y todos eran los lunes por la tarde. —Aquello confirmaba que Himani había reparado en la norma que seguían siempre Kavita y Shea. Guardó silencio durante un momento prolongado y Tracy había empezado a pensar que tal vez hubiese decidido no decir nada más cuando añadió—: Acababa de salir de casa de los Dasgupta, que habían organizado una fiesta para los amigos que no habían podido asistir a la boda en la India. Kavita no fue, aunque eso no me sorprendió. Tuve que aguantar que presumieran de Aditi y de su nuevo yerno. Como Pranav estaba de viaje, él no tuvo que soportarlo. —Levantó las manos y se metió los dedos en el pelo como si quisiera evitar que se le desmoronase el cráneo—. Sus voces resonaban en mis oídos como esquirlas de cristal. Cuando llegué a casa, me iba a estallar la cabeza. —Soltó un suspiro melancólico—. Encendí mi ordenador, abrí la aplicación y vi los mensajes que se habían escrito Sam y Kavita. —Himani miró a Tracy—. Ni siquiera el día que supo de la boda de Aditi consintió Kavita en cambiar de actitud. En vez de eso, se empeñó en seguir humillándonos. Parecía que se divirtiese retorciendo el puñal que nos había clavado por la espalda.

—En realidad, no tenía intención de seguir viéndose con él —le anunció Tracy—. Aquel día le dijo que habían acabado. Pensaba seguir con su vida y matricularse en la Facultad de Medicina.

Aquello hizo que Himani guardara silencio, aunque solo brevemente.

—Eso no cambia en qué se había convertido —dijo al fin—. No cambia el hecho de que se deshonrara hasta el punto de que ningún hombre habría consentido en tomarla por esposa.

Tracy miró al suelo, a la tierra removida de la que sobresalían ramas quebradas y hojas pisoteadas, antes de volver a clavar la vista en Himani en espera de que prosiguiese. Al ver que no lo hacía, preguntó:

—¿Mandó usted a Nikhil al hotel para que matase a Kavita?

CAPÍTULO 54

Kins pidió a Sam que aguardase fuera y no lo siguiese y a continuación entró en la casa. Las luces estaban apagadas y en el interior reinaba el silencio. Sacó la Glock y la sostuvo a la altura del muslo.

—¿Nikhil? —dijo en voz alta—. Soy Kinsington Rowe, inspector de la policía de Seattle. Me gustaría hablar contigo.

No recibió respuesta alguna.

—¿Nikhil? —volvió a decir mientras pasaba del recibidor al salón. Los abuelos, allí sentados, lo miraron con un terror callado.

—¿Dónde está Nikhil? —preguntó.

El abuelo miró hacia la cocina sin abrir la boca.

Kins y Tracy habían analizado las distintas posibilidades durante el trayecto desde Bellevue y los dos coincidían en que la madre no podía haber llevado a Kavita hasta el agujero sin ayuda. Por tanto, cabía pensar que, bien la había matado su madre y luego había pedido a Nikhil que ocultara con ella el cadáver, bien había sido este quien había matado a su hermana.

Kins cruzó el vestíbulo y el salón y se acercó lentamente al umbral de la cocina para asomarse al interior. Nikhil estaba sentado a la mesa que había en el rincón más alejado de la puerta con las luces apagadas, pero la oscuridad no le impidió ver el cuchillo de cocina de grandes dimensiones cuya punta tenía apoyada en la garganta.

El inspector se tomó un instante para reunir el aplomo necesario.

—Nikhil —dijo en tono calmado—. Baja el cuchillo.

El joven lo miró a los ojos, pero no respondió.

Kins entró con paso lento en la cocina, sin saber bien qué decir. Pensó en sus tres hijos y en lo unidos que estaban.

—Tu hermano está ahí fuera —dijo— y tus abuelos, en la sala de al lado. No querrás que vean una cosa así.

—Sam me odia —repuso Nikhil con poco más que un susurro.

—No, Sam no te odia.

La hoja de acero se movía hacia arriba y hacia abajo cada vez que el joven tragaba saliva o hablaba.

—Sam adoraba a Vita.

—Es verdad, pero tú eres su único hermano varón, Nikhil, y ya ha perdido a su hermana. No permitas que pierda también a su hermano.

—¿Qué más le da a él lo que me pase a mí?

Kins seguía con la pistola pegada a la pierna y a una distancia prudente de la mesa.

—No le da igual. Sea lo que sea lo que ha pasado, tú siempre serás su hermano. No le hagas esto. No le hagas esto a tus padres ni a tus abuelos. Baja el cuchillo.

El interpelado no hizo caso.

—Entonces, dime qué es lo que quieres, Nikhil. —Pretendía hacer que siguiese hablando.

—¿Lo que quiero yo?

—Sí, qué es lo que quieres.

—¿Por qué tuvo que hacerlo? —Las lágrimas le corrían por las mejillas—. ¿Por qué no podía volver con nosotros y casarse? ¿Tan malo era eso?

—No lo sé, Nikhil.

—¿Sabe lo que hizo? Nos deshonró a todos.

—Puede que sí, Nikhil, pero quitándote la vida no vas a conseguir cambiarlo. Lo único que harás será empeorar las cosas. Sam ha perdido ya una hermana y tus padres han perdido una hija; no hagas que tengan que enterrar también a un hermano y un hijo.

—*Baba* va a preferir verme muerto.

—No, ni mucho menos. Da igual lo que hayas hecho: él siempre será tu padre. ¿Sabes por qué lo sé?

El joven clavó en él la mirada. En sus ojos, al menos, asomaba una esperanza, la de quien quiere una respuesta, la de quien desea saber que su padre lo querrá siempre.

—Porque tengo tres hijos... y siempre serán mis hijos. Hagan lo que hagan, por malo que sea, yo siempre seré su padre y ellos siempre serán mis hijos.

—Debe de ser usted un buen padre, inspector.

—Igual que tu padre. Él querrá ayudarte. No le hagas daño. No lo obligues a tener que enterrar a dos hijos. Baja el cuchillo, hijo mío. Vamos a sentarnos y a analizar todo esto.

—¿Y qué tenemos que analizar, inspector?

—Podemos analizar lo que ocurrió y por qué. ¿No quieres decirme por qué?

—No lo sé. Pasó sin más.

—Hay gente que puede ayudarte, gente con la que hablar para entender el porqué. Seguro que lo que estaba ocurriendo consiguió enfadarte mucho. Seguro que tu hermana te ponía furioso. Estoy convencido de que te ofuscaste. —Kins percibió una línea roja muy fina y, a continuación, una gota de sangre que bajaba por el cuello del joven—. Deja que te busque ayuda, Nikhil. Hay gente que puede ayudarte, que puede hacer que entiendas mejor lo que ocurrió.

—Yo ya entiendo lo que ocurrió, inspector, y sé muy bien lo que hice.

—¿Nikhil?

Kins giró la cabeza al oír la voz de Sam y vio al chiquillo de pie en el umbral de la cocina.

—No entres, Sam —dijo el inspector.

—¿Qué estás haciendo?

—Vete, Sam —dijo su hermano.

El crío entró en la cocina.

—¿Qué estás haciendo? Deja ese cuchillo.

—Vete —le ordenó Nikhil con más vehemencia.

—Sam, quédate donde estás —insistió Kins antes de repetir más lentamente—: Quédate donde estás. Vamos a respirar todos hondo y tranquilizarnos.

—Sáquelo de aquí —dijo Nikhil con la voz nerviosa y estridente.

Su hermano dio otro paso.

—Deja el cuchillo. Te has cortado. Tienes sangre.

—¡Sáquelo de aquí, inspector!

—Sam, tu hermano quiere que te vayas.

—Deja el cuchillo, Nikhil.

—Tú no sabes lo que he hecho, Sam. Tú no lo sabes.

—Deja el cuchillo.

—Lo siento, Sam. No sabes cuánto lo siento.

CAPÍTULO 55

Aunque no podía tenerle mucho aprecio a un tipo que, además de formar parte de una banda, posiblemente traficara también con drogas, Faz no quería ser el motivo de la muerte de Francisco. Además, era consciente, ya que Little Jimmy había sido tan estúpido que se lo había revelado, de que aquel desdichado había estado escribiéndose con alguien, con alguien que no podía ser otra persona que González. Si estaba en lo cierto, cuanto más tiempo pudiese ganar, mayores serían las probabilidades de que los dos saliesen con vida de allí. Los que acompañaban a Little Jimmy estaban hablando con él en un español animado y no hacía falta ser astrofísico para deducir que le estaban haciendo ver que tenían que marcharse cuanto antes. Él, no obstante, se había dejado cegar por el odio que le profesaba a Faz.

El inspector trató de erguirse sobreponiéndose al dolor.

—¿Sabes qué, Jimmy? En realidad, a mí tu viejo me caía bien.

Little Jimmy volvió hacia él la mirada, quizá en espera de un chiste. El cañón de su pistola seguía apoyado en la nuca de Francisco.

—No comulgaba con lo que hacía, pero tengo que reconocer que coincidía con él en sus prioridades. Cuidaba de su familia y de la comunidad a la que pertenecía. En otras circunstancias, podría haber sido político, pero político de los buenos. —Sonrió. Jimmy lo miró perplejo, confundido, lo que, con un poco de suerte, ayudó tal vez a apaciguar su enfado.

El hombre que aguardaba al fondo de la sala lo interrumpió en español con voz y movimientos más agitados:

—¡*Tenemos que irnos ya, Jimmy! ¡Todavía estamos a tiempo!*

—¿Sabes qué? ¿Quieres que te cuente por qué lo mataron? —dijo Faz haciendo que volviese a centrar en él su atención—. Lo mataron porque sabían que no era el segundón de nadie, que le gustaba hacer las cosas a su manera y que se preocupaba por su gente. Big Jimmy no dejaba que nadie le dijese lo que tenía que hacer, ni siquiera los del cartel. Por eso lo mataron. ¿Y sabes otra cosa? Tampoco dejaba nunca que sus emociones influyeran en sus decisiones. Por eso era tan buen hombre de negocios. ¿Y qué me dices de ti? ¿Qué crees que pensaría de ti tu padre? ¿Qué pensaría de ti Big Jimmy en este mismo instante?

Little Jimmy no respondió, pero Faz había logrado atraer su atención. Una cosa era decir que el cartel no lo respetaba y otra muy distinta asegurar que no lo habría respetado su padre de haber vivido.

—Puede que no sea yo quien te ponga las esposas en las muñecas, pero, si me matas, sí que seré el motivo por el que te jodan bien jodido. Van a venir a por ti, Jimmy, y lo sabes. Estás dejando que decidan por ti tus emociones. ¿De verdad crees que mi compañero va a llegar a perdonártelo? Es siciliano. Mátame y te aseguro que consagrará su vida a acabar con la tuya. ¿Qué crees, que vas a poder volver a México y vivir allí a cuerpo de rey? Piénsalo bien. ¿Crees que tus colegas de allí van a querer cuentas contigo cuando averigüen que tienes a un inspector siguiéndote a sol y a sombra, las veinticuatro horas del día y los siete días de la semana, por haber matado a un poli? Vas a ser un lastre para ellos. Y ya sabes lo que hacen con el lastre... —Faz sonrió—. En resumidas cuentas: si no os mata Del, os matarán ellos. —Miró a los demás para que no hubiera malentendidos—: A todos vosotros. ¿Tienes intención de echarme a los cerdos? Pues que sepas que no van a querer ni olerme después de haberos comido a vosotros.

Jimmy apartó la pistola de Francisco para apuntar a Faz, pero el inspector pudo ver que había empezado a dejarse invadir por las dudas. Los otros tampoco tenían ya tan claro que fuese buena idea matarlo y habían comenzado a temer las consecuencias que podría acarrear la sed de venganza de su jefe.

—¡No, Jimmy! —dijo Héctor.

—Calla.

—Hay que irse. Ya.

En ese momento entró otro hombre hablando un español entrecortado. Aunque Faz no entendía lo que estaba diciendo, el tono apremiante que empleaba le dejó muy claro que estaba ocurriendo algo. Los otros también urgieron a Little Jimmy a salir de allí. Héctor lo asió del brazo.

Jimmy miró a Faz. El forzudo tiró de él y el fulano de la puerta gritó su nombre. Lo que estuviese ocurriendo, fuera lo que fuese, estaba alcanzando un punto crítico.

El matón gruñó, soltó un reniego y, volviéndose, se apresuró a dejar el edificio. Faz dejó escapar el aire lentamente, pero sabía que no era momento de cantar victoria. Miró a Francisco.

—¡Eh! ¿Estás consciente? ¿Me oyes? ¡Eh!

El otro volvió poco a poco la cabeza.

—¿Has entendido lo que acaba de decir el de la puerta?

—Ya han llegado los camiones —respondió Francisco con un susurro—. Están cargando la droga para enviarla. Tienen que salir ya. —Dicho esto, volvió a dejar caer la cabeza.

—¿A quién le estabas mandando mensajes? ¡Eh! ¿A quién le estabas mandando mensajes?

Faz oyó en el exterior ruido y hombres que gritaban en inglés y en español antes de que sus voces quedasen ahogadas por el sonido de las aspas de un helicóptero tajando el aire estancado. Un poderoso haz de luz atravesó entonces la ventana de la sala que precedía a la trastienda y en la pared adyacente ondularon sombras intermitentes.

CAPÍTULO 56

Himani levantó la cabeza, pero sus ojos siguieron clavados en la tumba.

—Nikhil no ha tenido nada que ver con esto —aseveró.

—Dígame lo que hizo. —Tracy no la creía, pero quería que se pillara los dedos con la versión de los hechos que quisiera contar.

—No me acuerdo de lo que hice, inspectora. Lo único que recuerdo es que Vita cayó al suelo inmóvil. —Himani se tocó la cabeza con una mano—. Tenía sangre en este lado, donde la golpeé. Recuerdo la sangre que había en la piedra y en mis manos. Tiré la piedra entre los arbustos. —Tendió el brazo en gesto de desdén.

—¿Qué hizo a continuación?

—Quise salir corriendo del parque para pedir ayuda en la calle, pero...

Mentía. No actuó sola. Nikhil había estado presente.

—¿Cómo consiguió traer aquí el cuerpo? —preguntó Tracy.

La madre volvió a encogerse de hombros.

—No lo sé. Lo hice y ya está.

Tracy no dudaba que Himani conocía la existencia del agujero, posiblemente de uno de sus paseos vespertinos, pero también estaba convencida de que no había podido llevar allí sin ayuda el cadáver de Kavita. Era mucho más probable que hubiese mandado a Nikhil llevar a casa a su hermana, que le hubiera hecho saber en qué se había convertido y que él hubiese seguido a Kavita desde el hotel y la hubiera matado en el parque. Aterrado, había acudido a su madre, que había hecho cuanto estaba en su mano para proteger a su hijo. Eso no explicaba por qué había acudido la víctima al parque, interrogante que tal vez no despejarían jamás. Kaylee Wright determinaría si alguna de las pisadas halladas alrededor del hoyo coincidía con el calzado de Nikhil o de su madre.

—No esperaba que la encontrasen —siguió diciendo Himani—, pero cuando vinieron a casa a anunciarnos que habían rastreado su teléfono, supe que era solo cuestión de tiempo que lo hicieran.

—¿Le quitaron Nikhil o usted el teléfono desechable? —preguntó Tracy.

La madre se volvió para mirarla.

—He perdido a una hija, inspectora, y no voy a perder también a un hijo.

«Quizá no —pensó Tracy—, aunque eso tendrá que decirlo el tiempo».

—No puede hacer nada por protegerlo.

Himani se encogió de hombros.

—Ya veremos lo que puedo hacer.

«Sí, ya lo veremos».

—Dese la vuelta —dijo Tracy mientras sacaba las esposas del cinturón—. Voy a esposarla y después le leeré sus derechos.

—¿Ve, inspectora, como al final yo tenía razón?

—¿Sí? ¿Sobre qué?

—Usted no lo entiende. Usted no lo entiende porque no es madre.

—Todavía no. Y, como usted, jamás.

CAPÍTULO 57

Kins estaba a punto de echar a correr para quitarle el arma blanca cuando Sam insistió:

—Deja el cuchillo, Nikhil. ¡Por favor!

Por las mejillas del hermano mayor seguían corriendo lágrimas. Kins observó el cuchillo para determinar si la hoja había hecho saltar más sangre. Nikhil dejó caer el brazo como si hubiese estado sosteniendo un peso considerable y le fuera imposible soportar más la carga. El cuchillo cayó a la mesa con estruendo metálico y de allí al suelo.

Sam se acercó a su hermano. Kins dio un paso al frente y apartó el cuchillo de una patada. No sabía si Nikhil lloraba por lo que había hecho o porque lo hubiesen descubierto, que era muy distinto. De cualquier manera, estaba convencido de que Kelly Rosa había dado en el clavo al decir que aquel crimen nacía de la rabia. Esperó para que los dos hermanos disfrutasen de un momento juntos, sospechando que pasaría mucho tiempo antes de que volvieran a tener la ocasión. Si es que llegaba a darse nunca.

CAPÍTULO 58

Faz vio a un grupo de hombres fuertemente armados y con chalecos antibalas irrumpir en el edificio y despejar las distintas dependencias.

—¡Aquí! —exclamó.

Entraron en la trastienda con movimientos precisos y, una vez convencidos de que no había peligro alguno en la sala, se acercaron adonde yacía Francisco en el suelo y estaba sentado Faz con las muñecas esposadas a la tubería.

—Está muy mal —advirtió Faz al primero en entrar—. Atendedlo a él primero.

—¿Es usted el inspector Fazzio?

—Sí —respondió asintiendo a la vez con la cabeza.

Del entró entonces en la pieza que precedía a la trastienda y, al ver a Faz, dejó escapar algo semejante a un suspiro de alivio, aunque tenía el mismo gesto horrorizado que le había visto la noche en que había salido del ascensor en el bloque de Eduardo López. Cruzó la trastienda con paso apresurado.

—Ya vienen los servicios de emergencia —anunció el recién llegado.

Por una vez, a Faz no se le ocurrió nada que decir. Asintió sin palabras y, tras unos segundos, rogó a su compañero:

—No le digas a Vera que me han herido. No quiero que se preocupe.

—Dudo que se lo vaya a tragar, Faz.

—Estoy muy mal, ¿verdad?

—Mucho.

—No quiero que me vea así, Del.

—Ya conoces a Vera. Nadie va a poder impedírselo.

—Entonces, haz que me limpien. Por lo menos, que me limpien un poco.

—Claro, Faz. Ya viene la ambulancia.

—¿Cómo me has encontrado?

—Es una historia demasiado larga para que te la cuente ahora —repuso Del rodeando a su compañero con un brazo y atrayéndolo hacia sí—. Oye, ¿tú no has dicho siempre que tenías una cara de las que solo pueden gustarle a una madre? Pues ya ni eso.

Faz sonrió.

—No me hagas reír, que duele mucho.

El personal de la ambulancia lo sacó en camilla del edificio. El exterior parecía una zona militar. Little Jimmy y sus secuaces yacían boca abajo en el pavimento con las manos esposadas a la espalda. A su alrededor hacían guardia hombres y mujeres de uniforme y con equipo de protección. Sobre sus cabezas seguía rondando un helicóptero que hacía girar sus aspas con un ruido ensordecedor y proyectaba sobre el conjunto de guardamuebles un brillante haz de luz. Al lado de la valla de tela metálica y las instalaciones había más personas de uno y otro sexo que parecían aguardar a recibir instrucciones de entrar y empezar su registro, lo que significaba que estaban esperando la llegada de una orden judicial.

Little Jimmy alzó la vista en el momento en que pasaba a su lado la camilla y miró a Faz. Este sonrió antes de levantar una mano, hacer una pistola con el índice y el pulgar y apretar el fingido gatillo antes de imitar el retroceso de un arma.

El detenido apartó la mirada.

Los sanitarios metieron a Faz por la puerta trasera de la ambulancia. Del permaneció en el exterior hablando por teléfono con Vera, tal como indicó moviendo los labios a Faz, que asintió con la cabeza. Del le puso el móvil en la oreja mientras le colocaban el brazalete en el bíceps y lo inflaban para comprobar la tensión arterial.

—Buenas, Vera —dijo Faz haciendo lo posible por no hablar a media voz.

—Vic, ¿estás bien?

—Sí, sí, estoy bien. Tengo unos cuantos rasguños y alguna magulladura, pero me tienen muy bien atendido. No te preocupes por mí.

La oyó llorar.

—En serio, cariño, que estoy bien.

Vera seguía sin creérselo.

—Te veo en el hospital. Dile a Del que me llame cuando os pongáis en marcha.

—Vale, vale. Se lo diré. Por cierto, Vera…

—Dime.

—Quiero que sepas que te quiero. Ya sé que lo sabes, pero quiero que me oigas decírtelo. Y ya sé que me dijiste que no querías verme pedir disculpas, pero siento no habértelo dicho más a menudo, porque mereces oírlo, mereces oírlo a diario. Así que voy a empezar a decírtelo todas las mañanas.

—Yo también te quiero —dijo ella entre sollozos.

Faz inclinó la cabeza en señal de asentimiento y Del recuperó el teléfono.

—Viene para el hospital —anunció Faz—, conque creo que será mejor que la llames otra vez y la prepares.

—Sí, yo también pienso que será lo mejor. —Del miró a su derecha, donde estaba Andrea González hablando con un grupo de personas vestidas con cortavientos—. Voy a pedirle que nos explique a los dos lo que está pasando, que a mí ya me ha dado a entender por dónde van los tiros.

—¿Cómo has conseguido dar con este sitio?

—Rastreando tu teléfono averiguamos tu última ubicación conocida. Pensaba que habías vuelto al piso de Eduardo López. Cuando llegué aquí, los SWAT habían empezado a congregarse en un aparcamiento de aquí al lado. Por lo visto, les mandaron un mensaje diciendo que estabas aquí.

—Inspectores… —dijo González antes de mirar al interior de la ambulancia y preguntar—: ¿Cómo estás?

—Como si me hubieran metido en una lavadora industrial con un saco de piedras.

—¿Estás bien para responder a un par de preguntas?

—Estoy tan dispuesto como estés tú, que también tienes mucho que explicarnos.

La inspectora sonrió.

—Me parece justo. ¿Cómo has llegado hasta aquí?

Faz le contó que la había seguido y después había seguido a Francisco hasta los guardamuebles.

—Has tenido suerte de que no te mataran.

—He tirado de labia. Les he hecho ver que sabía más de lo que sé. Suponía que estaban traficando con drogas y les dije que a sus jefes, fueran quienes fuesen, no les iba a hacer ninguna gracia la publicidad que les iba a dar si mataban a un poli. También les dije que Del iba a montar la de Dios es Cristo hasta acabar con ellos.

—Muy inteligente. Desde luego, puedo asegurarte que al cartel no le va a gustar nada perder toda esta mercancía.

—Pero ¿tú para quién trabajas?

—Estoy con los Grupos Operativos Antidroga contra el Crimen Organizado. El equipo que dirijo lleva más de tres años siguiendo a esta gente, el mayor distribuidor de heroína y meta de la Costa Oeste. Tenemos operaciones similares en todas las ciudades importantes, incluidas Vancouver, en la Columbia Británica.

—Y el tipo al que seguí, el fulano con el que te reuniste tú en la feria, ¿es un confidente?

—Francisco Mercado. En realidad, Mercado es un sureño convertido en confidente. Hace dieciocho meses tuvo su segundo hijo, un niño. Lo detuvimos por traficar con heroína justo antes de que naciera. Por las cantidades que estaba manejando y por ser su tercera vez, le podía caer una cadena perpetua.

—Conque se avino a colaborar —dijo Del.

González sonrió.

—Lo de *avenirse* es quizá demasiado decir. No tenía otra opción. Mercado nos venía de perlas para meternos en la organización y conseguir detalles de los envíos y los cargamentos.

—¿Por eso te trasladaron aquí?

—Sí, porque al fin teníamos un informante viable.

—Y tú eras su contacto —dijo Faz.

—Entonces, nuestra investigación sobre la muerte de Monique Rodgers os planteó un posible problema —añadió Del.

—Necesitábamos un poco más de tiempo para dejarlo todo listo, pero cuando mataron a Rodgers hubo que acelerar el operativo.

—¿Y qué me dices de Eduardo López? ¿Qué hacía Mercado en su piso aquella noche?

—Mercado nos informó de que Little Jimmy os había mandado a un matón por cincuenta mil dólares después de que os presentaseis en su casa y le jodierais la fiesta.

—¡Vaya, hombre! Y yo que pensaba que habíamos sido de lo más educado —dijo Del a su compañero.

—Reconozcámoslo: hay gente que no nos aprecia.

—Cuando supe que habíais conseguido la huella de López —prosiguió González— y teníais pensado hablar con él, mandé a Mercado a su piso para averiguar si estaba en casa por si López decidía que los cincuenta mil podían ser para él.

—¿Y qué hacía López en el piso de la vecina? —preguntó Faz.

—No lo sé. Supongo que pensaría que Mercado había ido a matarlo. Se había corrido la voz de que teníais una huella del asesino de Rodgers y pretendíais detenerlo. Mercado me dijo que lo había oído por la calle. López vivía en aquel piso para poder vigilar desde allí los guardamuebles de la banda de Little Jimmy. Por lo que he podido averiguar, López debió de ver a Mercado dejar el coche en el aparcamiento y temió que pensara matarlo.

—Y fue a esconderse a casa de la vecina —dijo Faz.

González asintió.

—Al ver que López no respondía, Mercado supuso que no estaba en casa y que podíamos llamar a su puerta. Ese fue el mensaje que me envió aquella tarde, el que recibí en el coche cuando estábamos llegando. Mercado no sabía que López estaba en el piso de al lado... y yo tampoco.

—De modo que, cuando salió López, pensaste que quería matarme —dijo Faz.

—Le vi algo plateado en la mano y creí que era una pistola. No me hizo ninguna gracia matarlo por muchas razones. No me hizo gracia descubrir que lo que tenía era un teléfono. Me habría gustado poder atraparlo con vida.

—¿Y por qué les dijiste a los investigadores del FIT que era yo el que había dicho que iba armado?

—Tenía que apartarte de la calle hasta que pudiésemos detener a Little Jimmy. No sabía lo cabezota que puedes llegar a ser.

Faz se rascó la nuca y notó que tenía sangre seca. Era extraño que su compañero y él no hubiesen sido capaces de olérselo, pero lo cierto es que los dos se habían equivocado de medio a medio con González.

—Me temo que te debo una disculpa... y un *gracias* como mínimo.

—Agradéceselo a Mercado, que fue el que me escribió para decirme que estabas aquí.

—¿Qué va a pasar con él?

—Lo detendremos y lo haremos pasar por lo mismo que al resto, como si fuese a cumplir condena con ellos.

—Little Jimmy ha visto las fotos que te hice hablando con Mercado, de modo que puede que ya no os sirva.

González meditó al respecto.

—En ese caso, habrá que meterlo en un programa de protección de testigos para que desaparezca con su familia. Si no se mete en líos, podrá reformarse. Ahora es padre y quizá le baste con eso. ¿Puedo hacerte una pregunta? ¿Siempre eres tan tozudo?

—Es muy cabezota —dijo Del—. Es por culpa del italiano que lleva dentro.

González meneó la cabeza.

—Siento lo que ha ocurrido.

—No te disculpes. —Pensó en Vera—. Lo mío tiene arreglo.

—¿Quién sabía que formabas parte del grupo operativo? —preguntó Del.

—Vuestro jefe segundo de investigaciones criminales, Stephen Martínez, que fue el que se encargó de hacer que me trasladasen a vuestra unidad, y vuestro capitán.

—¿Por qué te mandaron a nuestra sección, la de Crímenes Violentos, y no a la de Narcóticos?

—Porque habría sido demasiado evidente. Teníamos que ir con la mayor discreción posible hasta tenerlo todo bien atado, pero entonces empezasteis a investigar la muerte de Rodgers y sospeché que podíamos tener problemas. En realidad me iban a destinar al equipo C, porque tenían un inspector a punto de jubilarse y esa era la excusa perfecta para integrarme con ellos. Sin embargo, cuando mataron a Rodgers, le pedí a Martínez que se encargara de meterme en vuestro equipo para no perder de vista la investigación y asegurarme de que no me quedaba con el culo al aire.

—A Tracy no le has caído muy bien —comentó Del.

—Creo que le reventé el secreto.

—¿Qué secreto? —preguntó Faz mirando a Del, que también parecía estar en la inopia.

González sonrió.

—¡Ah! ¿No lo sabéis?

—¿Que si no sabemos qué? ¿Deja el cuerpo?

—No va a tener más remedio, durante unos meses. Está embarazada.

—¡No! —dijo Faz—. ¿En serio? —Se volvió hacia Del—. ¿Tú sabías algo?

—Algo sospechaba, pero no pensaba preguntárselo. Temía que fuera simplemente que había engordado unos kilos después de casarse. Ya sabes lo que pasa…

—Sí —dijo Faz—. Joder. Tracy, embarazada.

—Creo que intentaba mantenerlo en secreto —dijo González—. De aquí a un mes le será imposible: a ver cómo esconde la barriga. Yo no sé qué tengo, que detecto a la legua cuando una mujer está embarazada.

—¿Tienes hijos? —preguntó Faz.

—Cuatro.

—¡Vaya! ¿Seguro que no te estás quedando conmigo?

—Lo tomaré como un cumplido, inspector. Y vosotros, ¿tenéis hijos?

—Yo no —dijo Del.

—Y yo, uno —contestó Faz.

—Creía que los italianos teníais siempre familias numerosas.

—Mi mujer y yo nos pusimos tarde y, después, tuvimos complicaciones. No pudo volver a quedarse embarazada.

—¡Vaya! Lo siento.

—Tuvo cáncer de útero. —Faz meneó la cabeza. Sentía que las emociones empezaban a desbocársele—. Y acabamos de saber que tiene cáncer de mama. Estamos en pleno proceso.

González le puso una mano en el hombro.

—Ya verás como os va bien. El tratamiento es cada vez mejor y tu mujer no está sola: tiene un montón de hermanas. Yo soy una de ellas.

—¿En serio?

La inspectora se señaló los pechos.

—¿O pensabais que estas son de verdad?

—Yo no digo nada —respondió Del.

Todos se echaron a reír y González dijo a continuación:

—Hace diez años me hicieron una mastectomía doble, así que supuse que podía sacar algo positivo de la experiencia. Mi marido, desde luego, está encantado.

Del y Faz soltaron una carcajada, aunque ninguno de ellos dijo nada.

—Te voy a dar mi número privado. Si tu mujer necesita hablar con alguien en algún momento del proceso o tiene cualquier duda, dile que me llame.

—Gracias. Seguro que le viene bien. A mí no me cuenta gran cosa.

—Dale tiempo y déjala respirar. La experiencia puede resultar muy abrumadora.

Faz miró a Del.

—Hablando de Vera…

—Sí, más nos vale llevarte al hospital —dijo Del—. Si a mí me crees capaz de montar la de Dios es Cristo, imagínate la que puede liarnos Vera.

—Pues a lo mejor hasta me apetece —replicó Faz.

González lo miró con aire escéptico.

—¿Seguro que no te han dado demasiado fuerte en la cabeza?

—Vera disfruta cuidando a la gente. Eso es lo que la hace feliz.

La inspectora sonrió.

—Entonces, no va a caber en sí de alegría cuando te eche un vistazo.

CAPÍTULO 59

Varios coches patrulla esperaban ya a Tracy cuando salió del parque escoltando a Himani Mukherjee. Kins había estado muy entretenido. Las luces de emergencia pintaban de rojo y azul la fachada lateral de la casa y los árboles que se sucedían tras ella. Los residentes de los alrededores habían salido a la calle y bajado hasta la acera por los caminos de acceso de sus hogares, preocupados a todas luces, aunque jamás habrían sido capaces de adivinar lo que había ocurrido y lo que estaba por ocurrir en casa de sus vecinos. La inspectora acompañó a Himani Mukherjee hasta el asiento trasero de uno de los vehículos con las manos esposadas a la espalda. Si estaba avergonzada, no lo demostraba. Mantenía la barbilla en alto, desafiante, y los ojos clavados en el asiento que tenía delante. Kins había llevado ya a Nikhil en la parte de atrás de otro coche, también esposado. El joven, en cambio, tenía la cabeza gacha y evitaba las miradas de los circunstantes.

—El padre acaba de llegar a casa —anunció el inspector señalando la vivienda con un movimiento de cabeza—. Está dentro con Sam, los abuelos y Anderson-Cooper.

—¿Cómo lo lleva?

—Está conmocionado. Todos lo están. Ha llamado a un amigo abogado que, supuestamente, viene de camino.

—¿Qué te ha dicho Nikhil?

—Poca cosa. Ha sido algo así como un empate. Se había puesto un cuchillo en la garganta y su hermano pequeño lo ha convencido de que lo baje.

—¿No ha confesado haber matado a Kavita?

—No con esas palabras. —Kins miró el perfil de Himani en el asiento trasero del coche patrulla—. ¿Por qué? ¿Qué ha dicho ella?

—Sostiene que fue ella quien mató a Kavita —dijo Tracy siguiendo la mirada de su compañero—. Dice que la golpeó con una piedra.

—Es imposible que la llevara al agujero.

—Ya lo sé. Está mintiendo para protegerlo a él. Dice que ya ha perdido a una hija y no piensa perder también a un hijo.

—Casi suena lógico, ¿verdad? ¿Crees que mandó a Nikhil a matar a su hermana?

—No lo sé. Sabían que estaba en el hotel y que había venido al parque por algo que quizá no sepamos nunca.

—Ya no puede hacer nada por protegerlo —dio Kins—, por lo menos de todo. Si lo hace, los juzgarán a los dos por la muerte de Kavita, a no ser que uno de ellos o los dos se declaren culpables a cambio de una reducción de la pena. El hijo podría hacerlo, pero a la madre no me la imagino.

Tracy volvió la vista hacia la casa.

—Me sabe mal por el padre y por Sam, por lo que han sufrido y por lo que les queda por sufrir.

Kins meneó la cabeza.

—Sé que la muerte de la hija te toca muy de cerca, Tracy. ¿Estás bien?

Ella pensó en aquel día horrible en que encontraron al fin los restos de Sarah en una tumba improvisada en Cedar Grove. Se había preguntado cómo podría seguir viviendo, qué la empujaría a continuar con su vida después de conocer la verdad sobre la desaparición de su hermana, que se había prolongado veinte años. Entonces no había tenido una respuesta ni la tuvo después hasta el momento en que, en el baño de su granja reconvertida de Redmond, contempló la prueba de embarazo y vio dos líneas irrefutables.

Se llevó una mano al vientre.

—Sí —dijo—, estoy bien.

EPÍLOGO

Sábado, 15 de diciembre de 2018

La enfermera entregó a Tracy a su hija recién nacida, envuelta en una mantita y con la coronilla cubierta con un gorrito rosa. Tenía el rostro colorado y los ojos abiertos de par en par mientras buscaba con la mirada desenfocada y ligeramente estrábica.

—¿Está segura de que eso es normal? —preguntó Dan a la comadrona—. Lo de los ojos bizcos.

—Totalmente normal.

—¿Y los tendrá siempre azules?

—No tiene por qué, pero, como sus padres tienen los ojos claros, yo diría que hay muchas probabilidades.

—¿Y está bien de salud? ¿Está todo como debería?

—Ha pesado tres kilos con sesenta y uno —dijo la enfermera con una risita—. Desde luego, no pueden decir que esté desnutrida.

A Tracy le habían inducido el parto una semana después de salir de cuentas.

La comadrona, al terminar todas sus tareas, recogió las toallas y las bandejas y dijo:

—Los dejo solos un rato. Tienen a sus amigos en la sala de espera.

Tracy miró a Dan antes de decir a la enfermera:

—Denos un minuto antes de hacerlos pasar. Y muchas gracias… por todo.

La comadrona sonrió.

—Ha sido usted la que ha hecho todo el trabajo. Yo solo estaba presente para apoyarla.

Cuando salió de la habitación y cerró la puerta, Dan se acercó a un lado de la cama, se agachó y besó a Tracy.

—Dime, ¿cómo lo llevas, mami?

Ella sonrió entre las lágrimas que le corrían por las mejillas.

—Es perfecta, ¿verdad? Tan inocente…

—Diez dedos en las manos, diez dedos en los pies, dos orejas y una nariz. Ojalá estuvieran aquí tus padres para vivir esto. Mi madre la habría adorado. La habría consentido hasta malcriarla, pero…

—¿Cómo te encuentras tú?

Dan sonrió.

—Como si acabase de escalar el monte Rainier y estuviera en la cima del mundo contemplando el sol mientras se eleva sobre el horizonte y nos da la primera luz de un nuevo día y un arcoíris de colores. Y nada de eso es tan hermoso, ni por asomo, como lo que estoy viendo en esta habitación.

—No te pongas tan sensiblero conmigo, que tengo las hormonas trastocadas. —Tracy se echó a llorar de nuevo.

—Oye —le susurró Dan—, no pasa nada. Solo hay que mirar lo que acabas de hacer.

—Lo que hemos hecho —lo corrigió ella antes de mirar a su hija—. Lo único que deseo es protegerla, ¿sabes? No pienso permitir que tenga nunca una caída y se pele una rodilla ni que le parta el corazón ningún niño.

—Todavía tenemos tiempo antes de que empiecen a rondarle los niños. Además, su madre tiene un par de pistolas y sigue siendo una de las más rápidas del Oeste.

—Le puedo enseñar a disparar —dijo Tracy, que no había pensado en ello hasta entonces— para que participe en competiciones.

—Como te he dicho, todavía le queda un tiempo para eso.

La madre sonrió y alzó la vista hacia él.

—¿Lo has pensado ya?

—Sabes que no me importa en absoluto que quieras llamarla Sarah.

—Lo sé. —Habían hablado de ello una mañana mientras, tumbados en la cama, pensaban nombres para el bebé. Una parte de Tracy quería honrar a su hermana y recordarla de un modo especial, de un modo que le arrancase una sonrisa en lugar de provocarle una honda tristeza; pero no deseaba poner semejante carga sobre los hombros de su hija ni crearse expectativas sobre quién era o quién debía ser. Quería que su hija creciese siendo ella misma, ni más ni menos que lo que tuviese que ser. No olvidaría nunca la suerte terrible y trágica que había conocido Sarah, la misma que habían sufrido Kavita Mukherjee y miles de chicas jóvenes. No quería asociar ese pensamiento macabro a algo tan inocente y hermoso.

—No, cuando oiga el nombre de mi hija quiero que me recuerde a algo hermoso, algo que siempre me ha provocado una sonrisa.

—Está bien —dijo Dan—. Entonces, ¿cómo quieres llamarla?

En ese instante supo cuál sería. Era uno que no habían propuesto antes ni Dan ni ella, pero que en aquel preciso instante le pareció perfecto.

—Quiero que se llame como la persona que volvió a traer el color a mi vida cuando yo solo era capaz de verla en blanco y negro. Quiero llamarla Daniella.

Los ojos del padre se anegaron en lágrimas. Se agachó hasta tocar con su nariz la de Tracy.

—¿En serio? —susurró.

—Podemos llamarla Dani por abreviar.

—Está bien: Daniella Sarah O'Leary. —Dio a Tracy un beso largo en los labios.

Entonces dijo ella:

—¿Por qué no les dices que entren?

Dan besó a su hija y salió de la habitación. Tracy encontró el mando a distancia de la cama y la elevó sin dejar de acunar a Daniella. La epidural estaba perdiendo su efecto y empezaba a sentir cierto malestar que se sumaba al agotamiento. Con todo, seguía con la vista clavada en su hija. No podía dejar de mirarla ni de sonreír.

La puerta de la habitación se abrió y dio paso a la enfermera.

—¿Ha intentado ya comer?

—Todavía no —dijo Tracy—. De momento, sigue tumbada intentando asimilar todo lo que la rodea.

—¡Qué niña tan espabilada! —La enfermera se acercó y la miró más de cerca—. Dele unos minutos y luego póngasela en el pecho. Tiene que estar muerta de hambre. Por cierto, ¿qué le apetece a la mamá?

Tracy todavía tendría que acostumbrarse al sonido de aquella palabra: mamá.

—Me encantaría tomar una hamburguesa con patatas fritas… y un batido de chocolate con nata montada por encima. Supongo que todavía me quedan unos meses de molestias.

—Entonces, aproveche y disfrute. ¿Qué le traigo a su marido?

—Lo mismo.

—Eso está hecho —dijo antes de marcharse.

Entonces volvió a abrirse la puerta y entró Dan seguido de Faz y Vera. Esta se fue directa hacia Tracy para ver a la niña. Llevaba lo que le quedaba de pelo cubierto con un gorro de lana muy a la moda. Cuando el equipo de oncología le dijo que lo mejor sería afeitarse la cabeza durante el tiempo de la quimioterapia para

409

ROBERT DUGONI

evitar la impresión que producía la caída de mechones enteros de
pelo mientras se peinaba, Faz había acudido a Tracy en busca de
apoyo moral. Ella había accedido y había ido a verla casi a diario
durante el tratamiento, aun después de engordar casi como una
hormigonera. Le llevaba comida hecha en casa para que pudiese
congelarla para la semana.

—¡Qué bonita es! —dijo Vera entusiasmada—. ¡Por Dios, Vic,
mírala! Si parece un angelito…

Faz se acercó al borde de la cama.

—Es preciosa, Tracy. Lo has hecho bien. Lo has hecho muy bien.

La cara se le había curado de las heridas de la paliza. Tenía
cicatrices, pero los médicos habían conseguido coser el corte que
iba del ojo a la ceja, enderezarle la nariz y bajarle la inflamación.
Había estado casi dos meses de baja mientras se recuperaba de
las heridas, que incluían dos costillas rotas, y, de hecho, todavía
estaba adaptándose a su trabajo con el equipo A. Vera había estado
cuidándolo pese a las protestas de Faz. Para ella había sido una
buena terapia que la había ayudado a olvidarse de su cáncer y a
pasar los días.

—¿Cómo estás tú? —le dijo Tracy.

—¿No debería ser yo la que te pregunte eso a ti?

—Yo estoy bien. Un poco cansada y un poco sensible, pero no
podría estar más feliz. ¿Cómo ha ido el último ciclo?

Vera había tenido la última sesión de quimioterapia dos días antes
de que ingresara Tracy en el hospital. Faz decía que el oncólogo estaba
convencido de que el cáncer había remitido y no daría más problemas.

—Estoy bien. Si te digo la verdad, no me había sentido nunca
con más energía que cuando nos llamó Dan para decirnos que estabas en el hospital.

—¿Cuándo tienes cita con el cirujano plástico?

—De aquí a un mes —dijo Vera.

410

—Le he propuesto que quedemos para cenar con Andrea González por si necesita inspiración sobre las tallas —intervino Faz.

Vera respondió con un manotazo.

—Oye, que es como cuando compras un coche, ¿no? Primero tendrás que salir a ver lo que hay por ahí.

—Pues mira tú si quieres. ¡Cómo se nota que no eres el que va a tener que llevarlas de un lado para el otro todo el día!

—Oye, ¿cómo se va a llamar? —quiso saber Faz.

—Daniella —respondió Tracy—. La llamaremos Dani.

—¿En serio? —Miró a Dan y le hizo un gesto de aseveración con la cabeza—. Yo siempre quise llamar Faz a Antonio pero Vera no me dejó.

La aludida puso los ojos en blanco.

—Habría sonado precioso, ¿verdad? Faz Fazzio. Ya tienes un restaurante con tu nombre. Conténtate con eso.

—¿Ya está abierto? —preguntó Tracy.

—Dentro de una semana y un día —dijo Faz—. Queremos veros en la inauguración con Del, Celia, Kins y Shannah.

—Yo no me lo pierdo —repuso Dan.

—Va a ser una celebración doble —añadió Vera—, porque Antonio se ha prometido con su novia.

—¡Qué bien! —exclamó Dan.

—¿Os ha dicho Vera que va a trabajar en el restaurante? —preguntó Faz.

—Solo unos días a la semana, de jefa de sala.

—No, no. Cuéntales lo que te ha dicho Antonio. —Al ver remisa a su esposa, fue él quien respondió—: Quiere meterla en la cocina más adelante. ¿Cómo era la palabra que usó?

—*Tournant* —respondió Vera.

—Eso. Quiere que sea la *tournant* jefe, o sea, la que se encarga de supervisarlo todo en la cocina. Como hecho a medida.

—Agradezco tanta atención —dijo ella—, pero creo que hay por aquí una madre y un bebé adorable que la merecen un poquito más que yo.

Tracy sonrió.

—¿Quieres tenerla?

Vera sonrió de oreja a oreja.

—¿Que si quiero tenerla? ¿Tú qué crees? Déjame ver a ese angelito. —Tracy se la tendió—. ¡Por Dios, si está más despierta que yo!

—Ten cuidado, Tracy, porque podría acabar siendo inspectora —dijo Faz.

—¡Qué bonita es! —seguía diciendo Vera—. Es lo más bonito que he visto.

Tracy hizo un gesto a Dan, que dijo:

—Escuchad, antes de que empiece a llegar más gente, queríamos pediros algo a los dos.

Vera, que había estado meciéndose y arrullando a la pequeña, dejó de moverse y Faz, con gesto preocupado, se volvió hacia Tracy y preguntó:

—Pensarás volver, ¿verdad?

—Eso tendré que decidirlo más adelante —respondió ella.

—Sabéis que para Tracy sois como de la familia —dijo Dan—, así que nos preguntábamos si nos haríais el honor de ser los padrinos de Daniella.

Por un instante, ni Vera ni Faz dijeron una palabra. Se miraron en silencio y, de pronto, Vera se echó a llorar. Las lágrimas que corrían por las mejillas de su mujer dieron pie a Faz para hablar.

—Vaya —dijo sin alzar la voz—. Sería un honor. Sería todo un honor, ¿no es así, Vera?

Ella asintió sin palabras y, acercándose a Tracy, se agachó y la besó en la mejilla.

—¡Qué me dices de esto! Primero le ponen mi nombre a un restaurante y ahora me hacen padrino. Tranquila, Tracy —dijo haciendo una espléndida imitación de Marlon Brando—, que al niño que se le acerque a tu hija le pienso hacer una oferta que no podrá rechazar.

—Don Fazzio —dijo Tracy—. Válgame Dios. El equipo A no volverá nunca a ser el mismo.

AGRADECIMIENTOS

El argumento de esta novela surgió tras la lectura de un artículo de periódico sobre matrimonios concertados en la cultura india y otro sobre páginas de citas entre jóvenes y gente mayor adinerada. El asunto de los matrimonios concertados, sobre todo en relación con la cultura de la India, resulta complejo e interesante a un mismo tiempo. Mi intención al exponerlo en estas páginas no es la de juzgar a nadie, sino la de darle cierta visibilidad y compararlo con las citas a ciegas, que no son raras en los Estados Unidos. He recurrido a Bharti Kirchner, gran amiga y escritora de talento, en busca de ayuda. Kirchner leyó la primera redacción del original y me recomendó, además, varias novelas que me ayudarían a entender dicha cultura, incluidas su *Sharmila's Book*; *A Good Indian Wife*, de Anne Cherian, y *El buen nombre*, de Jhumpa Lahiri, ganadora de un Pulitzer. Por desgracia, la premisa básica de esta novela es tan trágica como cierta.

Por otra parte, la idea misma de las citas entre jóvenes y ancianos acaudalados (o *sugar daddies*) resulta inquietante. Tras leer docenas de artículos y de páginas en la Red sobre el tema, sigo sin saber muy bien qué pensar al respecto. Los sitios web hacen pensar que cierto porcentaje de estudiantes estadounidenses usan dichos servicios para pagarse la universidad, pero las instituciones universitarias sostienen que no hay modo alguno de verificar semejante aserto. El artículo que me pareció más preocupante es obra de una periodista que se había hecho pasar por una joven usuaria de estas páginas y había asistido a un seminario en Los Ángeles. Lo más llamativo del artículo era la observación de que casi todo el mundo que se registraba en ellas, incluidos los mayores, usaba un nombre falso para proteger su anonimato. La periodista lo califica de «juego peligroso» en el que las jóvenes acuden a «citas» con hombres mayores sin saber, muchas veces, ni cómo se llaman.

No habría podido escribir esta novela, ni ninguna de las demás de Tracy Crosswhite, sin la ayuda de Jennifer Southworth, miembro de la Sección de Crímenes Violentos de la policía de Seattle, y Scott Tompkins, de la Unidad de Delitos Graves de la comisaría del *sheriff* del condado de King.

Gracias también a Kathy Taylor, antropóloga de la Unidad de Medicina Forense del condado de King, cuyo tutelaje no deja de inspirarme, y a Kathy Decker, antigua coordinadora de los servicios de rescate de la comisaría del *sheriff* del condado de King y célebre rastreadora, con cuya ayuda he contado en numerosas novelas y con cuyos extensos conocimientos tengo la suerte de contar.

Gracias a Meg Ruley, Rebecca Scherer y al resto del equipo de la agencia de Jane Rotrosen. Como en un matrimonio, han estado a mi lado en lo bueno y en lo malo, en la riqueza y en la pobreza, espero que por el resto de mi vida como escritor. Tanto es lo que hacen por mí que no puedo agradecérselo como debería.

Gracias a Thomas & Mercer. Este es el sexto libro de la serie de Tracy Crosswhite y la séptima novela que publico con ellos, y tengo que decir que siguen haciendo la promoción de las anteriores como si acabaran de salir al mercado. Ya lo he dicho antes: han cambiado mi existencia profesional y la vida de toda mi familia. Estoy muy agradecido por todo lo que han hecho y siguen haciendo por mí. Han puesto mis libros en las manos de millones de lectores, que es cuanto puede desear un escritor. Además, recientemente donaron trescientos ejemplares de *La tumba de Sarah* a una cena celebrada en Los Ángeles a fin de recaudar fondos para una asociación de ayuda al autismo. Su generosidad resulta aleccionadora.

Gracias a Sarah Shaw, responsable de relaciones con el autor, que siempre me recibe con una sonrisa en los labios y con algo especial para mí y para los míos. Gracias por no cansarte de alegrarme el día.

Gracias a Sean Baker, jefe de producción; Laura Barrett, directora de producción, y Oisin O'Malley, director artístico. Esto también lo he dicho antes: me encantan las cubiertas y los títulos de cada una de mis novelas y todo se debe a ellos. Gracias a Dennelle Catlett, relaciones públicas de Amazon Publishing, por su labor de promoción de las novelas y su autor. Ella es quien se encarga de mí cuando viajo y siempre hace que me sienta en la gloria. Gracias al equipo de comercialización formado por Gabrielle Guarnero, Laura Costantino y Kyla Pigoni. Gracias a la editora Mikyla Bruder, el editor asociado Galen Maynard y Jeff Belle, subdirector de Amazon Publishing.

Gracias en especial a Gracie Doyle, directora editorial de Thomas & Mercer, que me acompaña desde la concepción de una novela hasta que ve la luz y aporta siempre ideas sobre cómo mejorarla. Sabe sacar de mí lo mejor que puedo escribir y tengo una suerte inmensa de contar con ella en mi equipo.

Gracias a Charlotte Herscher, editora de desarrollo. Este es el octavo libro que hago con ella y quizá haya sido el más difícil de escribir y editar. Ella ha estado a mi lado, me ha llevado a introducir los cambios necesarios y me ha ayudado a pulir la novela hasta lograr un resultado del que estoy muy orgulloso. Gracias a Scott Calamar, corrector. Reconocer una debilidad es algo maravilloso, porque le permite a uno pedir ayuda.

Gracias a todos vosotros, lectores, por encontrar mis novelas y por el increíble apoyo que dais a mi obra, por escribir reseñas y por enviarme correos para decirme que habéis disfrutado con ellas.

Gracias a mi esposa, Cristina, y a mis dos hijos, Joe y Catherine. Estoy deseando embarcarme en nuestra próxima aventura viajera.

¿Has disfrutado de esta historia? ¿Te gustaría recibir información cuando Robert Dugoni publique su próximo libro? ¡Sigue al autor en Amazon!

1) Busca el libro que acabas de leer en el sitio Amazon.es o en la aplicación de Amazon.

2) Dirígete a la página del autor haciendo clic en su nombre.

3) Haz clic en el botón «Seguir».

La página del autor también está disponible al escanear este código QR desde tu teléfono móvil:

Si has disfrutado de este libro en un lector Kindle o en la aplicación de Kindle, cuando llegues a la última página aparecerá automáticamente la opción de seguir al autor.

AMAZON **CROSSING**

Made in the USA
Middletown, DE
01 September 2021